子范公遗影

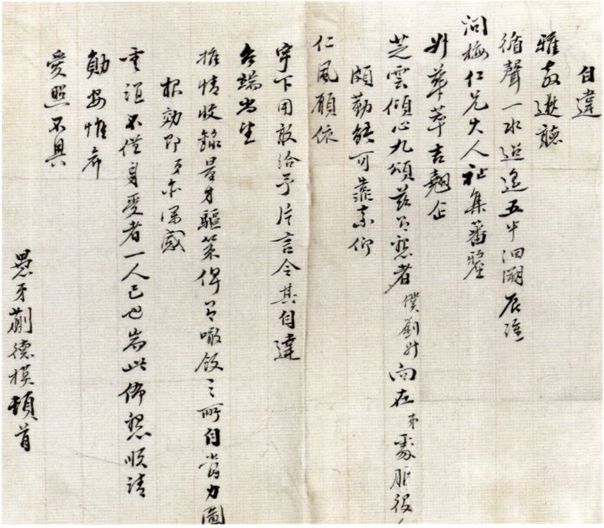

子范公手札

长洲县绅民为纪念子范公所建之“蒯公亭”

（摄影：文炽。此“三里亭”即是“蒯公亭”。）

礼卿公遗影

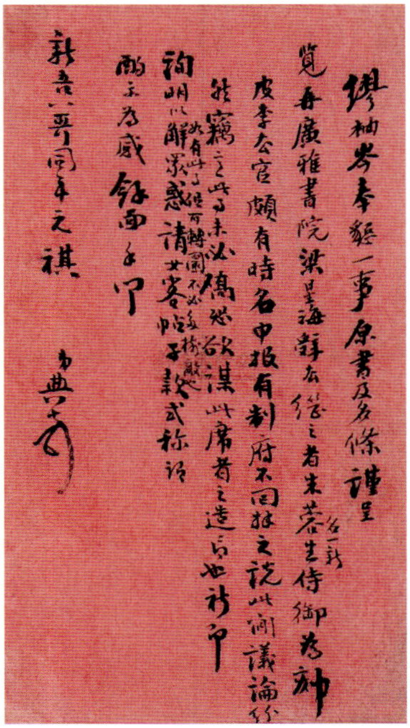

缪柚岑奉懿一事原書及各條謹呈
覽 再廣雅書院梁星海[illegible]繼之者朱蓉生侍御為翰
[illegible]李公官頗有時名申報有制府不回拔之説此間議論紛
[illegible]竊之此[illegible]未必偽然欲謀此席者之造言也祈即
詢明以解衆惑 請女客帖子款式[illegible]
[illegible]示為感 [illegible]
新[illegible]同年之祺 [illegible]

礼卿公手札

摄于光绪三十年（1904）之《江宁合宴图》

（前排左起为魏光焘、缪荃孙、张之洞、盛宣怀、张謇，后排左起为魏允恭、礼卿公、黄建管、徐树钧、胡延。）

先大父景森公讳孝先遗影

府君澹庵公讳树英（原讳世英）遗影

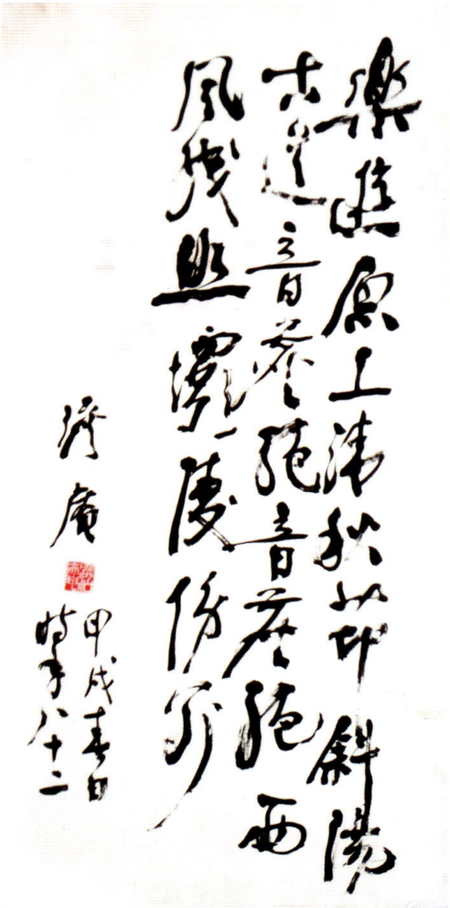

府君墨迹（一）

府君墨迹（二）

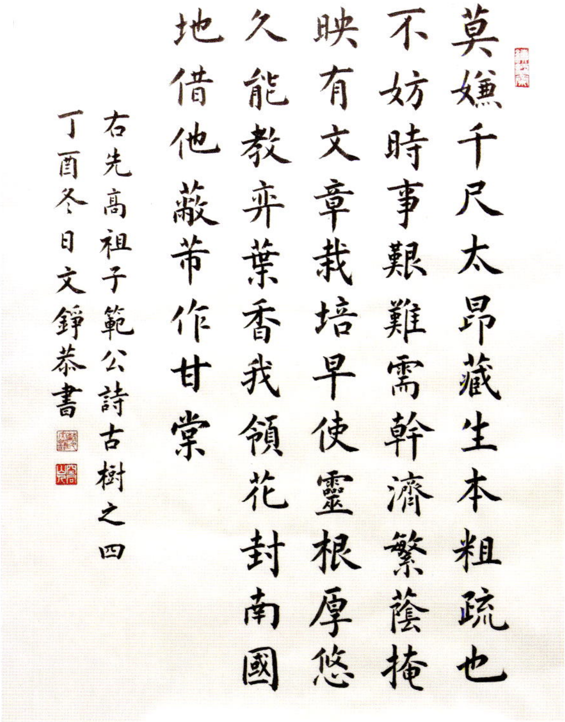

文铮书高祖子范公诗《古树》

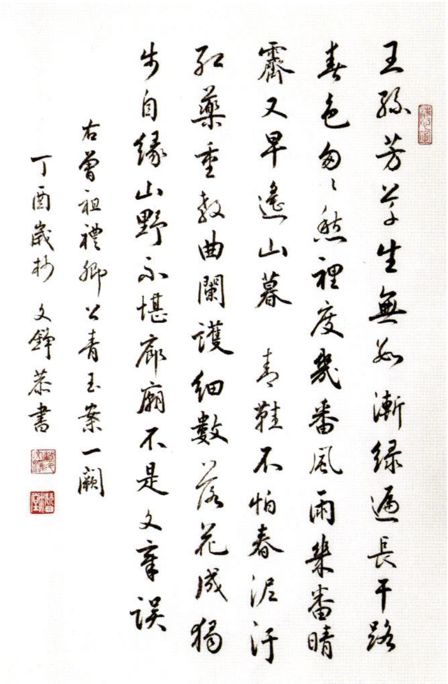

文铮书曾祖礼卿公词《青玉案》

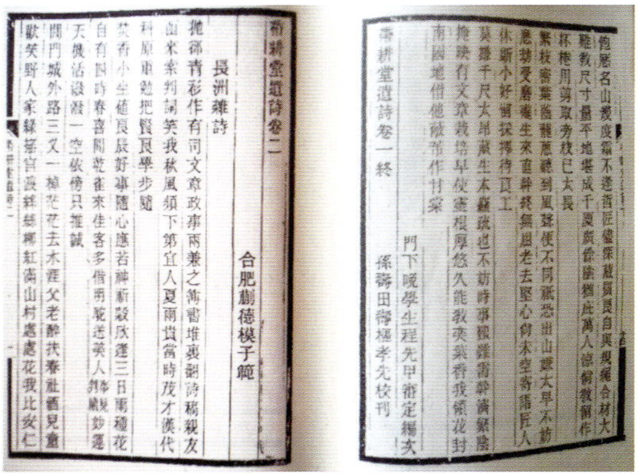

《带耕堂遗诗》民国十八年刊本图片

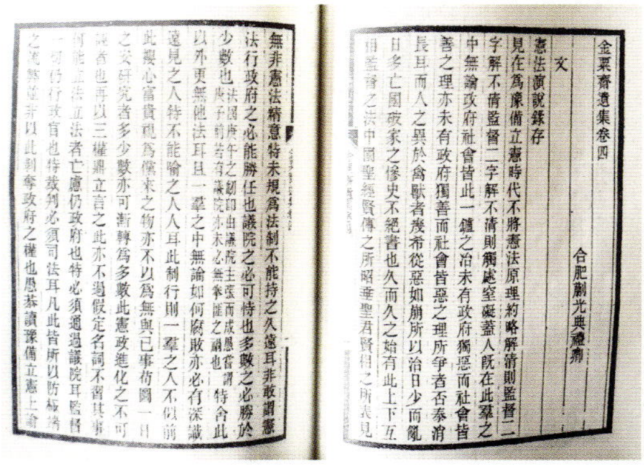

《金粟斋遗集》民国十八年刊本图片

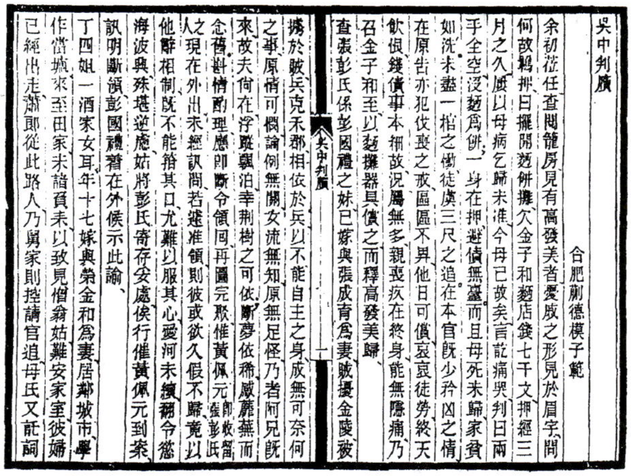

《吴中判牍》民国十八年刊本图片

·黄山书苑文史丛书·

蒯氏家集（上）

（清）蒯德模 蒯光典 著

蒯文铮 点注

KUAISHI JIAJI

全国百佳图书出版单位
时代出版传媒股份有限公司
黄山书社

图书在版编目(CIP)数据

蒯氏家集 / (清) 蒯德模, (清) 蒯光典著 ; 蒯良铮校注. — 合肥 : 黄山书社, 2018.12
ISBN 978-7-5461-8027-4

Ⅰ. ①蒯… Ⅱ. ①蒯… ②蒯… ③蒯… Ⅲ. ①中国文学-古典文学-作品综合集-清代 Ⅳ. ①I214.91

中国版本图书馆 CIP 数据核字(2019)第 001650 号

蒯氏家集 (清)蒯德模 (清)蒯光典 著 蒯文铮 点注

出 品 人 王晓光
责任编辑 周振华
责任印制 李 磊
装帧设计 熙宇文化
出版发行 时代出版传媒股份有限公司(http://www.press-mart.com)
黄山书社(http://www.hspress.cn)
官方直营书店(http://hsssbook.taobao.com)
营销部电话:0551-63533768 63533788
地址邮编 合肥市蜀山区翡翠路 1118 号出版传媒广场 7 层 230071
印 刷 安徽新华印刷股份有限公司
版 次 2019 年 8 月第 1 版
印 次 2019 年 8 月第 1 次印刷
开 本 700mm×1000mm 1/16
字 数 860 千
印 张 41
书 号 ISBN 978-7-5461-8027-4
定 价 188.00 元

服务热线 0551-63533706
销售热线 0551-63533761
官方直营书店(http://hsssbook.taobao.com)

前　言

余蒯氏自得姓而来迄今两千数百年，瓜瓞绵绵，枝叶婆娑，族人今已散居于华夏，徙依于五洲。然自春秋至清末，尽多寒门，卓荦于世，传名于今者稀矣。《二十五史》有传者仅《汉书》蒯彻、《南史》蒯恩及《清史稿》中余高祖子范公（讳德模，晚号蔗园老人）并曾祖礼卿公（讳光典，号季逑，又自号金粟道人、斤竹山民）四人而已，其确然有述作结集存于今世者，唯高曾祖两公耳。

晚清之世，卓卓然为天地立命，为生民尽心者备载于史籍，如两公父子于《清史稿》同有专《传》而彪炳汗青者则亦稀。吾高曾祖先后仕宦于"同光中兴"之际，然其时实则百废待兴，内忧外患未可终日。两公为生民安身，为家国安定，为中华之图存，殚精竭虑，竭蹶不遑，操履政绩、道义文章煌煌如也。

清王朝自道光三十年为英人以坚船利炮震开国门后即日渐衰亡，且贫且乱，左支右绌。太平军横行于南，捻军驰骋于北；回民首乱于陕甘，再乱于云贵；中法陆战于越南，海战于福建；中日步战于朝鲜，舰战于黄海；更有义和拳肇端于津门，八国联军进京，慈禧母子西逃，中华大地几无一日之安宁。尤以太平军之乱影响至巨，长江中下游沿岸各省尸横遍野，残垣满目。所赖战乱终为平定，暂显中兴之势，百姓喘息稍定，百废日见复新。高曾祖仕宦所历几与同光两朝相始终，于时势之感受尤为深切。

社会之板荡，列强之入侵，王朝之式微，使得众多有识之士急谋救世之方，强国之策。同光之际成为华夏历史转变的极重要拐点，"此三千余年一大变局也"①。皇权专制政治制度遭遇根本性动摇，民主思想得到广泛传播并付之以行动，西方科学技术得以不断引进，农耕经济向工业经济迈步转

①李鸿章：《筹议制造轮船未可裁撤折》，《李鸿章全集》第五册《奏议(5)》，安徽教育出版社2008年版，第106页。

型,传统文化疾遽转为新文化。如何既接引世界文明成果又继承中华文化传统,成为当时具远见卓识者不懈探索实践的重大课题。礼卿公身处历史重大变革的前夜,走在时代前列,为华夏的前程冥思苦求,立说鼓呼,得以在晚清政治思想史上一放光彩。

二

就立心、政绩而言,两公先后为地方官员,其相承一以贯之、力行不懈者在民生、在教育。一为目下之急务,一为长远之深谋,均执理民施政之肯綮。子范公出仕所在之苏州地区于太平军之乱中遭祸尤为惨烈,双方数度在此大规模绞杀,"城市乡镇,摧残殆遍,道殣相望"①,"有数里无居民者,有二三十里无居民者,间有破壁颓垣,孤嫠弱息,百存一二,皆面无人色,呻吟垂毙"②,人口剧减,土地大量荒芜,百业多废。公起家乡里,深知农人不易,民间疾苦;身历战乱,目睹百姓流离,遍地疮痍。故为官后以龚、黄、况钟自期,抱杜厦白裘之志,"无利不兴,无弊不除"③。曾文正公奏之曰"精强明练,素著循声"④,李文忠公则荐之曰"才识开展,明而能断"⑤,因德政在民,泽被人心而被誉为"晚清循吏之冠",同治皇帝称之为"好官",入祀长洲、太仓、夔

①曾国藩:《苏松各属钱粮请准缓征情由折》,《曾国藩全集》第6册,岳麓书社2011年版,第607页。

②李鸿章:《筹赈收复地方并酌情蠲免漕粮片》,《李鸿章全集》第1册《奏议(1)》,安徽教育出版社2008年版,第286页。

③凡引文出自《家集》者不出注,下同。

④曾国藩:《蒯德模署太仓直隶州知州片》,《曾国藩全集》第10册,岳麓书社2011年版,第234页。

⑤李鸿章:《保荐人才片》,《李鸿章全集》第2册《奏议(2)》安徽教育出版社2008年版,第531页。

州名宦祠。长洲人为纪念公而建之“蒯公亭”①历经时代劫难而至今仍存。礼卿公随侍任所，日聆庭训，多受身教，故能踵武其后，不坠先声。出京后先理盐政于正阳、仪栈，成效大著②。后在淮扬海道任上复有惩强暴、平冤狱、抗洪涝、救灾民诸德泽深入人心，故得淮扬海人为请立专祠。礼卿公虽不以循吏称，其所行所惠又何异于循吏乎？

两公明于刑名，慎于狱讼，制暴安良，其所本者拳拳爱民之心也。所谓“摧强植弱，谳狱若神”，“执法平，不为缴刻”者子范公也，其所施行，于《吴中判牍》即可见之。而礼卿公就淮扬海道职伊始，即为甘泉幼童被诬为盗、某大户被诬杀人者昭雪平反。宝应抢米案，于捕获之人则对上据理而争免其极刑。于横行乡里之高邮会匪，煽动抢米又复诈财之胥吏则惩处不贷。两公均以安定地方，庇佑百姓而留誉民间。

两公又勇于任事，明敏果断，不畏上官之势，不以禄位为重，秉仁爱之心，行非常之事。子范公屡屡临危不惧，大事化小，使社会得安稳，使百姓免

①此亭现名为“三里亭”，实为误用。此处乾隆年间曾建有“于止亭”，因其距浒墅关钞关三里地，故民间俗呼其为“三里亭”，后毁。同治六年，长洲绅民感子范公之德在“于止亭”旧址建亭纪念，即名之“蒯公亭”。除本书中《蒯子范公历任治所崇祀录·江苏长洲县崇祀名宦始末》所收入之长洲县合县绅耆报呈“原任江苏长洲县知县蒯德模拟请入祀名宦祠事实”第十四条“吴民思其德，遂于浒墅关之南建立蒯公亭，勒碑纪事”这一记述外，与子范公同时、同地区为官，曾任南汇、上海县令的陈其元《庸闲斋笔记》卷十“蒯子范判牍”条云：“比去任，邑人怀其恩，建亭于浒墅关，名曰‘蒯公亭’。”清杜焕章《畲经馆遗集·蒯子范郡伯六十寿序》云：“初，公之宰长洲也，常施泽于长民也。民德公，为筑‘蒯公亭’于浒墅关。”清李天隐《天隐北遊日记·辛未北遊日记》记有：“过兴贤，有屋踞高面河，颜曰‘许关一善堂’。稍前，河阔。过蒯公亭。”辛未为同治十年，距此亭之建成方四年。《苏州地方志·苏州郊区志》“三里亭”条：“三里亭古名于止亭，亦称蒯公亭，因纪念西汉楚王韩信谋士蒯通得名。在浒墅关镇南约1500米运河西岸董公堤上。”此处云为纪念蒯通而建亭，则为严重失考。蒯通与吴地有何关联而长洲人为之建亭？亭前两柱镌有“树爱棠甘，人思召伯；桥垂柳荫，名继苏公”一联，上款为“同治六年”，下款为“里人公建”。联中显然以召伯周公奭、苏轼来比喻、歌颂子范公。此亭若建成时即名为“三里亭”，则此联当如何作解？然此亭于1987年因拓宽运河西移50米，后又于1997年遭火坍塌重修，疑这两次施工时经办人员失考，以民间对“于止亭”的俗称“三里亭”镌刻亭名，遂至大误。此亭现为苏州市文物保护单位，然亭名如此有误，使其历史文化价值大减。文铮寻访至此，一见不禁顿足长叹。

②两江总督魏光焘在《奏陈两淮盐务办有成效札》内称公“才识闳远，熟悉盐务，为两江不可多得之员”。

遭难。为缉拿盗匪,不惜亲身格斗。至若面对依势欲取旧址建天主堂之洋人,则曰“某官可罢,此祠不可得也”,掷地有声者如是,卒令读之者扬眉吐气矣。礼卿公孤帆过宝应,其地抢米案发,民心大乱,毅然泊舟,晓谕父老,事态得平。而守高邮坝六十日,独力屡抗提督严词之檄,亲身劝退守堤阻官之农,拼一官及身家以纾水患,以护苏中人民之口食,其勇气魄力历百年犹激励后昆至深矣。

两公为官后所获薪俸,不以求田问舍为意,所得多用于地方设施建设及扶贫赈灾、办学育人之用。今日贪墨者屡现,何今之“公仆”不如百年前之命官乎？此辈视两公作为能不愧怍乎？

两公于教育诚为不遗余力,以其关系国家之得人,社会之进步,百姓之福祉,故未曾稍懈。子范公尝云“余维为政之道,首在兴学校、崇祀典,纪纲既正,而后百废可次第举也”。公任职于地方当大乱之后,所至迭遭兵燹,凡文教之所,几无不毁。公莅任无不“表章正学,匡扶雅教”①,百计谋划,一一复之。诸所施行全在于启迪人心,移风易俗,造就人才,固本培元,且捐资刊行前贤著述以传文教。其用意之良,功德之巨,宜乎深植民心矣！礼卿公中岁之后用力大半在教育,其于教育之研究,尤其是汲引西方教育理念、制度,改革传统教育内容、模式,诸见识议论,筹画实施,深为时所见重。其大旨后文再具述。公又以一己之力独资办金粟斋译书处,印行严复等所译《原富》《名学》等外邦学术著作多部②,于新旧嬗变之际传播西学,转变学术风气,启迪民智影响甚重。至于两公所扶持奖掖之人才,后得成大器者兹不一一枚举。

两公治学首在经史,深明理学,所求者立身处世之道,经世致用之理,利民强国之术,与寻常搜典摘句之学者,炫诗弄文之骚客异其趣也。礼卿公有云“知著述之为实学,而不知真才之即实学。离书与学而二之,又离事与学而二之,而大道遍生荆棘矣”,即此便可知两公向学之本心。子范公治学深

---

①曾文正公语,见《曾国藩全集·复蒯德模》,岳麓书社 2011 年版,第 51 页。

②据包天笑《钏影楼回忆录·金粟斋译书处》载,尚有《群学肄言》《社会通诠》等。熊月之《西学东渐与晚清社会》则例举有《日本宪法义解》《西洋史要》《法学通论》《泰西教育史》等(上海人民出版社 1994 年版,第 651 页)。

于《易》、“四书”,《家集》中《遗诗》《判牍》外,另著有《带耕堂四书文》于夔州刊行①。且承家学而精于医,著有《验方杂录》梓行于世。复捐资刊行《陆陈二先生诗钞》及《文钞》等多种书籍以利学子、世人。礼卿公尤以学术享盛名于世,最为人见重者,在于深明西学,此则远高于当时之官僚士夫矣,公之建树亦多得于此。徐桐曾语于刚毅曰“江南惟蒯某可语”,刘坤一则云“吾三督两江,可引为师友列者,蒯某一人而已”,可见时人于公之推崇。公之著作,《遗集》而外尚有《文字蒙求广义》《旧典备征》及合编之晚清四大围棋丛谱之一的《海昌二妙集》传于世。李详云:“君有笔记十许册,不肯示人,余请观,则云:‘中有忌讳语,须数十年后乃可出。’”②惜哉!此笔记未存。如传于世,必为今之研究近代史之学者所重。公亦精研佛学,曾任佛学会副会长。又为名藏书家、金石书画鉴定收藏家,时人以为可与缪荃孙相颉颃。惜哉!两公之述作一毁于家遭回禄,子范公遗著及礼卿公所注《礼记》稿本俱付焚如;二散佚于礼卿公鹤驾西往,祖父、叔祖、姑祖母求学于英伦之际;三则辛亥兵起,南京旧邸为新军入驻,所藏图籍、书画遭掠卖,著述文字自多散失。四则民国六年家遭大难,生曾祖母王太夫人与三叔祖同被贼盗所害。据堂兄文彬(曾文正公讳国藩外玄孙)闻之于祖母邵太夫人(讳畹香,上海道台、台湾及湖北巡抚邵公讳友濂孙女,民国期间新月派诗人、散文家、出版家、翻译家邵公洵美之姐)。此或为私枭之报复,家中仆役男妇亦有遭害者,而后家人即暂避散居于亲戚之家,礼卿公著述存遗者于斯时恐再有亡失。迨祖父十余年后整理两公遗稿付梓之时固无多矣。痛哉!

李文忠公论子范公云:“承大乱之后,抚极敝之民,使一方帖然,其功之所昭,与夫斩将搴旗、破坚禽敌者亦岂易为轩轾哉。”陈三立论礼卿公云:“晚挺闳儒,阴与颉颃,综揽流略,道术为昌。万怪蟠胸,吐作霹雳,辩口倾河,广坐辟易。”四川总督刘秉璋之子,同乡刘体仁则以为礼卿公“学识宏通,吾乡人士,近代以来,殆无以加焉”③。现代国学大师刘文典亦云:“吾邑先达蒯

①俞樾评此书云:“理法清真,格律道上,犹见先正典型,非时下东涂西抹者比,亦名山一盛业矣。”参见俞樾《致蒯函札辑证(上)》,凤凰出版社 2014 年版,第 138 页。

②李详:《李审言文集·蒯君别传》,江苏古籍出版社 1989 年版,第 954 页。

③刘体仁:《异辞录》,山西古籍出版社 1996 年版,第 139 页。今人多认为此书实为体仁弟体智所撰,此处且仍其旧。

礼卿先生光典精研鄦学①,淹贯群经,其学问深微广博,冠绝一时。”②孰可谓诸公轻许乎!

二

《带耕堂遗诗》已收入《续修四库全书》别集类。诗集原存子范公诗354首,文铮复辑得联语两副,文九篇为《补遗》。子范公诗作诚如程先甲所言“特其政治之燀著焉耳”,亦如刘家谟所评“皆其生平所阅历,胸中所积蓄,政事、性情一一见之于言”。白居易倡“歌诗合为事而作”③,公则得其要旨矣。读公之诗一如读史,晚清社会尤其是底层百姓之生活如组画跃然在目。要而言之,公之诗史料价值大于文学价值。

全部诗作以时间、行迹为度约略可分为四阶段,谨分述如下:

其一为作于居家庐州期间。斯时庐州南面为太平军西线屏障和粮源要地安庆,而东面则为太平军都城天京(即今南京),庐城扼于要冲,为双方必争之战略要地。而太平军“师行所至,尤多裹胁良民,采用流寇恐怖政策,有破坏而无建树”④,故子范公于此期间的诗作主要反映清军和太平军在此间的战事并战乱中百姓之苦难。前者如《庐阳夜捷行》,读之令人如身处其境,亲历其战。而《秋兴》六首所写则为当时战局之变化,沉郁悲愤,对清廷的用人不当,对士卒的视死如归,对百姓在战乱中的苟且偷生都作了忠实的描述。而后者则以《避乱》四首和《余烈妇歌》为代表。《避乱》第一首写自己遇到溃兵并与之交谈的情景,尽现逃避敌军时的匆忙和恐惧。第二首则反映了战争给百姓带来的苦难,真实再现了广大百姓“壁立万家焦土影,风号半夜怒涛声。可怜老弱居无室,转徙何乡寄此生”(《秋兴》之四)的苦难。而余烈妇的遭遇则是战乱中许多妇女悲惨人生之缩影,诗中以血淋淋的画

①鄦学:即以许慎为代表的文字学。鄦,古同“许”。

②见《刘文典全集(增订本)》第五册《蒯光典〈文学蒙求〉题记》,安徽大学出版社2013年版,第173页。

③白居易:《与元九书》,张文治编《国学治要·集部》,北京理工大学出版社2014年版,第2186页。

④缪凤林:《中国通史要略》,吉林人民出版社2013年版,第388页。

面和强烈的同情之心叙述此事始末，坚贞不屈的烈妇形象鲜明而又至为感人。

在这些反映战乱的诗中，有一尤应关注的内容，即动荡造成的百姓间人际关系的撕裂和对立。庐城在这场战争中为互为攻守之地，太平军两度占据达五年。其间一些不逞之徒趁乱“挟刃纷成行”，“横行梗尧乡”，一些人则投靠太平军，有些还担任了“乡官”，乘机掳掠乡邻。而另一些人则忠于朝廷，或投奔、响应官军，或组织、参加团练保卫乡里。这种对立形成了“岂无亲戚好，穷蹙翻无情”的亲情的丧失，战后乡里素识间则“露刃仇相视，停车客少喧”，这种深埋于心中的伤痛的平复尤难于毁于兵燹的家园的重建，而又非亲历者所能感受咏叹。在中国古代诗歌中，这种揭示战乱给百姓的关系造成对立、心理造成创伤的内容实为稀见。

其二为作于遊宦江苏期间。公自1862年秋出山至1871年秋入觐，在江苏任官凡九年。这一期间诗作最多，约占总数五分之三，也最能体现公诗作之内容特点和思想价值。这一时期诗作之内容可分为以下几方面。

一是心系百姓，揭示民间疾苦。这些诗作较多地反映社会底层百姓的生活艰辛和所受压榨欺凌，在寄寓极大同情的同时，抒发了一代循吏的心声。至长洲任后，公目中所见为“疮痍况是万千家”“秋风人面都成菜”（《甲子秋权篆长洲，留别沪上诸同人》），便立愿“不为良相为良吏”，以“汉龚黄、唐韦白”（《短歌行赠王敬亭》）自期，于是倾心亲近百姓，深求民情，竭力为百姓造福，为生民请命。《浒墅关》所记虽一地，实则为吴门乃至苏中地区的写照，目中所见益坚其减赋、除弊之决心。而最为反映社会现实，令人感受最深的是“四行”，冯煦云“此杜老所谓可为天地生民吐气者也”，可谓的评。同治二年后，为完成钱粮上缴，苏州地区一些官府陆续在交租季节临时设立比租局或收租局，代田主催收田租，贫苦农民难以完租的则不免酷刑，《比租行》即真实地记述了比租的残虐。《厘卡行》则表达自己对“兵兴数载来，到处恣搜括”的现实状况的痛恨，对竭泽而渔争夺民利做法的竭力反对。《谳局行》中对当时谳局中人处理案件淹滞不决，滥用酷刑的行事深恶痛绝，末句“月落人散后，哀矜意满腹”尽显仁厚长者对生民的深切同情。“江苏承宋末官田、明初税籍之弊，赋重民困，既遭乱离，民力益不堪”，公目睹百姓在缴纳漕粮时所受的刁难盘剥，以白描手法绘出了《征漕行》这一幅征漕现场的写生长卷。百姓缴粮所受的煎熬，农民在重赋和朘削下的惨状，读之令人顿生痛惜之心。官吏贪渎的丑态，则令人憎恨不已。这首诗在题材和刻绘深度上足以于诗史留名。

二是抒发自己居官施政实心为民的抱负。公为官以家国安定、生民福祉为根本，步武前贤，竭力追踪周召公、汉龚黄、唐韦白、明况钟，不以个人进退得失为意。《自箴》是告诫自己身居官位，不能须臾忘了百姓。《出苏州》是做到清廉自守后，"囊橐萧然出郡城"赴太仓新任的自喜。抒怀诗《短歌行赠王敬亭》则集中表达了自己的为官宗旨。

三是记述政事。此类诗在叙事中或洋溢着为生民造福后之喜悦，如《浒关为三吴冲要，自遭贼乱，塘路倾圮，桥梁亦多坍塌，因出资修筑建桥二十八座，落成后诗以纪之》《丙寅夏设送诊公所，延医购药疗贫民疾病，赋诗纪之》。或发出心有余而力未逮之叹息，如《散给贫民棉衣》。而《重建平江书院供奉文丞相石像》则表达了推行教化，转变士风的良苦用心，《南园安道书院落成》则寄寓了对士子的厚望。这类诗中同样丰富地表现出公之于百姓的深情厚爱。

四是直抒看到民气复苏的欣慰之情。公任长洲知县四年，署苏州知府近半年，吴门百姓得"好官"庇荫，百废渐兴，生机渐复，"稻粱欣遍野，民气渐能舒"（《龙潭道上》），"父老醉扶春社酒，儿童欢笑野人家"（《长洲杂诗》之三），"中兴"之祥和景象渐现。公"后天下之乐而乐"，发之于诗。

五是咏物诗，以咏物表达对世事人生的看法，寄寓情怀。《陈息庐先生馈兰》借写兰草抒写自己终得出山，一展抱负的喜悦。咏牡丹组诗之《未开牡丹》表达的是内心的自信，而《半开牡丹》《全开牡丹》则是寄寓自诫之意。《古树》二首则全借古树的品格喻自身遭际、怀抱。《姜桂行》以"姜桂有本性，秉赋不可夺"比喻自己果决敢当的性格和行事作风，寄寓自己决意以刚烈之性除暴安良、为民请命的为官态度。《四虫谣》则暗喻官场中明争暗斗，危机四伏，借以自警。

六是赠答诗及闲适诗。公为地方主官，自多与上官、僚友往还，故于此期间赠答送别之什则时有之。在这些诗中，公不失秉性本色，呈上官则殷殷话往事，颂而不谀，如《上马制军》；赠同僚则或叙政事，或共期勉，情真意切，不作虚语，如《送赵松水之金山任》《送王紫垣归里》《庚午七月调守京江，留别娄东诸君子》等。因自身境遇变化，尤因百姓安定，百业初兴，宽心之余，亦时有叙写游览和生活情趣之作。如《登穿山》《龙潭道上》《除夕立春》《消夏八首，末一章兼怀刘培甫茂才》《上元胡式嘉、江宁莫善徵两大令邀看后湖荷花，晚由秦淮归》等等。

其三为作于赴京觐见途中。公以一介寒儒起家而得应召入觐，况又是初次北游，自是心旷神怡，这些纪行诗处处充满喜悦之情。“行行真觉长安近，不信关河路几千”（《辛未仲秋入觐》），早日面圣的期盼，已不觉行程之遥远，路途之艰苦。“鸡声未断东方白，带月偎烟自在行”（《齐东》），写星月之下赶早起程时舒畅自在的心情。游泰山，过黄河，到京师则无不以诗纪之。而《染须》更是“一朝来九重，幸得君恩眷”激动心情的写照，余于今日读之亦不觉为之輾然。引见并授夔州知府后，公益坚“愿奉乡贤作好官”（《十八日奉旨授夔州府纪恩》）之志。此后纪归程则愈加欢情勃发，“行行渐觉春将近，一路阳和脚底生”（《定兴题壁》），“万柳一齐舒眉眼，株株东向待春风”（《立春日齐河道中口号》），写尽此时“春风得意马蹄疾”①之心态。

作于夔州的诗为最后阶段。此时天下渐安，公年事渐高，荣膺大郡心情亦为舒畅，故此一时期之诗较此前而言，闲适览胜之作亦稍多，诗意亦较冲淡恬和。如《九日偕周成甫戴崇甫登莲花峰》《听鸟》《忆江南即用别江南原韵》《登望华亭》《开元寺听鹂》《六十自寿》等等。然公初心不改，百姓民生仍时时萦于心头。一入夔境，即以诗抒发心声，“将培嘉种先除莠，欲济穷黎补种桑”，预筹安民富民之方。捐万金为倡建成夔城后，作诗纪其事。其他重要政事功成后亦一一作诗纪之，如《碛盐行》《文峰书院落成喜赋》②等。此期间所作之《仆女吟》则一承“四行”，深切反映“饔飧已不继，旦夕且谋续”的极贫百姓被迫卖女作婢，而婢女则饱受残酷虐待的社会现实，极力为这些遭受买卖，备受欺凌，孤苦无告的弱女子大声呼号。全诗读来令人顿生

①孟郊：《登科后》，《孟东野诗集》，商务印书馆1939年版，第30页。

②据光绪十九年编纂的《奉节县志》载：子范公“创修文峰书院，捐买田产数千金作膏火费。专考经学诗，古都人士始知肆力于根本之学”。

恻隐之心，亦为公之仁人之心所感动。而《马驴行》则用拟人化的手法痛诋官场中嫉贤妒能，为一己之利不惜伤害能人、正人的诸等庸人、小人，全诗比譬十分生动形象。

《遗诗》中尚有多首写给家人的诗，为子、为夫、为兄、为父之道，孝悌友爱关怀之情一一于中发之。如《除服赴试》写睹物思亲之情，《悼亡》四首历述高祖母昔日操持之艰辛，于叙事中寄真情，末句“泪点千行溪九曲，应随逝水到苏州”尤见心腑之痛。公与堂弟蔗农公少小同榻同窗，壮年则先后出仕，故诸诗中或道依依之别，或述重逢之喜，或话昔日之谊，或约归田之期，友于之情老而弥笃。公于曾祖行舐犊之情、期盼之意至深至切，每以诗劝勉诲教之，如《途中口占寄儿》《示光煦》《送诸子归试》等，谆谆告诫，娓娓道来，一一平白如话，一腔慈爱注于诗中。

公雅好诗，尝自云“若问公余何事好，自搔短发且闲吟”（《劝捐杂咏呈郑海秋广文》），然不刻意为诗人。正以其不刻意，故能得自然质实之旨，真情实感全自胸臆中流出。或叙事，或抒怀，无不言之有物，绝少空言虚语。同时也体现了作为地方官的主体身份特征，在指斥时弊中寓以劝谕。礼卿公谓公诗“风格在香山、放翁间”。刘熙载于《艺概·诗概》中云“诗能于易处见工，便觉亲切有味。白香山、陆放翁擅场在此”，又云“放翁诗明白如话，然浅中有深，平中有奇，故足令人咀味”①。以之衡公之诗确然也。公之诗风总体或质实，或典雅，亦有少量想象丰富，气势跌宕，具有浪漫主义风格之作，如《登穿山》《簪云侍儿两峰歌》等。体裁多样，歌行、五七言律绝、组诗尽有。体裁依题材而定，反映民生现实用歌行，以利叙事议论相融；感兴用律绝，以抒一时怀抱情趣；同僚文友赠答多用律绝组诗以彰雅正，以尽其意。而以歌行之作最具特色，最为深刻。语言运用亦视题材、体裁而异，摹写民生现实近乎白描，晓畅明白，如《征漕行》《比租行》《余烈妇歌》等。僚友赠答唱和则适时用典，信手拈来，出于自然，曲尽诗意。善于对仗，工稳贴切，凝练有味，每多佳句。如“石臼无声双杵冷，芦帘不暖一灯孤”（《悼亡》）极为准确地抓住家境特征，描绘了战乱时家中贫寒之情景。“衫痕燕市酒，鞭

①王气中：《艺概笺注》，贵州人民出版社1980年版，第215页。

影秣陵烟”(《抵金陵》)高度凝练地概括了由京师返江宁的行程。“灯影明寒浦,人声聚晚舟。潮迎残月晓,树撼古城秋”(《晚宿涂松》),则以洗练的笔法勾勒出了一幅意境幽远的涂松晚景图,置之唐人诗中亦不失为佳句。

三

《吴中判牍》为清代著名判词集,亦收入《续修四库全书》别集类,为子范公于夔州手自编辑梓行,共收入公在长洲、苏州任上断案时所作判词四十五篇。今人认为其为“清代判牍的代表”,“是循吏理讼实践的典型代表”①,足可为今日法制建设所借鉴。现已被收入多种法制史料丛书、合集中。

吴中在大乱后社会秩序崩塌,人心败坏,巨憝大奸而外,横暴之徒猖狂乡里,宵小之辈作恶民间,且“吴俗健讼,喜投缿告密”②,故苏属府县积案綦多。公治长洲时即以深明断狱理讼名重于时,“所判八百余牍,皆惬民意”,后复署苏州知府“清厘积牍”。所作判词尤为人争赏,非仅“亲友函来索判词”,外国报纸亦多刊之,故而公裒辑之以飨世人。然而公仅于长洲所判即有八百余牍,何手编此书所收判辞仅四十五篇?盖中国古代立法最重于公法、刑法,几无独立之私法、民法,婚姻、承继、财产等方面民事处理也都规定在刑法之中。至于“如‘物权法’‘债权法’等盖极不发达,以一向注重习惯,理论实在是很缺乏”③,儒家礼教、民间习俗、行业习惯乃至家法族规都可以作为判定民事纠纷的依据。公于本书所收尽皆民事纷争之判牍,度其初心,实乃欲为后人处理此类民事诉讼留一借鉴也。

公之判词为人所重者,首在其断事“执法而不泥法,顺情而不矫情,无憾不平,有感斯应”,而文辞之隽永,判语之庄谐,亦足赏心悦目。

公之断案本仁爱之心、长者之怀,知庶民之失教,悯苍生之多难,不以臆断,不以刑求,理乱绪于毫末,察诈巧于几微。审案理讼适度于律例之外善用职权,合理自由裁量,仰重道德人伦,俯顺民俗人情,彰显出司法实践中的

①胡秀全:《清代循吏研究——以〈吴中判牍〉为中心》,《黑龙江史志》2014 年 09 期。
②《清史稿·方国栋传》。缿(xiàng),古代一种储钱或接受告密信件的器具。
③杨鸿烈:《中国法律思想史》,商务印书馆 1989 年版,第 299 页。

个性化，体现出逾越时代的进步性，“司法观念已属于近代法理范畴”①。或以至理以息讼，或以己俸以助和，或释无辜于囹圄，或毙恶贼于通衢，或助破镜得重圆，或促佳偶成眷属，故人无不服，民无不庆，人心平定，社会安宁。

四十五篇判词既是司法文书，也是晚清社会的风俗画，市井之百态、人心之邪正、人际之纠葛一一现于笔端，诚为研究晚清历史的可贵资料。丁四姐案、吕郁文遭劫并溺尸案、谢登科控徐有才案、李星洲充小甲案等等，多为后人称作名案，尤为今之研究法律者所乐道。

明清时期，礼教大行，万千妇女深受其苦，公所判之案多有婚姻纠葛者。公虽为传统士大夫，但不为陋见所宥，“用儒家之权变，参佛氏之圆通，破小拘墟，成大欢喜”。或拯难女于沉渊，或还佳偶于破镜，“律虽明设大法，礼尤贵顺人情”，一以安其生、得其所为根本。如丁四姐之出逃，此于当时乃大违礼法之事，如遇庸官或胶执理学之人，必判其回归，甚者或以有失妇德严惩之。而公谅其所嫁非偶，准情酌理，判其后夫偿百金助前夫另娶。断一案而三人皆安，出百金而一女重生。如此处置已是在尊重婚姻感情基础，并重其法律效果和社会效果，公于当时即具此等思想观念，极为难能可贵。高闰秀一案之判则有异曲同工之妙。而张彭氏则因兵乱被掳，后不得已而依人，与感情无涉，与生计无干，故断由其前夫领回。谢登科控徐有才与其女私定婚约案，公则一破礼教陋见，以父母官作冰人，使“天下有情人终成眷属”，读之令人大快。顾闰寿一案，其母及朱某之无德显见，本可应原聘之告断归，而公念其襁褓之子失养，故未允准，此又以礼法让于人伦矣。执今日之法理而论之，此显为保护儿童权益，以一百五十年前旧时代之官员而有此见地，足可为后世法。

公之判案，时时以弱者为念，悯其不易。如高发美案，知其家贫如洗，无力偿债，而母丧难归，公以孝道为重，遂判以面摊器具聊为抵债而释之归。于钱阿五、阿六则当机立断，置权势胁迫于度外，一力拯拔二女于泥淖。吴顾氏一案则怜其“寡妇孤儿，造物已留其缺陷”，乃断令其夫兄将租簿交出。曹和观控婶母杨氏殴伤其妻案则哀其贫苦，“赏钱二千文，令其回归”。

---

①张仁善《礼法社会：——清代法律转型与社会变迁》“礼法分离与清末社会心态”一章论子范公语。

公于判案中重在调解，以理服人，以礼教人，“明礼让以厚风俗”①，判定一案，教化一方。且深知狱讼之累民，体百姓之艰辛，凡一般纷争均以调解速决。姚新周控姚阿士僭占车基一案，公判云：“若再传集邻证，听候质讯，书办未饱其欲则压之，差人未饱其欲则又压之，小民终岁勤苦之皮血，尽剥削于投到候审之日期。迨至日久气平，并有两造求息而不得者。为民父母，其何以忍？”“好官”用心，何其良苦。颜氏兄弟争执掌祭田案，公譬之以天伦之理，晓之以先祖之德，启其心智，归之于恕。汪陈氏控夫弟不肯嗣子，某妇首子不孝两案，则引经据典，片言化纷。财产纠纷历来有之，裁定原本不易，然公一秉“以让化争”调解之，且怜孤恤寡，济弱周贫，曲尽仁人之心，故人无不服。尤杲侵占私吞母亲遗产膳田案，公判以田产原价析为七份，一份七人均分，余六份则分给二、三两房寡妇。“这里，情重于法，司法判决与道德舆论的褒贬相合，其社会效果超过了简单的依法判决”②。汪吟舫控堂弟汪卓吾与兄欠银案，则晓以兄弟之伦，“体酌盈剂虚之意，为分多润寡之谋”，判卓吾助银三百两焚券结案，使一无从查证之纷争就此化解。而判杨顾氏立嗣案、吕朱氏控嗣子金寿案，则成为处理立嗣案件的典型案例。

诸案件中多有吏役、横豪之辈作恶其间，肖小之徒肆虐乡里者，公悯小民饱受此辈欺凌，凡有告者，公必依律惩之，以顺民心，以安百姓。陆金祐窃占高江氏田产案，判“将金祐褫革，而以田归高氏”。五品顶戴候选、从九品官许鲁珍为盗被获，反控马快陈阿金为诬陷，公审明后即判将其递解回籍。华德顺与有夫之妇通奸，则革去其左营把总之职。此外于欺行霸市之小甲，则声言“凡不便于民者，本县亦将更之，而况其本属无稽耶！”将其小甲名目革除并予笞责。勾结衙门，为害乡里之监生姚城狡谋图人资财，则“戒扑示警”。至于姚阿福、谭大兴盗墓案则当衢区分主从，以霹雳手段将二人杖毙，以平民愤，稳定一方③。此或为公“火烈民鲜死，猛酷实慈祥”之用心耳！

公审理狱讼之所以为上官所重，为庶民所服，着力处全在仁心，全在勤

---

①康熙：《圣谕广训》卷一。

②张晋藩：《镜鉴心语：法史研究中的古与今》，厦门大学出版社2012年版，第249页。

③《大清律例》卷二十五“发冢”规定：“凡发掘他人坟冢见棺椁者杖一百，流三千里；已开棺椁见尸者绞监候。”此案盗发九十余棺，已是罪大恶极，故未上详请示即杖毙之。

政，明察细微，据实推理。公尝自谓："余禀赋素强，年将五十须发尚黑如漆，长洲五载，白过半矣。"于理讼孜孜以求其当自是其由之一。公理讼凡有疑则必讯明，一如海瑞所坚持的"凡听讼必须直穷到底，审之审之，始不惮烦；慎之慎之，终无姑息"①，故而狱无疑冤，人无不服。徐宝森控徐竹溪唆令徐周氏吞占公田一案虽已请求撤回诉讼，然公细阅息词，发现疑窦，查明契约实系伪造，故未准销案而判为均分。张瑞和与张顺发争产案，其间亲缘关系错综复杂，公分条拚理，抽丝剥茧，一为厘清而判之。吕郁文遭劫牵涉命案乃一积年陈案，"历控运司、漕督暨钦差"，并经道府审办而难结。公一一细讯，究明虚捏之情，查出掩盖之实，依律处置，遂为信谳，一桩乌有之人命重案得涣然而冰释。

张保龄跋云："成全之处，出于仁心。此之谓民之父母，不仅以听讼擅长也。"刘毓敏跋云："人人俱能见到之处，竟人人不能见到，一经道破，始觉恍然。非精于世故，深于阅历者，莫不望而却步，虽欲效颦不能也。"两夫子诚为知公也。

古代判词是兼具应用性与文学性的一种特殊文体，唐人多用骈文，宋人则多散文，公则兼用其长，或骈或散，骈散结合，愈见其妙，深为时人所重。吕辉赞之曰："妙以生花之管，判延蔓之词。"刘家谟评之曰："词成廉锷，笔厉风霜。"公之文采一形之于案牍，富于诗意，蕴含哲理，非广才厚学焉能致之。叙高闺秀一案通篇以骈文出之，钱阿五案、谭大兴盗墓案判词亦均为骈文。判词中用俳语叙事说理者几占大半。如高发美案"未尽一棺之恸，徒虞三尺之追"，写尽其遭遇之惨；张彭氏案"浮踪飘泊，幸荆树之可依；断梦依稀，感蘼芜而念旧"，一语概述其要。俳语中用典处极为妥帖，丁四姐案"丁年正妙，难禁司马之琴心；武夫可依，偏爱子南之戎服"，曲尽少妇之情思。写许鲁珍则曰"狗盗相依，曾作孟尝之客；蚨飞已尽，来吹吴市之箫"，以毕现其丑行。判顾逸斋等侵占公祭田案之"衣冠未远，不登邱陇而思；禾黍依然，竟取田畴而伍"，则重君子之诲教。而判华德顺云"抱头急窜，误携崔子之冠；跣足狂奔，竟失徒人之履"，判施野二等地棍云"孺子可教，竟挟奇货以自居；故

①《海瑞集・条理》，海南出版社2003年版，第407页。

鬼无灵,乃指他山而为墓”则嘲小人之谑语。

判词中以散文、骈文互出者为多,散文部分简约有致,骈文部分实而不华,结合处如行云流水,浑然无迹。全为散文者或长或短,叙事无不要而不繁。写诸多疑难复杂之案件如吕郁文案、张瑞和与张顺发争产案,材料驾驭主次得宜,举重若轻,理绪层次极为明晰,其语言则简约洗练,平易晓畅,足见公深明古文理法之要旨。

四

礼卿公“在晚清士大夫中,可说是一个学兼新旧,志在经世的代表人物”①。存稿裒辑而成之《金粟斋遗集》原为八卷,收入文十八篇,诗八十三首,附录词四阙。文铮辑补公光绪癸未科会试朱卷一份,文六篇,语录一份,手札十四件,合为《补遗》一卷。这些著述是礼卿公的政治思想、治国主张、教育理念和谋划、学术见解的部分体现,从较高层面反映了当时的政治走向和社会现状,实为今人研究晚清社会,尤其是政治、军事、教育、经济等方面可贵的第一手资料。

公早年为翰苑中人,后任职地方,又督学欧洲并考察其地社会、政治,且学术地位享誉崇高,所重在治术,讲求实证、致用。相往还或为朝廷重臣,或为维新变法之中坚,或为一代硕儒、学界名流②。青年时又随侍子范公于任所,耳濡目染诸多政事处置及民间世态,稔知政俗利弊。出京后即入张文襄公幕府,为其主机要章奏,于政事世情愈加洞然于胸。故于改革现状之思考自迥非寻常官员、学人空言高谈所能及。文襄公誉之曰:“中学素称博雅,西

---

①严寿澂:《从王夫之到蒯光典——清代学术思想抉微》,《社会科学》2007年第6期。

②据公会试履历所载,受业师有张文襄、李文忠及兄瀚章三公外,并有张树声、薛时雨、冯桂芬、刘家谟等,受知师则有翁同龢、张之万、李鸿藻、徐桐、贵恒、裕禄、张佩纶等。又复就学于俞樾、刘熙载、汪士铎等。出仕后复见重于孙家鼐、刘坤一、魏光焘、端方等。过从较密之同年、同窗、同僚、知友则有杨士琦、冯煦、缪荃孙、盛昱、蔡元培、张謇、康有为、沈曾植、沈曾桐、汤寿潜、王懿荣、罗振玉、严复、严修、谭嗣同、李振铎、宝熙、黄绍箕、陈三立、王颂蔚、叶昌炽、郑孝胥、杨文会、李经方、易顺鼎、刘世珩、屠寄、文廷式、沈瑜庆、汪宗沂、吉城、李详并梁鼎芬、况周颐等等。其余短暂交往之当时人杰则不可胜记。

学亦甚赅通，兼以才气俊爽，治事精能，果能尽其所长，必有裨时局。”①公过人处尤在深究西学，不存中西新旧之见，以深厚的传统学术根柢和西方思想文化相参伍探究中国问题，以治汉学之法之求实精神推类治一切学问，分析现实，思考未来，务求切实可行。新加坡学者、学术思想史专家严寿澂云，晚清“中国之所遭遇者，为旷古未有之变局，神州往史实不周于用。于是有如蒯光典者，力主议员政府，普及教育，骎骎越出历来儒说之藩篱，吸纳民主观念矣”②。思想和方法的先进性决定了公之理论和谋略的高远性，故而能走在时代前列。作为张文襄四十年之老门生、刘坤一引为师友之人，礼卿公时时就重大政治举措，如东南互保、阻止废帝、筹议立宪等为之襄赞谋划，并于教育时常讨论，在思想见解上相互影响，在当时的政治变革、教育更新、社会进步中无疑起到了重要的幕后推手作用。然身久为实授官员，不能似斯时之政治活动家鼓呼于社会大众之间，且未享高寿，文稿毁佚过多，故于今名不甚著。然严寿澂又云，“晚清变法潮流中，实有头脑清醒，极富现实感的人物，只是由于种种原因，‘吾谋适不用而已’。合肥蒯光典正是这样一个人物”③。

《上德宗皇帝书》为晚清时期一篇重要的政治论述，作于1894年中日甲午之战开战方一月之时。全文计一万五千余字，“凡八条，于时政无不诋之，然切至条畅，得未曾有”④，“上览之称善，有未省者下军机处详注以进，旋传旨嘉奖”。凡所陈述均为国计民生之大政，“诚国粹之酝母，救时之药石”。全文虽未明用“变法”一词，而直言“定国是”，言“维新”，亟呼“改革之”“整顿之”，其意非变法而何？后之明言变法者则多在次年《马关条约》签订之际，故公所言实为推行新政、实行变法之先声。而六年多后，即1901年1月朝廷方颁布推行新政、进行变法的上谕，并“著军机大臣、大学士、六部、九卿、出使各国大臣、各省督抚，各就现在情弊，参酌中西政治，举凡朝章国政、

---

①张之洞：《保荐经济特科人才折》，《张文襄公奏稿》卷三十五。

②严寿澂：《从改善民生、革新行政到议员政府、普及教育——蒯光典政治思想述论》，《近代史研究》2006年第2期。

③引文出处同上。

④翁同龢甲午八月初五日读公此折后所记之语，见《翁同龢日记》第八卷，中西书局2012年版，第3755页。

吏治民生、学校科举、军制财政,当因当革,当省当并,如何而国势始兴,如何而人才始盛,如何而度支始裕,如何而武备始精,各举所知,各抒所见”①,公此文之所言各事无不与之切合。从光绪帝之重视,翁同龢之评语,可想知当时此文发交枢廷,各枢臣思想未尝不因之触动也。徐桐语刚毅“江南惟蒯某可语”或亦由此也。且“故相李高阳、翁常熟每有大事,率就咨决”。由此可见,公实为推新政、求变法先驱者之一。

公于文中起始即认为讨论战和问题,不可孤立地就事论事,“尤必群臣无观望之情,皇上无二三之德,而后可言兵也”。认为所论必须厘清事情之纲目,言之而可行。进而提出自己的主张。

首议和议之非,历引古今史实陈说利害,大声疾呼“未有以战而亡其国者,未有恃和而不亡其国者”,指出马尾、谅山及叶志超朝鲜之败全在恃和之故,批驳了“暂为委曲,徐图自强”的观点。痛斥了割地求和之非,分析指出俄、法、英之所以内侵不断,是分别据有边境部落、西贡、香港而后有立足之地之故,从而指出放弃朝鲜之大谬,认为不战不足以立国。在此,公提出了持久战的战略思想:“我之大可恃者,东洋近而小也,西洋大而远也,虽败我兵,而我可以继也,即得我地而彼必不能守也。我唯不堕其恐喝之计中,而专以干戈相见,地必不能割,兵费必不能偿,持之日久而彼之计穷矣。”“一言以蔽之曰:‘以久持之而已。’”认为只有如此方可保护属国,删汰不平等条约,维护国家主权。此论或即为中国半个多世纪抗日战争“以空间换时间”“持久战”战略思想之首倡,而后的抗战胜利正是坚持了这样的战略方针才赢得。由此可见公之远见卓识,思想光辉。

公之主战非主一时之浪战,而认为“言战而不可仅言战也”,必须安定民生,发展经济,整顿军备,改革行政,改革吏制,励精图治,才可言持久之战。乃就理国备战提出系列治国方略。

其一,要蓄积财力。其理财之方一是不可增加厘金朘削百姓,而必须杜绝官员中饱私囊,堵塞各项支出漏洞;二是停止捐例,而大臣要熟知财政,整顿财务;三是举西洋诸国为例,希望皇室节约用度。其二,要整顿武备,改革

①朱寿朋编:《光绪朝东华录》,中华书局1958年版,第4602页。

科举制度。建议“绿营之兵当概由武生充之”,并说明此举其利有六。同时认为凡事不可因循守旧,“株守成法”,建议各省书院“不课以制义诗赋而课以专门之业”,非书院肄业有成者不得参与乡试、会试。其三,要加快海军建设。认为有了强大的海军才能保卫沿海各省,才可以在英、法、日由海上入侵时断其接济、扰其巢穴。对海军管理窳败,训练废弛的现状表示深为忧虑①,希望选用廉明重臣上船加强操练,速购铁甲舰、快艇以资战事需要,同时还就应对朝鲜战事提出海陆作战方略。所惜言未及见用,大东沟即惨败矣。其四,要消除内患,安定社会。一针见血地指出农人赋税之重导致“人不归农”,而农人失所则入会匪,故而祸乱丛生。后来清朝之亡,新军中多会党成员,足证公之所虑确乎有先见之明。并就此提出解决之道,即以储积粮食、鼓励垦荒、整顿仓政、兴修水利、寓兵于农工等具体措置之法,以开农民生路,消除内乱。其五,要振兴商务。首先论述了商业对农业、工业的促进作用,肯定了朝廷对商务的重视,对保守者、谋私者造成的“群情疑阻,商务日疲”深表痛恶。指出了招商局及各种公司的弊端,并以外国公司法作比较分析其病根在于民间出资而官任总办,出资人无管理监督之权,提出“总办至于司事皆由股东保举”,官方权力退出商业运作,以使资本和权责相统一。这一建议显然是对症下药,契合现代商业理念,非公之明于西学何能于当时有此真知灼见?于此之中再论农工商之关系,反对为改革整顿筹款“取之于农”,加重百姓负担,这是公与后来大多数维新人士政策主张大为不同之处。指出国家财源解决之道是要使农人手头有余,这样才有利于商业发展。农商兴则促进工业发展,工业兴又可促进商业,以实现“农工商交利”,三者皆利,赋税有源且广,国家财力便富足。这种思想体现了现代无农不稳、无工不富、无商不活的理念,在晚清时期无疑是超前的。此外,还指出了海关为洋人把持的危险性,力主收回。其六,要制定、整顿法规制度,革新行政。认为法律规章不公开、不完善,即为官员胥吏舞弊开方便之门。主张依法行

①公之所虑不及一月即在黄海海战中成北洋水师致命之伤。“来远”舰帮带大副张哲溁在战后呈文总结战败原因时说:“我军无事之秋,多尚虚文,未尝讲求战事,在防操练,不过故事虚行,故一旦军兴,同无把握。虽职事所司,未谙款窍,临敌贻误自多。”转引自姜鸣《龙旗飘扬的舰队:中国近代海军兴衰史》,生活·读书·新知三联书店2002年版,第295页。

政，政务公开，办事透明，具有了现代的法治理念。深恨于当时各级官吏不求精进，不行改革，“举天下而无不悠悠忽忽，而无所谓是非”，提出各衙门办事要限期完成，以杜刁难、玩忽、敲诈之弊。此可视为当今限定工作日办结事务这一做法之先声。其七，要改革选人用官制度。晚清官员最滥，除科举选士任官而外，因军事频仍，饷项匮乏，捐纳之道大行，又因平定太平军、捻军，以军功得保举为官者不胜数，至有一案保至千人者。故有职衔者众，然实缺有定数，遂造成候补者如过江之鲫，“其贤不肖拥挤”的状况，此为晚清官制之沉疴。故公认为此等人为谋一缺，不惜学无用之艺，行干谒之事，深害气节、操守、学术治术，而至老髦之年反得通显之位，不足以“宏济艰难”。遂呼吁“专长之士不废搜罗，不羁之才无妨破格”，并就革新之道、解决之方提出一系列具体主张。此外建议皇帝讲求学习，明定国家大政，在战和问题上作出决断，励精图治。

以上略述仅为全文之大要，而各项具体主张建议不知凡几，实难备陈。公之摅诚竭虑，为国为民，以宏篇议国家之大政，思虑缜密；以卓识拯兆民于水火，主张咸宜。所惜于时朝政百病缠身，锐意进取之士难撼固步自封之辈，况所议之事亦非朝夕即可施行。不一月，平壤陆战、大东沟海战均惨败，清廷救急不暇，何从次第施行国政之改革，后再逢戊戌之变，公之言不为所用已是大势使然了。

现代著名历史学家、文献学家张舜徽认为公之此书“于当时中西政教之利弊，与夫励精图治之方略，言之剀切详明，而其气又足以振之，不愧一大作手。与康有为公车上书，絜长较短，殆未易定其甲乙”①，诚为的评。就大要而言，两书之成文，公在1894年8月下旬中日战争主要战役尚未爆发之时，而康氏则在次年4月《马关条约》待签之际，时势已大不相同。公之所作已经皇上详览，而康作则欲呈未达，故一受知于朝廷，一流布于社会，影响各有不同。文铮互参阅之以为，两书皆救时求变之方，所论各有其长，亦有“所见略同”、异曲同工之处。立足朝政，言政治、军事立意之高，康不及公；着眼实

①张舜徽：《清人文集别录》卷二十二《〈金粟斋遗集〉叙录》，中华书局1963年版，第605页。

务，言经济、工商规划之细，公不及康，此或一居于朝、一在于野之故①。而清廷大厦崩塌在即，两书皆未及见用施行，然均不废其在晚清政治变革历史上的地位。

在晚清政治体制由皇权专制预备向君主立宪制转变的过程中，作为重要的倡导者和实际推进者之一，礼卿公的《宪法演说录存》无疑是一篇重要论述。光绪后期，清王朝在内忧外患中进一步衰败，清廷的政治威权日渐动摇。义和拳之变时东南互保，地方疆臣于朝廷已是离心离德之势。随着西学东渐进一步展开深入，国人对西方民主制度的优越性的认识日益深刻。尤其是甲午惨败，激起了政治、经济、军事、教育各领域改革的风潮。在当时国民舆论和一些重臣的呼吁下，君主立宪制已成为清王室得以延续的不二选择，并逐渐为慈禧、光绪所接受。光绪三十二年七月，清廷颁布《宣示预备立宪先行厘定官制谕》，其原则是"大权操之朝廷，庶政公诸舆论"，其拟实行的宪政之立足点则是"利君利民，不便庶官"②。三十四年，又颁布《九年预备立宪逐年筹备事宜清单》。早在1895年，公即与康有为、张謇等十六人共同发起成立"上海强学会"以讲求中国自强之道。1904年5月与张謇执笔为鄂督张文襄、江督魏光焘起草了《立宪奏稿》，此后不断与张謇、汤寿潜、沈曾植等"同气相求，彼此问难，讨论世界各国的宪法和中国的立宪事宜"③，并与张文襄公往复讨论数十次，不懈思考，提出设想建议。公在1907年的某次演说中曾谆谆告诫世人，"中国今日不汲汲开国会，虽有其他之改革，皆补苴罅漏而已"，并大声疾呼"根本之救治何？速开国会是也"。对于时人刺刺不休的先开国会还是先制定宪法的问题，公则清醒地指出："凡先开国会后定宪法者，其宪法保护人民之权利必较周密；先定宪法后开国会者，其宪法

---

①康有为于光绪二十一年（1895）赴江宁即与礼卿公相往来，嗣后康往湖北谒张文襄公，两人交往尤密。梁鼎芬致张文襄书中曾建议张公"或欲闻禅理，兼约礼卿，使之各树一义，粲花妙论，人人解颐，连日皆如此。康、蒯二子，深相契合，两宾相对，可以解忧。"（见《节庵先生遗稿》）。后又共同发起成立上海强学会。

②语出《出使各国考察政治大臣载沣等奏请以五年为期改行立宪政体折》（见周叶中、江国华主编《中国近代人物宪制思想评论（Ⅰ）维新》，中国政法大学出版社2015年版，第424页。

③李时岳：《张謇和立宪派》，中华书局1962年版，第40页。

保障社会之力量与人民爱护宪法之心，较之先开国会者必减其分量。”1908年5月则代表安徽全省民众致电资政院[1]，7月又和缪荃孙领衔代表苏皖两省呈递请愿书[2]，要求速开国会。而《宪法演说录存》一文则为公督学欧洲并考察政治，在莫斯科与托尔斯泰“纵横讨论”归来后，针对当时朝野在立宪问题上的混乱认识和错误主张，“应人演说之招，发明议员政府及不成文宪法之理”而成。

此文首先强调政府和社会大众是相互作用的整体，认为“人既在此群之中，无论政府社会皆此一炉之冶，未有政府独恶而社会皆善之理，亦未有政府独善而社会皆恶之理，所争者否泰消长耳”。这种认识是公出之于对宪法原理的深刻理解，指出了立宪的根本意义就在于解决和制约政府与社会、社会间不同阶层和群体的相争。如浦薛凤在论及西方宪法原理时即说：“国家之活动胥赖政府，政府之行为则有恃宪法。宪法者一方面规定‘国家之组织及其有机体生活之程序’，再方面规定国家与其他个别团体之关系。”[3]公基于自己的认识，于是进一步指出，“中国圣经贤传之所昭垂，圣君贤相之所表见，无非宪法精意，特未规为法制，不能持之久远耳”，并指出宪政体制的优越性在于“且一群之中无论如何腐败，亦必有深识远见之人”，“研究者多，少数亦可渐转为多数，此宪政进化之不可诬者也”，得出只有实行民主政治，“特舍此以外更无他法耳”的结论。针对当时立宪争论中提出的或以日本为模式，或以德国为模式，公极力予以反对，并坚持“亟宜采用英国议员政府制度”。认为其符合“周情孔思”，可以使“政府、议院皆根于人民”，“方以互相监察而进行不衰，而君主无所容心于其间矣”。认为只有如此方能真正实现民主，才是最好的选择，“得其精意，无往而不可进行；失其精意，无往而不成腐败”。强调万不可“不求本国风俗政教之由来，不斟酌现在情形之缓急，而刻舟求剑、胶柱鼓瑟”，照搬德、日的制度，并预言德、日两国“将来宪法必改”。当时德、日宪法中皇权仍然是至高无上的权力，故而不能适应民主进

①见张海鹏、李细珠：《中国近代通史》第五卷《新政、立宪与辛亥革命》，江苏人民出版社2013年版，第250页。

②见刘忆江：《袁世凯评传》下册，经济日报出版社2004年版，第500页。

③浦薛凤：《西洋近代政治思潮》，北京大学出版社2007年版，第411页。其中引文出于黑格尔《权利哲学》。

步潮流，而英国的宪政体制则建立在普遍选举制的政治基础之上，很大程度地取消了国王管理国家的权力，国王“统而不治”，成为国家的象征。果然，德国于 1918 年，日本于 1946 年修改了宪法。这一预言足征公先见之明。

“如何有效监督和控制行政权始终是宪政制度的核心问题”①。而公在这一问题的认识上最具有深刻性和远见卓识，曾一针见血指出：“见在上下无非误会，政府而曰监督，人民则以为野蛮专制之尤；人民而曰监督，政府则以为犯上作乱之渐。”(《复同乡京官论安徽全省铁路书》)并一再指出“上下互相监督之法”是汲取无数历史教训得出的精意。认为采用了英国议员政府的选举制度，“则政府人民通为一气，可以为政府之人监督政府，谓之人民监督政府可，谓之政府监督政府亦无不可。政见不同不能无冲突，而政府、议院皆根于人民，谓之政府与政府冲突可，谓之人民与人民冲突亦无不可，方以互相监察而进行不衰”。更进一步强调：“畏人监督，则是自处于野蛮无法律之地也。此义果明，久而久之，政府、人民皆能负责任守法律，是人人皆有驯服之德，亦人人有强毅独立之风，而进化不可限量矣。”这种认识即使是在当今的法治国家建设中也是颠扑不破的道理。而在民主政治的基础性建设上，认为首先要解决好各级官员和国民的素质问题，认为“法由人立、法由人行，不舞弄之、不破坏之，胥视乎人”，即使“议员政府成立后，政府、议院未必皆可恃”，“其根由舆论之不足凭，此国民程度使然”。因而强烈主张推进教育，认为“盖国家之兴系于教育普及、公共卫生，非教育、卫生实在进步，则大众程度远不及人，即易君主为民主，亦必在天演淘汰之列，万无可以倖免之理”(《复同乡京官论安徽全省铁路书》)，只有“教育卫生实在进步”，国民文化素质、身体素质日渐提高，参政、议政能力日渐增强，切实守法、公正执法，宪政民主才能实现和完善。这样的见解无疑是十分可贵的，百年后今天的法制建设存在的问题依然是立法、执法者的素质问题，依然是人民群众的法制、文明教育问题。

公还向世人大声疾呼：“与人家国，当谋和平进化，何取此纷纷扰扰为

---

①程汉大：《西方宪政史论》，中国政法大学出版社 2015 年版，第 45 页。

也！如反对议员政府，是直反对尧舜孔孟，我辈所读之书皆可烧矣！[①] 言日、德宪法者可废然返矣！”公此言使现代民主政治和中国传统文明得到结合，紧跟了时代“进化”的潮流，找到其中中学的水源木本，找到适合中国国情的宪政道路，由此足见公在宪政民主研究上的突出成就和高瞻远瞩的世界眼光。

公上光绪帝之书未能见用后，目睹乱局，知大厦将倾圮；心怀远虑，救苍生以化育。遂离京回江南，渐无意仕进，而以多半精力研究、践行普及教育、公共卫生。先任尊经书院主讲，再任两湖书院监督。后以总办之职创办江南高等学堂，“独博稽东西各国教育原理，详订课程规则”，“甫数月，功效大章”。刘坤一曾致信于公云：“江南初设高等学堂及改格致书院，节经尊处拟陈条款，莫不详审精密，且费苦心，良深钦佩。”[②]其后又任安徽教育总会会长、安徽旅宁公学校长。任首任欧洲督学使时（其时得公之助力赴欧留学者有杨毓麟、章士钊、杨昌济等），则制定多项规章，后来学部作为程式[③]。归国后又“亟思筹教育普及，规定全国卫生法令，请学部奏行”。平居与师长、至友、门生书信往还、品茗坐谈多不离教育、卫生等。如翁同龢光绪二十四年五月十六日日记即云：“蒯礼卿、王君承洛皆同船，来过。礼卿以练兵须更番，学堂须由小学堂起二事，慷慨论之，极透切。”[④]公之所以大声疾呼要普及教育，是基于对西学的精研，对中西发展道路的比较而得出的深刻认识，是孔子“有教无类”思想在晚清历史变革大潮下的新发展。其目的在于改进国民素质，实现救亡图存。其内涵不仅是文史科学的教育，同时强调了政治和

---

①在儒家学说中，禅让之道，《周礼》之“询众庶”及“小司寇之职：掌外朝之政，以致万民而询焉，一曰询国危，二曰询国迁，三曰询立君”，《礼记》之“选贤与能”，孟子之“人皆可以为尧舜”等等做法和主张都是不同程度的民主政治的体现。礼卿公精研《礼》学，深明其中至理，故有此说。

②刘坤一：《致蒯礼卿》，《刘坤一遗集》第五册，中华书局1959年版，第2254页。

③据学部宣统元年九月二十五日《奏欧洲遊学监督改归使署经理并遴员分充监督折》奏称，礼卿公到任后“悉心整顿，劳怨不辞，迭将遊学事宜随时呈报臣部，并订明办事详细章程，由臣部核准施行，颇收整齐划一之效。”转引自陈学恂、田正平编《中国近代教育史资料汇编：留学教育》，上海教育出版社2007年版，第314页。

④见《翁同龢日记》，中西书局2012年版，第3188页。王承洛，淮安人，时为会典馆校对。其父为翁常熟同年。

军事的教育。其倡导的“普及”，即教育对象不再是传统的“士”，而是要“刻意讲求”农工商贾“悉纳于学”。

《上张广雅尚书启》两件即可见公之教育思想之一斑。其一启着重谈治学入门之重要，强调博专并重，希望“见办学堂惟须于此等关键细意斟酌”。第二启阐述了自己对两湖书院办学的建议。首先强调要拟定出好的章程，认为“得人而章程未善亦复无功”。其次论述了中学和西学的关系，认为要打牢中学根柢，“西学之无所得力由于中学之不通”。强调要学习《六经》尤其是《礼经》，认为粗通礼经即可“通西洋政治”①。在治学方法上强调要“观其会通、得其条理”。其三为指明数学一科的重要性。公治学以“六书九数”为根柢，深刻理解数学在学习自然科学中的基础性作用，故而在信中进一步申明“古无不习数之学校，今日各国亦无不习算之学人。数学为测天量地、航海、工程制造之关键，正赖扩充，岂宜隔绝”，“算学即立定课程，若不能将方程式之条段贯串周洽、了然于心，虽遍习各术，仍无所用之也”。其四是希望书院要讲授天文、地理、乐律、医药等课程。其五是要在教学模式、课程设置上实行“分时兼综”，课程统一。针对一些人对此持怀疑态度，则指出“古之学校兼综也，今日外国之通行学堂亦兼综也”。“分时兼综”和统一课程的教学理念的提出在当时具有重要意义，是借鉴西方教学模式对旧有讲授模式的一大改革。其六则提倡培养博学通才之人，认为不这样就不能培养出“专门名家”。其七强调教学内容安排上应循序渐进，课程设置和内容应统一要求，要对学生定期进行考察。最后谈教师问题，认为教师应具备通识，如果建立一种通力合作的方法，“或可收教学相长之效”。公的这些主张确为文襄公所采纳②，为两湖书院颁布《两湖书院各分教规程》《两湖书院学规

①礼卿公这一学习西学必先通中学的主张可能影响到张文襄公的思想，或所见略同。两年后(1898)张公在其所著的著名的《劝学篇·循序》中即强调：“今日学者，必先通经以明我中国先圣先师立教之旨，考史以识我中国历代之治乱、九州之风土，涉猎子、集，以通我中国之学术文章，然后择西学之可以补吾阙者用之，西政之可以起吾疾者取之，斯有其益而无其害。”引自《劝学篇·辅轩语》，中国盲文出版社 2014 年版，第 36 页。

②张文襄公在 1898 年 4—5 月间呈朝廷的《两湖经心书院改照学堂办法片》奏称：“两湖书院分习经学、史学、地舆学、算学四门，图学附于地舆。每门各设分教，诸生于四门皆须兼通。四门分日轮习。”转引自舒新城编《中国近代教育史资料》，人民教育出版社 1961 年版，第 76 页。

课程》和《新定两湖学规课程》，重视西学，实行分科教学，按日分班上课，拓展课程门类，实现由旧式学院向新式学堂过渡转型奠定了思想理论基础。在中国教育由传统内容、模式向现代教育内容、模式转变的关键性跨越中，起到积极的推动作用。

《议兵》一文专谈军队建设，深刻分析了绿营、勇营、团练不同军制各自窳败的缘由，提出整顿改革的一系列主张：一是精简军队，二是藏兵于民，三是分别建立民兵、额兵，四是大力培养军事人才，废除武科举，加强武备学校建设，武职官员除有任务外，都要入学学习。公还将自己普及教育的理念推广到军事教育，认为“学校之无所不包，而不知其为兵之命脉也”，主张在学堂开展操练，进行军事训练，再将农工商悉纳入学校学习，即可实现举国皆兵。公的这些主张几乎契合了现代军事教育和军队建设的思想，无疑具有时代的超前性。

此外，《复同乡京官论安徽全省铁路书》一文，可见公于实业之研究，于财经之谙熟，于世情之洞悉，于交通发展之先见，于西方情形之明了，实为研究安徽铁路交通史之重要资料。在分析当时的公司管理制度中，把自己的“监督”学说用之于公司管理，认为应实行自上的邮部、督抚和自下的股东的共同监督，“使之负责任、守法律”。这在当时无疑是一种超越时代的理念。而《上铁宝臣尚书书》言国家筹款之策并提议将鸦片作为“政府专卖”，“可收以卖为禁之效，有益于政体”①。《王小徐〈泛倍数衍〉序》论代数微积分之学，会试之朱卷，贵州之闱题，徐桐之寿序，《补遗》中致缪荃孙各札，均可见公学术文章之精微深妙。高祖妣之事略，与受先之书则可见公事亲教子之情。兹不一一缕述，读者自可明鉴。

《文王受命改元称王辨证》是集中唯一的也是十分重要的一篇学术考辨长文。周文王果否受命、改元、称王是至今千百年来历史研究始终聚讼纷如的课题。周文王为儒家崇奉的古代圣君，孔子将其与夏禹、商汤并称为“三

①刘增合在其所著《清末禁烟时期的鸦片专卖》一文中论及公此文时认为：“估计这一说辞对铁良影响至大。铁良因而计划在年底(1905年)以前将专卖章程定妥，明年春天开办。”见《暨南史学》第3辑，2005年3月。

代之英"①,是帝王的道德典范。然受命、改元、称王之事涉及其与商纣的关系,以孔子所倡之"君君、臣臣"之义衡之,行此三事,则有损盛德;未行,而先秦史籍有说。其史实究为如何,均模糊未详。礼卿公因事而发,由分析史实入手,援引诸家论说,表明自己的历史观,而其现实意义则在于阐明"古今之异",中外之不同,君臣之道"有常有变",借以掊击死抱皇权专制制度不放的顽固守旧之辈,为政治改革作理论准备。

公在寄送本文所附的《致张广雅尚书书》中强调作此文乃"融会汉、宋,剖析古今中外,以见理之不可空言"。本文上篇主要辨析文王是否受命、改元、称王之事。所持主要观点一是认为"以朱子之说证孔子之言,可以析千古之疑矣"。即孔子说文王"三分天下有其二,以服事殷",朱熹认为"文王既戡黎,又伐崇、伐密,已做得事势如此,只是尚不肯伐纣,故曰'至德'"。文王不伐纣并服事纣,遵依了君臣之道,无损文王盛德。二是认为文王"受命",并非上天发出有声之命,也不是假托有上天预示受命的符兆,而是在虞芮质成之年,诸侯、各小国、归于文王的人民"异喙同声"称文王为"受命之君",故而即为文王之"受命"。同时认为这年即为文王受命元年,而后武王沿用之,所以"不必疑文王之改元,亦不必疑武王之不改元也,此称王之说所由来欤!"这是公以民主观念来解释"受命"之由,即源于诸侯、人民的拥戴,这无疑是一很大进步,千百年受命、改元、称王之疑当迎刃而解,也应该符合当时实际状况。三是认为文王自己是否称王,司马迁尚存疑问,只是据当时所存史料来记载,后人亦当以存疑为是,不宜强作定论。同时论证了周之世系、武王之年与伐纣之年、羑里之囚、伐国之先后、西伯是否即是东西二伯之一等诸多周史上的问题,认为都是些难以直接说明白的事,亦宜存疑为是。

中篇主要是批驳杨裕芬讲义中关于郑玄不曾言及文王称王、武王改元,文王为王乃后人追为之词,以及"从郑则废孔,从孔则废郑"等诸多观点、方法的错谬,认为"人之学术浅深不同,何能求备?融会之可也,两存之可也,偏据之亦无不可也,所谓述先师之言,非从己出也"。更认为"若天时、人事之穷,虽圣人亦有不能万全者。圣人且不能质言之,更非大贤以下之所能言

①出自《礼记·礼运篇》:"孔子曰:'大道之行也,与三代之英,丘未之逮也,而有志焉。'"

也,亦据其可言者而言之耳”。并对武王伐纣直接表明看法,“武王未尝北面称臣,故可以诛纣也”。在《致张广雅尚书书》中对此又做了申述,认为“此更关名义之大,世人不知,故愈说愈谬”,“此等大义直通今日公法,可谓亘古为昭矣”。

下篇主要申述自己的历史观及其现实意义。首先强调“古者天子于诸侯无纯臣之义”,就是说封建制度下的诸侯和周天子的关系与后来郡县制度下的君臣关系是不同的:前者是天子与属国的关系,犹如宗主国和藩属国的关系,后者则是纯粹的主仆关系。认为因有“古今之异”,故而不可以后世的道理来推理、评判三代以上的事情。“八百诸侯在三代则为能识去就,而在后世则反颜从逆也。商奄之叛,在三代则为顽民,在后世则忠臣义士也,何一而可同哉”,因而不可为维护名教之礼而罔顾历史事实。认为“牵混古今而谭名义,则人在将疑将信之间;剖析古今以维名义,则人无可彼可此之惑。不明乎此,不唯文王之事不能说,其他亦不可得而说也”。不识或无视“古今之异”,不觉或故意用后世的思想论说历史,至今仍是历史研究中的痼疾。公基于对历史“古今之异”的深刻认识,阐述了对现实中宪政民主制度建设的看法,认为“理之不可空言”,“夫古之与今犹中之与外,中与外固不同矣,外与外又复不同。执民主之说于英吉利则悖矣,而固不能谓民主之无其理也;执君民共主之说于俄罗斯则又悖矣,而固不能谓君民共主之无其理也”。直斥当时一些人“目眩汉宋之文,心迷古今之故,魂惊魄悸,于中外之交无往而能得其条理也”。强调君主、民主、君民共主都具有君臣之义在其中,不可以不考查明白其中的道理“而以空理说之”。因此,“知我说者可以通古今之异义,立中外之大防”。

本文最后的附录部分,礼卿公对“理”与“礼”作了更深入的分析,认为“夫无是非之心非人也,愈疏亦不孝也,以之事亲犹不可,况事君乎?”得出了“理与礼相附而行则得其平矣。事亲事君之道,弥纶六合,有经有权,有常有变,凡偏执一礼与空持一理均无当也”的结论。从而点明了本文的思想核心,即:以后世的君臣观念评判文王之事是不明“古今之异”之理,盲目地照搬照套某一外国的政体,是不知中外之不同。今天的社会状况与古不同,不可再用旧日的君臣之礼来约束天下臣民,必须要顺应今日之理,不可固守皇权专制，必须要变化改革。说到底，公与受梁鼎芬支持的杨裕芬的学术之争，其本质是力倡改革的进步思想和顽固不化的保守观念的较量。以学术论政治，是公写这篇长文的目的，也是其价值所在。

礼卿公八岁能诗，其同窗挚友、同僚，后任安徽巡抚的冯煦论之曰："幼喜咏，西蜀山川之胜一寓于诗，人谓其瓣香玉溪生，次亦不弱明七子也。"王揖唐亦云："丈喜谭诗，顾不多作，其所为乃不越昌谷、义山家数。"①公后不以诗名，一则为身处末世，所忧者家国民生、学术治术，不以诗为意；再则后来祖父辈裒辑遗集时或已散佚过多，如冯煦所见之咏西蜀山川诸什即未见于集中，故集中所存诗两卷并补录之词作不过八十余首耳。然公于诗词之成就亦可由此窥全豹。

集中现存之诗多为赠答、和唱、题赠、抒怀之作，然感时怀忧之情一寓其中，一本诗人之旨。如《答朝鲜贡使尹惺斋即以志别兼柬沈兰沼》之"鶗鴂将鸣草不芳，感时极目暮云黄"表达了对时局的隐忧，《同石公、润生、叔平游后湖，口占赠石公，即用石公莫愁湖即席韵》表达了上书不报后的苦闷和对天下将乱的预感。《游石钟山水师昭忠祠有感》则一抒甲午战败后的悲愤。公之诗多隐喻含蓄之作，如《鹤梦词》《醒鹤词》《忆鹤词》假托美人对鹤的思念，寄寓人生失意的惆怅。美人和鹤都是一种象征，以夜为背景，用残月、孤飞、红泪、哀情、五更霜冷、青衫憔悴、昆仑暮色、桃花零落等意象共同编织出一种凄清迷离的意境，使这种失意惆怅的情感得到着力渲染，更觉缠绵悱恻。所谓"瓣香玉溪生者"于此即可见之。公之诗另一特色是极富想象力，善用夸张手法，如《长干荡子行》《三君行》《休夏诗》以及《鹤梦词》组诗等，均具有显著的浪漫主义色彩。公深于佛学且善弈，故多以佛学典故、围棋术语入诗，如《寓感四首》之一及之三，《有赠》之二，《三君行》中一段则直写自己研习佛学。此外，一些诗则彰显公学术之深，"考证精核，无愧学人"②。如《题李新吾〈希吕印存〉》，《题〈天发神谶碑〉拓本》等。《青玉案》三阕抒

①王揖唐：《今传是楼诗话·蒯光典诗》，辽宁教育出版社2003年版，第379页。昌谷，指唐代著名诗人李贺，因其家居昌谷（今河南宜阳西），后人遂称之为李昌谷。义山，唐代另一著名诗人李商隐的字。

②王揖唐：《今传是楼诗话·蒯光典诗》，辽宁教育出版社2003年版，第380页。

写了离别京城，春天身处江宁时闲适的生活和怀抱未能一展的落寞心情。均以上片写景，下片抒怀，情景浑然交融，于清丽的意境中深寓闲愁，极富韵味。《南浦》一阕写上书不报离京前的苦闷心情，上片写行前友人送别之殷殷，下片为想象中自己回到江南，面对六朝旧都，怀念京师，感慨人才凋零，世事难料，寄寓了自己复杂的情怀。

光绪年间，非仅为政权鼎革的萌动之时，政治经济巨变的待发之机，语言文化也在这一时期新旧激荡，传统文言行将谢幕，平民白话日登大雅。《遗集》中的语言运用集中体现了这一时期文人士夫的时代特征。礼卿公撰文，于仪礼庄重处则典雅浑含，多用骈文，妙用典故，以彰所学。如《徐荫轩尚书师七十寿序》《〈周武壮公遗书〉序》《宗室韵莳祭酒〈郁华阁遗集〉序》等。于友朋间叙事，则近于民国期间文人白话，如诸多书札。而阐述政治经济所见，则又层出以西学及时下之新名词矣。此亦可为语言学者一探究焉。

上乃文铮以浅学粗识略述两公生平、著述之大要。两公博识通才，诸作中经史子集、诗赋文章、舆地书算尽皆有之，而于当时人物社会、风土世情尤广。文铮一再捧读，愈读愈为两公之学术治术，德行政绩，尤其是一以贯之的心系家国民生，不为势屈，不谋己利之懿德而仰止，缅怀之情无一日不萦于怀，以至感佩涕零。既为《家集》作点注毕，弁此《前言》，一为文史研究者提供可资借鉴的新材料、新视角、新观点；一为助我族人走近两公，知其心志，承续遗风，以再振家声，造福人民。

诚候专家学者、文史同好批评赐正。

蒯文铮

2017 年 9 月于巢湖学院滋兰池畔汲泉阁中

点注说明

一、各集之卷次、篇目均依民国十八年(1929)江宁刊本原次序。为检阅方便,本书统一重新编排目录,《金粟斋遗集》原目录不再保留。

二、各卷末保留原编次、校刊款识,以彰孝思。

三、正文原夹注以小一号之楷体字标示。

四、原文均未标点、分段,现按照今人阅读习惯为之标点、分段。

五、繁体、异体字一般都改用现行简化字;少数繁体字如用简化字易产生歧义,或在具体语境中与简化字字意不全同者则仍依其旧;古人习用的假借字亦依其旧并予以注释;少数古字在音意上今天虽有对应的文字,为保留原作风貌,不作改动。

六、词语注释一般不征引出处,典故注释概述的同时于关键处均征引出典原文。

七、词语、人物、典故后之重出者不再注释,必要时出注提示阅前注。

八、人物注释中籍贯均用今地名。

九、原本文字有误刻,凡可确定者,于正文径改之,下出注说明。

十、原集未收入之两公佚作,各为补遗一卷,分系于《带耕堂遗诗》和《金粟斋遗集》之后。

十一、行文中曾文正、李文忠、张文襄三公皆以谥号称之,以亲谊、师谊所在避讳。

目 录

前 言 …………………………………………………………… 蒯文铮/001

点注说明 ………………………………………………………………… 001

带耕堂遗诗

序 ……………………………………………………………… 程先甲/003

卷 首

《清史》本传 ………………………………………………………… 006

前国史馆本传 ……………………………………………………… 010

诰授中议大夫三品衔补用道夔州府知府蒯公神道碑 ……… 李鸿章/014

皇清诰授中议大夫三品衔补用道夔州府知府随带加二级蒯公墓志铭 …………………………………………………………… 冯 煦/018

诰授中议大夫三品衔补用道夔州府知府监督夔渝两关税务随带加二级先考子范府君事略 ………………………………… 蒯光典/024

卷　一

供　菊(二首) …… 047
渡　江 …… 047
送李少荃入都 …… 048
病中杂咏(八首) …… 050
除服赴试 …… 051
乡市行 …… 051
吊江忠烈公(四首) …… 052
庐阳夜捷行 …… 054
余烈妇歌 …… 055
秋　兴(六首) …… 057
避　乱(四首) …… 059
送柘农弟入都 …… 061
雪 …… 061
庐城再复(二首) …… 061
出山词(四首) …… 062
途中口占寄儿 …… 063
癸亥春,劝捐崇明,留别钱慎庵明府暨在局诸绅(四首) …… 064
劝捐杂咏呈郑海秋广文(四首) …… 065
甲子秋权篆长洲,留别沪上诸同人(四首) …… 067
八月十八日由沪启行,二十二日抵苏。家眷来自庐,亦于是日到岸(六首) …… 068
题《徐母劲节楼图》 …… 069
短歌行赠王敬亭 …… 069
下　乡 …… 070
浒墅关 …… 071

通安桥 …… 071
洋澄湖 …… 071
太平桥 …… 072
回　暑 …… 072
迎　春 …… 072
题张杏园《陟屺望云图》…… 073
金陵感旧（四首）…… 073
虎邱祭厉坛有感（二首）…… 074
古　树（四首）…… 075

卷　二

长洲杂诗（四首）…… 077
刘仲良学士移师宿迁赋诗送行（二首）…… 078
题《宛山世德图》…… 079
陈息庐先生馈兰（四首）…… 079
家　书 …… 080
惜香词 …… 080
经浒墅关登文昌阁题壁 …… 081
未开牡丹 …… 082
半开牡丹 …… 082
全开牡丹 …… 082
迟开牡丹 …… 083
和元和陶肖农见赠原韵 …… 083
题《孙节母传》后（二首）…… 084
重建平江书院供奉文丞相石像（四首）…… 084
二女词（二首）…… 085

浒关为三吴冲要，自遭贼乱，塘路倾圮，桥梁亦多坍塌，因出资修筑建桥二十八座，落成后诗以纪之（二首） …… 087
遣　兴（八首） …… 087
消夏八首，末一章兼怀刘培甫茂才 …… 088
兰　草 …… 089
蛛网飞虫甚众，悯之以诗 …… 090
丙寅夏设送诊公所，延医购药疗贫民疾病，赋诗纪之（二首） …… 090
天　台 …… 091
四虫谣 …… 091
余为阿宝择婿，得吴中善士吴松溪之孙。八月八日童养过门，钱伯荪孝廉主婚，慎庵太守、君砚刺史均各出资置奁具，余与沈书森司马，赵松水、吴右乐两大令执柯（二首） …… 092
送赵松水之金山任（二首） …… 093
比租行 …… 094
厘卡行 …… 095
吴伯维刺史，四川人；郭遂轩司马，云南人。同官于吴，先后病殁，为归其榇 …… 096
除夕立春（四首） …… 096
题王郁齐《司马抚琴图》（二首） …… 097

卷　三

由长洲宰权守苏州（二首） …… 098
谳局行 …… 099
将去苏州谒况公祠 …… 100
留别苏州（四首） …… 101
出苏州 …… 102
野　行 …… 103

途中追忆(四首) …… 103
送王紫垣归里(二首) …… 104
余莅太仓,适门人徐石卿孝廉来秉州铎,喜赋 …… 104
赴　省(二首) …… 105
九弟病后书来,索狐裘,附诗寄去(二首) …… 105
余至长洲,适钱太令扶病理事,代之 …… 106
巡行乡野,过嘉定葛龙镇,查获女唱书四人,以车载之来 …… 106
散给贫民棉衣 …… 107
自　箴 …… 107
登穿山 …… 107
喜蔗农四弟来(二首) …… 108
姜桂行 …… 108
芦　花 …… 109
重到上海感旧(四首) …… 109
迎　春 …… 111
示光煦 …… 111
送诸子归试(五首) …… 112
题陈息庐《归云图》 …… 113
己巳元旦试笔 …… 113
出　门 …… 114
丹阳途次 …… 114
旅　店 …… 114
上马制军(四首) …… 115
前诗已献,蒙公招饮,又呈二章 …… 116
校　士 …… 117
南园安道书院落成(四首) …… 117
簪云、侍儿两峰歌 …… 119

题吴大令幼乐《味菜图》 …… 121
鹤 …… 121
陶肖农与余同官吴会已历四载，近复共事娄东，相得益欢。今秋以亲老乞休，离别之际，诗以送之（四首） …… 122
晚宿涂松 …… 123
勘灾野行（二首） …… 123
征漕行 …… 124
题《三侠图》（二首） …… 125
夜宿浏涓 …… 126
余至苏，过吴松溪家，阿宝出见，已长成矣。喜赋 …… 126

卷　四

庚午七月调守京江，留别娄东诸君子（十五首） …… 127
登北固山 …… 129
龙潭道上（二首） …… 130
余告上元张令，复金陵元气须重兴秦淮河房。张令云曾侯亦有此议。感而赋诗（二首） …… 131
由金陵回镇江，舟人苦风微行缓，赋诗晓之 …… 131
苏州书来，内子病笃，偕季子光典往视 …… 132
调守江宁（二首） …… 132
悼　亡（四首） …… 133
寒　夜 …… 134
郡斋对雪感赋 …… 134
人日夜雨 …… 135
燕　子 …… 135
春柳四律用渔洋山人秋柳韵 …… 135
上元胡式嘉、江宁莫善徵两大令邀看后湖荷花，晚由秦淮归（四首） …… 136

重修莫愁湖 …… 137
辛未仲秋入觐(四首) …… 138
燕子矶阻风 …… 139
夜宿东沟 …… 139
道出吴门,叶涵溪征士赋诗送行,依韵答之(二首)　附原诗(二首) …… 140
扬州舟次 …… 141
平山堂 …… 141
漂母墓 …… 142
清江浦 …… 142
齐　东(四首) …… 143
轿车行 …… 144
和翟家庄壁间韵(八首)　附原诗《山行即景八绝》 …… 145
登泰山绝顶观日(二首) …… 147
黄　河 …… 148
赠吴崙峰军门 …… 148

卷　五

到　京(二首) …… 149
染　须 …… 150
十一月十二日引见(二首) …… 150
十八日奉旨授夔州府纪恩 …… 151
定兴题壁 …… 151
立春日齐河道中口号 …… 152
望徂徕 …… 152
鳌阳度岁(二首) …… 152
元旦早发 …… 153

催　程 …… 153
仲兴旅店食馒头特佳,临行店妇人持赠十枚 …… 153
抵金陵(二首) …… 154
别江南(七首) …… 154
舟过新堤喜晤蔗农四弟 …… 155
入夔境(二首) …… 155
途次万县,接三四两儿入泮之信,诗以志感 …… 156
纪　行 …… 157
九日偕周成甫、戴崇甫登莲花峰(二首) …… 157
听　鸟(四首) …… 158
乞　菊(二首) …… 159
岁暮书怀(二首) …… 159
忆江南即用别江南原韵(七首) …… 160
黄　鹂 …… 161
望华亭前杂树遮蔽,余为删除,多植梅柳 …… 161
九弟年逾四十甫生一子,书来喜赋 …… 161
登望华亭(八首) …… 162
仆女吟 …… 163
哭九弟 …… 164
赠吕扉青直牧即以送别 …… 164
正月十九日大女来 …… 165
忆昔行 …… 165
马驴行 …… 167
开元寺听鹂 …… 168
六十自寿(四首) …… 168
夔城告竣,诗以纪之 …… 170
碛盐行 …… 171

文峰书院落成喜赋(二首) …… 172
跋 …… 刘家谟/174
跋 …… 冯　煦/176
后　记 …… 蒯寿枢/177

补　遗

题南京莫愁湖胜棋楼联 …… 179
挽曾文正公联 …… 180
改建平江书院并祀文丞相石像记 …… 180
韦白周况四公祠记 …… 183
《自怡悦斋诗存》序 …… 185
《引痘集要》序 …… 187
《陆陈二先生文钞》序 …… 189
《蚕桑实济》序 …… 191
重修镇江内外城记 …… 193
城工碑记 …… 195
《陆陈二先生诗钞》序 …… 199

吴中判牍

序 …… 程先甲/203
序 …… 俞　樾/206
判牍四十五则 …… 209
跋 …… 240

蒯公子范历任治所崇祀录

江苏长洲县崇祀名宦始末 …… 程先甲/247

江苏太仓州崇祀名宦始末 …… 程先甲/256
事实册 …… 265
公　结 …… 269
四川夔州府崇祀名宦始末 …… 程先甲/273
四川总督赵尔丰片 …… 程先甲/279

金粟斋遗集

序 …… 程先甲/283

卷　首

《清史》本传 …… 286
蒯礼卿京卿传 …… 冯　煦/290
候补四品京堂蒯公神道碑 …… 陈三立/296
候补四品京堂蒯君墓志铭 …… 马其昶/300
清故诰授资政大夫二品衔候补四品京堂学部丞参上行走督学局局长
先师蒯礼卿先生行状 …… 程先甲/303
扬州淮安海州三属绅耆请在清淮地方建立专祠公禀 …… 317
事实册 …… 319
蒯公分巡淮扬海道事略 …… 吴　涑/323

卷一　文

诰授中议大夫三品衔补用道夔州府知府监督夔渝两关税务
随带加二级先考子范府君事略 …… 330
诰封淑人先妣李淑人事略 …… 340
策问五道 …… 344

卷二　文

上德宗皇帝书 …… 353

卷三　文

文王受命改元称王辨证 …… 390

卷四　文

宪法演说录存 …… 429

卷五　文

复同乡京官论安徽全省铁路书 …… 437

卷六　文

议　兵 …… 450
上铁宝臣尚书书 …… 455
徐荫轩尚书师七十寿序 …… 459
王小徐《泛倍数衍》序 …… 479
《忠贞录》跋 …… 481
上张广雅尚书启(一) …… 483
上张广雅尚书启(二) …… 485
致宝瑞臣侍郎书 …… 490
致杨杏城同年书 …… 493
与四儿受先书 …… 495
致程生一夔先甲书 …… 498

卷七　古近体诗

友人招集莫愁湖之曾公阁即席赋 …… 500
答朝鲜贡使尹惺斋即以誌别兼柬沈兰沼（二首）…… 501
同石公、润生、叔平游后湖，口占赠石公，即用石公莫愁湖即席韵 …… 502
实甫仁兄见示张梦晋《岁寒三友图》，君自以为梦晋后身，并言崔莹像尚在京师某家 …… 503
和荫轩中堂座主用聚奎堂王衷白原韵诗二首 …… 505
杂诗八首 …… 506
题　佚（二首）…… 507
寓感四首 …… 508
题　佚（五首）…… 510
有　赠（四首）…… 511
题姚茜青画梅四首却寄 …… 512
乙酉元日作二首 …… 513
为李新吾题陈伯阳《四玉清芬》手卷二首 …… 514
题　佚 …… 515
徐积余属题《狼山访碑图》（二首） …… 515
意有未尽再题一律 …… 516
题李新吾《希吕印存》…… 517
胡煦斋林泉小憩图（二首）…… 520

卷八　古近体诗

三君行 …… 521
鹤梦词 …… 524
醒鹤词 …… 525
忆鹤词 …… 526

秋海棠用王渔洋《秋柳》韵四首 …… 527
柳枝词 …… 528
怀人四首 …… 529
喜雨二首效樊榭体 …… 530
秦淮杂咏(三首) …… 531
题姚芝卿小像三首 …… 532
题姚芝卿《天台二仙子图》 …… 533
有　忆(三首) …… 534
长干荡子行 …… 535
休夏诗 …… 537
大观音庵拟建念佛堂,以募簿见示,漫题六截代疏 …… 538
芜湖榷署谳集二首 …… 540
游石钟山水师昭忠祠有感 …… 542
题《天发神谶碑》拓本 …… 543
和南皮张尚书金陵杂诗(十一首) …… 545

附录　词

青玉案三阕 …… 550
南　浦 …… 551
后　记 …… 蒯寿田/553

补　遗

会试朱卷 …… 554
　知其说者之于天下也其如示诸斯乎 …… 556
　文理密察足以有别也 …… 558
　其事则齐桓晋文其文则史 …… 561
　赋得花开鸟鸣晨 …… 566

《亭林余集》跋 …… 567
《近科通雅集》序 …… 569
蒙授江苏补用道加二品衔恭谢天恩折 …… 571
《周武壮公遗书》序 …… 573
《文字蒙求广义》识语 …… 578
宗室韵莳祭酒《郁华阁遗集》序 …… 579
演说词(摘录) …… 585
致新吾札 …… 586
致穆斋仁兄札 …… 587
致穆斋仁兄札(三件) …… 587
致缪小山札(七件) …… 593
致汪芸浦札 …… 599
致胡煦斋札 …… 601

后　记 …… 蒯文铮/602

带耕堂遗诗

序

诗可废乎？曰恶乎①可？吾之所谓诗者，乃汉魏六朝唐宋以来相传之诗，非世俗之所谓新体诗也，恶可废？或谓汉魏六朝唐宋以来诗集，塞栋充宇②，指不胜偻③。继此者可弗④作，作亦可弗传乎？曰恶乎可？夫诗，犹貌也。千百其貌者斯⑤千百其心，千百其心者斯千百其言，千百其言者斯千百其诗。汉魏六朝唐宋之诗，人各有其貌、其心、其言，斯各有其诗。继此者各有其貌、其心、其言，斯亦各有其诗。是故，诗不可弗作，作不可弗传。虽然有山林之诗⑥，有台省之诗⑦。山林士流⑧不过析声病⑨、揣宜忌、课工拙而已。至台阁伦辈则堂皇坋杂、簿书鞅掌⑩。观诗者不必龂龂⑪于声病、宜忌、工拙，而当以衡量政治为先务。政而窳⑫，诗无足称；政而良，诗始足述。唯然⑬，而蒯公子范之诗可得言焉。

---

①恶（wū）乎：表示疑问，哪里，怎么。

②塞栋充宇：把屋子都装满了，形容极多。

③指不胜偻（lǚ）：数都数不过来。偻，弯曲。

④弗：表示否定，不。

⑤斯：他。这里是他就有的意思。

⑥山林之诗：指隐居的人所作的吟咏山水林泉、自然风物的诗。山林，代指隐居不仕的人。

⑦台省之诗：指朝廷官员所作的诗，较多属于奉和、应制，描写官员生活一类。如明代诗歌有“台阁体”。台省，汉、唐朝廷主要机构称为台、省。下文的“台阁”的意义在这里相同，阁指殿阁。

⑧山林士流：指一般的读书人。

⑨声病：旧体诗讲求声调和音韵，有格律要求，不合要求的即为“声病”。

⑩堂皇坋（bèn）杂、簿书鞅掌：意思是说台省官员则忙于公务。堂皇坋杂，描述官员匆匆忙忙奔走在殿堂之上。堂皇，官员处理公事的大厅。坋杂，尘土扬起。坋，尘土。簿书，公文册籍。鞅掌，繁忙。

⑪龂龂（yín）：争辩的样子。

⑫窳（yǔ）：败坏。

⑬唯然：只有这样。

盖蒯公承晚清棼乱[①]之后，由邑令擢太守[②]，自长洲而太仓、而镇江、而江宁、而夔州，其地类皆疮痍疴疠[③]，万姓凋攰[④]，延颈企踵[⑤]以徯[⑥]苏息。公至，则解烦蠲[⑦]苛，澹菑纾祸[⑧]。甿庶讴思[⑨]，没齿弗怠[⑩]。其卓卓[⑪]如此，诗特其政治之燀著[⑫]焉耳。是故[⑬]读公之诗，于《比租行》《征漕行》可以知拙催科而劳抚字[⑭]，于《厘卡[⑮]行》可以知黜[⑯]搜括而崇培养，于夔城纪事可以知卫民之勇，于送诊公所、散给棉衣诸作可以知爱民之挚。其诗也，其政也。是恶可弗作，作亦恶可弗传矣乎？

公之季子礼卿先生[⑰]，先甲昔从游，然未获见公之诗。今岁公之孙若木

---

①棼(fén)乱：混乱。

②邑令擢(zhuò)太守：由知县提升为知府。邑令，知县。擢，提升。太守，清代对知府的别称。

③疮痍疴疠：形容遭乱后的破败景象。

④凋攰(guì)：凋，衰败。攰，筋疲力尽。

⑤延颈企踵：伸长脖子，抬起脚跟，形容急切盼望。延，伸长。踵，脚跟。

⑥徯(xī)：等待。

⑦蠲(juān)：免除。

⑧澹菑纾祸：消除灾害，解除祸患。澹，使之安定。菑，音义同“灾”。纾，解除。

⑨甿(méng)庶讴思：甿庶，老百姓。讴思，歌颂想念。

⑩没齿弗怠：没齿，终身，《论语·宪问》：“夺伯氏骈邑三百，饭疏食，没齿无怨言。”怠，倦。

⑪卓卓：形容非常突出。

⑫燀(chǎn)著：燀著，显现。燀，光亮。这里是说子范公诗歌是他从政为官生活的鲜明体现。

⑬是故：因此。

⑭拙催科而劳抚字：意思是说不去花力气催缴赋税，而是致力于百姓的休养生息。催科，催缴赋税。抚字，对百姓的安抚体恤。

⑮厘卡：征收厘金的关卡。

⑯黜：废除。

⑰季子礼卿先生：季子，第四或最小的儿子。礼卿，光典公的字。公在兄弟中排行第四，亦最小。

总裁①自远道赍②公遗著将授梓③，属为董理④，先甲乃即其见⑤存者审定而编次之。《吴中判牍⑥》仍单行，《历任治所崇祀录》别为一编，诗稿则析为五卷。其字句之两列者择其一，断楮⑦之丛残者归其序，而以碑、传之属列卷首，于是公之诗始显襮⑧于世。

独念公知江宁郡，时当同治庚午⑨，距先甲之生尚先一岁。岂意公之遗诗遥遥六十年尚俟⑩余至今而后编订耶，是可异已！既蒇事⑪，乃著其巅末⑫如此。

中华民国己巳岁⑬，门下晚学生江宁程先甲⑭一夔序。

---

①若木总裁：若木，子范公次子光藻公之子蒯先楹的字。蒯先楹（1877—1944），后名寿枢，字若木，佛号圆顿，晚号圆叟、桑翁。1903 年留学日本东京高等工业学校。1905 年参加同盟会，为最早成员之一，1912 年任安徽同盟会支部长。归国后奖励举人，后任甘肃花定榷运局局长、青海甘边屯垦使兼青海矿务监督。1918 年任北洋政府铁路督办，1923 年任驻日本学务总裁。1924 年退隐，精研佛学。曾任金陵刻经处流通部主任。善书法，精书画鉴定，为著名收藏家。

②赍（jī）：送。

③授梓：交付刻印。梓，木名。古代木刻印刷以梓木为上，所以称刻印书籍为“梓”。

④属为董理：属，同“嘱”。董理，整理。

⑤见：同“现”。

⑥判牍：判决案件的公文。

⑦断楮：残缺的纸张。楮，木名，树皮是造纸原料，所以成为纸的代称。

⑧襮（bò）：显露。

⑨同治庚午：即同治九年（1870）。

⑩俟（sì）：等待。

⑪蒇（chǎn）事：事情完成。

⑫巅末：始末。

⑬中华民国己巳岁：即 1929 年。

⑭程先甲（1872—1932）：字鼎臣，又字一夔，笔名百花仙子。江苏江宁（今南京）人。光绪十七年（1891）举人。1898 年任江南高等学堂教习，后又任江苏教育总会评议员、江宁学会副会长、两江学务处义绅等。精训诂、音韵之学，积极推行文字改革运动，善文赋诗词。著有《千一斋全书》，其《金陵赋》最为脍炙人口。

带耕堂遗诗卷首

《清史》本传

见《清史稿·循吏①传》卷四

蒯德模，字子范，安徽合肥人。咸丰末，以诸生②治团练③，积功洊保④知县，留江苏。同治三年⑤，署⑥长洲。时苏州新复⑦，盗日数发，德模侦之辄获。有匿镇将⑧营者，亲往擒以归，置之法。车渡⑨民聚众抗租，或欲慑以兵，德模曰："是激之变也。"扁舟往，治首恶、散胁从，事立平。治有天主堂，雍正间鄂尔泰⑩抚苏改祠孔子，泰西人伊宗尹⑪以故址请，德模曰："某官可

①循吏：守法循理的官吏。

②诸生：明清时经本省各级考试录取进入府、州、县学者，称"生员"，俗称"秀才"。生员有增生、附生、廪生、例生等不同名目，统称"诸生"。

③团练：由当地丁壮组成，由地方士绅领导、训练而成的一种具有地方民兵性质的军事组织。清代后期的团练在抵抗、平定太平军和捻军中起到巨大作用。

④洊（jiàn）保：经过两次保举。洊，再次。

⑤同治三年：即 1864 年。

⑥署：代理。署某官有时也有试用的目的。

⑦复：收复。

⑧镇将：清代人对总兵的一种称呼。清代在防务上将国土分为若干镇派兵驻守，各镇军事长官即为总兵，正二品衔。

⑨车渡：地名，位于今苏州市相城区阳澄湖镇东北。

⑩鄂尔泰（1677—1745）：西林觉罗氏，字毅庵，谥文端。满洲镶蓝旗人。官至云贵广西三省总督、少保、保和殿大学士、军机大臣，封襄勤伯。著有《西林遗稿》。雍正初年曾任江苏布政使。

⑪泰西人伊宗尹：泰西，明清时称西方国家主要是欧、美等国为泰西。伊宗尹，中华书局本《清史稿·循吏传》（见 13080 页）于此处作"伊宗伊"，而《家集》相关各处均作"伊宗尹"，当是。

罢，此祠非若[①]有也。”卒不行。奸人诱买良家女，倚势豪为庇，德模挈[②]女亲属往出之，豪亦屈服。其不畏强御[③]类此。常周行[④]乡陌，田夫走卒相酬畣[⑤]，周知民隐。驭下严而恤其私，胥役奉法，不敢为蠹。附郭[⑥]讼狱故繁，日坐堂皇判决，间用俳语钩距发摘[⑦]，豪猾屏息。然执法平，不为缴刻[⑧]。上官遇疑狱辄移鞫治[⑨]，多所平反。治长洲四年，判八百余牍，尽惬民意，或播歌谣焉。

江北大水，灾民麇集[⑩]。德模请于大吏[⑪]，分各县留养，三万余人无失所。民有为饥寒偷窃者，设化莠室[⑫]，给衣食，使习艺，艺成遣归。为浒墅关[⑬]营筹刍秣[⑭]费，永免比闾[⑮]供役。修望亭塘，为桥二十八[⑯]，以利行旅。兵祲[⑰]之后，百废待举，坛庙、仓庾[⑱]、书院、善堂、祠宇及先贤祠墓率先修复，不足则斥俸[⑲]助之。

---

①若：代词，你。

②挈（qiè）：带领。

③强御：横暴有势力的人。

④周行：遍行。周，遍。

⑤畣：古“答”字。

⑥附郭：县衙和府衙同在一城称附郭。当时长洲县衙署设在苏州城内。

⑦间用俳（pái）语钩距发摘：俳语，讲究对偶的骈句。钩距，辗转推问，究得实情。发摘，揭示疑难。

⑧缴刻：繁扰苛严。

⑨鞫（jū）治：审理处治。

⑩麇（jūn）集：聚集。麇，獐子，后引申表示成群，读作 qún。

⑪大吏：指巡抚、布政使等地方要员。

⑫化莠（yǒu）室：教育转化培训人的地方，取“化莠为良”之意。莠，俗称狗尾草，比喻品质不好的人。

⑬浒（xǔ）墅关：地名，今在苏州城西北，亦简称“浒关”。

⑭刍秣：牛马草料。

⑮比闾：乡里，当地。周代基层组织五家为比，五比为闾。

⑯为桥二十八：今存之苏州寒山寺枫桥即为子范公于同治六年所主持重建。

⑰兵祲（jìn）：战争造成的灾难。祲，不祥之气。

⑱仓庾：粮库。

⑲斥俸：拿出自己的俸金。斥，拿出；俸，官员的薪资。

征漕①旧有淋尖、踢斛、花边、样米、捉猪诸色目②，又有截串、差追③诸弊，一皆革除，不追呼而赋办。惟大小户均一，便于民而不便于绅，御史朱镇④以浮收⑤劾奏。事下按治⑥，总督曾国藩⑦、巡抚郭柏荫⑧奏雪之。诏以“是非倒置”切责原奏官。旋署太仓直隶州⑨知州、苏州知府。

九年，调署镇江。时天津民击毙法兰西领事丰大业⑩，沿江戒严。德模至则葺⑪外城、浚甘露港⑫，召还居民之闻警远徙者，人心始定。调署江宁。

未几，擢⑬四川夔州知府。府城滨江，屡圮⑭于水，修筑辄不就。德模自

---

①征漕：征收漕粮。漕粮，古代由东南地区通过水路运输至京师的税粮。

②淋尖、踢斛、花边、样米、捉猪诸色目：淋尖指过斗时粮食在上堆成尖，踢斛指把斛上高起的粮用脚踢震落下来，花边指斗斛的口边留米，样米指在检查米的质量取样时留取，捉猪指以被猪鸡抢食损耗为名留取。色目，名目。

③截串、差追：截串，也叫“截票”，指当时征收田赋的缴款凭证。两联、三联、四联、五联都曾用过，分给官府、纳税户、差役等留存。差追，指对缴粮入仓时未如额的人派差役追上抓回来关押。

④朱镇：生卒年不详。江苏南京人，广东巡抚朱桂桢之子。父卒从优恤，钦赐举人，官至监察御史。

⑤浮收：超过定额征收。

⑥事下按治：指皇帝批示下发地方督抚查办。

⑦曾国藩（1811—1872）：初名子城，字伯涵，号涤生，谥文正。湖南长沙湘乡人，曾子七十世孙。道光十八年（1838）进士。近代著名政治家、战略家、理学家、文学家，湘军的创立者和统帅，平定太平军的主要人物，“同光中兴”功臣之首。官至两江总督、直隶总督、武英殿大学士，封一等毅勇侯。著作今有《曾文正公全集》。

⑧郭柏荫（1807—1884）：字远堂。福建侯官人。道光十二年（1832）进士。曾任江苏按察使、布政使、署巡抚。官至署湖广总督。

⑨直隶州：清代的州分为两种，一般的州叫“散州”，归府管辖；一是直隶州，直属省布政使司管辖。

⑩1870年4、5月间，天津发生多起儿童失踪事件，民间传言与外国修女及教堂有关。6月21日，知县刘杰去望海楼天主堂查案时，数千民众包围教堂并与教堂人员发生冲突。法国驻天津领事丰大业（Henrytanier，1830—1870）在路上与刘杰相遇争论，怒而开枪，打死其仆人。民众激愤之下杀死了丰大业及其秘书西门，之后又杀死外国修女、神父、法国领事馆人员及侨民、信徒等数十人，焚毁了法国领事馆、教堂等。6月24日，法国等外国军舰开到天津，因而引发了沿江民众的恐慌和城市戒严。

⑪葺（qì）：修理。

⑫浚甘露港：浚，疏通。甘露港，在镇江北固山西侧。

⑬擢（zhuó）：提拔。

⑭圮（pǐ）：倒塌。

出方略，筑保坎十三道，甃①以方丈大石，层累而上。捐万金以倡其役，不二年，遂成。附郭②有臭盐碛③，盛涨则没水，水落贫民相聚煎盐。嗣为云阳灶户④所持，请封禁。然冬令私煎如故，聚众抗捕无如何。德模请弛禁，官买其盐运销宜昌，不夺奉节贫民之业，不侵云阳销引之岸⑤，遂著为令。劝民种桑，奉节一县二十二万株，他邑称是。在夔四年，卒于官，长洲、太仓、夔州皆祠祀之。

---

①甃（zhòu）：砌。

②附郭：这里指奉节县。

③臭盐碛（qì）：滩名，由奉节县梅溪河与长江交汇淤积而成。碛，沙石滩。

④云阳灶户：云阳，县名，与奉节县西边相连。灶户，以煮盐为业的人户。

⑤销引之岸：清代食盐贸易实行引岸制度，盐商向官府缴税后，取得运盐的证明即“盐引”和在划定的口岸区域内销售的权利。每引根据额定的重量又分为“大引”和“小引”，大引每引300斤，小引每引200斤。销盐又叫“销引”。引，允许通行的证件。岸，口岸。

前国史馆[①]本传

蒯德模,安徽合肥人,咸丰间诸生。以团练随大军攻定远、庐州,兼理筹饷事。积功递保至知县,留江苏补用,并赏戴蓝翎[②]。同治三年,署长洲县知县。是时,苏城[③]新复,游勇降匪聚而为盗,日数十发。德模侦其所在,率丁役迹[④]之辄获。有盗匿镇将营,倚众拒捕。德模亲往,立擒以归,一营环视莫敢动,遂论如律。车渡地方与新阳县[⑤]民聚众抗租,上游[⑥]令德模督炮船往按。德模曰:"是激之变耳。"扁舟入其境,治首恶,散胁从,事立平。县治旧有天主堂,雍正间鄂尔泰抚吴,改祠孔子,寇乱熸[⑦]焉。泰西人伊宗尹以故址请,督抚令与德模谋。德模不可,呵曰:"某官可罢,此祠不可得也。"卒弗许。有奸人诱卖良家女,恃势豪庇,德模挈其亲属往出之,势豪亦屈服。盖德模天性沉毅,疾恶如仇,故能不畏强御如此。有因饥寒为窃者,为设化莠堂,给以衣食,督其习艺。艺成,各令归。

知长洲四年,所判八百余牍,皆惬民意。常乘马日行数十里,与田夫走卒相酬答,周知民隐,一旦坐堂皇莅事,人皆惊以为神。驭下严而能恤其私,胥役辈争自濯磨[⑧],不敢为淄蠹[⑨]。首邑[⑩]讼狱繁,限日传提,随时判决,间用

---

①前国史馆:本书编辑于民国十八年,故称清代国史馆为前国史馆。

②蓝翎:清朝的官员礼帽上的饰物。帽上有顶珠,珠下有翎管,用来插入翎枝。翎枝分蓝翎和花翎两种,蓝翎为染成蓝色的鹖羽,花翎为孔雀羽,更为贵重。其作用一是表明等级,二是赏赐军功。是一种荣耀,一般官员不能配戴。

③苏城:苏州城。

④迹:这里用作动词,循踪迹追查。

⑤新阳县:清雍正二年因昆山县人口、赋税繁多,遂分其东部设新阳县,县治在昆山城内,属苏州府。民国元年撤并复归昆山县。

⑥上游:上级。

⑦熸(jiān):烧毁。

⑧濯磨:改变旧习,以期有为。濯,洗涤。磨,磨砺。

⑨淄(zī)蠹:贪污侵蚀。淄,黑色。蠹,蛀虫。

⑩首邑:即首县。县衙和府衙同城的县叫作首县。

俳语，粲然成章。谳狱①思无不入，能虚中察辞气②。或故支离曼衍③其词，而忽得其情会④所在，发摘若神，豪猾屏息。然执宪平，不为缴刻，多得法外之意。上官贤之，凡疑狱悉移鞫治。淮阳水师在江面巡徼⑤，被盗格伤副将⑥，捕役于通州获张开大等五名，坐以盗。德模鞫为宁波护商船，立释之，惩误获者。丹阳吕郁文讼严家正盗丝，团董黄宽袒家正。郁文舅贡元良恚愤上控，词及宽，宽亦控元良喜讼。元良匿他所，妻高氏坚指老郎桥下溺尸谓为元良，又有贡士斌指为伯父秉锡，皆控宽主谋，并诬大眼孙三以为加功⑦。德模观贡高氏虽号泣讼冤，其意若不甚戚者，搜得元良书，知死者实秉锡。验之无伤，又于其怀得已湿词，则在县控人有案者。先是，宽患贡高氏，许士斌埋葬银，证非元良。狱竟，靳⑧不与，故士斌亦诬以谋杀。情既得，按律分惩，而孙三获免⑨。其他平反多类此。

高邮清水潭决，灾民南下。德模请于大吏，酌派各县按图⑩分养，三万余人无一失所。吴门⑪遭兵祲，百废待举，坛庙，仓庾，书院，清节堂，恤孤局，昭忠、节孝、名宦等祠，及先贤祠墓之在境内者，德模率先修，举不足则割俸资之。又为浒墅关营筹刍秣费，永免比闾共役。修望亭塘，为桥二十八以利行者。吴中向章⑫，征收钱粮有淋尖、踢斛、花边、样米、捉猪诸色目，纳粮一石须米两石。余又往往差追严切，不堪其扰。德模稔⑬民疾苦，一皆革除，不事

---

①谳(yàn)狱：审理诉讼，审问案情。

②虚中察辞气：虚中，虚心，不先入为主。察辞气，审察供述人的语言、语气和神情。

③支离曼衍：支离，散碎凌乱。曼衍，东扯西拉。

④情会：事情的关键。

⑤巡徼(jiào)：巡查。

⑥副将：清代武官名称，位次于总兵，从二品。

⑦加功：增加可信度。

⑧靳(jìn)：吝惜，舍不得。

⑨此案审理情况可见后《吴中判牍》第十七则。

⑩图：清代县以下行政区划名称，层级大体在乡(都)以下，村(保)以上，又称之为“里”。

⑪吴门：苏州的别称。苏州为春秋时吴国都城吴县故地，吴县城又称吴门，所以后人以吴门代称苏州。

⑫向章：向来的规矩。

⑬稔(rěn)：熟知。

追呼而输租相属①。惟大小户均一,颇有不便之者。御史朱镇以浮收奏劾,事下督抚推治,总督曾国藩、巡抚郭柏荫奏雪之,奉旨以"是非倒置"申饬原奏官。

德模前已汇保②至直隶州知州,换戴花翎。复叙分援浙闽皖功,晋知府,加道衔。又以海运出力,陟③补用道员。旋署太仓州知州、苏州府知府,其治一如长洲时。治狱精审,或不得,废寝与食,力思诚索,幽明响应。在太仓遂有因风击鼓而获豆腐店谋杀亲夫一案,小民演为谣谚,初亦不尽诬也④。

未几,调署镇江府。时天津丰大业事方棘,沿江设烽燧⑤。或有缓其行者,德模毅然曰:"臣子避难不忠,上游知我不义。"趣装⑥往。镇江有外城,粤逆⑦增筑也。德模至,规度形势,知城包北固、瓦子山,据险宜葺;甘露港不通则城河塞,宜浚。而士民闻警远徙,城为之空。乃驰书召绅富,责以大义,不数日输金⑧至巨万。工未竟,调署江宁。

旋擢四川夔州府。夔城濒江,屡圮于水。承修者以竹笼盛石子筑之,随筑随圮,糜⑨金数万而工不举。不得已,议建木城。德模自出方略,筑保坎十三道,甃以方丈余大石,层累而上。先捐万金以倡其役,不二年,遂成。附郭有臭盐碛,盛涨时没水中,水落则贫民相聚煎盐。嗣为云阳灶户所持,奉有永远封禁之旨,然每至冬令,私煎如故。煎户恒至数千人,或执械以抗捕者,官无如何。德模以货弃于地为可惜,请弛其禁,而由官购买,运至宜昌一带销售。既不夺奉节之业,又不侵云阳之岸,遂定为例。然浮舟东下,厘金⑩、

---

①相属:相继。指缴纳租税的人一个接着一个。

②汇保:保举官员的一种形式。将积累劳绩的众人集中一道保举。

③陟:官职升迁。

④初亦不尽诬也:是说这些歌谣源于一定的事实依据。

⑤烽燧(suì):烽火。古代遇敌情白天放烟、晚上举火为报警信号。

⑥趣装:抓紧收拾行装。

⑦粤逆:指太平军。

⑧输金:捐钱。

⑨糜:浪费。

⑩厘金:即清咸丰年间开始实行的在水陆关卡征收的商品流通税,因其初定税率为1厘,即物价的百分之一,故名"厘金"。

水脚费①殊巨，德模志在利民，独力任之，岁累万金亦不计。复刊《蚕桑实际》②一书，分给保甲，劝民种桑，又遣委员董理之。不二年，奉节一县种桑二十二万有奇，他邑称是。在夔州四年，卒于任。长洲、太仓及夔州各绅民咸祠祀③焉。

①水脚费：指支付水运和脚力即搬运工的费用。

②《蚕桑实际》：应作《蚕桑实济》。详见后《〈蚕桑实济〉序》。

③祠祀：在名宦祠进行祭祀。

诰授中议大夫[①]三品衔补用道[②]夔州府知府蒯公神道碑[③]

合肥李鸿章[④]少荃撰

自鸿章督淮军，始平江南，继定河北，吾乡豪俊魁杰云兴雾浡[⑤]，踔起[⑥]相从。提一旅之师征伐江苏、浙江、安徽、湖北、河南、直隶、山东诸行省，所至芟除[⑦]丑类，恢复名城，以功伐光燀[⑧]海内者不可胜纪，而吾友蒯公乃独以循绩著。

同治三年，鸿章既克苏州，始以公摄[⑨]长洲县事。江苏承宋末官田、明初税籍之弊，赋重民困，既遭乱离，民力益不堪。鸿章乃奏请裁减苏、松[⑩]诸郡赋额，以纾疲氓[⑪]，有诏俞允[⑫]。公因是益痛抉[⑬]粮吏积弊，户无大小，壹令平

①诰授中议大夫：诰，皇帝给予官员或其父祖等封赠的文书。中议大夫，清代文官官衔，从三品。

②补用道：即候补道。指具有道员职衔，有缺额时再委用实职者。

③神道碑：立在墓地道路上的碑。此碑尚有部分残碑存于合肥市长丰县高塘村柏树岗。

④李鸿章（1823—1901）：字子黻，号少荃，谥文忠。安徽合肥人。道光二十七年（1847）进士。近代著名政治家、战略家、外交家、洋务运动领袖。淮军、北洋水师的创始人和统帅，平定太平军、捻军和对外抗敌的主要人物。官至直隶总督兼北洋通商大臣、太子太傅、文华殿大学士，封肃毅伯。卒赠太傅，晋封一等侯爵。著有《李文忠公全集》。

⑤云兴雾浡：形容众多且兴盛。浡：与“勃”音义相同，兴起的样子。

⑥踔（chuō）起：形容从众人中奋勇而起的样子。踔，腾跃。

⑦芟（shān）除：消灭。芟，除草。

⑧光燀（chǎn）：光耀。

⑨摄：代理。

⑩苏、松：苏州府、松江府。

⑪疲氓：疲惫的老百姓。

⑫俞允：允诺。俞，应诺之声。

⑬痛抉：下决心找出。

均。而巨族、诸有势不便，或以蜚语[①]闻上，事下两江总督[②]、江苏巡抚问治。当是时，公方淬精劘虑[③]，力求民莫[④]。靡废不举，靡害不蠲[⑤]，摧强植弱，谳狱若神，甿庶悦豫[⑥]，户颂途讴，绩誉流闻远迩。于是大吏具奏公治行尤异，所坐[⑦]一与湔濯[⑧]。奏上，诏书嘉许，有"好官"之褒，且责言者诬妄失实。由是，累擢至知府，以道员用。旋摄苏州府事，又移知太仓州，又连摄镇江、江宁府事，寻授[⑨]夔州府知府。所至之地，抃[⑩]舞欢呼；所去之邦，望尘涟洏[⑪]。及其后卒官夔州，万众悲号，交走相吊。吴蜀之民诵说慕咏，至于今不衰。盖公勤恤民隐，深达时宜，巨细洪纤壹是，号为辨治[⑫]，大吏重其能，天子嘉其绩，而百姓被其仁恩。古所谓明察之官、忠信之长、慈惠之师，于公见之矣。

始公家居，值粤贼之乱，以诸生督民团御贼，事势险棘万端，乘机应会[⑬]，卒用保全。其任长洲，某乡民与新阳盛阿香聚众抗租，上游令公以舟师往，公持不可，单舸驰入，晓譬立定。及镇洋令[⑭]以苛敛激变，某观察[⑮]征夔州厘税几致乱，臭盐碛民相聚私煎，知县某匿不敢出，势皆岌岌[⑯]不终日，得公壹

---

①蜚语：没有根据且带有诽谤性质的话。

②两江总督：总管江苏（含今上海市）、安徽和江西三省的军民政务的最高长官，从一品。

③淬精劘（mò）虑：集中精力，反复考虑。淬，本意为锻造淬火使之精纯，比喻凝聚。劘，切磋。

④莫：安定。《诗经·大雅·皇矣》："监观四方，求民之莫。"

⑤靡害不蠲（juān）：没有为害百姓的弊政不除掉。蠲，除去。

⑥甿庶悦豫：甿庶，百姓。悦豫，喜悦。

⑦所坐：强加的罪名。

⑧湔（jiān）濯：洗涤。

⑨寻授：寻，随即。授，实授，正式担任。

⑩抃（biàn）：鼓掌。

⑪涟洏（ér）：涕泪交流的样子。

⑫辨治：治理成功。

⑬乘机应会：于关键处善于把握应对。

⑭镇洋令：镇洋县令。镇洋为清代中后期设于今太仓市东部的一个县，隶属太仓州，民国初撤。

⑮观察：清代对道员的尊称。

⑯岌岌：形容山势高耸，比喻情势十分危险。

解。论者于是益知公非独长于字民①，其履危不慑②、折冲坏牙③、捷出钊断④，故不后于吾乡诸君。然承大乱之后，抚极敝之民，使一方帖然⑤，其功之所昭，与夫斩将搴⑥旗、破坚禽⑦敌者亦岂易为轩轾⑧哉。

公讳德模，字子范。其卒以光绪三年九月二十一日⑨，春秋六十有二。以某年月日葬于某所之原，淑人李氏祔⑩。

其季翰林院检讨⑪光典具述遗烈，属冯编修煦⑫志其墓⑬，又请为神道之碑于鸿章。凡公世次、子姓、历官、行治及其他诸懿轨⑭，编修铭幽之文曲折委备，既具言之矣。鸿章乃独撰次大端，论其拊循之功⑮深有裨⑯于当时者，而系以诗，使行路歌之，以慰吴蜀遗民之思，且以谂⑰当世在位君子有察吏之

---

①字民：抚育人民。字，哺育。

②慑(shè)：惧怕。

③折冲坏牙：彻底制服对方及其首领。折冲，使敌人的战车折返，意为击退敌人。冲，是古代的一种战车。坏牙，把大将的旗帜给打坏了。牙，指牙旗，为大将所建之旗，饰以象牙。

④捷出钊(tuán)断：形容处理问题迅速果断。钊，切割。

⑤帖然：安定顺从。

⑥搴(qiān)：拔。

⑦禽：通“擒”。

⑧轩轾：意即高下。古代车辆前高后低的叫“轩”，前低后高的叫“轾”。这一段话意思是说，子范公作为地方文官，能够在大乱之后治理好当地，造福百姓，和那些战功卓著的武将比，他们的功绩是难分高下的。

⑨光绪三年九月二十一日：公历为1877年10月27日。

⑩淑人李氏祔(fù)。淑人，清代朝廷给予三品官员夫人的封号。李氏，详见《金粟斋遗集·诰封淑人先妣李淑人事略》。祔，合葬。

⑪翰林院检讨：翰林院，清代朝廷重要机构，负责为皇帝讲学，编修国史，草拟制诰文册，入侍值班以备皇帝顾问，充任乡、会、殿试考官等，又为皇帝文学侍从。检讨，翰林院官员的一级，从七品。编修为正七品。

⑫冯煦(1842—1927)：原名冯熙，字梦华，号蒿庵。江苏金坛人。光绪十二年(1886)进士，授翰林院编修。历官安徽凤阳府知府、四川按察使和安徽巡抚。辛亥革命后，寓居上海。参与纂修《江南通志》，著有《蒿庵类稿》等。

⑬志其墓：撰写墓志铭，即下面的“铭幽之文”。

⑭懿轨：美好的事迹。懿，美好。

⑮拊(fǔ)循之功：安定地方、造福百姓的功绩。拊循，安抚。

⑯裨(bì)：助益。

⑰谂(shěn)：告诫。

责者，俾[1]慎所择焉。其辞曰：

乌乎！郡守县令，国之安危，民之愉戚[2]，实在于斯。其在平世，惟守惟令，苟非其人，民乃大病。楚毒[3]愤冤，一呼响应，大乱斯惔[4]，波骇猋横[5]。崩沸荡潏[6]，上下奔驰，穷天下力，仅乃克之。既其克定，有若沉痾[7]，甫杖而兴[8]，千疮万痂。惟令惟守，苟非其人，如彼宿火[9]，瞚[10]焉而焚，存亡之几，能少希间[11]？乌乎蒯公！维民之天，手援陷溺，出之重渊，上帱下蒻，以靖其眠[12]。弱者申舒，暴者局卷[13]，裀菑弭伏[14]，兆人赖焉。往在吴中，寇氛始湔[15]，我佐我佑，实倚公贤。公弃我去，奄忽十霜[16]，朋旧之恩，民庶之望，萦胃填膺[17]，如何能忘。伐石镵辞[18]，树之崇冈，嗟兹来者，罔或毁伤[19]。\

---

①俾(bǐ)：使。

②愉戚：欢乐和悲愁。

③楚毒：痛苦。

④大乱斯惔(tán)：天下大乱由此而来。惔，进，发展。

⑤波骇猋横(biāo hèng)：形容势头迅猛，难以阻挡。波骇，波涛骇人。猋横，犬受惊吓而狂奔。

⑥崩沸荡潏(yù)：比喻社会剧烈动荡。崩沸，山崩河沸。荡潏，水摇动涌出的样子。

⑦沉痾(kē)：即沉疴，重而久的病。

⑧甫杖而兴：开始拄着拐杖慢慢站起来。甫，开始。

⑨宿火：隔夜未被扑灭的火。

⑩瞚：同“瞬”，眨眼间。

⑪能少希间：怎么能有一点疏漏。希间，空隙。

⑫上帱(chóu)下蒻(ruò)，以靖其眠：比喻精心呵护百姓，让他们得到安定的生活。典出汉张衡《同声歌》：“思为莞蒻席，在下蔽匡床。愿为罗衾帱，在上卫风霜。”帱，床帐。蒻，香蒲，可以编席。靖，安。

⑬弱者申舒，暴者局卷：使弱者能扬眉吐气，使强横者收敛行迹不敢为非。

⑭裀(gū)菑弭(mí)伏：祸乱灾害消除不见了。裀，意为祭祀，但古人常借用作“祸”字。菑，同“灾”。弭，消除。伏，藏匿不见。

⑮湔：清除。

⑯奄忽十霜：奄忽，迅疾。十霜，十个下霜的季节，即十年。

⑰萦胃填膺：连同前后文意思是说，子范公在朋友故旧中留下的恩情，在老百姓中的声望，已被人们深深地藏在胸中。膺，胸腔。

⑱伐石镵(chán)辞：砍来石料，刻上文辞。伐，砍。镵，利锥，这里用作动词，镌刻的意思。

⑲嗟兹来者，罔或毁伤：此两句意为，喂！来到这里的人，不要去损坏它。嗟，叹词，用作打招呼。罔，不要。

皇清诰授中议大夫三品衔补用道 夔州府知府随带加二级[①]蒯公墓志铭

金坛冯煦蒿庵撰

穆宗即位之三年[②],江南底定[③]。民吊死扶伤,复其旧都[④],蕲得古循吏水火而茵席之[⑤]。于时合肥蒯公知长洲,最号得民,“好官”之褒,出自天语[⑥],党[⑦]古所谓循吏耶?长洲承粤寇后,降人散卒相聚为盗,公抚其魁,使钩治[⑧]之,三日无不获者。有盗匿某提督[⑨]所,捕者莫敢发,公亲缚之。吴赋甲天下[⑩],吏又因缘[⑪]为奸利,民纳银一两、米一石,尝相倍蓰[⑫],公廉[⑬]其实而革之。户无大无小,必均以一,为明以来所未有。有以蜚语上者,卒得白。

---

①加二级:清制,凡官员立有功绩或经考核成绩优良者,可交吏部议叙,给予纪录或加级的奖励。加级共分三等,即加一级、加二级、加三级。所加之级既可作晋升的依据,也可在犯错时作抵扣以免去处分,同时也是一种荣誉。

②穆宗即位之三年:穆宗,同治皇帝庙号。同治三年,见前注。

③底(zhǐ)定:达到安定。

④复其旧都:回到原来的城市。复,回。都,城邑。

⑤蕲得古循吏水火而茵席之:希望得到一个像古代循吏那样的好官,使百姓于水火苦难中拥有一片可以休养生息的地方。蕲,通“祈”,求。茵席,垫子,坐席,比喻安居之处。

⑥天语:皇帝说的话。

⑦党:通“傥”,音义同“倘”,或者。

⑧钩治:探查处治。钩,探查。

⑨提督:清代武职之一,设于重要省份统辖陆路或水路官兵,为地方最高军事长官。从一品。

⑩吴赋甲天下:指江苏赋税为全国最重。今江苏中南部和浙江北部地区东汉时为吴郡,治所在今苏州,故以“吴”代称江苏。

⑪因缘:勾结。

⑫蓰(xǐ):五倍。

⑬廉:查访。

县旧有天主堂,雍正中巡抚鄂尔泰改祠孔子。祠毁①于兵,泰西人请复其旧,公峻拒之,百计恫喝②不少动。治狱虚中察辞气,不为缴刻。或曼衍其辞,若出若没,而忽得情会所在。不幸而不得,则湛思冥求③,忘寝与馈;幸而得之,又风发而雷厉,必如其志而后即安。淮扬水师副将某遇盗于江,通州误获张开大五人,非盗也,而持之坚;震泽④诬蒋亦琴以从蒋法沉溺死小功服婶⑤,拟斩⑥;新阳⑦诬赵翔以从赵瑞戳死赵鹤亭,拟军⑧;公并雪之。其他平反多类此。知长洲四年,所治凡八百狱,民以不冤,判牍传海内外,或译为俚曲野辞,衢巷歌之。

公暇则布衣纠履⑨,周⑩关坊村堡间,民之荒勤,风俗之良窳⑪,靡不洞达。常先事董戒⑫之,民惊以为神。幽区奥陬⑬相戒不敢为非,僻⑭若公之监其左右也。大而坛庙、仓储、学校,细至昔贤之一祠一墓,皆割奉⑮新之,所耗累巨万。长洲民上其事,所云"无利不兴、无弊不除者"也。长洲既代⑯,民祠公于浒关。自是而苏州、而太仓、而镇江、而江宁,最后守蜀之夔州,其险易、肥瘠、久暂相万⑰,得民一也。

又长于应变。粤寇始东,公练丁筑堡以自卫,寇数犯,数却之。寇持⑱公

---

①毁:烧毁。

②恫(dòng)喝:恐吓。

③湛思冥求:潜心深入探究。

④震泽:地名,今属苏州市吴江区。

⑤小功服婶:即从堂叔的妻子。小功服,古代丧礼"五服"第四等。

⑥拟斩:拟定处斩。

⑦新阳:即新阳县。

⑧拟军:拟定予以充军。

⑨纠(xún)履:粗麻绳编成的鞋。《荀子·正名》:"粗布之衣、粗纠之履而可以养体。"

⑩周:周行,遍行。

⑪良窳(yǔ):好坏。窳,败坏。

⑫董戒:督察防范。

⑬幽区奥陬(zōu):偏僻的地方。陬,角落。

⑭僻:避开。

⑮奉:"俸"的本字。

⑯代:由后人来接替,即指子范公离开长洲。

⑰相万:相去万里,比喻差距之大。

⑱持:捉拿。

急，乡之群不逞[①]复谋陷公，公昼捭阖[②]其间，夜卧至数易其处。新阳盛阿香结众抗租，大吏使公督炮船往，公曰"炮船激之变耳"，单舸入。镇洋令某赋民不中程[③]，民毁其廨[④]。夔有厘税视榷关[⑤]，观察某征之溢于榷，商民相率罢市，执某而抶[⑥]之。修夔州城，役夫与营卒哄。奉节臭盐碛之未官运也，民聚而私煎，知县某匿不出。凡所遭皆情势岌岌间不容一发[⑦]，而公不轶不惊[⑧]，弭之以积诚[⑨]，如雨膏涂[⑩]，如风摧枯，无不化者。

性耆[⑪]学，尤洞于《易》[⑫]。为文钩沉缒幽[⑬]，不规规风尚[⑭]，连不得志于有司[⑮]，泊如也[⑯]。而向学益勤，学务自得，守一先生之说而颛治之[⑰]，一刬异同离合之迹[⑱]。尝诏其子光典曰："是非凿枘，各立标帜，则失之妄[⑲]；务为调

---

①群不逞：一群为非作歹的人。

②捭（bǎi）阖：分开聚合。意为离他们或远或近，行止不定。

③赋民不中程：赋民，向百姓征收赋税。赋，作动词用。不中程，不按照程式、制度办。

④廨（xiè）：官署。

⑤榷（què）关：对过往的船只、商品征税的专门机构。这句是说夔州有的厘税和榷关征税是同一个标准。

⑥抶（chì）：鞭打。

⑦不容一发：空隙极小，比喻时间极为紧迫。

⑧不轶不惊：既不逃避不管也不惊慌失措。轶，通"逸"，逃避。

⑨弭之以积诚：以长期在百姓中树立的威信和诚意使事态平息。

⑩如雨膏（gào）涂：像雨淋湿路面尘土不扬，比喻事态平息。膏，滋润。涂，同"途"。

⑪耆：通"嗜"。

⑫洞于《易》：对《易经》研究很深透。

⑬钩沉缒（zhuì）幽：探求深层的道理、意义。缒，用绳子把物体从深处往上提。

⑭不规规风尚：不拘泥于风气时尚。规规，拘泥。

⑮有司：官吏。古代设官分职，各有专司，故称。这里指乡试考官。

⑯泊如也：一副淡泊的样子。保持着淡泊的心态。

⑰守一先生之说而颛治之：对于经史尊奉一家之说而进行专门研究。颛，通"专"。

⑱一刬异同离合之迹：意思是治学专主一家，不尚别家异说。刬，同"铲"。

⑲"是非"三句：意思是说，学问上本就有不同见解，难以统一，坚持己见，独树一帜，就会显得荒诞。凿枘（ruì），凿是木器的卯眼，枘是锯出来的榫头。凿圆枘方，表示事物相互对立，难以统一。

人，绝无心得，则失之陋①；裒集异说，凌杂米盐，则失之愚②。远是三者，始可云学。"世号多通儒，其外，公所讥者几人耶？善为诗，多忧生念乱③之旨。

尤务裁就④人士。长洲建平江书院，太仓建安道书院，夔州建文峰书院，并藏书其中。自为程课，敦宿儒⑤督之，朴者文，废者振。士有一节之善，宾礼之甚厚，且唯其才而已，臧否贤不肖⑥，一不干其虑⑦也。

公广额丰颐⑧，修髯垂尺许，目炯炯然射人，声如洪钟巨霆。有所论建，执义不回，气常盖其上，而坦白无城奥⑨，亦能纳善下人⑩。少有至性，父遘风疾⑪，扶掖之不步武⑫离。遇⑬诸弟恩谊笃至，推祖所遗田宅畀之⑭诸弟，殁，恤其孤与己子比。三党族姻曲得其欲⑮，与人交不以通塞⑯、生死有二也。标致萧澹⑰，无声色狗马蒱博⑱之好，独畜书数万卷。公殁不十年，子姓

---

①"务为"三句：意思是说，致力于调和各种不同见解，没有自己的观点，就会显得学问浅陋。

②"裒(póu)集"三句：意思是说，只知道收集各种不同见解，混杂在一起不加以分辨，这样治学是愚蠢的。裒，聚集。

③忧生念乱：忧虑民生，感慨时乱。

④裁就：培养。

⑤敦宿儒：敦，敦请，恳请。宿儒，有声望的饱学之士。

⑥臧否(pǐ)贤不肖：臧否，善恶。不肖，不正派。

⑦干其虑：干，关系、涉及。按，时当大乱之后，人于乱中难免有失当之处，正当用人育才之际，故唯才是用，大处着眼，不求完人。这正是非俗吏所能有的实事求是、通权达变之识见高明处。

⑧丰颐：丰，宽大。颐，下巴。

⑨城奥：意同城府，比喻心机。

⑩下人：下于人，就教、谦让于人。

⑪遘(gòu)风疾：遘，遭遇。风疾，即"脑中风"。

⑫步武：距离很近。古代六尺为步，半步为武。

⑬遇：对待。

⑭畀(bì)之：把它给予。

⑮三党族姻曲得其欲：三党指父族、母族、妻族，族指同姓宗族。姻指各种姻亲关系。曲得其欲，绕弯子、变法子来满足他们的需要。

⑯通塞：境遇之顺逆。

⑰标致萧澹：标致，风采气质。萧澹，潇洒淡雅。

⑱蒱(pú)博：古代的一种博戏，类似于掷色子。泛指赌博。

至无以自赡①而力学取科第，是可观所处已②。

公讳德模，字子范。其先家襄阳，明迁合肥。曾祖希曾③、祖绂④并以公贵，赠中议大夫，又以公从弟德标⑤官湖北布政使⑥，赠通奉大夫⑦。曾祖妣韩、祖妣李并初赠淑人⑧，再赠夫人。父廷理⑨赠中议大夫，妣周赠淑人。娶于李，封淑人，夷险一节⑩，力俭以勤，先公八年卒。子男四人：光煦⑪、光藻⑫、光昭⑬、光典。光典官翰林院检讨，能世⑭其学。女二人，长适同县杜生，次字同县李氏⑮。公历官始长洲知县，终夔州知府，进秩三品，阶中议大夫。生嘉庆丙子九月三日⑯，殁光绪丁丑九月二十一日⑰，年六十有二。后

---

①子姓至无以自赡(shàn)：子姓，子孙。无以自赡，没有可以用来养活自己的东西。

②是可观所处已：由此可见他的为人处世。是，指代词，这里。

③希曾：公生卒年不详，字宗传，又字唯斋。绩学力行，屡困场屋，一生为文数百篇未梓行。赠中议大夫，晋赠通奉大夫。

④绂(fú)：《合肥蒯氏宗谱》及礼卿公会试所呈履历皆作“綍”，与本人字、又字的意思相一致，当是。綍，读fú，大绳，取义于《礼记·缁衣》：“王言如丝，其出如纶；王言如纶，其出如綍。”纶綍，帝王诏旨。公生卒年不详，字纶诏，又字言卿。善舆地之学，秉性孝友，乡里称善。诰赠中议大夫，晋赠通奉大夫。

⑤德标(1816—1894)：字蔗农。道光甲辰(1844)恩科举人。历任湖北盐法道、按察使、布政使，充湖北文闱内外提调监试官，光绪戊子(1888)科武闱正主考。后调任福建、台湾、广东布政使。诰授光禄大夫，一品花翎。

⑥布政使：清代官名，为督、抚的属官，专管一省财赋、民政，俗称藩台、藩司。从二品。

⑦通奉大夫：清代文官官衔，从二品。

⑧淑人：朝廷给予三品官员祖母、母、妻的封号。下文“夫人”则是封赠给一、二品官员的。

⑨廷理：公生卒年不详，字燮庵。太学生。精医理，著有《素问义证》《晚翠轩医话》梓行于世。诰赠中议大夫。

⑩夷险一节：无论平常时期还是危难时期，操行始终如一。

⑪光煦(？—1883)：字和轩。江苏候补同知，赠中宪大夫。

⑫光藻(1849—1907)：原名志和，字翰卿。太学生，五品衔候选知县。赐戴蓝翎，诰封奉直大夫，赐封荣禄大夫。

⑬光昭(1852—1887)：字宣叔，又字淑明。秀才，赠登仕郎。

⑭世：承继。

⑮同县李氏：即李瀚章三子李经滇。

⑯嘉庆丙子九月三日：即1816年10月23日。

⑰光绪丁丑九月二十一日：即1877年10月27日。

九年丙戌十一月①，光典等始葬公于兹原，李淑人祔焉。煦事公久②，又与光典为同岁生③，铭莫煦若④。铭曰：

公昔有辞："宽猛异施，文质异宜。"逮⑤公为政，虽曰天性，亦学之应。暖暖姝姝，不主而奴，治通于儒⑥。公之所是，家人妇子，休戚一体⑦。公之所非，无坚不摧，如霆如雷。刚亦不吐，柔亦不茹，信公之素⑧。政通人和，前舞后歌，吴蜀则那⑨。公之持己，亦表亦里，洞见终始⑩。识赅九流，通汉宋邮，归于自修⑪。用足龛变，学足澄眩，终老郡县⑫。郡县之功，传世无穷，视此幽宫⑬。

---

①丙戌十一月：即1886年11月下旬至12月中旬。

②煦事公久：冯煦早年即就学于子范公门下，故云。

③同岁生：指同一年考取生员，非同年出生之意。两公后又同一年中举。

④铭莫煦若：《墓志铭》非我冯煦撰写莫属。

⑤逮：等到。

⑥"暖暖"三句：意思是子范公自己感到高兴的是，为官不以官自居，而是乐意做百姓公仆，为官行事合乎儒家思想。暖暖姝姝(shū)，沾沾自喜的样子。《庄子·徐无鬼》："所谓暖姝者，学一先生之言，则暖暖姝姝而私自说(yuè)也，自以为足矣。"不主而奴，不做百姓的主人而做他们的仆人。

⑦"公之所是"三句：意思是子范公确定的事，全家人都竭力支持，休戚与共。是，认为是正确的事。

⑧"刚亦"三句：意思是子范公从不欺软怕硬，这是他一贯作风。"刚亦不吐，柔亦不茹"典出《诗经·大雅·烝民》："人亦有言，柔则茹之，刚则吐之。维仲山甫，柔亦不茹，刚亦不吐。不侮矜寡，不畏强御。"茹，吃掉。信，确实。素，一贯作风。

⑨"政通"三句：意思是公为官所到之处，都能实现政通人和，人民载歌载舞赞颂他，而在吴、蜀两地政绩犹多。那(nuó)，多的意思。《诗经·小雅·桑扈》："不戢不难，受福不那。"

⑩"公之持己"三句：意思是公之做人，表里如一，贯彻始终。持己，立身为人。

⑪"识赅"三句：意思是公之学识很全面，尤为通晓汉代经学、宋代理学，并用来提升自身修养。赅(gāi)，完备。九流，即战国时期儒家、道家、阴阳家、法家、名家、墨家、纵横家、杂家、农家等九个学术流派。邮，通"尤"。通汉宋邮，即尤通汉宋的倒装。

⑫"用足"三句：意思是公之才能足以平定变乱，学识足以澄清学术上的迷乱，可惜到老也只是做个府县一级的地方官。用，才具，才干。龛，通"戡"，平定。眩，原意为目光昏花，这里比喻乱象。

⑬"郡县"三句：意思是府县地方官也能造福后代，功绩世代相传。如若不信，看看这座坟墓里的人吧！幽宫，坟墓。

诰授中议大夫三品衔补用道夔州府知府监督夔渝[①]两关税务随带加二级先考子范府君[②]事略[③]

光绪三年，岁在丁丑，府君终夔州任所，夔之人巷哭私祭，奔走相告。而所至之地追念遗爱，投牒大府[④]以名宦请祠[⑤]，礼官格新例[⑥]，未报可。既国史馆续纂《循吏传》，事下行省[⑦]，征取州郡治行[⑧]，学使者[⑨]以府君宦迹上，然皆各言其地，生平或不能该备[⑩]。今卜窾[⑪]有日矣，而延道之文[⑫]未具，不

①夔渝：指夔州和重庆。清代重庆府在隋唐时为渝州，所以重庆别称为“渝”。

②府君：原是汉魏时期对太守的敬称，后来成为对男性逝者的一种敬称。本文用作对子范公的敬称。

③事略：一种记人记事的文体名称，有别于正式传记。古代子孙不为先辈直接作碑传，以避偏爱溢美之嫌，故写成事略，“略”有简述未备之意，以供他人写碑传时增益删削。

④投牒(dié)大府：投牒，投送呈文。大府，指总督、巡抚。

⑤以名宦请祠：即请求认定为名宦入祠享受祭祀。清代沿袭明代在各府州县文庙内设名宦祠。在本地任职而勤政爱民，功绩德业显著的官员，逝后由当地士民举荐，经本省总督、巡抚会同学政审核，报朝廷批准，将其牌位立于祠内，春秋两季该地官员带领士绅举行祭祀。

⑥礼官格新例：礼官，礼部官员。格，被阻遏。新例，见后《崇祀录》中相关记述。

⑦行省：即省。元代中央最高机构为中书省，后在地方上划定区域设立行中书省，设官管理该区域政务，简称“行省”，并成为地方最高行政区划的名称。后再简称为“省”并沿用至今。

⑧州郡治行：府、州一级地方官的政绩。

⑨学使者：这里指江苏、四川提学使。清末裁撤提督学政，改设提学使，为督抚属官，正三品，负责全省文教。

⑩该备：完备。

⑪卜窾(cuì)：选择墓地。窾，墓穴。古人选择墓地要进行占卜，故曰“卜窾”。

⑫延道之文：指墓志铭、神道碑等文章。延道，进入墓穴的地道。延，通“埏(yán)”。

孝光典大惧溘先朝露①，使府君盛懿弗章②，谨檃括条贯③，诠次④《事略》，伏冀⑤当代鸿儒魁垒⑥、蓄道德能文章者加之搴择⑦焉。

吾蒯氏系出襄阳⑧，明之中叶，始祖讳应先者自江西迁合肥，遂定籍焉。六传至府君之曾祖，讳希曾，绩学善属文，今存杂著数册。以先世田宅让诸罤⑨，独身出居城东北三十里横店之东，人皆高其义行云，妣氏韩。祖讳绂，以孝谨重于乡，精地形之学，为先代定兆⑩城北三十里之堰梢地，至今过者以为吉壤⑪也，妣氏李。两世皆以府君官赠中议大夫，以湖北布政使蔗农从叔官再赠通奉大夫；妣皆赠淑人，再赠夫人。父讳廷理，字夑庵，国子监生⑫，聪强过人，于书无所不览。尤邃⑬于医，以《素问》⑭多古义，王注亦简奥，为之博征雅故⑮，著《素问义证》一书。又以医理旁见侧出，不可骤通，墨守一隅⑯必致误病者，复著《晚翠轩医话》一书，原本古医家言，附以生平所遇险怪之

---

①大惧溘（kè）先朝露：非常担心自己突然哪一天早早去世了。溘，突然。朝露，比喻存在时间短促，引申为早卒。

②盛懿（yì）弗章：崇高品德得不到彰显。盛，大。懿，美德。章，彰显。

③檃（yǐn）括条贯：不断修改，使之具有条理。檃括，矫正竹木弯曲的一种工具，比喻对文章进行剪裁、改写。条贯，条理。

④诠次：选择编次。

⑤伏冀：恭敬地希望。

⑥魁垒：高超特出。比喻杰出的人士。

⑦搴（qiān）择：选择。搴，拔取。

⑧系出襄阳：湖北襄阳是蒯氏郡望，东汉末著名谋士蒯良、蒯越是襄阳人。因此"系出襄阳"具有世系属于襄阳蒯氏和属于蒯良、蒯越的后人这两重意思。

⑨诸罤：众兄弟。罤，同"昆"，兄也，这里是昆弟（兄弟）的意思。

⑩兆：墓地。

⑪吉壤：旧时指风水好的坟地。

⑫国子监生：简称"监生"，指在国子监肄业者，后来亦可以通过捐纳取得。国子监，明清时期教育的最高管理机构和最高学府。

⑬邃（suì）：精深。

⑭《素问》：即《黄帝内经素问》，成书于秦汉间，是最早的中医论著。唐代宗时王冰为之作注。

⑮雅故：正确的训释和例证。

⑯墨守一隅：比喻思想保守，见识有限。

证,疏通而钩铍[1]之,多神明于规矩之外。名籍甚[2],四方求医者趾错于户[3],应之无倦容。遇贫家笃疾[4],虽甚冗[5],若暴风雨、祁寒[6]大暑,闻请无不立往,莫[7]夜或披衣数起,尤为人所难。以府君官赠中宪大夫[8],妣氏周,赠淑人。

府君讳德模,字子范,晚号蔗园老人。幼颖异[9],十三岁始就傅[10],稘年[11],"七经"皆上口[12],与蔗农从叔同补博士弟子员[13]。府君制举文力矫恒蹊[14],钩沉縋幽,䜣合于古[15],而与有司尺度则盩[16]。同学自蔗农从叔外,若今

---

①钩铍:探索分析。铍(pī),扬雄《方言》:"梁、益之间裁木为器曰'铍'。"引申为剖析。

②名籍甚:名声很大。

③趾错于户:形容人往来不绝。趾,脚趾,代指脚。错,交错。

④笃(dǔ)疾:病势沉重。

⑤冗:事情繁忙。

⑥祁寒:严寒。祁,盛,大。

⑦莫:"暮"的本字。

⑧"以府君"句:廷理公此后又以礼卿公官赠中议大夫。

⑨颖异:聪慧过人,表现出众。

⑩就傅:到老师那里学习。傅,老师。

⑪稘年:周年。稘,"期(jī)"的本字。

⑫"七经"皆上口:"七经",七种儒家经典,历来所列书目不一,康熙《御纂七经》作《易》《书》《诗》《春秋》《周礼》《仪礼》《礼记》。这里所说《七经》当即指《御纂七经》。上口,顺口而出,流畅。

⑬补博士弟子员:博士弟子员,生员的一种雅称。汉武帝设博士官,置弟子从学,称"博士弟子员",后世生员性质与之相近,故称。补,考取后补进。明清府、州、县各学生员皆有定额,只有缺额,童生才能考中补入。

⑭制举文力矫恒蹊:科举应试文字竭力避免落入俗套。制举文,科举考试的文章体裁,亦即"八股文"。矫,纠正,恒蹊,通常的路数。

⑮䜣合于古:喜爱追求古人的风格。䜣,同"欣"。

⑯盩(zhōu):相悖,不合。

伯相李公[①]臮[②]乃兄筱泉尚书[③]，皆府君所与掉鞅角逐[④]者也，上者入翰林，次亦得乡贡[⑤]，拔萃以去，独府君一衿偃蹇[⑥]，连不得志于有司。益发愤读古今百家言，穷昼夜不肯休，尝自言生平得力在屡困场屋[⑦]，则府君之学养可知矣。

咸丰初，粤寇起[⑧]，江介[⑨]骚然。府君团义旅[⑩]，歼土寇数十处。迨贼陷庐州，东北一隅安堵[⑪]如故，府君力也。五年，城复[⑫]。时菏泽马端敏公[⑬]宰合肥[⑭]，一切善后倚府君如左右手。六年，赤旱，土寇[⑮]复啸聚，府君以乡团佐官军克之，歼渠率[⑯]数十人，风少戢[⑰]。八年，城复陷。贼四出钞盗[⑱]，府君

---

①伯相李公：即李文忠公。伯相，时人对文忠公的敬称。公封肃毅伯，又任相当于前代宰相的文华殿大学士，故称。

②臮：同“暨”，及也。

③筱泉尚书：即李瀚章（1821—1899），字筱泉，晚年自号钝叟，谥勤恪。拔贡出身。曾任湖南、江苏、浙江、湖北巡抚，官至湖广、四川总督、漕运总督，加兵部尚书衔。一品顶戴，太子少保。著有《合肥李勤恪公政书》等。

④掉鞅角逐：可以轻松地一较先后。《左传·宣公十二年》：“吾闻致师者，左射以菆，代御执辔，御下两马，掉鞅而还。”杜预注：“掉，正也；示闲暇。”鞅，套在马脖上的皮带。掉鞅，整理扶正皮带，用来比喻人才力有余，从容不迫。角逐，竞争较量。

⑤乡贡：指乡试，即每三年一次举行的省级科举考试，得中者为举人。

⑥一衿（jīn）偃蹇（jiǎn）：意思是只取得一个秀才就不再进步。衿，指青衿，即青色交领的长衫，是古代学子和明清秀才的常服。偃蹇，困顿不前。

⑦场屋：科举考试的地方。

⑧粤寇起：太平军于1851年1月正式起事，这一年是咸丰元年。

⑨江介：沿江一带。

⑩团义旅：团，用作动词，组织。义旅，正义的军队，是对团练的美称。

⑪安堵：安居。《史记·田单列传》：“即墨即降，愿无虏掠吾族家妻妾，令安堵。”

⑫城复：庐州城被收复。

⑬马端敏公：马新贻（1821—1870），字谷山，号燕门，谥端敏。山东菏泽人，回族。道光二十七年（1847）进士，曾任合肥知县、庐州知府，安徽按察使、布政使，官至两江总督兼通商事务大臣。1870年7月被刺身亡，特赠太子太保。

⑭宰合肥：任合肥知县。宰，县宰，即知县；这里用作动词，担任知县。

⑮土寇：指当地土匪，非太平军也。

⑯渠率：即“渠帅”，率同“帅”，首领。

⑰戢（jí）：收敛。

⑱钞盗：抄掠强取。钞，同“抄”。

集里中豪俊数十人,距城三四里筑堡数十处,与巨酋陈玉成①相持累月,大军乘之,寇乃逸。先是,府君以随复定远功保训导②,至是保教谕加五品衔。数年之中,出入虎狼不测之地,日所接皆枭獍成性③之人,酒食言语可以起而刬刃④。财散家毁,己未⑤又一病几殆。粤寇闻府君名,屡来大索,群不逞之徒复阴相倾结⑥,欲得府君而甘心,常夜卧数易其处,捭阖肆应⑦,间不容发,而德、慧、术、知⑧自此日进矣。

同治初元,今伯相李公督师上海,招府君往,任以榷务⑨。府君持大体,不务苛娆⑩,商旅乐输⑪,馁馈⑫赖以无阙。叙劳晋知县,留江苏补用,赏戴蓝翎。苏州复,权知长洲县事⑬。有盗匿某镇将所,莫敢谁何,府君逮论如律。县治有天主堂,雍正间鄂文端抚吴改祠孔子,寇乱燔焉。泰西人伊宗尹持故事请于督抚,与府君争之力,府君呵曰:"某官可罢,此祠非若有也。"卒不许。某相国婿在妓家与人哄,而以被劫讼于县。府君拘妓至,将坐告者以宿娼罪,某闻而遁。有数女子为奸人略⑭卖为倡,倡家倚势豪无恐,府君挈其亲属

---

①巨酋陈玉成:酋,首领,统帅。陈玉成(1837—1862),原名丕成,广西藤县人。太平天国后期重要将领,骁勇善战,为太平军屡立战功,封英王。后为苗沛霖所诱遭俘被杀。

②随复定远:随同大军收复定远。训导:府、州、县负责教育的副职官员,品级一般为从七品、从八品。《清史稿·职官志三》:"儒学:府教授、训导,州学正、训导,县教谕、训导,俱各一人。"

③枭獍(jìng)成性:秉性凶残狠毒。枭,即猫头鹰。獍,兽名,又叫破镜。古代认为枭出生后即吃掉母亲,獍出生后吃掉父亲,是恶鸟、恶兽。

④刬(tuán)刃:用刀割刺。刬,割、切。

⑤己未:咸丰九年(1859)。

⑥阴相倾结:暗地里投靠勾结。

⑦肆应:善于应付。

⑧知:同"智"。

⑨榷务:管理钞关税收和茶、酒等专卖商品征税事务。子范公到沪后先为淮军营务处帮办,后为江苏牙厘局委员。

⑩不务苛娆(niǎo):不用苛刻的办法去烦扰商贾和百姓。娆,烦扰。

⑪输:输税,缴税。

⑫馁(yùn)馈:运送粮饷。馈,原本作"匮",当为误刻。《新唐书·食货志二》:"及讨淮西,判度支杨于陵坐馈馁不继贬。"

⑬权知长洲县事:权,代理。知长洲县事,即长洲知县。宋代任命京官出守地方,称为知某府、某州、某县事,明清时则直接称为知府、知州、知县。

⑭略:抢夺。

往，立出之，势豪屈服。盖府君天性沉毅，疾恶如仇，故能不畏强御如此也。

知长洲四年，所判八百余牍，皆惬民隐。驭下严而有恩，胥役辈[1]德[2]府君不敢为淄蠹。首邑讼狱繁，限日传提，随时判决，间用俳语，粲然成章，外国新闻纸[3]多载之。谳狱思无不入，能虚中察辞气，或故支离曼衍其词，而忽得其情会所在，发摘若神，豪猾屏息。然执宪平，不为缴刻，多得法外之意。府君既有神明称，上官有疑狱悉移府君鞫治。淮阳水师在江面巡徼，盗格伤副将某，主者获宁波张开大五名，坐以盗；震泽蒋亦琴以从蒋法沉溺毙小功服婶，论斩；新阳赵翔以从赵瑞戳死赵鹤亭，拟军，然亦琴、翔实未与也；丹阳吕郁文讼严家正盗丝事，团董黄宽袒家正，郁文舅贡元良恚宽甚，与宽互讦，元良妻指老郎桥下尸诬宽害元良，词连大眼孙三。府君察其不实，一一昭雪之。

吴门遭兵祲，百废待举。坛庙、仓庾、平江书院、清节堂、恤孤局，昭忠、节孝、名宦等祠与夫陆忠宣[4]墓，苏文忠[5]、文信国[6]祠，皆府君率先修，举不足则割奉资之，斥万金不悋[7]。而为浒墅营筹刍秣费，永免比闾共役；修望亭塘，为桥二十八以利行者，尤腹咏[8]到今。余如施医药、立义冢[9]，亭[10]粟米之征、蠲廛里[11]之税，惠政不可胜纪。长洲民上事所谓“无利不兴、无弊不革”

---

①胥役辈：胥吏和差役这些人。胥吏，小官员。

②德：用作动词，被公之德行所感动。

③新闻纸：旧时报纸的名称。

④陆忠宣：陆贽（754—805），字敬舆，谥宣，后人又称为忠宣。浙江嘉兴人。唐代著名政治家、文学家。大历八年（773）进士，官至兵部侍郎、中书侍郎、同平章事。著有《陆宣公翰苑集》等。

⑤苏文忠：苏轼（1036—1101），字子瞻，号东坡居士，谥文忠。四川眉山人。北宋著名文学家、书法家、画家。嘉祐二年（1057）进士。曾任翰林学士、侍读学士、礼部尚书，并曾出知杭州、扬州等州。著有《苏东坡全集》等，且有若干书、画名迹传世。

⑥文信国：文天祥（1236—1283），字宋瑞、履善，号文山。江西吉安人。宋末政治家、文学家，抗元名臣。宋理宗宝祐四年（1256）状元，官至右丞相，封信国公。后兵败被俘，宁死不降，从容就义。著有《文山诗集》《指南录》等。

⑦悋（lìn）：同“吝”，吝啬。

⑧腹咏：在心里歌咏赞颂。

⑨义冢：掩埋无主尸体的公共墓地。

⑩亭：调节使之公平。

⑪廛里：市肆，街市店铺。

者也。

吴下征收钱粮向有淋尖、踢斛、花边、样米、捉猪诸色目,纳米一石,须米两石余。又往往截串差追、切里征村[①],不堪其扰。府君稔民疾苦,壹皆革除,不事追呼而输租缀属[②]。惟大小户均一,颇不便于荐绅[③],有以蜚语中者,事下督抚查办,时同治六年[④]也。奏上,十月壬寅[⑤],上谕内阁:"前因御史奏参江苏长洲县知县蒯德模浮收漕粮、护庇漕书[⑥]等情,当经谕令曾国藩等查明复奏。兹据曾国藩、郭柏荫奏称,查明蒯德模折征钱数均与定章相符,漕书徐海珊并无拜蒯德模为师;该员洁己爱民,为地方兴利除弊;于征漕一事并能不避嫌怨,大小户一律征收各等情。御史风闻奏事[⑦],各省地方官如有劣迹,自应访闻确实,随时纠参。若如曾国藩等所奏,蒯德模被参各款毫无实据,且能尽心民事,办理漕粮破除情面,访诸舆论,亦皆称为好官,与该御史所奏大相径庭,原参各情实属是非倒置。著[⑧]传旨申饬。"不孝光典时裁[⑨]十岁,不能记忆,今谨从穆宗毅皇帝[⑩]《圣训》四十五卷中录出,恭载于此,而后叹圣明在上,公论昭于天下,宜府君之感激驰驱也。

府君由知县累保至知府,加道衔,并换花翎,又以海运出力保补缺后以道员用。丰顺丁公[⑪]之抚吴也,欲清厘积牍,以府君权知苏州府事。府故有

---

①切里征村:将征收钱粮的任务摊派到里、村。

②缀(qiǎng)属:像钱串一样相连,比喻连续不断。缀,穿钱的绳索。

③荐绅:同"缙绅",官员及曾经为官之人。

④同治六年:1867 年。

⑤十月壬寅:十月二十三日(公历 11 月 18 日)。

⑥漕书:办理征漕事务的书办。

⑦风闻奏事:古代的一项监察制度,御史可以不经查证仅凭传闻对官员进行劾奏。

⑧著:"着"的本字,读 zhuó,具有命令的意思。

⑨裁:通"才"。

⑩穆宗毅皇帝:即清朝第八位皇帝爱新觉罗·载淳(1856—1875),年号同治,庙号穆宗,"毅"为谥号。

⑪丁公:丁日昌(1823—1882),字雨生。广东丰顺人。秀才。曾官江苏巡抚,福州船政大臣,总督衔会办海防、节制沿海水师兼理各国事务大臣等。是近代洋务运动的重要人物和大藏书家。著有《抚吴公牍》。

谳局①，府君以断狱多寡定属吏殿最②，治事常至丙夜③，吏役苦之，而府君无倦色。其平反如无锡汪金桂顶凶一案，究出正凶张三和铜商程某，颂系④五年，府君审其枉，出之。任事五阅月，决狱二百余起。丁公嘉府君劳，保加随带二级，给予封典⑤。已而移知太仓州，士民遮留不得，去之日，沿娄江数十里香花膜拜不绝。府君宰长洲久，长洲民视府君尤亲，忘其为官而呼曰“蒯三爷”，盖府君同祖昆弟行第三也。思府君德不置⑥，于浒关之南建蒯公亭，勒碑颂德。并有将府君惠爱演为谣谚，走衢巷歌之，或附会鬼神之说以为灵感。然府君在太仓夜治官书，因风击鼓而获豆腐店谋杀亲夫一案，此则不孝光典所稔知者。盖府君治狱或不得，废寝与馈，力索诚极，幽明响应，民之所传，理不尽诬，第府君讳之不屑屑⑦道也。府君莅太仓未下车，微服行部⑧，获盐枭⑨张四、上海私铸⑩凌泰，稔恶积年，立置诸法。宝山瞿鉴泉妹与同族私，其母愤之，格杀所私者，鉴泉代母承罪。狱具，过州，府君察鉴泉稚弱，非能杀人者，召其母至，晓以利害，始吐实。其开敏⑪多类此。

府君以娄地濒海，农田水利关系民生尤重，因考求脉络，浚盐铁塘、玉带河等处，酾水⑫灌田，民大便利。又以其暇，缮城垣，新学宫，建昭忠、节孝二

①谳局：审理案件的机构。

②殿最：古代考核官吏一等为“最”，末等为“殿”。

③丙夜：三更时分，即半夜子时。

④颂系：入狱羁押而不加刑具。颂，音义同“容”，宽容。

⑤封典：朝廷给予臣子或其妻子、祖先以官爵的荣典。生者称“封”，殁者称“赠”。清末上追到曾祖、祖、父母三代，通常按本人的品级为准。

⑥不置：放不下，时常思念。

⑦不屑屑：不在意，不当回事。

⑧微服行部：微服，不穿官服穿便装。行部，到所管辖的地方巡察。

⑨盐枭：贩卖私盐的人。

⑩私铸：私自铸钱。古代制钱为官府设局铸造，禁止私人铸造，违者犯法。

⑪开敏：通达明敏。

⑫酾(shī)水：引水。酾，疏导分流。

祠;修复宋郏司农①,明陆参政②、陈安道③、顾麟士④、华安止⑤,国朝商同知⑥诸墓。于行县时迹得⑦元周烈妇殉节处及周烈尼墓,皆筑亭建碑以表之。即王文肃⑧南园故址创安道书院,购经史,遴高才生肄业其中。它若添盖仓廒⑨,筹备积谷,设牛痘局,重建普济堂,苟利于民,靡不兴举。是年,府君以将漕"最"⑩,加三品衔,开长洲县缺。州民闻府君将展觐⑪,赴省请留,大吏许之。未几,檄守镇江,送行者持靴卧辙⑫,一如长洲时。州民于南园台光阁生祠⑬曾、李两相国,而以府君配食⑭焉。

---

①郏(jiá)司农:郏亶(1038—1103),字正夫。江苏太仓人。北宋时官吏、水利学家。嘉祐二年(1057)进士。曾官司农寺丞、太府寺丞、温州知府等。著有《吴门水利书》,已佚。

②陆参政:陆容(1436—1496),字文量,号式斋。太仓人。明代学者、藏书家。成化二年(1466)进士。授南京主事,进兵部职方郎中,迁浙江右参政,所至有政绩。著有《世摘录》《式斋集》《菽园杂记》。

③陈安道:陈瑚(1613—1675),字言夏,号确庵,卒后门人私谥"安道先生"。太仓人。明末清初学者。崇祯十六年(1643)举人,明亡,绝意仕进。著作有《荒政全书》《安道遗书》《离忧集》等多种。

④顾麟士:顾梦麟(1585—1653),字麟士,号中庵,时人称其"织帘先生"。太仓人。崇祯六年(1633)乡试副榜,国子监贡生。明末清初学者,深于《诗》学。著《四书说约》《诗经说约》《织帘居诗集》等。

⑤华安止:华乾龙,生卒年不详,字天御,门人私谥"安止先生"。太仓人。崇祯十二年(1639)举人。明亡后,遁居荒野,谢绝人事。生平主程朱之学,年八十犹教授自给。著有《安止诗草》《戒香文集》等。

⑥商同知:商弈铨,字又衡。生卒年不详。浙江绍兴人。由监生考授州同知。康熙后期曾三度署理太仓知州,为政有能声。

⑦迹得:循着踪迹查访到。

⑧王文肃:王锡爵(1534—1611),字元驭,号荆石,谥文肃。太仓人。明万历年间名臣。嘉靖四十一年(1562)榜眼。官至吏部尚书、文渊阁大学士、建极殿大学士等,卒赠太保。著有《王文肃公全集》。

⑨仓廒(áo):粮食仓库。

⑩将漕"最":操办漕粮事务考核为一等。

⑪展觐(jìn):入都朝见皇帝。觐,敬词,臣子拜见皇帝。

⑫持靴卧辙:比喻百姓的爱戴挽留。典故分别出自《旧唐书·崔戎传》和《后汉书·侯霸传》。崔戎任华州刺史,离任将行,"州人恋惜遮道,至有解靴断镫者"。侯霸为淮阳太守,被征入都,"百姓老弱相携号哭,遮使者车,或当道而卧"。

⑬生祠:原意指为在世的人所建的祠庙,这里用作动词,意为为曾、李两公建立生祠。

⑭配食:合在一起受祭享。

时天津丰大业事方棘，沿江所在设爟烽①，或有缓府君行者，府君毅然曰："臣子避难不忠，上游知我不去不义。"至则士民已闻警远徙，一空城耳。府君规度形势，外垣宜培，甘露港宜浚，公私赤立②，仓卒无以为计。乃驰书召绅富，责以大义。众耳府君名，不数日输金累巨万。工未竟，移知江宁。江浦梁大有隐匿田亩，句容石云台拿获拐匪③，连染④各数十人，府君法治其魁，余不问，所全宥甚众。江宁为府君旧游地，兵燹⑤后民户散亡，廛市荒秽，府君触目增感，急思培养元气，劳来而安集之⑥。条陈⑦数十上，以去任促，未及行。

辛未⑧十一月，入都引觐⑨。召对养心殿，垂询居官甚悉。越六日，奉旨补授夔州府知府。盖府君治行早达九重，"好官"之褒，出自天语，无足异也。

次年六月抵夔，州治故濒江，沙土浮松，城夷于水⑩。或以竹篓承石子筑之，随筑随圮，糜金数万而工不举。不得已，议建木城，府君捐万金为倡，筑保坎十三道，甃以方丈余之石，层累而上，不二年成之，崇墉隐然⑪，人皆服府君任事之勇。奉节臭盐碛水长⑫则没水中，水落则穷民聚煎为盐。而为云阳灶户所持，永远封禁，然隆冬恒会众数千人私煎，执械以卫，官无如之何。府君以货弃地可惜，利之所在，徒禁无益，请官运至宜昌销之，既不夺奉节之业，又不侵云阳之岸。然浮舟下达，厘金水脚贴费不赀，府君志在利民，岁累巨万不计也。

刊《蚕桑实济》一书，分给各保甲，劝民种桑，又遣员董督之。不二年，奉

---

①爟(guàn)烽：即烽火。爟，火炬。

②赤立：一无所有。

③拐匪：拐卖儿童的匪徒。

④连染：牵连。

⑤兵燹(xiǎn)：因战乱而造成的焚烧破坏等灾难。

⑥劳(lào)来而安集之：对逃亡的人以恩德感召他们归来，并帮助他们安定下来。劳来，以恩德招之使来。

⑦条陈：分条陈述意见的呈文。

⑧辛未：即同治十年(1871)。

⑨引觐：被引导朝见皇帝。

⑩夷于水：被水冲为平地。夷，平。

⑪崇墉(yōng)隐然：从远处望去，高大的城墙隐约可见。墉：城墙。

⑫长(zhǎng)：上涨。

节一县种桑二十二万有奇，他邑称是。

府君以蜀中在昔为人文渊薮①，而开国以来方闻缀学②之士罕见记载，则以实学之不讲也。建文峰书院，课经学词章，优给膏火③。判事之暇，日进诸生而讨论之，自谓书生结习④，乐此不疲也。其他诸善政略与长洲、太仓同，不具书。构⑤屋三楹，杂莳⑥花木，署曰"洗心涤虑之居"。盖虽政无不举，而府君初不以如是而足也。

府君神明过人，耐饥寒，能累月不寝。每日必有记，以课勤惰，读书所得亦附入焉。少劬学⑦，长更⑧丧乱，殆非人所堪。服官后益自踔厉⑨，昕夕不遑⑩。不孝光典等，时以节劳请，府君以起诸生至方面，感遇图报不少休也。丁丑，耳疾作，左股生核溃。九月二十一日，童试榜⑪甫出，疾甚，时甲子，府君竟弃不孝等而长逝矣。呜呼痛哉！

府君生嘉庆丙子九月三日，春秋六十有二。疾革⑫时，犹校阅文艺，料简身后事，神观⑬不衰。夔州人以为神去，震惊灵异，万口流传。停市易，门户皆县⑭白以识哀。素以交代事未及行⑮，殡于纯阳观五阅月，都人士女来吊者，门外常阗噎⑯不得行。即不孝等，夔之人亦爱之敬之，以为见不孝等如见

①渊薮（sǒu）：会聚之处。渊，鱼聚集的地方。薮，水草丰茂兽类聚集之处。

②方闻缀学：方闻，闻见广博。缀学，承继前人学问。

③膏火：原指灯火油费，后借指学习费用。宋苏轼《送蜀僧去尘》："十年读易费膏火，尽日吟诗愁肺肝。"

④结习：积久难改的习惯。

⑤构：建造。

⑥莳（shì）：移植，栽种。

⑦劬（qú）学：勤于学习。劬，勤劳。

⑧更（gēng）：经历。

⑨踔（chuō）厉：奋发努力。

⑩昕（xīn）夕不遑：早晚都不空闲着。昕，日将出之时。不遑，没有闲暇。

⑪童试榜：指公布府试通过人员名单的榜文。童试，又叫"童子试"，读书人先参加县试，合格的再参加府试，再合格便可参加院试，这三场考试均称为童试，院试取中便成为生员。

⑫疾革：病危。

⑬神观：精神容貌。

⑭县："悬"的本字。

⑮"素以"句：一直因为与后任交接钱粮、账务等经手事务而不能离去。

⑯阗噎：拥挤堵塞。

府君也。丧归之日，会者万人，哀恸之声与江流山谷相响应，或追送数百里。夫府君于夔民何所私厚而攀慕若此？秉彝[①]之良，人皆有之也。呜呼痛哉！

府君孝弟之行竺[②]于性。始中议君[③]晚遘风疾，府君扶持左右无步武离。周淑人曁[④]中议君先后见背[⑤]，柴毁[⑥]几致灭性。兄弟四人，府君居长；次讳德椿，字春生，以其子光觐[⑦]官，赠承德郎[⑧]，候选通判[⑨]；次讳德彬，字又彬，国子监生；次讳德楷，字子式，从九品[⑩]。府君团练时恐为诸弟累，析产与之，盈朒不校[⑪]。春生叔殁，遗一子[⑫]，府君招之来，使与不孝光典等同读，视之如子。子式叔殁，叔母张厉志守节，府君哀其遇，亦使来依，视其女如女，以三兄光昭后之[⑬]。盖自府君宰长洲时，同气[⑭]之人惟又彬叔在，友爱弥笃[⑮]，时时相见，欢笑嘈杂中辄不知涕之何从出也，以里中所治宅居之，使督家政。癸酉[⑯]，又彬叔又殁，府君痛之甚，割田宅与其子；未几其子又殇，府君为之立孙。降而同祖兄弟十余人，子侄数十人，无不分甘推肥，休戚若一体。

府君广额方颐，修髯长尺余，声如洪钟，目光炯炯然旁射。宅心宏恕，坦直无城府。又好施与，家仅中资，赖以举火者数十家。方里中团练时，府君

---

①秉彝：秉性。秉，持。彝，常理，常道。

②竺：同“笃”，深藏。

③中议君：礼卿公祖父燮庵公讳廷理的官称。下文周淑人即公之祖母。

④曁(jì)：同“暨”。

⑤见背：去世。

⑥柴毁：消瘦如柴。

⑦光觐：即蒯光觐(1850—1900)，字龙友。承德郎，候选督粮分府。

⑧承德郎：清代文职散官名，正六品。

⑨通判：官名，清代府、州的副职之一，位次于同知，分掌粮、盐、缉捕等事。

⑩椿、彬、楷三公《合肥蒯氏宗谱》所记与此同，生卒年皆失考。

⑪盈朒(nǜ)不校(jiào)：多寡不计较。盈朒，为古算术名词，盈为多余，朒为不足。校，计较。

⑫遗一子：即蒯光觐。

⑬以三兄光昭后之：光昭公兼祧德楷公为后，续其香火。

⑭同气：同胞兄弟。典出南朝梁周兴嗣《千字文》：“孔怀兄弟，同气连枝。”

⑮弥笃：更加深厚。

⑯癸酉：即同治十二年(1873)。

所部众心为最固。服官之后，乡党邻里岁有所遗①，咸得其意。与人交，一饮以和②。士之力学蹈绳矩③者，容纳汲引如恐不及。单门后进④一节之美，莫不折节下之，久之，掇科名⑤、著述成一家言者不可胜数。吴伯维刺史⑥四川人，郭遂轩司马⑦云南人，并客死苏州，府君敛之，且归其榇⑧。苏州当兵燹后，良家子有陷入乐户者，府君赎而归之，或为之择配焉。故府君之丧，无论远近亲疏、贤不肖，闻之多失声者。

府君柔不茹、刚不吐，抗爽严毅。大吏前侃侃，务达事理，偶值龃龉⑨，必反复辨明，终不为威屈。居心又极闿悌⑩，在军中或杀一人而全一家，至今言之有感而涕下者。断狱有几微可原，必为之求其生，非巨奸大憝⑪，不轻幽系。每坐堂皇，决事数十起，无榜掠⑫之声而各得其理。又因时因地以为威爱。苏州乱后，民气未彭⑬，游民降卒狙聚椎埋⑭日数十发，府君用法严，以盗治盗，期以三日，无不获者。夔州控三行省，水陆辐凑⑮，会匪亦比比蛰伏⑯，府君至，亦杖杀土豪张某等，严保甲，逐游士之可疑者。久之，则嘘枯养瘠，相濡以泽⑰，门户洞开，呵禁不设。官民一家，政通人和，莫盛于此，尤俗吏所不能学者。

---

①遗（wèi）：给予，赠送。这里指子范公送给别人礼物。

②一饮以和：一概宽容隐忍以求得和气。饮，含忍。

③力学蹈绳矩：勤奋学习，为人做事合乎规矩、道理。

④单门后进：单门，门第孤寒的人家。后进，后辈。

⑤掇科名：在科举考试中取得名次。

⑥吴伯维刺史：吴伯维，其人未详。刺史，清代知州的别称。

⑦郭遂轩司马：郭遂轩，其人未详。司马，清代府同知的别称。

⑧榇（chèn）：棺材。

⑨龃龉（jǔ yǔ）：上下牙齿对不齐，比喻意见不合。

⑩居心又极闿悌：居心，存心，心地。闿悌，和易近人。闿，通“恺”，和乐。

⑪憝（duì）：恶人。

⑫榜掠：拷打。

⑬彭（jìng）：原意为居室装饰清雅素净，比喻安宁、平静。

⑭狙聚椎埋：狙聚，像猴类一样或聚或散、出没无定。椎埋，杀人或盗墓。

⑮水陆辐凑：水路、陆路集中的地方。辐凑，汇聚，集中。

⑯蛰（zhé）伏：比喻人隐藏不露，伺机而动。蛰，动物冬眠深藏。

⑰嘘枯养瘠，相濡以泽：意思是对贫困者不断给予关心帮扶，以惠泽帮当地复苏。嘘枯，吹气使枯者得生。养瘠，使瘦弱者得到调养。

吴中繁庶，大吏有禁倡妓者，府君曰："此自善政，奈时不可何。驱之将安归？徒滋吏役扰耳。"太仓僻在海隅，风气与省会绝殊。府君整齐约束，凡蒲博、歌呼、倡优、跕躧[①]之类，一禁绝之。即一事而设施不同如此，论者谓府君吏才出于天授，而学问[②]阅历足以济之。事无巨细，湛思冥求，旁皇周浃[③]，出以风发雷厉，千回百折，卒如其初志而后已。事成之后，欿然自下[④]，不以所能盖人，且举以归诸在位者。又长于应变。长洲车渡地方与新阳盛阿香等焚香结社，聚众抗租，上游令府君督师船往，府君曰"是适激之变耳"，单舸入其境。木工以加价为词，毁告示，纠党与官抗，府君密饬干役获为首六人。镇洋令以苛敛致民怨，毁其署。夔有厘税，某观察督征不如法，民相率罢市，且执某抶之。筑城役夫与营卒哄。臬盐碛之未官运也，民聚而私煎，知县某匿不敢出。府君所遭皆情势岌岌不终日，而不动声色操纵翕辟[⑤]，悉中机宜，人闻府君至无不立时解散。盖平日积诚感物，故所过者化[⑥]，非仅恃智若镞矢[⑦]已也。

府君俭约萧淡[⑧]，被服儒素[⑨]，无所嗜好，先妣见背后，始纳庶母魏氏。尤笃于风义[⑩]，伯相李公之督两江也，要府君俱，府君曰："刘公方倚我如左右手，去之不义。"刘公者，松岩中丞[⑪]也。缟带[⑫]遍海内，而不与要人通一字。

---

①跕躧(tiē xǐ)：本指女子拖着鞋轻佻地走路，代指挟妓冶游。宋毛珝《踏莎行·题草窗词卷》："红烛呼卢，黄金买笑。弹丝跕蹝长安道。"跕，拖着鞋走路。躧，同"屣""蹝"，无跟的鞋，拖鞋。

②此处原本作"问学"，当为刻版之误。

③旁皇周浃：进行反复、深入、周到的考虑。旁皇，徘徊不定，形容反复思考的样子。周浃，普遍深入。

④欿然自下：谦抑不自满。欿，同"坎"，陷坑，用来形容低下。

⑤翕(xī)辟：翕，合拢；辟，打开。

⑥化：人心风俗得到改变。

⑦恃智若镞矢：凭借智谋武力。若，连词，和。

⑧萧淡：超脱淡泊。

⑨被(pī)服儒素：衣着儒雅朴素。被，通"披"。服，用作动词。

⑩风义：风骨义气。

⑪松岩中丞：刘郇膏(？—1866)，字松岩。河南太康人。道光二十七年(1847)进士，曾任江苏按察使，署布政使，护理江苏巡抚。中丞，巡抚的别称。

⑫缟(gǎo)带：比喻相互间友谊深厚的人。典出《左传·襄公二十九年》："(吴季札)聘于郑，见子产，如旧相识。与之缟带，子产献纻衣焉。"

生平侪辈多跻通显①,一无所动于中。性爱林壑,遇名胜必携宾从载酒往游,超然有会于名物之外。嗜吟咏,风格在香山②、放翁③间。《仆女谣》《谳局行》《比租行》《征漕行》《厘卡行》诸篇,金坛冯编修煦见之曰:“此杜老④所谓可为天地生民吐气者也。”好读书,马背船唇,未尝废卷。邃⑤于《易》,占筮辄有奇验。晚年专主“慎独”之学,于浙东学派⑥服膺⑦尤深,尝欲上溯念台⑧、下采谢山⑨为《梨洲学案》⑩,草略未就。所著已刊者:《带耕堂四书文》《吴中判牍》《蚕桑实济》⑪《验方杂录》。未刊者,诗文、杂著、日记、自治官书⑫尚数百万言。

丁丑夏间,府君常以书诏⑬不孝光典曰:

---

①侪(chái)辈多跻(jì)通显:侪辈,同辈。跻,登、升。通显,官高名大。

②香山:指白居易,其号为香山居士。

③放翁:指陆游,其号放翁。

④杜老:指杜甫。

⑤邃:精深。

⑥浙东学派:指清初黄宗羲、万斯大、全祖望、章学诚等一批浙东籍或活跃于浙东的著名学者形成的学术流派。他们注重史料研究,主张通经致用,提出“六经皆史”“工商皆本”,主张民富先于国富。他们的思想观念和研究方法对后世影响很大。

⑦服膺:由衷信服,铭记在心。

⑧念台:刘宗周(1578—1645),字起东,别号念台,学者又称其“蕺山先生”,谥忠介。浙江绍兴人。明末儒学大师。万历二十五年(1601)进士,曾官右通政、工部侍郎、左都御史等。精研理学,提倡“诚敬”“慎独”,黄宗羲、陈确等是他的学生。著有《刘子全书》《刘子全书遗编》等。

⑨谢山:全祖望(1705—1755年),字绍衣、谢山。浙江鄞县人。清代史学家、文学家,浙东学派重要代表。乾隆元年(1736)进士,选翰林院庶吉士,散馆后以知县用,辞官不就,潜心治学。今人将其主要著作编为《全祖望集汇校集注》。

⑩《梨洲学案》:黄宗羲(1610—1695),字太冲,号南雷,学者称其梨洲先生。浙江余姚人。明末鲁王任其为兵部职方司主事,左副都御史。为明末清初思想家、经学家、史学家、地理天文学家、教育家,在中国思想文化史上具有重要地位。一生著述宏富,最重要的有《明儒学案》《宋元学案》《明夷待访录》《思旧录》等。学案,一种学术著作类别的名称,主要记述学派源流、传承关系、学说内容,同时加以评论。

⑪《蚕桑实济》:此书实为陈光熙应子范公之嘱而作,公为之作序。

⑫自治官书:亲自撰写的公文。

⑬诏:告诫。

余少习举业，中更丧乱，晚困簿书[①]，所学未能有成。汝有志造述，甚慰。

古之时，道一风同[②]，教学之具[③]甚备。圣人之于学者，但使其入学有期、执业[④]有方、退藏有节[⑤]而已。其穷神达化、极深研几[⑥]之一境，则俟能者从之，不必家喻而户晓之也。后世礼崩乐坏，学者舍佔毕[⑦]之外无所谓学，血脉偾张[⑧]、筋骨弛懈、心性陷溺，宋诸大儒有忧焉。欲修其具则无其位、非其时，不得已直举本原以示之。其书于视、听、言、动尤三致意焉。虽其说有离合及主持过当之处，而其因时立教，为圣人之心之所系则无疑也，故理学者所以救礼乐之穷也。汉人经学具有渊源。宋人好以今测古，务易其说，便于人情，或于经绝不附丽[⑨]，几如古人之外传，自是贤者之过。经学虽以唐以前为一关键，然其中阿世之言，如《白虎通》[⑩]有不臣妻父之文，杜征南倡"短丧"之说[⑪]，岂可据为典要耶？去古日远，虽有圣人，莫能折衷。从事于此，守一先生之说以求其通，离合异同之故存而不论，论而不议[⑫]，不必求免暖暖姝姝之诮也。故是非水火，各立标帜则失之妄；务为调人，绝无心得则失之陋；裒集异说，凌杂米盐则失之愚而已。

---

①簿书：指记录人丁、赋税、财物的册籍和公文。

②道一风同：人们的思想观念和社会风尚是相同的。

③教学之具：教和学的方法、手段。

④执业：指所学的科目。

⑤退藏有节：进退行藏合乎规矩。

⑥几：精微。

⑦佔(chān)毕：诵读书本。

⑧血脉偾(fèn)张：本义指血流加快、青筋鼓起，这里是形容心情亢奋、浮躁。

⑨附丽：依附，关联。

⑩《白虎通》：《白虎通义》的简称。东汉时期，由于古文经学和今文经学论争激烈，章帝亲自主持在白虎观会集官员、学者进行了讨论。会议内容和结果由班固整理编辑成此书，成为今文经学的重要著作。

⑪杜征南倡"短丧"之说：杜预(222—285)，字元凯，谥成侯。陕西西安人。西晋初著名的政治家、军事家和学者，灭吴之战统帅之一。曾任镇南大将军、司隶校尉，卒赠征南大将军、开府仪同三司。著有《春秋左氏经传集解》及《春秋释例》等。短丧，缩短服丧的期限，如以日代月等。

⑫论而不议：有所讨论而不必非得明辨是非。

本朝经学授受，吾乡慎修江氏①最为源远流长。一传而为戴氏东原②、金氏檠斋③；其他王石臞④、段懋堂⑤、孔䴠轩⑥诸君则其再传弟子也；王伯申⑦、陈硕父⑧诸君则其三传弟子也。东吴之惠⑨不能及也。其流派得失亦有可言者焉：常州之学⑩，自负西汉，其书好言大义，然往往迂谬，远于事理，绝可怪笑。夫所贵于汉儒者，为其去古未远也，微言大

---

①江氏：江永（1681—1762），字慎修，又字慎斋。江西婺源（原属安徽徽州府）人。贡生，多次被荐不仕。著名经学家、音韵学家，皖派经学创始人。精研音韵及三《礼》，兼通历法、算学、地理。著述有《古韵标准》《音学辨微》《周礼疑义举要》《礼记训义》等多种。

②戴氏东原：戴震（1723—1777），字东原，号杲溪。安徽休宁人。江永弟子。乾隆四十年（1775）进士，曾任《四库全书》纂修官。乾嘉学派代表人物，精于音韵、文字、历算、史地、训诂、考据诸学，为一代通儒。著有《原善》《声韵考》《孟子字义疏证》《勾股割圜记》等。

③金氏檠斋：金榜（1735—1801），字蕊中、辅之，号檠斋。安徽歙县人。江永弟子。乾隆三十七年（1772）状元。曾任内阁中书、翰林院修撰、礼部会试副主考等职。著名学者，精于《易》《礼》。著有《礼笺》《周易考占》等。

④王石臞：王念孙（1744—1832），字怀祖，号石臞。江苏高邮人。戴震弟子，同为乾嘉学派代表人物。乾隆四十年（1775）进士，曾任吏科给事中、山东运河道、直隶永定河道等职。精于音韵、训诂、校勘，深明水利。著述有《读书杂志》《广雅疏证》《河源纪略》等。

⑤段懋堂：段玉裁（1735—1815），字若膺，号懋堂。江苏金坛人。乾隆二十五年（1760）举人，曾任贵州玉屏、四川巫山等县知县。亦为戴震弟子，乾嘉学派代表人物。文字、音韵、训诂学家，精校勘。著作有《说文解字注》《六书音韵表》《古文尚书撰异》《经韵楼集》等。

⑥孔䴠（xùn）轩：孔广森（1751—1786），字众仲，号䴠轩。山东曲阜人，孔子六十九代孙。乾隆三十六年（1771）进士，官翰林院编修。戴震、姚鼐弟子，经学家。精于《春秋》《礼记》，又精数学，擅长骈体文。著作后人编为《䴠轩孔氏所著书》。

⑦王伯申：王引之（1766—1834），字伯申，号曼卿，谥文简。王念孙长子，学术上克绍箕裘，与父齐名，人称“高邮二王”。嘉庆四年（1799）探花，官工部尚书、武英殿正总裁、礼部尚书等。曾奉旨勘订《康熙字典》，撰成《字典考证》。主要著作还有《经义述闻》《经传释词》等。

⑧陈硕父：陈奂（1786—1863），字硕父，又作硕甫，号师竹。苏州人。诸生，后举孝廉方正。先后师事江沅、段玉裁，又曾问学高邮王氏父子。毕生专攻经学，于《毛诗》用力最勤。著有《毛诗传疏》《毛诗说》《毛诗九谷考》《三百堂文集》等。

⑨东吴之惠：指乾嘉考据学派中以惠栋为首的吴派。这派的主要贡献在搜集汉儒经说并加以疏通，缺点是一味推崇旧说，观念、方法显得比较保守，以致当时及后世有“株守汉学”“嗜博泥古”之讥。

⑩常州之学：是指乾隆、嘉庆年间以常州人庄存与等为代表的常州学派的学术。这一学派是今文经学派，着力研究《春秋公羊传》，以发明“微言大义”为主要方法对经文进行诠释，带有一定的主观性。

义存者仅矣,引而申之、触类而长之可也,而乃凿空杜撰,与宋儒末派何以异?是亦不充其类矣①。高邮之学②,专明故训③,破读改字④,颇能自通其说。不知祭酒⑤之撰《说文》,异说则著其人;子云⑥之集《方言》,异言则著其地。一经数家,授受既殊,训诂亦异。故书师法,不容出入。混而同之,则字书之义训繁孳⑦,隶变⑧之形似甚夥,无不可通之说,无不可改之书矣。二派究是绝伦,亦在慎取之,毋扬其波耳。朱子⑨《四书注》、程子⑩《易传》,未必悉当于经,而精深贯串,足以自成一书。下至明儒所著,梨洲所采,微言奥义,历劫不磨,绝非所谓遇有纸笔即可成编者。汝能服习宋诸先生之说,收摄静坐,检点身心,而则古称之先则⑪,循近者之轨辙,庶乎其弗畔矣⑫。至专门之业,实事求是之义,则古今一辙,汉宋同归。雕板既兴,聚书不难,考索较便。门径亦至宋始大,至本

①是亦不充其类矣:他们不能混同于汉儒。

②高邮之学:指王念孙、王引之父子及其传人的学术。

③故训:即训诂。

④破读改字:重新断句及通过训诂考订改掉原书用字。

⑤祭酒:许慎(30—124),字叔重。河南漯河人。东汉章帝时担任郡功曹、太尉南阁祭酒、五经博士,举孝廉。所著《说文解字》是我国最早的文字学专著。

⑥子云:扬雄(前53—18),字子云。四川郫县人。西汉成帝时任给事黄门郎,王莽时任大夫。著名学者、文学家。著有《法言》《太玄》。《方言》是他的语言学著作,叙述西汉时代各地方言,是研究古代语言的重要资料。

⑦繁孳:滋生众多。

⑧隶变:指汉字从篆书演化为隶书而产生的变化。

⑨朱子:朱熹(1130—1200),字元晦,号晦庵,谥文,后世尊称朱子。江西婺源人。南宋高宗绍兴十八年(1148)进士。哲学家、教育家,理学集大成者。曾官江西南康、福建漳州知府,浙东巡抚等。著有《四书章句集注》《诗集传》《楚辞集注》《通鉴纲目》等,后人另辑有《朱子语类》《朱文公集》。《四书注》即《四书章句集注》。

⑩程子:程颐(1033—1107),字正叔,人称伊川先生,后世尊称程子。河南洛阳人。北宋时曾官西京国子监教授、秘书省校书郎、崇政殿说书等。哲学家、教育家,与其胞兄程颢共创"洛学",为理学奠定了基础。著作有《易传》《春秋传》等。

⑪而则古称之先则:根据下句句式看,疑原本刻版时"古称"后落"之"字,今补。前一"则"字为动词,意为效法。先则,意为典范。整句意思应是,效法古人所称道的那些典范。

⑫庶乎其弗畔矣:大体就不会背离正道了。庶乎,差不多。畔,通"叛"。

朝而益精耳。若如方植之①先生《汉学商兑》,所谓此未可与争锋者,则实以形宋儒之陋也。

世风不古,气节疲靡,风流扫地。余服官十余年,不能屈曲俯仰,强项②之名,溢于四远。间览记载,见古人执义不回,心窃效慕,实有不及。名实不副,方用自愧,何敢自疑。

汝性颇拗执,余从未深责,但年渐长大,处事终须平心,言语尤须谨慎耳。自一二巨人创为溪刻③之论,委琐龌龊者以其便于己私,相率尊奉。睦姻任恤④,适馆脱骖⑤,古义班班⑥,或竟夷之于任侠⑦。余阅人多矣,有道术⑧者亦复不少;刻薄诈伪,面目都非,求能为慷慨崭绝⑨之行者亦不可多得。余生平遇事尚不敢近薄⑩,然义所当尽者,或绌于力,或牵于私,尚无古人浩浩落落境界。或有一二事为人情所难者,浅人遂欲于侠义中为我位置一席。近作《怀人》截句⑪,末一首有云:"有子犹能似阿翁,孟尝齑菜⑫是家风。"此固不足为外人道也。门生故旧作令者

---

①方植之:方东树(1772—1851),字植之,别号副墨子。安徽桐城人。诸生,姚鼐弟子,文学家、学者。其《汉学商兑》一书实为纠正清代汉学之失而作,亦有中肯者。但其一味维护程朱理学、否定乾嘉学派的考据研究成果,所论每每牵强。所著尚有《仪卫轩文集》等。

②强项:不肯低头,性格刚强。

③溪刻:尖刻,刻薄。

④睦姻任恤:和睦邻里、亲爱姻戚、信任朋友、体恤贫穷。出自《周礼·地官·大司徒》:"二曰六行:孝、友、睦、姻、任、恤。"

⑤适馆脱骖:意思是遇到人家有丧事应尽哀并送上财物给予帮助。典出《礼记·檀弓上》:"孔子之卫,遇旧馆人之丧,入而哭之哀。出,使子贡说骖而赙之。"适,恰逢。馆,馆舍,代指馆舍主人。脱,解下。骖,驾车的马之中处于两边的马。

⑥古义班班:意思是古人为人做事的道理很明显,这样的事也很多。班班,既明显又众多。

⑦夷之于任侠:夷,平,等同。任侠,凭借威势、勇力或财力负气仗义、扶危助困。

⑧道术:道德学术。

⑨崭绝:险峻陡峭。比喻出类拔萃,异乎寻常。

⑩薄:薄情,待人冷淡。

⑪截句:绝句。

⑫孟尝齑(jī)菜:意思是宁可倾尽全力也要尚义助人。孟尝,即孟尝君田文,战国时齐国贵公子,好客养士,门下食客常数千人,自己则与门客饭食相同。齑菜,切碎的咸小菜。

辄从余问吏治，此事盖难言矣。卓、鲁风力①，龚、黄②慈爱，古罕兼之。大致句稽检点③，忍辱耐劳，当如承学治注疏之法。读聂乐山《诫子》④、于清端《论罗城事书》⑤，可以激发志气，荡涤胸襟。此亦言其本耳，才之短长不与也。宽猛异宜、张弛异道、繁简文质之异致，措之无方、驭之无术，望影切脉⑥、隔衣搔肤⑦，虽有善政，名焉而已。加以世变浇漓⑧，情伪⑨万变，自信不可，兼听不能，常终日旁皇，茫然四顾，无所栖泊。余禀赋素强，年将五十须发尚黑如漆，长洲五载，白过半矣。食肉则甘，不能指肉以为甘也；被衣则暖，不能指衣以为暖也。治县之谱⑩，我则无之。诚能感物，我生平以此自壮，然有时几若古人之我欺者。驭下难，

---

①卓、鲁风力：卓、鲁，即汉代著名循吏卓茂、鲁恭。卓茂（？—28），字子康。河南南阳人。曾任黄门侍郎、侍中祭酒，东汉光武帝时为太傅，封褒德侯。为人仁恕。任密县县令时教化大行，路不拾遗。鲁恭（32—113），字仲康。陕西兴平县人。东汉和帝、安帝时任侍中、司徒。在任中牟县令时，重道德教化，不用刑罚，深受百姓爱戴。时人认为他的教化致有虫不犯境、化及鸟兽、竖子有仁心“三异”。风力，教化的力度成效。

②龚、黄：即同为汉著名的循吏龚遂与黄霸。龚遂，生卒年不详，字少卿。山东邹城人。官至水衡都尉。汉宣帝时渤海郡饥荒，命其为渤海太守。单车到任，开仓济民，劝农桑、倡节俭，百姓卖兵器买耕牛，盗贼平息，安居乐业。黄霸（前130—前51），字次公，谥定侯。河南太康人。汉武帝、昭帝时历任扬州刺史、颍川太守等地方官，宣帝时官至丞相，封建成侯。善于治理郡县，为官清廉，公正无私，崇尚仁政，爱护百姓，为汉代循吏第一人。

③句稽检点：深入查究。句，同“勾”。

④聂乐山《诫子》：聂继模，字乐山。生卒年不详。湖南衡山人。清代学者，善医术。著有《朱氏家训证释》《乐庵集》。乾隆年间，其子聂焘以进士出为陕西镇安县令，作《诫子书》三千言以赠。所言居官之道，字字珠玑，发人深省，深为后来为官者所称道。

⑤于清端《论罗城事书》：于成龙（1617—1684）字北溟，号于山，谥清端。山西方山人。乡试副榜贡生。清代著名廉吏能员。初官广西柳州罗城知县，后官至两江总督，加兵部尚书、大学士衔。卒赠太子太保。后人辑其著述为《于山奏牍》和《于清端公政书》。《论罗城事书》全名为《与荆雪涛论罗城事书》，叙述自己为官之缘由，以及孤身处罗城荒凉之地，置生死不顾，面对盗贼之横行、猺獞之好斗及屡屡叛乱，力行保甲制度，惩盗平乱，人心信服，百姓安居的种种经历。读来十分感人。

⑥望影切脉：比喻脱离实际。

⑦隔衣搔肤：比喻不中要害。

⑧世变浇漓：世道风气变得浮华躁动，人心浅薄，人情淡薄。浇漓，风俗浮薄。

⑨情伪：真假虚实。

⑩治县之谱：治理地方的秘诀。典出《南齐书·傅琰传》：“琰父子并著奇绩，江左鲜有。世云诸傅有《治县谱》，子孙相传，不以示人。”谱，成法。

得民难，犹非难也；获乎上，不得罪于巨室，则难之难，我生平坐此困踬①者屡矣。属有天幸，殆非始愿所能及，然往往不能竟其所设施②。言念及此，可谓痛哭流涕长太息。汝节目疏阔③，不宜此官，切记，切记。

治生之道，前人辄言勤俭，被服儒者④，终日营营⑤，亦非佳事，苟非其才，或致速困。农家事宜略讲究也，他则不必也，惟恭俭可以长世耳。余生平不喜治生产⑥，服官十余年，绝无所问。近所入稍丰，少少增置，汝曹或不至忧饘粥⑦也。自古无不亡之国，无不破之家，余生平德薄，不敢必之于子孙，未尝不时时以此为惧也。物力有限，不自刻励，必将下同鄙夫，并不能上希⑧任侠，贫贱富贵皆不能处，是并汝父寸长亦不能效也。金玉满堂，莫之能守，况我遗汝曹者不过数亩之宅、数顷之田其已焉哉⑨。余壮不如人，今已老矣，官兴落寞⑩，年内当作归计，衙门习气以删除净尽为要。

不孝光典得书，拳拳服膺⑪，不谓未数月，府君竟弃不孝而长逝也。呜呼痛哉！不孝光典方应学使者岁试⑫，府君书来，言疾作，不孝昼夜星奔，甫至湖北而凶问至矣。呜呼痛哉！不孝光典早失母，稍能读书，府君钟爱尤甚。不孝光典沐先人余荫，窃禄于朝，欲为菽水之养⑬而不可得矣。呜呼痛哉！

---

①困踬（zhì）：受挫不前。踬，跌倒。

②竟其所设施：竟，完成。设施，筹画和措施。

③节目疏阔：不拘小节，行事不周密。

④被服儒者：穿着读书人服装的人，意指只做读书人。

⑤营营：劳碌不休。指一心只是忙在读书治学上。

⑥生产：生计产业。

⑦饘（zhān）粥：稠粥。

⑧希：希望，追求。

⑨其已焉哉：大概就如此了。

⑩落寞：冷落，淡薄，没兴致。

⑪拳拳服膺：心悦诚服，牢记于心。

⑫学使者岁试：学使，即学政，光绪末年方改为提学使。岁试，指各省学政每年对所属府、州、县生员进行的一次考试，以分别优劣，酌定赏罚，凡生员皆须应试。

⑬菽水之养：用豆子和水这种最简单的食物来供养父母。意为稍尽一点点孝心。典出《礼记·檀弓下》："孔子曰：'啜菽饮水，尽其欢，斯之谓孝。'"

府君于诸子爱育备至，不孝光典小时跅弛不羁①，尤悔丛集②，府君不忍显责，常委曲开导。自府君见背，不孝所如不合③，如行荆棘中。"哀哀父母，生我劬劳"④，"欲报之德，昊天罔极"⑤。呜呼痛哉！

府君配先妣李淑人，生长姐及不孝兄弟四人。长光煦，癸未年⑥卒，江苏候补同知；娶李氏，子先庚⑦、先铭⑧，女二。次光藻，原名志和，五品衔蓝翎，候选县知县；娶薛氏，子先楹⑨、云生⑩、阿骝⑪，云生承嗣又彬叔父为孙，女三。次光昭，嗣子式叔父，县学生；娶李氏，子先畴⑫、巢生⑬、瀛生⑭，女三。次即不孝光典，癸未进士，翰林院检讨；娶韩氏，继室李氏，子先翰⑮，女二。长姐适同里杜氏，先府君卒；妹幼未字，庶母魏氏出。光煦次子先铭生而弱，庶母育之，先兄命先铭事之为慈祖母⑯，如祖母。

府君生平嘉言懿行⑰，不孝光典等无似⑱或不能知，所知已不可胜载。

---

①跅(tuò)弛不羁：放肆不受约束。

②尤悔丛集：尤悔，过失和懊悔。丛集，形容众多。

③所如不合：行事皆不顺利。

④"哀哀父母，生我劬(qú)劳"：语出《诗经·小雅·蓼莪》，这是一首沉痛追思父母的诗。这句诗可译成：想到父母我就哀伤，他们生我养我是那样的辛劳。劬劳，辛苦劳累。

⑤"欲报之德，昊天罔极"：出处同上。这句则可译成：我想要回报你们的恩德，可你们的恩德像天一样广大无边。昊天，广大的天空。罔，无。极，边际、尽头。

⑥癸未年：即光绪九年(1883)。

⑦先庚(1861—1908)：字辛阶。五品衔候选县丞，江西即补通判。

⑧先铭：字同甲。生卒年不详，早逝。

⑨先楹：即寿枢。见前"若木总裁"注。

⑩云生：名先仪，字端纪。其余《家谱》均失载。

⑪阿骝：原名开先，谱名先开，字伯通。余亦失载。

⑫先畴(1872—1937)：后名寿田，字寿民，又字耕崖。光绪癸卯(1903)举人，分省试用知县，登仕郎，后曾任北京大学附设国史编纂处特别纂辑员。

⑬巢生(1878—1926)：名先辂，字仲篪。清末山西候补巡检，民国年间曾任庐州中学(现合肥一中前身)监学。

⑭瀛生：名先构。后殇。

⑮先翰：早逝。

⑯慈祖母：旧时非正室所生子孙称父祖的原配妻子、继室、妾当中原配者为"嫡"，养育者为"慈"，亲生者为"生"。

⑰嘉言懿行：美好的言行。嘉、懿都是美好的意思。

⑱无似：谦词，犹言不肖。

不孝光典执笔述此，若天地鬼神之监临，缺略是憾，不敢诬焉。

光绪纪元，岁在丙戌①，第四男光典谨述。

谨案：长兄光煦子先庚，五品衔候选县丞；先铭殇。次兄光藻，候选知县；子先楹改名寿枢，监生；云生名先仪，阿騊名开先、先修。次兄光昭丁亥年卒；子先畴改名寿田，癸卯②举人，分省试用知县；巢生名先辂，山西河东试用盐巡检；瀛生名先构。光典今官淮扬海兵备道，子先翰殇、孝先③、受先④、彦先⑤、秀先⑥。妹适同里李经滇⑦，丁酉拔贡，候补知府。

丙午冬十一月⑧光典附记。

带耕堂遗诗卷首终

门下晚学生程先甲审定编次

孙寿田、寿枢、孝先校刊

---

①丙戌：即光绪十二年（1886）。

②癸卯：即光绪二十九年（1903）。

③孝先：先祖父谱名讳先孝，字锦森，号筱亭。毕业于英国格拉斯哥大学工科，清末分部学习主事，后任沪宁、沪杭铁路总理。生于光绪十七年（1891），卒于一九三二年。先祖母邵太夫人讳畹香，为台湾巡抚邵公讳友濂长子邵公讳颐之女，生于光绪十六年（1890），卒于一九六六年。子三：世元（1912—?，美国康奈尔大学土木工程系毕业，曾任国民政府交通部长俞大维秘书，后移居香港为启德机场华人总工程师，1975年移居加拿大），世京（1913—1994，初名世经，上海交通大学机电系毕业，上海杨树浦发电厂总工程师，水利电力部技术改进局系统组组长，山东省电力试验研究所高压室工程师，教授级高级工程师），先考讳世英（1914—1996，后名树英，号静雍。早年毕业于中央研究院气象研究所并从事气象研究，后投笔从戎考入国民政府中央陆军军官学校，毕业后在湘桂等地率团对日作战，胜利前为上校团长。1949年后，先在西北工作，1959年后长期务农，1979年平反退休）。女二：均出生于英国伦敦，长卓英（1908—1997，归余良），次卓伦（1910—1996，归史久荣）。

④受先（1893—1918）：字授堂。毕业于英国伦敦大学工科，英年早逝。

⑤彦先（1895—1917）：英国圣保罗中学肄业，民国六年在上海遇盗被害。

⑥秀先（1896—?）：字佩实，英国格拉斯哥大学理科肄业，娶法国人，后即移居法国。一子名世泰。

⑦李经滇（1875—1920）：字叔云，号希逊。李公瀚章第三子。光绪丁酉（1897）拔贡。后任直隶州知州，候选道，奏派赴英、法、德、俄、美、日各国调研造纸事务专员，湖北汉口度支部造纸厂会办，轮船局董事等。二品衔，授资政大夫。

⑧丙午冬十一月：即1906年12月。

带耕堂遗诗卷一

合肥蒯德模子范

供　菊(二首)

小阁安排菊几行,选将黄色占中央。寄篱终觉非长策,入座争夸压众芳。况是滋培同雨露,独能位置胜寻常。如斯品格人争惜,肯使徒矜节傲霜①。

绿酒红灯上画楼,罗罗②疏影镜屏留。托根自笑无多地,有色争推占上头。纵使偶居华屋好,依然未改素心幽。寿长端赖山迟出,留得名芳殿晚秋。

渡　江

秋风催著秣陵③鞭,长江远限南北天。去者北帆来南帆,帆飞如风随风旋。船头狂夫披襟坐,船底骇浪忽掀簸。舟疾势驶舟难回,隔岸青山来迎我。铁笛高吹裂石声,声声飞入石头城④。六朝⑤帝子今何在,终古江山一

①"肯使"句:怎么舍得让它仅仅为崇尚气节而傲立严霜之中?

②罗罗:疏落清晰。

③秣陵:江宁(今南京)的古称,因秦代在今南京地区置秣陵县。清代这里为江宁府,为两江总督驻地。

④石头城:江宁的别称,因东吴孙权曾在江宁石头山修建石头城作为军事堡垒而得名。

⑤六朝:指三国时的东吴、东晋、宋、齐、梁、陈六个建都于今南京的历史朝代。

梦惊。有人天堑能飞渡，铁索千寻锁不住①。兴亡大局谁扶持，名士风流空叹慕②。苍茫万顷烟雾中，豪情欲唱大江东③。后之视我我亦古，击楫依然吊晚风④。

送李少荃入都⑤

李生裘马去长安⑥，长安道上风雪寒。千里河梁⑦一携手，平生知己离别难。昔时论交君总角⑧，高歌凌云笔摇岳⑨。超超气概人中龙⑩，矫矫羽翰天半鹤⑪。圣朝文行重兼优，姓名高揭九天秋。桂子香飘行待弄，芹池春暖

---

①"有人"二句：指西晋将领王濬率水军灭东吴的事。公元 280 年，王濬率水陆大军自成都沿江而下攻吴，进入西陵峡，遇到了吴军设置的拦江铁锁，遂造大木筏数十，上置巨大火炬并灌油将其烧断。乃一路东下，势如破竹，直抵吴都。吴主孙皓惧而投降，东吴被灭。

②"兴亡"二句：这两句诗是说六朝时期兴亡更迭频繁，而那些崇尚风流的名士却无人能够扶持大局，稳固江山，只是空自悲叹感慨。名士风流，指六朝时期那些有才学而不拘礼法，任性适情，或纵情诗酒，或流连山水，或谈玄论道，甚而恣肆放诞的人。

③大江东：指苏轼名词《念奴娇·赤壁怀古》，其首句即是"大江东去，浪淘尽，千古风流人物"。

④"击楫"句：击楫，拍击船桨，船行江中。吊晚风，在晚风中面对石头城慨叹历史往事。吊，凭吊。

⑤李少荃：即李文忠公，见前注。此诗当作于 1843 年，李公时亦作有《入都》十首。

⑥长安：指帝都，即北京。汉代建都长安，后世遂借长安代指帝都。

⑦河梁：桥梁，代指送别的地方。典出汉李陵《与苏武》："携手上河梁，游子暮何之。"

⑧总角：代指童年。古代未成年人头发在头顶梳成两个发髻，如两角，称之为"总角"。

⑨摇岳：形容诗歌笔力雄劲。典出李白《江上吟》："兴酣落笔摇五岳，诗成笑傲凌沧洲。"

⑩人中龙：比喻卓越出众之人。典出《晋书·宋纤传》：宋纤隐居，太守马岌访之未见，叹曰："名可闻，而身不可见；德可仰，而形不可睹。吾而今而后知先生人中之龙也。"

⑪天半鹤：半空中飞翔的鹤，比喻超逸不群。矫矫，超凡出众。

谢同游①。丈夫决意取青紫②,安能郁郁久居此。仙骨苦炼蓟门霜,尘襟倒濯黄河水③。海内文章谁折衷④,当朝人物欧阳公⑤。良金跃冶⑥原非愿,干将莫邪夸宗工⑦。况复若翁擅都雅,几年春风快走马⑧。欢承客舍趋鲤庭⑨,日暖风和酒盈斝⑩。近市屠沽游侠伦,驰名燕赵多佳人⑪。壮游如此自可乐,君行不行无逡巡⑫。独怜南军失旗鼓,余子碌碌竞雄武。拔帜立帜争先

---

①"桂子二句:意思是,此行到明年秋天一定可以蟾宫折桂高中举人,而下一个春天将和新进士们揖让同游了。清代乡试在秋天,会试、殿试在春天。李文忠公因父亲在京城为官,故参加顺天乡试。桂子,桂花。桂子香飘,点明时节是秋天。弄,手中把玩。弄桂子即寓折桂之意。芹池,即藻芹池,又称芹宫,即学宫。典出《诗经·鲁颂·泮水》:"思乐泮水,薄采其芹。""思乐泮水,薄采其藻。"

②青紫:汉代丞相、太尉皆金印紫绶,御史大夫银印青绶。后以"青紫"代指高官。

③"仙骨"二句:意思是说,此去经过一番濯磨必将脱胎换骨,大有作为。蓟门,代指北京。尘襟,世俗的胸襟。濯(zhuó),洗涤。

④折衷:取其正中,不偏不倚。指考官评定文章恰如其分。

⑤欧阳公:即欧阳修,代指并颂美具有慧眼、公正衡文的考官,同时具有祝福李公遇到这样的考官的含义。宋仁宗嘉祐二年(1057)贡举考试,欧阳修为主考官,录取苏轼兄弟、程颐兄弟、曾巩兄弟、张载等一批后来在思想、文化、政治史上具有重要影响的人为进士,成为科举史上最为耀眼的一次考试,为后世读书人津津乐道。

⑥跃冶:《庄子·大宗师》:"今之大冶铸金,金踊跃曰:'我且必为镆铘。'大冶必以为不祥之金。"后以"跃冶"比喻自以为能,急于自我表现。

⑦"干将"句:干将、莫邪(也作镆铘)是春秋时期楚国一对夫妻铸剑师。宗工,即宗匠,本领超群为人景仰的人。这两句诗的意思是说,尽管你自己没有自视不凡、出人头地的想法,但你得到大师的磨炼培养,一定会出类拔萃,显身扬名。

⑧"况复"二句:这两句的意思是,况且你父亲容止闲雅,这几年正春风得意。若翁,你的父亲。文忠公父李文安(1801—1855),字式和,号玉川。道光十八年(1838)与曾文正公同榜进士,历官刑部主事、员外郎、郎中,记名御史。都雅,容貌举止闲雅,仁慈宽厚。《隋书·韦冲传》:"冲容貌都雅,宽厚得众心。"

⑨趋鲤庭:比喻承受父教。典出《论语·季氏》:"(孔子)尝独立,鲤趋而过庭。曰:'学诗乎?'对曰:'未也。''不学诗,无以言。'鲤退而学诗。"鲤,即孔鲤,孔子之子。

⑩斝(jiǎ):古代的铜制酒器。这两句是想象李公到京后一方面受教于父亲,一方面风和日丽父子对饮其乐融融的景象。

⑪"近市"二句:说北京是人物荟萃之地,街巷中豪杰佳士应有尽有。屠沽,也作"屠酤",屠夫和卖酒的,这里指战国时魏国的朱亥,赵国的毛公、薛公这一类人。朱亥为屠夫,助信陵君击杀晋鄙将兵救赵。毛公混迹于赌徒中,薛公混迹于酒店里,后劝说信陵君归魏击败秦军。他们的行事有侠者之风。事见《史记·魏公子列传》。"燕赵多佳人",语出汉代《古诗十九首·东城高且长》。但这里"佳人"的意思并非是美女,而是指优秀杰出的人。

⑫逡巡:有所顾虑,徘徊不前。

登，风骚坛坫孰与主①。

病中杂咏（八首）

丹头药裹②付庸医，瘦骨嶙峋叹莫支。为语家人休漏泄，高堂亲老鬓成丝。

终朝兄弟各来看，惜暖禁寒意万般。要识鸰原③同急难，权将好语说平安。

终宵耿耿妇长叹，割臂④聊为续命丹。寄语秋衫休再浣，血痕留与后人看。

算来世事总多虚，尚有琅函⑤万卷余。每早犹催儿上学，归来仍问读何书。

病势离奇屡费猜，炎凉气候此身赅⑥。不须更说回春手，一汗千金买不来。

淡泊惟应食粥糜，滑甘滋味沁心脾。寻常珍错多兼饫⑦，输与朝炊米

①“独怜”四句：这四句诗为一整体，意思是，你走了，我们失去了领先的旗手，大家再在一起较量吧，谁又能成为这里的文坛盟主呢？南军，指留在南方（合肥）的读书人。旗鼓，本为引导、指挥军队的器具，代指领军人物。风骚，《诗经·国风》和《楚辞·离骚》的并称，后来成为文学的代称。坛坫（diàn），古代结盟相会的地方，后亦用来指文人集会的场所。坫，土台。

②丹头药裹：丹头，制作丹药时添加的促进其变化或成型的物质。药裹，药袋。这里代指治病。

③鸰（líng）原：指友爱的兄弟。《诗经·小雅·常棣》：“脊令在原，兄弟急难。”脊令，鸟名，也写作“鹡鸰”。

④割臂：古代认为亲人得重病医治无效，从自己身上割下一块肉煮给病人吃就能治好，故正史、笔记载割股、割臂、刲肝等不绝。李淑人割臂事为实有，见后《金粟斋遗集·诰封淑人先妣李淑人事略》。

⑤琅（láng）函：书匣的美称，这里代指藏书。琅，玉石。

⑥赅（gāi）：全备。这句是比喻身上忽冷忽热。

⑦珍错多饫（yù）：珍错，山珍海错的略语。饫，饱食。

半匙。

夜阑何物可疗饥，烹得秋菘①正熟时。冷趣嚼残应自笑，秀才风味恰相宜。

霜案风檠②伴索居，青衿③沦落卅年余。天公留我缘何事？尚有人间未读书。

除服赴试④

慈亲⑤三载邈音容，十里松楸⑥雨雪封。检点征衫⑦频下泪，分明线迹手曾缝。

乡市行

昨日入西市，下马立道旁。藉藉⑧无赖子，挟刃纷成行。天下大祸乱，发端皆微芒。舍此遂不治，涓滴成汪洋。东阿来贤守⑨，严厉挟风霜。诛锄无

---

①菘（sōng）：白菜。

②檠（qíng）：灯架，代指灯。

③青衿（jīn）：《诗经·郑风·子衿》："青青子衿，悠悠我心。"毛传："青衿，青领也。学子之所服。"明清时期亦借指秀才。

④除服赴试：除服，守孝期满即除去丧礼之服，亦称"除丧"，俗称"脱孝"。赴试，此去为参加乡试。

⑤慈亲：公之母亲周淑人。

⑥松楸：松树、楸树，墓地多栽这两种树，这里作墓地的代称。

⑦征衫：出门行旅的衣服。

⑧藉藉：人多而杂乱的样子。

⑨东阿来贤守：战国齐宣王时，阿城（后为东阿县）连年兵荒马乱，匪患无穷，连换七任邑宰，都未治理好。宣王派尹子奇当邑宰，到任后招贤纳士，察访民情，整治民风，除匪患，安民心，救济穷苦百姓，东阿得到大治。事载刘向《说苑》。

遗种，抉发[1]无遁藏。各各卖刀剑，改行务耕桑。火烈民鲜死[2]，猛酷实慈祥。今之执政者，毋乃太纤尫[3]。农夫无留蔓，蔓留谷乃伤。医士毋养痈，痈养身乃戕[4]。盛世无游民，民游国乃殃。安得容此辈，横行梗尧乡[5]。

吊江忠烈[6]公（四首）

久传敢战岳家兵[7]，节钺[8]遥临庐子城[9]。军势全凭坚众志，将才半是出书生。衣披缚稿[10]人留影，筹唱量沙[11]夜有声。贼若缓来公早至，安知此难不能平。

---

①抉发：发掘，深挖。

②“火烈”句：典出《左传·昭公二十年》：“唯有德者能以宽服民，其次莫如猛。夫火烈，民望而畏之，故鲜死焉。”

③“毋乃”句：毋乃，岂非，难道不是。纤尫（wāng），软弱无力。

④戕（qiāng）：杀害。

⑤尧乡：美颂的说法，犹言“王土”。

⑥江忠烈：江忠源（1812—1854），字岷樵，谥忠烈。湖南新宁人。晚清名将。道光十七年（1837）举人，初任浙江秀水知县，以军功累升至安徽巡抚。咸丰三年十二月（1854年1月），庐州城破，伤重自刎未成，复投水自杀。追赠总督。著有《江忠烈公遗集》。

⑦岳家兵：即岳家军。南宋初岳飞领导的抗金军队，骁勇善战，屡建战功。这里誉称江忠源率领的部队。

⑧节钺（yuè）：符节与斧钺，古代授予大将军，亦代指大将。这里指江忠源。

⑨庐子城：即庐州城，周时庐子国建都于此，故称。

⑩衣披缚稿：典出《资治通鉴·唐纪》，张巡守睢阳，“城中矢尽，巡缚稿为人千余，被以黑衣，夜缒城下，潮兵争射之，久乃知其稿人，得矢数十万”。缚稿，捆扎草人。

⑪筹唱量沙：典出《南史·檀道济传》：“道济夜唱筹量沙，以所余少米散其上。及旦，魏军谓资粮有余，故不复追。”筹唱，高声报出计量的筹数。筹，计数的用具。

闻道援兵万灶多①，锦旗未见复如何。贺兰不灭空留矢②，谓舒制军兴阿③。曹豹④先降暗倒戈。谓庐州府知府胡元炜⑤。半壁城倾惊霹雳，三更星陨动山河⑥；为寻止水亭⑦千古，一样丹心照碧波。

早知合剿胜分防，规画东南虑最长。百战余威小诸葛，千秋大节古睢阳⑧。赤虹剑气埋烟蔓，白骨山阿酹⑨酒浆。公灵寄厝⑩余家西偏，时率乡人往奠。幸有援师来介弟⑪，应教指日复平梁⑫。谓公弟达川⑬。

江山吴楚本相连，大局须筹一著先。此后长淮无管钥⑭，即今全皖尽烽

---

①万灶多：古代行军就地挖灶做饭，由灶之多寡可知兵之多少。万灶，形容兵多。

②"贺兰"句：这句以贺兰进明比喻舒兴阿，表示对其拥兵不救的谴责和憎恨。《资治通鉴·唐纪》又载，张巡困守睢阳时，部将南霁云乞救于临淮节度贺兰进明，贺兰嫉妒张巡、许远之声威功绩超过自己，不肯出师救。霁云"将出城，抽矢射佛寺浮图，矢著其上砖半箭。曰：'吾归破贼，必灭贺兰！此矢所以志也。'"

③舒制军兴阿：制军，总督的别称。舒兴阿（？—1858），赫舍里氏，字旺山，号云溪。满洲正蓝旗人。道光十二年（1832）进士，官至陕甘总督。咸丰二年，庐州城被围时，舒兴阿奉命由河南陈州赴援，城陷后因"拥兵坐视"被弹劾免职。

④曹豹（？—196）：东汉末年徐州牧陶谦部将。后刘备领徐州牧，与袁术战于淮阴石亭，曹豹与张飞守下邳。豹叛刘备，迎吕布为徐州刺史。

⑤胡元炜：据清薛福成《庸盦笔记》等记载，胡元炜初时入都谋官，与一人同住，不久此人为其捐知府，分庐州。城被围日，此人入署劝其投降，遂降，在太平军中得封职。后清军收复安庆，将其捉住并处死。

⑥"半壁"二句：太平军破城系用地雷炸开城墙，江忠源自尽在破晓时分，两句诗乃实记其事。

⑦止水亭：亭在江西鄱阳县城东，南宋丞相江万里罢相后定居鄱阳，"闻襄樊失守，凿池芝山后圃，匾其亭曰'止水'，人莫谕其意"。不久，元兵攻陷鄱阳城，江万里悲愤填膺，率一家17口投赴止水，以身殉国。事载《宋史·江万里传》。江忠源亦投水自尽，同为忠烈，故以之为喻。

⑧古睢阳：指张巡、许远等忠贞尽节之士。

⑨酹（lèi）：以酒洒地祭奠亡者。

⑩寄厝：借个地方停柩待葬或浅埋待改葬。

⑪介弟：对别人弟弟的尊称。

⑫平梁：今合肥市肥东县梁园镇的古称。

⑬达川：江忠浚（1815—1874），字达川。忠源二弟。咸丰三年末，闻兄被围，募楚勇一千五百余人驰援庐州，驻城西五里墩，不久城失守。后从和春收复庐州。官至安徽布政使，四川布政使。

⑭管钥：锁匙，比喻安全的重要保障。

烟。沙场马革归无忝①，朝庙龙骧去尚悬②。搔首南天重怅望，才逢戡乱更何年③。

庐阳夜捷行

癸丑④，庐城陷。凡男妇老幼陷入城中者，贼皆于后街分别居之，名曰“馆”，两头树以栏栅，不准出入。越次岁⑤，官兵大至，贼守亦固，城不得下。乃密报营中，约期开城内应，以白布裹头为识。营中姑听之，未深信也。届期各挟木板由麻绳巷排墙出，开时雍门⑥，以木板架濠上，急请官兵入城，官兵犹豫不决。众无奈，乃放火，四城更棚一时火起，并烧贼火药房。贼恐，疑官兵已至，相率逃窜。众民夺刀截杀无算，比官兵入，则东方已白矣。

咸丰五年十月朔⑦，庐阳夜半城告复。十万义民奋空拳，城外三军新睡觉。自从癸丑岁仲冬，于今三载困樊笼。街头栏栅锁西东，裈⑧处直与虮虱同。两番有约报机密，某日某夜献城吉。星河黯淡天萧瑟，麻绳巷口排墙出。斩关直夺时雍门，隔河尽是官军屯。屋梁壁板架空起，呼请将军入城

①“沙场”句：沙场马革，为国战死沙场，以马革裹尸而还。典出《后汉书·马援传》：“男儿要当死于边野，以马革裹尸还葬耳。”无忝，无愧。

②“朝庙”句：朝庙，百姓朝祭祠庙。龙骧，龙骧将军的简称，代指江忠源。去尚悬，指其画像悬挂于庙中接受祭拜。

③“才逢”句：意思是，这一切才开始，平定战乱要等到哪一年。戡（kān），武力平叛。

④癸丑：即咸丰三年（1853）。

⑤越次岁：过了第二年，即第三年。

⑥时雍门：俗称“小东门”，原位于今合肥城区小东门，现已无存。

⑦咸丰五年十月朔：即1855年11月10日。朔，农历每月初一。

⑧裈（kūn）：原指有裆的裤子，这里指裤裆。

垣。将军自操稳算多，公无渡河①可奈何。徐整军容披铁甲，渐看曙色入银河。众民焦急齐恸哭，请兵不如放火速。须臾火光照万千，戍楼②四面一齐燃。贼众仓皇失所措，疑是官兵降自天。是时火猛风力遒，人声军声闹不休。四门各挟刀剑走，夺取贼刀砍贼头。贼头乱落火光中，寻常老弱亦称雄。回看头上巾缠白，尽是昨宵血染红。晨星落落鸡声唱，始见将军麾羽仗。若非火势惊贼走，几使全城为鸡狗。将军入城贼已空，羽书驰报甘泉宫③。连宵恩命下九重，骠骑④新拜气雍容。吁嗟乎！百姓纵不言战功，将军得毋⑤愧侯封？

余烈妇歌

烈妇姓杨，寿春下塘镇人。嫁余某，逸其名，人皆称为余先生。居邻巨匪刘四和尚，窥其色，强拉之去，烈妇怀抱幼孩，夺而掷之毙。入门逼易新衣，烈妇婉言身已至此，不能奋飞，惟来时夫出不知，但得夫来一书绝券⑥可耳。其时刘使二妇守之，烈妇神色如常，若无他意。须臾，自言饥渴，分遣取饮食。适有剪刀，急取刺胸前，极力猛按，直抵脐下，血淋淋肠出寸许。时荷泽马公守庐⑦，余为白其事，请旌其庐⑧。公乃使人诱刘杀之，尽歼其类。

---

①公无渡河：语出汉乐府《公无渡河》："公无渡河，公竟渡河！堕河而死，将奈公何！"这里用此典有讽刺意味，意思是说，你怕死不渡河老百姓有什么办法呢？这里的"公"暗指和春。

②戍楼：城中的瞭望楼。

③甘泉宫：秦汉均建有甘泉宫，这里代指朝廷。

④骠骑：骠骑将军的简称。这里的"骠骑新拜"和末句的"侯封"是讥刺和春贪百姓之功为己有，得以升官晋爵。庐州收复后和春得到"赐黄马褂，予骑都尉世职"的封赏。

⑤得毋：能不，岂不。

⑥绝券：解除婚约的文书。

⑦荷泽马公守庐：马新贻任庐州知府。

⑧其庐：其家。

烈妇生长自清门①,嫁得东家惯食贫。世乱居邻豺虎窟,白日雄狐入其室。强将烈妇掖之行,仓皇自抱孩儿出。谁知毁室更取子,轻轻一掷儿已死。入门强进新衣裳,烈妇婉却何太忙。良人②朝出东门郭,愿得归来一画诺③。是时二妇守其旁,烈妇惨怛④自主张。从容自言饥渴意,分遣女伴取水浆。秋风萧瑟日将暮,荧荧一点灯昏黄。暗中瞥见剪如雪,尖芒瘦削吐寒光。剪刀真是幽并物⑤,一按深深已见骨。摧肝陷胆无余地,曲屈中肠皆寸裂。碧血⑥模糊污满身,随流仍绕东家门。谁把一片心如石,淋漓掬取示夫君。昨宵风雨树木折,星河黯淡鬼泣别。神灵踌躇意幽咽,特遣雷霆助奇烈,魑魅一齐心胆折。东海太守纡良筹⑦,擒其渠魁歼厥俦⑧,义愤充塞光九州。吁嗟乎!须臾不死死不得,一死须臾遂千秋,明其义者乃女流。

---

①清门:清白人家。

②良人:古代女子对丈夫的称呼。

③画诺:签字同意。

④惨怛(dá):悲痛。

⑤幽并物:指剪刀,并州出产的锋利无比,最为著名。幽并,即古代的幽州和并州,在今河北、山西一带。

⑥碧血:周敬王时,忠臣苌弘受冤被放逐至蜀,愤而自杀,蜀人念其忠而受屈,用玉匣藏其血,三年后开视则化为碧玉。后世以“碧血”赞誉忠烈之人的鲜血。

⑦“东海”句:汉代东海郡有一个孝妇赡养婆婆十余年很尽心,婆婆不忍拖累她,遂自尽。婆婆女儿以为其母为孝妇所杀,告于官府。酷刑之下,孝妇屈服。狱吏于公向太守力争不得,妇被枉杀,此后东海三年不雨。后任太守至,为其雪冤,并亲至其墓予以旌表,天即下雨,岁大熟。《列女传》《搜神记》均记其事。此处以东海太守代指庐州知府马新贻。纡(yū)良筹,想出一个绕着弯子的好办法。纡,屈曲。

⑧“擒其”句:渠魁,罪魁祸首。厥,其。俦,同伙。

秋　兴(六首)

仓皇风鹤①万人家，木落天高望眼赊②。铸出铁城无管钥，拚将金斗化泥沙③。将军一去全师墨④，帅府重开众士哗⑤。满局残棋收不得，早知下手著全差。此咏八年七月⑥庐城复陷也。

油篓藏银⑦莫辩讹，弹章⑧一纸误多多。八公草木春无影⑨，千里江淮血作波。白骨西风新战垒，朱楼明月旧山河。军中韩范⑩初归去，遍地黄巾⑪尽举戈。此咏袁端敏⑫被劾而张乐刑⑬之祸作也。

---

①风鹤：风声鹤唳的略语。

②望眼赊：放眼远望。赊，长、远。

③"铸出"二句：这两句诗用比喻的手法指出庐州城虽然坚固但缺乏有效的防守。金斗化泥沙，比喻无用。

④全师墨：全军着孝服。《左传·僖公三十三年》载，晋文公死后，晋大臣认为秦国无礼，"子墨衰绖(cuī dié)"，"败秦师于殽"。子即晋襄公。墨，作动词用，染黑。衰绖，丧服。将军即指江忠源。

⑤"帅府"句：此句谓继任巡抚福济不得众望。

⑥八年七月：咸丰八年七月为1858年8月，城陷之日为8月23日。

⑦油篓藏银：和春、福济弹劾袁甲三，诬其"油篓藏银，寄回原籍"。

⑧弹章：弹劾官员的奏章。这里指和春、福济弹劾袁甲三的奏章。

⑨"八公"句：这句诗暗喻江淮一带失去希望。八公，八公山，在今淮南市。

⑩韩范：《宋史·韩琦传》："琦与范仲淹在兵间久，名重一时，人心归之，朝廷倚以为重，故天下称为'韩范'。"代指袁甲三。

⑪黄巾：这里以汉末黄巾军代指捻军。

⑫袁端敏：袁甲三(1806—1863)，字午桥，谥端敏。河南项城人，袁世凯叔祖。官至漕运总督兼江南河道总督。咸丰三年(1853)，以兵部侍郎率北路军驻临淮关剿捻，屡建战功，深得民心，擢都察院左都御史。咸丰四年(1854)，为中路军统领和春、福济诬劾，回京后被革职。五年，平反并重新起用。

⑬张乐刑：即张乐行，清官方文书贬称为张乐刑、张落刑。张乐行(1811—1863)，一名洛行。安徽亳州涡阳人。咸丰三年，十八股捻军首领歃血为盟，推其为盟主，稍后即被清廷招抚。咸丰四年叛，并控制了淮北广大地区。于同治二年(1863)遭俘后被处死。

太湖扫荡又桐舒①，得胜雄师直赴庐。一夜黄旗来遍野，千条碧血涌成渠。决堤已怅归途断，开壁犹闻杀贼呼。义士五千同日死，伤心渡口是遗墟。此咏李忠武②三河之败③也。

旌旆飘扬鼓角鸣，纵横贼势合围营。幕乌④晓乱潜师退，巢燕梁空野火明。壁立万家焦土影，风号半夜怒涛声。可怜老弱居无室，转徙何乡寄此生。此咏横店⑤师退而贼纵烧数十里也。

皖城鼙鼓⑥动江滨，皇甫⑦英名旧有真；独以心兵⑧当一面，屡探贼穴此孤身。如何斯世方多故，遽⑨令先生谢俗尘。昔日涕洟⑩今日笑，天教此老作完人⑪。此咏龚于休⑫团练乡兵，保障西北，八年城复陷，先生已下世也。

道路流离往返频，十年丧乱孑遗⑬身。凄凉旅馆还家梦，寂寞寒镫⑭卧

---

①桐舒：安徽桐城和舒城。

②李忠武：李续宾（1818—1858），字如九，号迪庵，谥忠武。湖南娄底人。贡生。晚清湘军著名将领，骁勇善战。咸丰二年（1852）在籍办团练，后转战于江西、湖南、湖北、安徽，因战功迁升至巡抚衔浙江布政使，获“挚勇巴图鲁”封号。在三河之战中阵亡。著有《李忠武公遗书》。

③三河之败：三河，即今合肥市肥西县三河镇。1858 年 8 月李续宾奉命增援安徽收复庐州。他在协攻太湖县后，孤军深入，接连收复潜山、桐城、舒城，进抵三河镇，攻之未克。所部八千余人，一路折损、分兵后已不满五千。11 月中旬，为太平军骁将陈玉成、李秀成率援军十万余人及三河守军所围，李续宾及所部全军战殁。诗中“一夜黄旗来遍野”即指太平军援军，余者皆为当时战况。

④幕乌：帐幕上停息的乌鸦。

⑤横店：地名，在庐州城北约三十里。高祖时吾家在此。

⑥鼙（pí）鼓：军中小鼓大鼓。鼙，军中小鼓或骑鼓。

⑦皇甫：指东汉末名将皇甫嵩。他在平定黄巾军的战争中招募精壮，东征西讨，居功至伟。且德行高尚，关爱士卒，体恤百姓。诗中以之作比来赞誉龚永孚。

⑧心兵：心中对战事的谋划。《吕氏春秋·荡兵》：“察兵之微，在心而未发，兵也。”

⑨遽（jù）：急促，仓促。

⑩涕洟（yí）：伤心痛哭。涕，眼泪。洟，鼻涕。

⑪完人：子范公以龚永孚治团练、保乡里，英名既获，而又在城中安定之时得善终，故称其为“完人”。其中又深含庐城复陷后，自己又不得不面对战火，前途未卜的感慨。

⑫龚于休：龚永孚（1804—1857），又名作楫，字暗章，号于休、胥桥。廪生。咸丰初倡办庐属五县团练，保全民众有功，授修直郎。赠奉直大夫、通奉大夫。著有《庐中语古文》《一经堂制艺》。

⑬孑遗：残存。

⑭镫：同“灯”，指古代的油灯。

病人。水阔蛟龙谁使得，山深魑魅莫相亲。云天黯淡秋将老，待看阳回大地春。

避　乱（四首）

前年庐城破，贼扰不及乡。今年庐城破，贼势愈披猖。贼来一何速，官去一何忙。凉风秋八月，满目尽凄凉。犬吠出深巷，鸡鸣升枯桑。溃军四五人，喘息憩道旁。为问军胡溃，但云将不良。不见郑将军，郑军门魁士①。派河②兵气扬。杀贼以万计，孤军能独张。昔曾备行列，今独遭丧亡。我闻长叹息，不觉泪淋浪。行行贼且至，奔走各仓皇。安得生双翼，奋飞到他方。

昨日见贼示，分立乡官③名。军师旅卒伍，气焰纷纵横。红巾高抹额，贼性若天成。岂无亲戚好，穷蹙翻无情。秋收今又薄，粟米难为征。纳粮田不足，索银地不生。汹汹疾追呼，其势必取盈。前村放豚去，后村牵犊行。豚犊皆供贼，明年何以耕。方悟圣恩大，租税自公平。愿且缓须臾，忍死待官兵。

客至自张桥④，为我详细述。道有官兵来，启行已咨吉⑤。统帅马将军，

---

①郑军门魁士：郑魁士（1800—1873），字鳌峰，谥忠烈。张家口宣化人。行伍出身，因军功升至署寿春镇总兵加提督衔、浙江提督。赐号沙拉玛巴图鲁，赐黄马褂。1855年，他带兵亲自爬上城楼，攻下庐城。后剿捻于安徽、河南，1856年春接任全皖军务。1858年9月庐城复陷前已调往江南大营。故诗中痛惜后来将帅不得人。军门，提督的别称。

②派河：水名，发源于肥西县中部，流入巢湖。

③乡官：乡官是太平军在其攻占的地方按照每五家设一伍长，五伍长设一两司马，四两司马设一卒长，五卒长设一旅帅，五旅帅设一师帅，五师帅设一军帅的方式建立的地方组织的官吏。军帅以下乡官一般由当地人担任。

④张桥：今定远县张桥镇。

⑤咨吉：咨询选定吉日。

马协镇升平①。勇锐素无匹。况有内应人,此次功可必。密地约攻城,十月十七日。夜半霜雪寒,星斗气萧瑟。壮士马上歌,谓将一战毕。岂知伏莽②多,泄漏自亲昵。贼兵暗调移,我军昧虚实。北门叩关攻,南门悬布③出。事势两相左,坐使此机失。太息天下事,安用我躬恤④!

先人有敝庐,至今几百载。家世喜藏书,名山足搜采。楚人一炬烈⑤,空余灰烬在。天地一瞬息⑥,吾身一傀儡。疾病人传死,饥寒我知殆。江湖岁暮阴,梦梦无真宰⑦。前山魑魅迎,后山虎狼待。魑魅肆无忌,虎狼性不改。何以安此身,逝将东蹈海⑧。

---

①马协镇升平:协镇,副将的别称。据《清稗类钞·战事类》记述,1860年四五月间,永固副将徐立壮率团练五千,与参将马升平、副将于昌麟合营,北联临淮诸军,进逼捻军固守的定远。袁甲三助以炮火,围城五个多月未克。庐州城太平军援军至,马、于败亡,团练溃散,临淮军逃走。马升平副将一职当为殁后追授。

②伏莽:潜藏的寇盗。

③悬布:悬挂布幡作为开始行动和指示攻城地点的信号。

④"安用"句:意思是哪用得着我去担忧。躬恤,典出《诗经·谷风》:"我躬不阅,遑恤我后。"躬,亲身。恤,忧虑。

⑤"楚人"句:语出杜牧《阿房宫赋》:"楚人一炬,可怜焦土。"这里借"楚人"代指来自南方的太平军。

⑥"天地"句:世事变幻只在瞬间。苏轼《赤壁赋》:"盖将自其变者而观之,则天地曾不能以一瞬。"

⑦"梦梦"句:梦梦,昏乱的状态。真宰,这里意同主宰。无真宰,迷失方向,不能把握自己的命运。

⑧"逝将"句:逝将,《诗经·硕鼠》:"逝将去汝,适彼乐土。"逝,通"誓",表示决心。东蹈海,表示宁死不屈,不做太平军顺民的气节、情操。典出《战国策·赵策》,鲁仲连认为秦国不讲礼义、行暴政,说"彼即肆然而为帝,过而为政于天下,则连有蹈东海而死耳,吾不忍为之民也"。

送柘农[①]弟入都 庚申[②]正月

远送从兹别，临歧[③]意黯然。衰亲年八十，游子路三千。故国兵戈地，长途雨雪天。那堪重到处，触目尽烽烟。

雪

生自清空本色强，云天高傍藉风狂。光分夜月生虚白，瓣带梅花有古香。岁旱堪为霖雨补，春归化作水云忙。鲰生尚抱驰驱志[④]，不学袁安入睡乡[⑤]。

庐城再复[⑥]（二首）

百战雄师捷，重瞻庐子城。湖山仍故国，鸡犬亦余生。皖北全军胜，淮

①柘农：德标公的字，见前注。柘，通"蔗"。

②庚申：即咸丰十年（1860）。

③临歧：临别。歧，岔路。古人送别常在岔路口处分手，故称。

④"鲰（zōu）生"句：意为小孩子们饶有兴致地在雪地里跑来跑去玩耍。鲰生，小孩子。

⑤"不学"句：不肯像袁安那样在下雪天安静地睡着。袁安（？—92），字邵公。河南商水西南人。东汉明帝、和帝时大臣，历任太仆、司空、司徒。为官清廉守正，忠贞亮直。《后汉书·袁安传》载，其未入仕前，一年洛阳大雪，洛阳令出门巡视，"至袁安门，无有行路，谓安已死。令人除雪入户，见安僵卧。问何以不出，安曰：'大雪，人皆饿，不宜干人。'令以为贤，举为孝廉"。

⑥时在 1862 年 5 月。

南伏莽萌①。中兴诸将士,努力报升平。

乱离催老病,戢影在蓬门②。露刃仇相视,停车客少喧③。亲朋多死别,皮骨仅空存。重起中宵舞④,荒鸡唱远村。

出山词(四首)

壬戌⑤秋,李中丞⑥招赴沪营,九月十一日出山。

鸿鹄⑦飞腾响碧霄,山中燕雀亦相招。隙过驹影⑧成春梦,高傍龙门看海潮。淞水一江鲈脍美,秋风万里马蹄骄。管弦未断摇鞭起,那觉天涯路太遥。

拜罢松楸欲首程,依依邱墓不胜情。家贫兄弟惜分散,世乱交游半死生。妻老未忘操臼苦,儿愚还望读书成。半生古调谁知己,倘遇钟期⑨在此行。

昨夜西风菊径黄,亲朋作饯趁重阳。一肩行李官原冷,十载沧桑事太

①伏莽萌:强盗们也被消灭了。萌,锄去。《周礼·秋官·薙氏》:"掌杀草,春始生而萌之。"郑玄注:"谓萌之者,以兹其斫其生者。"兹其,锄头。

②"戢影"句:戢影,敛迹,隐居。蓬门,用蓬草编成的门。

③"露刃"二句:这两句诗是说,战乱虽平,但由于人们此前所处的阵营不同,有的相互间仇恨敌意还没有消除,有的相互间则比较冷淡。喧,大声说话。

④中宵舞:东晋祖逖、刘琨立志报国,半夜鸡鸣,即披衣起床,拔剑练武,事为成语"闻鸡起舞"的出处。诗中用此典,具有两层意思,一是实写自己重获安定,得以恢复练习剑术;一是表达自己具有和祖、刘一样,国事未安,尚需勤奋努力的志向。

⑤壬戌:同治元年(1862)。

⑥李中丞:李文忠公时为江苏巡抚。中丞,巡抚的别称。

⑦鸿鹄(hú):大雁和天鹅,比喻志向远大、地位崇高的人。这里代指李文忠。下句"燕雀"则为公之自比。典出《史记·陈涉世家》:"燕雀安知鸿鹄之志哉!"

⑧隙过驹影:形容时光之快。典出《庄子·知北游》:"人生天地之间,若白驹之过隙,忽然而已。"

⑨钟期:代指知音。钟期,即钟子期,春秋时楚人。《列子·汤问》:"伯牙善鼓琴,钟子期善听。伯牙鼓琴,志在登高山。钟子期曰:'善哉!峨峨兮若泰山!'志在流水,钟子期曰:'善哉!洋洋兮若江河!'伯牙所念,钟子期必得之。"

忙。怒马单身冲贼险，哀鸿①满目济年荒。而今回首都陈迹，付与他人说短长。

七度中秋战弱翰②，蟾宫③未免太高寒。云初出岫行犹懒，帆到乘风泊亦难。千里依人螟睫④小，一官畀⑤我鬓丝残。巢湖渔隐叮咛约，他日同来举钓竿。

途中口占寄儿

年华荏苒⑥正芳春，一寸光阴一寸珍。壮不如人今老矣，阿翁已是过来人。

---

①哀鸿：比喻战乱中流离失所的百姓。典出《诗经·小雅·鸿雁》："鸿雁于飞，肃肃其羽。之子于征，劬劳于野。爰及矜人，哀此鳏寡。"朱熹《诗集传》云："流民以鸿雁哀鸣自比而作此歌也。"

②"七度"句：弱翰，指毛笔。清代乡试三年一次，在秋天进行，子范公七试未中。

③蟾宫：月宫的别称，这里借喻取得举人、进士的功名。科举时代把考中举人、进士喻作"蟾宫折桂"。

④螟睫：形容事物微小。典出唐王辅之《螟巢蚊睫赋》："万物生兮，巨细相悬。蚊之睫兮，螟在矣。"这里比喻自己身份低微。

⑤畀(bì)：给予。

⑥荏苒：渐渐过去。

癸亥[①]春，劝捐崇明，留别钱慎庵明府[②]暨在局诸绅（四首）

中流砥柱障狂澜，三十年来作吏难。五马新猷[③]秋气爽。慎庵时保知府，今秋将莅新任。双凫旧泽[④]海波宽。偶然鸿爪留陈迹[⑤]，竟以猪肝累好官[⑥]。手板倒持[⑦]须恕我，他时望作故人看。

---

①癸亥：同治二年（1863）。

②钱慎庵明府：钱德承（？—1871），号慎庵。浙江山阴人。监生。后曾任苏州、江宁、镇江等地知府，道员衔。所至有贤声。著作有《求治庸言》《慎庵诗集》。明府，知府的别称。

③五马新猷：汉时太守乘坐的车用五匹马驾辕，明清知府官职相当于汉太守，所以用"五马"代指担任知府。新猷，新的谋划。

④双凫旧泽：指钱德承在知县任上留下的德泽。双凫，代指地方官。典出晋干宝《搜神记》："王乔者，河东人也。显宗世，为叶令。乔有神术，每月朔望，常自县诣台朝。帝怪其来数，而不见车骑，密令太史伺望之。言其临至，辄有双凫从东南飞来。于是候凫至，举罗张之，但得一只舄（xì）焉。"舄，鞋。

⑤鸿爪留陈迹：大雁在雪天泥地上留下的爪印，比喻自己在沪为官留下人生轨迹。典出苏轼《和子由渑池怀旧》诗："人生到处知何似，应似飞鸿踏雪泥。泥上偶然留指爪，鸿飞那复计东西。"

⑥"竟以"句：这句是说自己因贫得到过他的帮助。猪肝，代指贫穷。典出《后汉书·周黄徐姜申屠传序》："（闵贡）客居安邑，老病家贫，不能得肉，日买猪肝一片，屠者或不肯与。安邑令闻，敕吏常给焉。仲叔怪而问之，知，乃叹曰：'闵仲叔岂以口腹累安邑邪？'遂去。"事并见《高士传》。

⑦手板倒持：即倒执手版，比喻惊惶失态。典出《晋书·谢安传》，桓温欲篡位，召谢安、王坦之前来准备加害。"既见温，坦之流汗沾衣，倒执手版，安从容就席"。手板也作"手版"。

此邦从古毓[1]英灵，两度重游子细[2]听。珂里有材皆杞梓[3]，药笼何物尽参苓[4]。瀛洲有福修能到，崇明号古瀛洲。海水无情去不停。他日江天遥望处，明黄几个少微星[5]。

曾闻松沪算军需，十万支销日不敷。将士饱歌方敢战，君亲大局要同扶。但教下手非真辣，敢说中心是乐输[6]？我有一言告长吏[7]，人家落笔甚踌躇。

阴晴正值熟梅初，山气天光画不如。江海东流谁力挽，皖云西望有闲居。调羹[8]事业还重理，余本总办饷盐。作楫人才待别储。慎庵禀留监造军船，余不就。归去来兮何所有，一肩行李一囊书。

劝捐杂咏呈郑海秋广文[9]（四首）

去年曾此渡江浔[10]，今日来游意倍深。千里瀛洲重聚首，一天海水共盟心。相知只可谈风月，持赠惟思有鹤琴。若问公余何事好，自搔短发且

---

①毓：同“育”。

②子细：意同“仔细”。

③“珂里”句：珂里，对别人家乡的敬称，这里指上海。杞梓，两种优质木材，比喻优秀的人才。

④“药笼”句：比喻储备有优秀人才。典出《旧唐书·元行冲传》，元行冲博学多识，不喜欢阿谀顺从，一天对狄仁杰说，富贵人家储存干肉油脂以备吃饭之需，储备人参灵芝等以防疾病，你就把我当作一味药物吧！“仁杰笑而谓人曰：‘此吾药笼中物，何可一日无也！’”苓，茯苓，一种重要中药。

⑤“明黄”句：意为这里将出现几个贤能的官员。《晋书·天文志上》：“少微四星在太微西，士大夫之位也。”“明大而黄，则贤士举也。”

⑥“敢说”句：意思是说，不能说人们内心是乐意捐输钱款来助军需的。

⑦长（zhǎng）吏：长官。

⑧调羹：原意比喻治理国家政事。典出《尚书·说命下》，殷高宗武丁对傅说言曰：“若作和羹，尔惟盐梅。”这里借用调和盐梅的字面意思来表示处理盐务。

⑨郑海秋广文：郑海秋，其人未详。广文，儒学教官的别称。

⑩江浔：江边。

闲吟。

浩然四顾发长吁，从古曾称此乐输。尽有入门先涕泣，纵当下笔尚踌躇。阶前不尽容民诉，堂上时传有吏呼。只恐旁观来郑侠①，挥毫画我《劝捐图》。

持筹握算计通盘，十万腰缠②得半难。不惜终朝多口苦，倘留余地亦心安。居民白手才新创，壮士黄金莫浪看③。幸有红旗连报捷，苏台④指日可游观。

平生心迹最堪怜，说与诸君一粲然⑤。两字秀才终不第，三年冷宦⑥尚虚悬。昔时同学今多贵，随意⑦文章老尚鲜。抱得孤琴来海上，移情且待访成连⑧。

---

①郑侠(1041—1119)：字介夫。福建福清人。宋英宗治平四年(1067)进士。诗人，所作有《西塘集》《西塘先生文集》等。因反对王安石推行新法，于熙宁七年(1074)绘成反映当时百姓疾苦的《流民图》呈给神宗皇帝，致新法一度废止。

②十万腰缠：指十万贯钱。典出南朝宋殷芸《殷芸小说·吴蜀人》："有客相从，各言所志：或愿为扬州刺史，或愿多赀财，或愿骑鹤上升。其一人曰：'腰缠十万贯，骑鹤下扬州。'欲兼三者。"

③"壮士"句：这句是说，将士们要知道手中的军饷来之不易。

④苏台：即姑苏台，又名胥台，在苏州西南姑苏山上。苏台可游观，意思指苏州即将收复。

⑤粲然：大笑的样子。

⑥冷宦：冷官，权轻事少，位低俸薄的官。

⑦随意：合乎自己心意。

⑧"移情"句：意思是自己还要向名师学习。典出唐吴兢《乐府古题要解·水仙操》，伯牙学鼓琴于成连，三年而成，但情感贯注不足。成连称有师在东海中，"能移人情"，将其携至一荒岛弃之。多日后，伯牙孤寂中面对大海山林，心生悲怆，弹奏一曲，忧伤之情倾注其中，遂悟得移情之妙，琴艺乃达化境。

甲子[①]秋权篆长洲[②],留别沪上诸同人(四首)

三年海上滥吹竽[③],忽跨双凫赴彼都。本是粫[④]才甘下吏,只愁强项[⑤]异时趋。起家白屋[⑥]知民事,阅世红羊[⑦]炼此躯。履历三通精写就,秀才毋我是区区。

金阊[⑧]从古说繁华,奈此兵戈四载加。首要难称卅二领[⑨],疮痍况是万千家。秋风人面都成菜,春雨江城待种花。大难甫平新政始,维持端赖吏才赊[⑩]。

催科抚字事分明,到底难教两两平。要识人皆称赤子,原来我亦是苍生。居官最喜亲民职,入世先教近俗情。最怕公余少暇日,台参方罢又郊迎[⑪]。

---

①甲子:即同治三年(1864)。

②权篆长洲:署理长洲知县。权,署理,由同职级的官员代管;篆,古代官印印文用篆字刻成,代称官印。

③滥吹竽:即滥竽充数。

④粫:同"粗"。

⑤强项:比喻刚正不屈。典出《后汉书·酷吏列传》,董宣为洛阳令,光武帝刘秀大姐湖阳公主之奴杀人后藏匿公主家,董宣乘其为公主驾车出行,执而杀之并数公主之过。公主诉说于光武帝,帝命董宣向公主叩头赔罪,"宣不从,强使顿之,宣两手据地,终不肯俯"。光武帝称其为"强项令"。

⑥白屋:普通百姓人家。

⑦阅世红羊:在国难中经历世事。红羊,即"红羊劫",古代谶纬学的术语,指国难。

⑧金阊:苏州有金门、阊门两座城门,代指苏州。长洲县治在苏州城内。

⑨"首要"句:意思是长洲县地域小,与其首县地位不相称。首要,首县要区。卅二领,指长洲县所辖领仅有三十二图(参见《前国史馆本传》"图"字条注)。

⑩吏才赊:吏员才能优秀。

⑪"台参"句:这里泛指参见和迎接上官。台参,原指御史台属官参见长官,清巡抚兼都察院右都御史,所以参见巡抚也被称为台参。郊迎,指钦差到本省或过境及督抚到府县地方官员出城迎接的礼仪。

检点征衫便出门，潮声送我长离痕。十年不第同罗隐①，百里非才愧士元②。定有东山围赌墅③，重劳北海饯行樽④。诸君谁制裘千丈⑤，借与吾民着体温。

八月十八日由沪启行，二十二日抵苏。家眷来自庐，亦于是日到岸(六首)

侬自申江⑥卿自乡，行期未订已催装。姑苏夜半船同到，多谢风帆两路忙。

酒阑灯烬⑦月光寒，双照牛衣⑧泪已干。父母一官须并颂，故教千里庆团圞。

---

①罗隐(833—909)：字昭谏。浙江杭州人。唐末五代时期诗人、文学家。吴越王钱镠时曾任钱塘令、司勋郎中、给事中等职。著有《谗书》及《太平两同书》等。他在唐末十多次参加进士考试不第，自称“十二三年就试期”，史称“十上不第”。

②“百里”句：意思是，我才能比不上庞士元，不足以管理一个县。庞统(179—214)，字士元，号凤雏，谥靖侯。湖北襄阳人。刘备帐下重要谋士，与诸葛亮同拜为军师中郎将。《三国志·蜀书·庞统传》载：“先主领荆州，统以从事守耒阳令，在县不治，免官。吴将鲁肃遗先主书曰：‘庞士元非百里才也，使处治中、别驾之任，始当展其骥足耳。’”

③东山围赌墅：意思是说临行前友朋毕集。典出《晋书·谢安传》，东晋时，前秦苻坚率众百万来攻，抵淝水，京师震恐。晋孝武帝加谢安为征讨大都督，其侄谢玄为前锋都督。谢玄问计于谢安，“安遂命驾出山墅，亲朋毕集，与玄围棊赌别墅”，安棋力原不及玄，但谢玄因心中惊慌反而输了。东山，在会稽山阴，谢安曾隐居于此。

④北海饯行樽：《后汉书·孔融传》：“及退闲职，宾客日盈其门。常叹曰：‘坐上客恒满，樽中酒不空，吾无忧矣。’”北海，孔融的代称，因其曾任北海相。这里代指朋友。这一联诗是写将离开上海时朋友、同僚纷纷相聚，为自己饯行。

⑤裘千丈：典出白居易《新制布裘》：“安得万里裘，盖裹周四垠。稳暖皆如我，天下无寒人。”

⑥侬自申江：侬，我。申江，即上海的黄浦江，旧传楚国的春申君黄歇曾疏浚此江，故又称春申江。

⑦灯烬：灯芯燃烧剩下的残灰，表示夜已深。

⑧牛衣：用麻或蓑草等编成的为牛御寒之物。《汉书·王章传》载，王章为诸生学于长安，生病无被，躺在牛衣中，向妻诀别，涕泣。后来用“牛衣对泣”表示夫妻共守贫穷。

种棉才罢又支机，回首家乡事渐非。笑指秋衫犹认得，当年一领送行衣。

自从睽隔①墓门云，梦想松楸长夕曛。我有一言忙问讯，临行曾否拜亲坟。

亲朋问罢又乡邻，零落知交感此身。屈指山丘归去客②，来时多是送行人。

携来儿女笑喧哗，吃饭穿衣要问爷。薄有俸钱容易去，愿将官舍当田家。

题《徐母劲节楼③图》

斯人经百折，此卷足千秋。何以励风俗，来瞻劲节楼。

短歌行赠王敬亭④

我生之初粗识字，郁郁久居不得志。四顾踌躇默为计，不为良相为良吏。良相启沃能致君⑤，良吏抚字实亲民。吾民徙，广厦庇而止⑥；吾民寒，

①睽(kuí)隔：离别。睽，隔离。

②山丘归去客：指过世的人。山丘，坟丘。

③劲节楼：楼在长洲县枫桥北，为道光间徐德源母亲陆氏守节抚孤处。

④王敬亭：王学懋(？—1865)，字敬亭、德昭。合肥人，与李文忠公、子范公为少年好友。咸丰九年(1859)举人。曾摄六安州学训导并监茶税。同治元年以江西建昌知县入李文忠幕负责文案，后署常州知府，卒于官，赠光禄寺卿。

⑤“良相”句：启沃，竭诚开导。典出《尚书·说命上》：“启乃心，沃朕心。”致君，辅佐君王，使其成为圣明之主。杜甫《奉赠韦左丞丈二十二韵》：“致君尧舜上，再使风俗淳。”

⑥“广厦”句：用杜甫《茅屋为秋风所破歌》“安得广厦千万间，大庇天下寒士俱欢颜”诗意。

大裘暖而宽。安得同心数十辈，分置郡县人爱戴。一郡一县得正人，百郡百县尽海内。海内之大如境中，蒸蒸治理自同风。秋野稻畦香簇簇，春城花雨影濛濛。民情翔洽①天意喜，便是阴阳燮理②功。君不见汉龚黄、唐韦白③，同与萧曹姚宋④光史册。

下　乡

怕与梅花别，商量载满航。几枝香雪影，一棹水云乡。民住青山远，官来绿野忙。推篷呼舟子，分我菜根尝。

---

①翔洽：上下融洽。

②阴阳燮（xiè）理：即“燮理阴阳”，指大臣辅佐天子治理国事。语出《尚书·周官》：“立太师，太傅，太保。兹惟三公，论道经邦，燮理阴阳。”燮理，协调处理。阴阳，矛盾对立的事物。

③韦白：即唐代韦应物和白居易。韦应物（737—792），陕西西安人。唐代著名诗人。历官滁州、江州、苏州刺史，关注民生，有惠政。诗歌后人辑为《韦苏州集》。白居易（772—846年），字乐天，晚号香山居士。山西太原人。唐代大诗人。历官江州司马、杭州刺史、苏州刺史、刑部尚书等。在任地方官时，关心百姓疾苦，兴修水利、道路，积极改善民生。著有《白氏长庆集》。

④萧曹姚宋：四人为汉唐时期著名的贤相。萧何（约前257—前193），江苏沛县人。辅佐刘邦建立汉朝，为丞相，封酂侯。在主持关中和为相期间，他制定法律政令，省刑减赋，安定社会，体恤民生，为汉朝的建立和稳固奠定了重要基础。曹参（？—前190），字敬伯。江苏沛县人。汉开国功臣，名将，封平阳侯。汉惠帝时继萧何任丞相，政治上休息无为，进一步稳定社会，恢复经济。后世有“萧规曹随”之誉。姚崇（651—721），字元之，谥文献。河南陕县人。在唐武则天至唐玄宗期间三度拜相，玄宗时提出政事上十条主张，实行新政，大力推行社会改革，兴利除弊，为“开元盛世”奠定了政治、经济基础。宋璟（663—737），字广平。河北邢台南和人。唐睿宗时拜相，后贬为楚州刺史。玄宗时再度拜相。与姚崇同心协力，励精图治，共建一代“开元盛世”。这两句诗是说，做一个好的地方官同样能彪炳史册。

浒墅关

满目蒿莱地，民生九死过。如何需抚字，转是急催科。颗粒来非易，疮痍起未多。为筹军国计，奈此孑遗[①]何。

通安桥

上下双塘路，纡回十里程。风声挟雨重，云气抱山平。橹曳溪流长[②]，旗招柳色迎。麦苗与菜甲，即此是民生。

洋澄湖

万顷琉璃窟，蛟龙得雨无。风波来顷刻，世变识多途。远势江河大，中流砥柱孤。同舟谁共济，我友正卬须[③]。

---

①孑遗：战乱后残存的人。

②长：音义同“涨”。

③卬须：等着我。语出《诗经·邶风·匏有苦叶》：“不涉卬否，卬须我友。”卬，代词“我”。须，等待。

太平桥

小雨春初霁，绿堤往复回。川原皆画意，仆吏亦诗才。客思清明动，书声野塾来。陶然成古趣，怀抱一为开。

回　署

一自郊原去，归来有所思。衙斋欢笑日，雨雪怨咨时。地易重门隔，恩难百里推。漫云能称职，一县未周知。

迎　春

芳讯传来到水滨，纵横旗盖出城闉[①]。马蹄犹带残冬雪，人面和生满座春。重过云山增色泽，相逢草木亦精神。明知花事年年好，愿祝今年分外新。

①城闉(yīn)：城门。闉，城内的重门。

题张杏园[1]《陟屺望云图》[2]

皖云千里隔，海角一峰横。莽莽登高处，依依望远情。客心多感触，亲舍指分明。此意知何极，空留尺幅呈。

金陵感旧（四首）

昔年高唱大江东，曾此酣吟棘院[3]中。七度中秋看月白[4]，万家矮屋上灯红。明知蕊榜[5]登无分，不信霓裳[6]咏未工。重检青衫[7]痕带泪，文章何处问苍穹。

小仓山[8]色碧于萝，胜地重经感若何。洞住神仙罹小劫[9]，窝留安乐起

---

①张杏园：其人未详。

②《陟屺望云图》：该画作题材出于《诗经·魏风·陟岵》，这首诗表达了远方行役的主人翁对父母兄长的强烈思念，多有画家以此为题材作画。子范公的诗表达的同样是对故乡亲人的不尽之思。“陟彼屺（qǐ）兮，瞻望母兮。”为本诗第二章的句子。陟，升，登。屺，没有草木的山。

③棘院：科举考试的试院。《旧五代史·周书·和凝传》：“贡院旧例，放榜之日，设棘于门及闭院门，以防下第不逞者。”

④“七度”句：仍为自述七次参加乡试事。

⑤蕊榜：道教传说学道升仙后即列名蕊宫，后遂称科举考试公布及第名单的榜文为“蕊榜”。

⑥霓裳：指《霓裳羽衣曲》，相传为唐玄宗所制。这里代指诗歌。

⑦青衫：唐制，文官八品、九品服青，后亦为一般士子所服。

⑧小仓山：小仓山旧地在今南京市城区，是清凉山的支脉，分为两道岭，后渐被夷平。今五台山体育场即位于旧小仓山南岭。

⑨罹小劫：罹，遭遇、遭受。小劫，佛学中以有情义为“小劫”。

惊波。情根未断春前草，旧迹全非梦里柯①。公有文章海内读，不须废址吊岩阿②。

秦淮小泊日初斜，两岸灯光寂不华。空数烟花迷梦蝶③，更无杨柳可栖鸦。笙歌胜会随流水，脂粉余芳散绮霞。稚蕙娇兰④零落尽，伤心重问女儿家。

清凉山下妙相庵⑤，屈子祠堂隐翠岚。杰阁依然存鲁殿⑥，名区原不断江南。芳心馥郁梅千树，忠胆澄清月一潭。我揖僧人话往事，花间小立露华涵。

虎邱祭历坛⑦有感（二首）

塔影千寻漾碧空，当年歌舞夜灯红。繁华未免民风侈，欢乐犹觇⑧物力

---

①“旧迹”句：意思是昔日的繁华欢乐不再。梦里柯，典出自唐李公佐《南柯太守传》：淳于棼醉酒，睡于槐树下，槐安国王将其接去，嫁以公主，并任为南柯郡太守，建功立业，尽享荣华，后兵败妻死，遭谗获罪被遣还，醒来方知为一梦。

②岩阿：山凹。这一首诗当为凭吊袁枚之作。袁枚（1716—1797），字子才，号简斋，晚年自号仓山居士、随园老人。浙江杭州人。乾隆四年（1739）进士。乾嘉时期诗坛重要人物、散文家、文学评论家。著作有《小仓山房集》《随园诗话》《子不语》等。历任溧水、江宁、江浦、沭阳县令，三十四岁即辞官，购置位于小仓山的随园，扩建后居于其中。其人极好声色饮食，本诗二、三两联即写其事。

③迷梦蝶：有两层含义，从实写角度是蝴蝶为烟花所迷难觅栖止之处，而其寓意则是烟花繁华恍如一梦，用“庄周梦蝶”的典故。《庄子·齐物论》：“昔者庄周梦为胡蝶，栩栩然胡蝶也；自喻适志与，不知周也。俄然觉，则蘧蘧然周也。不知周之梦为胡蝶与，胡蝶之梦为周与？”

④稚蕙娇兰：比喻秦淮河畔的烟花女子。

⑤妙相庵：又叫“屈子祠园”，原为晚清文人雅集之所，其址在今南京鼓楼区，现已不存。

⑥鲁殿：即位于山东曲阜的汉代鲁灵光殿，这里是殿堂的代称。

⑦厉坛：一种专门祭祀那些能伤害人的孤魂野鬼的祭所。

⑧觇（chān）：窥视、偷看。这里就是“看”的意思。

丰。乱后关河春未改，名流觞咏社[1]难逢。山塘七里阊门路，谁把芳尘步白公[2]。

携来杯酒奠岩阿，正值清明客里过。鬼别故新人不见，佛分死活路争呵。苏俗，祭厉坛郡中城隍均出赴坛，仪仗驺从，一如官场。民呼官为活佛，城隍为死佛。谁家白骨成高冢，李宫保[3]命检苏城内白骨葬之虎丘。自古名山压众庵。千百孤魂同醉饱，天阴雨泣尚多多。

古　树（四首）

千寻[4]秀干插云天，生长深山不计年。茂密也随春气转，槎枒难使俗工怜。亏他早岁知音少，得受严霜质地坚。一笑东风才著手，群花妖媚学争妍。

饱历名山几度霜，不逢哲匠[5]尽深藏。质良自与规绳合，材大难教尺寸量。平地堪成千厦广，余阴犹庇万人凉。倘教留作杯棬[6]用，剪取旁枝已太长。

繁枝密叶荫茏葱，听到风声便不同。只恐出山嫌太早，不妨历劫受磨砻[7]。生来直干终无屈，老去坚心尚未空。寄语匠人休斫[8]小，好留采择待良工。

莫嫌千尺太昂藏[9]，生本粗疏也不妨。时事艰难需干济[10]，繁阴掩映有

①社：志趣相同的人结成的团体，这里指文人诗社。
②白公：即曾任苏州刺史的白居易。
③李宫保：即加太子太保衔的李文忠公。太子居东宫，所以太子太保又称宫保。
④千寻：形容极高。寻，古代长度单位，一寻等于八尺。
⑤哲匠：技艺高超的工匠。
⑥棬（quān）：弯曲木条做成的杯盏之类的器皿。
⑦磨砻：磨砺。砻，用木、石制成的用来磨去谷壳的器具。
⑧斫（zhuó）：砍削。
⑨昂藏：高峻挺拔、气宇不凡的样子。
⑩干济：办事干练而有成效。

文章。栽培早使灵根厚，悠久能教奕叶①香。我领花封②南国地，借他蔽芾作甘棠③。

带耕堂遗诗卷一终

门下晚学生程先甲审定编次

孙寿田、寿枢、孝先校刊

①奕叶：累世，世代。

②花封：县界，也指县令。明余庭璧《事物异名》卷下"公廨"条："县：花封。潘岳宰河阳栽桃花也。封，界也。"这里指长洲县。领花封，担任长洲知县。

③"借他"句：意思是说，我也要像周公一样公正爱民。典出《诗经·召南·甘棠》："蔽芾甘棠，勿翦勿伐，召伯所茇。"蔽芾，高大茂盛貌，这里指高大浓密的树荫。甘棠即棠梨，落叶乔木。周召公曾听讼于甘棠树下，其亲民爱民之德，为百姓怀念，《甘棠》一诗即歌颂其德。

带耕堂遗诗卷二

合肥蒯德模子范

长洲杂诗(四首)

抛却青衫作有司,文章政事两兼之。簿书堆里翻诗稿,亲友函来索判词。笑我秋风频下第,宜人夏雨贵当时。茂才①汉代科原重,勉把贤良②学步随。

焚香小坐值良辰,好事随心应若神。祈谷欣逢三日雨,种花自有四时春。喜闻乾雀③来佳客,多借明驼④送美人。事见判牍。妙运天机活泼泼,一空依傍⑤只推诚。

阊门城外路三叉,一棹茫茫去水涯。父老醉扶春社⑥酒,儿童欢笑野人家。绿摇官渡丝丝柳,红满山村处处花。我比安仁⑦劳更甚,种完桃李又

---

①茂才:原称"秀才"。汉武帝时因求人才,下诏令各州郡考察吏民,"有茂材异等可为将相及使绝国者"举荐给朝廷,被举之人即为"秀才"。后为避光武帝刘秀讳,改称"茂才"。

②贤良:指"贤良方正",也是汉代并后世常设的一种举荐人才的科目,注重被举荐人才能的同时更重在德行。这两句诗的寓意是,举人、进士是不行的了,但德行、政绩上尚可努力。

③乾(gān)雀:即喜鹊。俗语云:"喜鹊叫,有客到。"

④明驼:能行千里的骆驼。

⑤一空依傍:意为不去效法、模仿他人,只是顺应自己的天性。

⑥春社:一种祭祀土神、祈求丰收的活动,在立春后第五个戊日或农历二月上中旬进行。清代时主要有社祭、社戏、巫祝、聚饮等活动。唐代王驾《社日》:"桑柘影斜春社散,家家扶得醉人归。"

⑦安仁:潘岳(247—300),字安仁。河南巩义人。西晋著名文学家。曾任太傅主簿,给事黄门侍郎。所作诗赋后人辑有《潘黄门集》。为河阳县令时令全县种桃花,遂有"河阳一县花"之美谈。

桑麻。

当年衙署掩蓬茅，暂寄鸠居借鹊巢①。县署贼燬，借住瞿园，在近郊之地。生长名山常惯住，爱怜胜地不轻抛。自知宦淡居宜水，难得民亲喜近郊。最喜南楼高望处，夜深月影到梅稍。

刘仲良②学士移师宿迁赋诗送行（二首）

国士声名灌耳听，公然揖客许登庭。照来卿月③原乡月，看去文星即将星。画戟横陈留日住，军门高敞有云停。鼓声三下灯花灿，记说舆图④历历形。

荐章⑤读罢圣怀开，诏筑淮徐拜将台。放眼观书穷世变，留心相士数人才。谁将下吏悬匏⑥解，得傍将军大树来。此后相逢应不远，举头便可望中台⑦。

---

①“暂寄”句：借用别人的房屋暂住。典出《诗经·召南·鹊巢》：“维鹊有巢，维鸠居之。”

②刘仲良：刘秉璋（1826—1905），字仲良，谥文庄。安徽庐江人。咸丰十年（1860）进士，曾官侍讲学士、江西巡抚、四川总督等，赐号“振勇巴图鲁”。著有《刘文庄公奏议》《强恕斋文集》等。于同治元年（1862）加入淮军赴上海，次年转战于江苏福山、宿迁、太仓等地。

③卿月：《尚书·周书·洪范》：“王省惟岁，卿士惟月，师尹惟日。”后来用“卿月”作月亮的美称。这句诗的意思是，今晚高悬的月亮就像家乡的月亮一样美。刘公与子范公是庐州同乡，故有此比。

④舆图：即地图。此两句为记两公夜坐灯下回忆庐州山川风土之情形。

⑤荐章：举荐人材的奏章。这里指李公鸿章请调刘秉璋入淮军的奏章。

⑥悬匏（páo）：悬挂在藤上的匏瓜。匏瓜，葫芦科，体大，可做水瓢，嫩时亦可食用。这里是用“匏瓜徒悬”的典故，出自《论语·阳货》：“吾岂匏瓜也哉，焉能系而不食？”公借此典故表达了盼望能得到帮助，发挥才干，一展抱负的愿望。

⑦中台：汉代以来，以三台星当三公之位，中台比司徒或司空，后遂成为司徒或司空的代称。诗中借以表达祝颂刘秉璋立功升迁之意。

题《宛山世德图》[①]

大劫满天地，胡为数纸存。千年留手泽[②]，一脉接心源[③]。家法宗贤圣，名图属子孙。宛山如可仰，世德定同尊。

陈息庐[④]先生馈兰（四首）

生长深山冷露中，忽然小草亦春风。花开也有争妍意，一种幽闲总不同。

年来遁迹在山阿，借得吹嘘力最多。自抱幽香人不觉，恰逢一阵好风过。

垂垂玉蕊压阑干[⑤]，中染胭脂一点丹。莫怪俗情未尽免，好花也觉素心难。

殷殷持赠两三枝，领取芬芳有所思。我对名花如对友，原来臭味不差池[⑥]。

---

①《宛山世德图》：明代书画篆刻家、诗人李流芳（1575—1629）所作。元末，北宋范仲淹十一世孙德深为避兵祸迁居宛山（在今无锡市），其后裔在此建造了范氏宗祠，并遵范文正公遗训置义田以济助族人之贫困者。祠共四进，第二进正厅为“世德堂”。图或以其事为题材。

②手泽：先人的遗墨，指范仲淹遗训。

③心源：佛教术语，佛家认为心为万法之根源，故曰心源。这两句诗是说范氏子孙将祖宗留下的遗训铭记于心，薪火相传。

④陈息庐：陈观圻（1842—1917），字鸿吉，号起霞、息庐、息盦。上海宝山人。拔贡，考授正白旗官学教习。后署山东新泰、阳谷、范县、诸城等县知县及东昌府同知，加知府衔。著有《息盦剩稿》《息盦续稿》《息盦尺牍》。主修《诸城县乡土志》。

⑤阑干：同“栏杆”。

⑥臭（xiù）味不差池：臭味，气味，比喻志趣，品性。不差池，没差错，一样的。

家　书

乡国①平安官署忙，别无多事费商量。江东米价关民命，写入家书字数行。

惜香词　有序

六合②雷何氏拦舆③诉称，有女阿香年十二，避乱仙女庙，为奸人赚去，今已十八岁矣。访在曹家巷何三官妓馆，泣求提出④。余思曹家巷吴县所辖，又有某镇军者素无行，侨居巷内，此妓馆实包庇之。意未决，该氏苦恳。乃约：须臾我骑而出，汝但随去。过镇军门勒马，立呼其阍人告之曰，长洲县某刻即来拜，军门请静候勿外出也。遂使该氏前导至其门，入则闭之。见有擫笛⑤者、有弹筝者、有抱琵琶者，娇兰稚蕙，舞燕歌莺，历历在目，该氏独不见其女。余诘以误。意窘甚，连声呼阿香，泪与俱下。突有女郎自内院出，曰娘何来，抱持大哭。余曰"是矣"，遂携出。使人探镇军，则犹仆从林立，肃然俟余之往拜也。

河阳潘令⑥爱种花，千枝万枝自横斜。看花不忍花零落，残香收拾惜咨

---

①乡国：家乡。

②六合：清代县名，今为南京市六合区。

③舆：轿子。

④提出：拯救出来。

⑤擫(yè)笛：吹笛。擫，以手指按住笛孔。

⑥河阳潘令：指潘岳。

嗟。雷家有女年十二，自取阿香作小字。可怜奔走南北天，歧途误被迷阳[①]刺。年来辗转到苏城，骨肉难教问死生。自怜本是良家女，强教歌舞学未成。回首乡关一江路，烟水茫茫不可渡。谁把儿家无奈情，呢呢细向爷娘诉。阿爷望女泪淋浪[②]，阿娘访女走他乡。杨柳丝丝门巷里，中有女郎唤阿香。传来名字分明是，阿娘告官官闻喜。宰官本是惜花人，愿拨蛛丝扶花起。只愁将帐爱征歌，翠翠红红舞袖多。将军如狼仆如虎，就中恐作小横波。使君[③]单骑欣然往，银鞍小簇花间仗[④]。立马檐前人不知，入门犹听笙歌响。笙歌未罢客升堂，隔墙惊走野鸳鸯[⑤]。愁看白发寻千里，怎禁红颜泣数行。芙蕖[⑥]一朵生来好，度出淤泥喜尚早。雏燕昔从掌上飞，啼莺今向怀中抱。驹光[⑦]迅速数年春，娘容未改儿颜新。是耶非耶如梦幻，此时此际最情真。使君见此长太息，枨触[⑧]中肠意默默。岂无片片落花飞，憔悴东风扶不得。风雨昨宵霁色开，桃花马上看重来。为买扁舟[⑨]送花去，香风一路过苏台。

经浒墅关登文昌阁[⑩]题壁

浒墅阴阴古战场，岿然杰阁剩文昌。三年作吏惭无补，百里遗黎[⑪]视尽

---

①迷阳：有刺的小灌木。《庄子·人间世》："迷阳迷阳，无伤吾行。"王先谦《集解》："谓棘刺也，生于山野，践之伤足。"

②淋浪：泪流不止的样子。

③使君：原为对州郡长官的一种尊称，这里用作自称。

④"银鞍"句：这句诗是说，路边一丛丛花儿簇拥着，成了我的仪仗。

⑤野鸳鸯：比喻嫖客。

⑥芙蕖：荷花的别称。

⑦驹光：时光迅速，如白驹过隙。

⑧枨(chéng)触：感触。唐李商隐《戏题枢言草阁三十二韵》："君时卧枨触，劝客白玉杯。"

⑨买扁舟：租一条小船。

⑩文昌阁：位于今苏州文昌桥西运河边。

⑪遗黎：战乱后留下的黎民百姓。

伤。田长蒿莱春寂寞，市成茅店月凄凉。我来四面凭栏望，喜见南风大麦黄。

未开牡丹

消受春寒雨复烟，酿成香色十分全。明知此后人争赏，未到开时只自怜。

半开牡丹

姚黄魏紫①两三枝，吐出天香一半姿。世事须留余地步，不教开到十分时。

全开牡丹

芳心努力醉阳和，花染胭脂叶点螺②。富贵场中人尽羡，莫将蜂蝶惹来多。

---

①姚黄魏紫：姚黄和魏紫是宋代洛阳最名贵的两种牡丹。姚黄是指千叶黄花牡丹，出于姚氏民家。魏紫是指千叶肉红牡丹，出于魏仁溥家。这里代指牡丹。

②螺：螺黛的省称。螺黛，古代妇女用来画眉的一种贵重的青黑色矿物颜料。

迟开牡丹

不逐豪华强斗新，自然迟早有前因。从来好事无轻泄，留殿名花作晚春。

和元和陶肖农①见赠原韵

海内茫茫一蒯生，千秋陶令②最知名。两人异地称知己，三载同官感至情。宦味直同秋水淡，家声远并浙波清。他时再订归田约，莫向柴桑早问程③。

①元和陶肖农：元和，县名，清雍正二年（1724）分长洲县东南部置县，民国初年撤去。陶肖农，名守廉，生卒年未详。浙江绍兴人。咸丰五年（1855）举人，同治三年二月就任元和县知县，后任宝山县知县。

②陶令：陶潜曾任彭泽县令，故称。这里代指陶守廉。

③"莫向"句：不要早早地学陶潜辞官回乡。柴桑，地名，在今江西九江境内，陶潜家于此。问程，问路。陶潜《归去来兮辞》有"问征夫以前路，恨晨光之熹微"之句。

题《孙节母传》后(二首)

余读《孙节母传》,尤服其毁家偿债及子以金来叩其所自两事,因题二律。

亲老儿孤日,家贫世乱年。艰难扶赤手,缺陷补苍天。芦絮人无谤①,泷冈②墓屡迁。债台千丈折,此意更超然。

幸有斯人笔,能传阿母心。贫宗分白粲③,来路问黄金。字授三秋荻④,生谋一寸针。我题数行去,持此愿长吟。

重建平江书院供奉文丞相⑤石像(四首)

平江从古毓英才,信国当年领郡⑥来,乱后荒祠随草掩,春归琐院⑦待花栽。弦歌重起民多秀,祀典兼修礼亦该。半为褒忠半校士,不妨大厦一门开。

试期每向讲堂过,崧岳⑧尊严仰止多。七尺臣身留铁石,千秋士气壮山

①“芦絮”句:这句是说在毁家偿债后,孙母无力做棉被只得用芦花为絮,人们对此没有任何闲言。

②泷冈:山冈名,在江西永丰县南,欧阳修葬其父母于此,并写下了著名散文《泷冈阡表》。这里代指孙节母公婆之墓。

③“贫宗”句:贫宗,宗族里的贫苦人。白粲,白米。

④“字授”句:这句诗是以欧母教子的事来赞颂孙母对儿子的教育。《宋史·欧阳修传》:“四岁而孤。母郑,守节自誓,亲诲之学。家贫,至以荻画地学书。”荻,草本植物,似芦苇。

⑤文丞相:即文天祥,见前注。

⑥领郡:担任知府。苏州在宋代为平江府,文天祥曾任平江知府。

⑦琐院:指平江书院。琐,通“锁”。古代试士,考生入场后即封锁院门以防范舞弊,称为锁院。书院平时亦作考场用,故用以代称。

⑧崧岳:崧,通“嵩”。《诗经·大雅·崧高》:“崧高维岳,骏极于天。”后以“崧岳”表示崇高伟大。后面的“仰止”出自《诗经·小雅·车辖》:“高山仰止,景行行止。”意为无限景仰。

河。招来风浴人才小①，识得星霜鬓发皤②。衣带至今书尚在，诸生所学事如何③。

文风士习感颓波，借得先生作砥磨。不负须眉伟男子，重瞻袍笏④旧山河。两廊弦诵谭经席⑤，千古文章《正气歌》⑥。孔孟源头仁义是，莫矜小技自蹉跎。

丹诚留取照乾坤，讲席长将轶事论。我辈读书皆后学，先生在上即师尊。传来衣钵灯长炧⑦，立向宫墙雪亦温⑧。他日浓阴满桃李，应教自笑出公门。

二女词（二首）

有同官某告余曰，某勾栏⑨家有女名宝珠者，宦裔⑩也。余召之来，

①“招来”句：招进书院的都是有儒学根底的年轻人。风浴，典出《论语・先进》，曾皙曰：“暮春者，春服既成，冠者五六人，童子六七人，浴乎沂，风乎舞雩，咏而归。”这里喻接受儒学熏陶。人才小，人才都年轻。

②皤（pó）：白。

③“衣带”二句：文天祥遗言要坚守仁义，你们读书为什么，学得怎样了？文天祥就义前，在衣带上留下遗言：“孔曰成仁，孟曰取义，惟其义尽，所以仁至。读圣贤书，所学何事？而今而后，庶几无愧！”

④袍笏：朝服和手板。代指着朝服执手板的文天祥石像。

⑤弦诵谭经席：诵读诗书、谈论经籍的地方。弦诵，《礼记・文王世子》：“春诵，夏弦。”郑玄注：“诵谓歌乐也，弦谓以丝播诗。”后来泛指诵读。谭，通“谈”。

⑥《正气歌》：文天祥的著名诗作，表现了作者崇高的民族气节和强烈的爱国热忱。

⑦“传来”句：这句诗的意思是要学习文天祥，共同传承儒家文化思想。传来衣钵，《旧唐书・神秀传》载达摩“得禅宗妙法，云自释迦相传，有衣钵为记，世相付授”。灯长炧（xiè），灯火相续而不灭。《大般若经》卷四：“故佛所言，如灯传照。”炧，灯烛的残灰。

⑧“立向”句：这句用“程门立雪”的典故，表示学生要敬爱师长，虔心向学。典出自《宋史・杨时传》：“游酢、杨时见程颐于洛，时盖年四十矣。一日见颐，颐偶瞑坐，游酢与时侍立不去。颐既觉，则门外雪深一尺矣。”

⑨勾栏：宋元时戏剧、杂技、说书的演出场所，后来指妓院。

⑩宦裔：官宦人家后代。

供称本地人，小家女也，有母在，贫不能赎。其姓氏、里贯不符所闻。疑，乃置宝珠于内署，细诘之。始称有阿宝者，浙籍也，其父曾官此地。问何以知？曰阿宝私告我，并记其父之名字甚晰。乃胁老鸨[1]交出，询之果然。二女年俱十五，未破瓜[2]。因以百金偿老鸨，使宝珠归母去，而送阿宝于其本家。援一获二，喜而成诗。

老去安仁[3]意太痴，河阳事事费维持[4]。难禁风雨花将落，携出樊笼[5]鸟不羁。白璧终须归赵氏[6]，黄金不惜赎文姬[7]。芙蓉[8]喜把淤泥脱，况是芙蓉并蒂枝。

传来小字欠分明，险把儿家认不清。本为搜珠来暗水[9]，终能载宝获连城[10]。老人星[11]朗光兼照，少女风平浪不惊。忙煞一双经世手，拨开蛛网救群生。

---

①老鸨(bǎo)：妓女在院中的养母。

②破瓜：指女子破身。

③安仁：潘岳。

④"河阳"句：潘岳在河阳全县种桃花，事见前注。这里借此比喻自己像护花人一样不嫌事多，实心关心帮助这些沦落受苦的女子。

⑤樊笼：关鸟兽的笼子。

⑥"白璧"句：本句用"完璧归赵"的典故，比喻两女未受污并回到亲人身边。

⑦文姬：蔡琰的字。她是东汉大文学家蔡邕的女儿，东汉末三国初著名才女。《后汉书·董祀妻传》载，文姬"博学有才辩，又妙于音律"。"兴平中，天下丧乱，文姬为胡骑所获，没于南匈奴左贤王，在胡中十二年，生二子。曹操素与邕善，痛其无嗣，乃遣使者以金璧赎之，而重嫁于祀"。

⑧芙蓉：荷花的别称。此句用宋周敦颐《爱莲说》"予独爱莲之出淤泥而不染"之意，比喻两女脱出污秽之地。

⑨暗水：色泽昏暗的水，污水。比喻肮脏的妓院。

⑩连城：指玉璧。和氏璧价值十五城，成语"价值连城"由此而来。此处用"连城"代指玉璧并比喻阿宝。

⑪老人星：也叫"南极老人星"，借指老年人，子范公自谓。

浒关为三吴冲要[1]，自遭贼乱，塘路倾圮，桥梁亦多坍塌，因出资修筑建桥二十八座，落成后诗以纪之(二首)

东西塘上下，四十里迢遥。减去贫官俸，增修过客桥。潮平虹影直，路阔马蹄骄。为把行人覆，添栽柳数条。

如此波涛险，公歌无渡河[2]。关分南北阔，人济往来多。天下方愁溺，吾民且喜过。扬州桥廿四，风景问如何。

遣　兴(八首)

五十年来鬓已苍，闲云终日往来忙。出山原想为霖雨，惹得头颅尽雪霜。

每逢朔望[3]肃衣裳，敬爇[4]城隍一炷香。官有俸钱神血食[5]，大家此意要思量。

不骑羸马说官清[6]，也怕蒲鞭[7]太好名。事事一空依傍好，出人头地近

---

①三吴冲要：三吴，地域名称。具体区域划分说法不一，一说指吴郡(今苏州一带)、吴兴(今湖州一带)、会稽(今绍兴一带)，一说指吴郡、吴兴、丹阳(今镇江一带)。冲要，意同“要冲”，军事或交通上重要的地方。

②“公歌”句：出典见前《庐阳夜捷行》注，这里意思是说，无桥可过，渡河危险。

③朔望：农历每月初一、十五。

④爇(ruó)：烧。

⑤血食：用于祭祀的食品。因古代杀牲取血以祭，故称。

⑥“不骑”句：这句的意思是，不骑瘦弱的马，也不去博取清官的名声。羸马，瘦弱的马。骑瘦马表示为官清廉贫穷。《三国志·吴书·刘繇传》注引司马彪《续汉书》：“家不藏贿，无重宝器，恒菲饮食，薄衣服，弊车羸马，号为窭陋。”

⑦蒲鞭：用蒲草作为鞭子，表示刑罚宽仁。

人情。

为祝年丰祭社坛，暮春天气尚轻寒。归来忘把朝衣脱，立向阶前看牡丹。

十年烽火一孤身，三载花封自有春。臣朔尚非饥欲死①，敢教开口说官贫。

安置风檠与笔床，琴堂西去是书堂。闲来偷向寒窗听，儿读毛诗第几章。

取来铁石号山房，更有梅花树树香。我到此间闲领略。神寒骨重两相当。

园内有梅花铁石山房，今作判事处。

移将衙署住园林，去听莺声到柳阴。为助宰官琴韵远，一齐山水有清音。

消夏八首，末一章兼怀刘培甫②茂才

酒痕灯影此良宵，卧听人吹隔院箫。梦里忽惊鸣铁马③，雨声窗外战芭蕉。

银罗一幅雪生华，曾否西施浣就纱。着向晚风随意去，白云深处看莲花。

濯缨④此去向清流，歌罢沧浪水阁幽。园中有濯缨水阁。万树虫声满山雨，

---

①臣朔：代指子范公自己。东方朔（前154—前93），字曼倩。山东惠民人。官至太中大夫。性诙谐滑稽。《汉书·东方朔传》载，他曾对汉武帝说，我和为皇帝养马的侏儒的待遇一样，“朱儒饱欲死，臣朔饥欲死。臣言可用，幸异其礼；不可用，罢之，无令但索长安米”。

②刘培甫：刘树敏（1842—？），原名传本，字渊立，号培甫、份士。苏州吴县人。曾入子范公幕中。后为光绪乙亥举人，五品衔花翎候补知县。

③铁马：悬挂于屋檐下的铃，风吹作响。

④濯（zhuó）缨：典出屈原《渔父》：“渔父莞尔而笑，鼓枻而去，乃歌曰：‘沧浪之水清兮，可以濯吾缨；沧浪之水浊兮，可以濯吾足。’”沧浪，水名，即汉水。濯，洗涤。缨，系帽子的带子。

未凉天气似深秋。

安排竹榻坐庭前，茗有清香墨有烟。我对凉风读未竟，倦来不觉抱书眠。

西山一幅画图装，中有湾头泊野航。我学卧游湖上路，振衣似觉芰荷①香。

红云卷去绿天遥，日到蕉窗影不骄。一座凉亭一池水，几人到此热中消。

一领荷衣与葛巾②，水云深处净无尘。宰官恐惹名园笑，强学风流作主人。

琴书以外少交游，高阁吟声落晚秋。城外澹台迟不到，留他偃室自清幽③。

兰　草

几枝兰草正芳菲，略有清香染客衣。自笑灵根培未厚，莫嫌风力送来微。

---

①芰荷：指菱叶与荷叶。屈原《离骚》："制芰荷以为衣兮，集芙蓉以为裳。"

②葛巾：用葛藤纤维织成的葛布制成的头巾。葛布又称"夏布"。

③"城外"二句：这两句诗典出《论语·雍也》："子游为武城宰。子曰：'女得人焉耳乎？'曰：'有澹台灭明者，行不由径，非公事，未尝至于偃之室也。'"子游（前506—？），姓言，名偃，字子游，春秋末吴国人，"孔门十哲"之一。澹台灭明（前512—？），字子羽，山东费县人，孔门七十二贤人之一，曾居于苏州城南。这里以"澹台"代指客人，以"偃室"代指自己的住处。

蛛网飞虫甚众，悯之以诗

虫虫救不得，同类每相戕①。自许飞而食，谁知走且僵。云程毛羽铩②，世路网罗张。戒尔轻投足，毋教得意狂。

丙寅③夏设送诊公所，延医购药疗贫民疾病，赋诗纪之（二首）

不为良相便良医④，两事无成是有司。自笑阴阳难燮理，剧怜民物⑤有疮痍。求来孟氏三年艾⑥，散去商山四老芝⑦。小草有灵堪济世，何须贵物说参蓍⑧。

曾将疾苦细咨询，怎奈群黎病且贫。自古庸医多误事，何人妙手竟回春。一官父母婆娑⑨意，百里儿孙痛痒身。我本深山老逸士，年年采药活

①戕（qiāng）：杀害。

②铩（shā）：一种长矛，引申为"伤残"。

③丙寅：即同治五年（1866）。

④"不为"句：此句用成语"不为良相，便为良医"。典出南宋吴曾《能改斋漫录》卷十三"文正公愿为良医"条：范仲淹云，德泽"能及小大生民者，固惟相为然。既不可得矣，夫能行救人利物之心者，莫如良医"。

⑤民物：同胞和同类，指百姓。典出宋代张载《西铭》："民吾同胞，物吾与也。"与，同类。"民胞物与"泛指爱所有人和一切物类。这里用"民物"代指百姓以寄寓对其深切的同情。

⑥孟氏三年艾：《孟子·离娄上》："今之欲王者，犹七年之病，求三年之艾也。"

⑦商山四老芝：商山四老即商山四皓。秦末东园公、绮里季、夏黄公、角（lù）里先生，避秦乱，隐商山，年皆八十有余，须眉皓白，时称"商山四皓"。相传他们作有《紫芝曲》，曲中有"莫莫高山，深谷逶迤，晔晔紫芝，可以疗饥"之句。这两句中的"艾""芝"代指各种药材。

⑧参蓍：即人参、黄芪。黄芪，古代医书也作"黄蓍"。

⑨婆娑：奔波，劳碌。

吾民。

天　台[1]

万壑天台一水明，桃花洞口最多情。刘郎枉吃胡麻饭，忘却仙家二女名。

四虫谣

君不见螳螂捕蝉蝉不知，巨斧腰藏隐杀机。君不见蜘蛛食蜓蜓难脱，网罗密织临风阔。四虫本是应时生，饮啄居游各性情。螳螂伺物行踯躅，蜘蛛别抱经纶腹[2]。蜻蜓自飞蝉自鸣，餐风点水成洁清。那知飞鸣正得意，无端戕贼[3]等游戏。长吟枉自占高枝，迴翔难得逾短篱。吁嗟乎！螳臂蛛嘴何其毒，聚歼掩灭皆同族。

---

①本诗为叙述刘晨、阮肇遊天台的故事。南朝宋刘义庆《幽明录》载：东汉永平年间，浙江剡县人刘晨、阮肇入天台山采药迷路，泅渡至山腹中，遇二女子邀至家，食以胡麻饭且伴宿。留半年，二人坚求去。等到还乡，子孙已历七世。

②经纶腹：整理出丝的头绪叫“经”，编丝为绳叫“纶”。这句是说蜘蛛有一肚子丝。

③戕贼：摧残，伤害。

余为阿宝择婿，得吴中善士[①]吴松溪[②]之孙。八月八日童养过门[③]，钱伯荪孝廉[④]主婚，慎庵太守[⑤]、君砚刺史[⑥]均各出资置奁具[⑦]，余与沈书森[⑧]司马，赵松水、吴右乐两大令[⑨]执柯[⑩]（二首）

河阳一县万花丛，拣取花枝付阿翁。能得欢心小儿女，不拘成见大英雄。姻缘注定原无错，好事扶持属有功。自笑痴情老潘令，芳菲看到嫁东风。

曾把衔名记阿爷[⑪]，钱塘世胄[⑫]说喧哗。添箱分得贫官俸，择婿欣逢善

---

①善士：对有德行的人的一种尊称。

②吴松溪：其人不详。

③童养过门：即未到成婚年龄，先进婆家，养大后再成婚作媳妇。过门，俗称新媳妇进婆家为“过门”。

④钱伯荪孝廉：其人未详。孝廉，明清时为举人的别称。

⑤慎庵太守：即钱德承，见前注。

⑥君砚刺史：钱宝传，生卒年不详，号君砚。浙江嘉善人，贡生。曾官署长洲知县，青浦知县，松江知府，署常镇道。

⑦奁具：嫁妆。

⑧沈书森：名玮宝，生卒年未详。浙江秀水人。贡生。同治四年时署苏州府总捕船政同知，曾官太仓知州，署苏州知府。原全国政协副主席、人大常委会副委员长、民盟中央主席沈钧儒的祖父。

⑨赵松水、吴右乐两大令：赵松水，名元昂。浙江宁波人，兵部书吏出身。曾任娄县知县，同治五年以运同衔署金山县知县。吴右乐，当即吴政祥，河南固始人，举人。同治四年任无锡知县，同治五年任元和知县，后复任金匮知县。同治五年子范公为长洲知县。大令，对知县的敬称。

⑩执柯：作媒人。典出《诗经·豳风·伐柯》：“伐柯如何？匪斧不克；取妻如何？匪媒不得。”

⑪“曾把”句：这句诗是说阿宝记得父亲的官衔。

⑫世胄：官宦人家后代。

士家。难得同僚皆月老,纵无金屋①亦风华。愿留诗句为媒妁,曾否深闺护碧纱②。

送赵松水之金山③任(二首)

贤才从古重专城④,位置如斯更不平。松水清同名字好,金山隶松江⑤。金山偏觉宦囊⑥轻。一官便是慈悲佛,两省齐听颂祷声。县在江浙交界。我谓临民无谬巧,只须遇事肯推诚。

记从沪渎泛流觞⑦,茂苑⑧看花到处忙。助我时时如右臂,送君事事系中肠。水清总要源头好,苗秀都缘种子良。愿得甘棠红树树,半分邻邑半家乡。

---

①金屋:用“金屋藏娇”的典故。《汉武故事》载,汉武帝四岁时,其姑母笑问他愿不愿娶自己的女儿阿娇为妻,汉武帝答道:“若得阿娇,必以金屋贮之。”阿娇即后来的陈皇后。

②“曾否”句:这是一句半开玩笑的话,意思是说我以往写的诗《二女词》你有没有拿去糊窗子呢? 碧纱,绿色的窗纱。

③金山:金山县,今为上海金山区。

④专城:古代指任主宰一城的州牧、太守等地方长官。汉王充《论衡·辨祟》:“居位食禄,专城长邑以千万数,其迁徙日未必逢吉时也。”清代知府、知州与之相当。

⑤松江:指松江府。

⑥宦囊:本意是做官人的行囊,后引申为官员的收入。

⑦沪渎(dú)泛流觞:比喻文人雅集。沪渎,吴淞江下游古称“沪渎”。渎,指沟渠,亦泛指河川。流觞,古人雅聚饮酒的一种形式,通常在农历三月上巳日集会于弯曲的水流旁,在上游放置酒杯,任其漂流而下,停在谁面前,即由其取饮。

⑧茂苑:古苑名,又名长洲苑,故址在今江苏苏州吴中区西南。这里代指苏州的花园。

比租行

租税有常期，征取无太促。采风①莅苏城，惊闻比租局②。比租者何人，贰尹县尉③属。官绅一堂坐，计钱数敲扑。一比不肯休，再比未能足。体制既多乖④，观瞻将焉肃⑤。人生同此心，所重在耻辱。输纳偶愆期⑥，宽之可自赎。一朝罹⑦官刑，坦然无畏缩。去其羞恶心，遂成冥顽⑧族。凛凛三尺条⑨，有罪皆折服。轻用威转狎⑩，激为刁抗俗⑪。自知不及死，拚此空皮肉。政刑有时穷，恐非天下福。况是耕田人，力余田更沃。收租无留遗，佃逃永不复。有田将荒芜，安望再丰熟。膏腴弃不收，自计亦不淑⑫。昨日过街头，荷校⑬相继续。中有黠桀⑭者，代比⑮遂所欲。谁非有心人，睹此真惨酷。民散日乖离，民和日亲睦。乖离召灾殃，亲睦召祥谷。扬言告大吏，可为一痛哭。

---

①采风：考察风俗民情。

②比租局：是一种官府代田主催收田租的机构，官府从收到的田租中提取部分用来缴纳钱粮。比，追比，一种催逼的方式，限期完租，到期未完则用杖责、监禁等方式继续追逼。

③贰尹县尉：贰尹，知县的副职县丞的别称；县尉，知县的佐官，主管治安。

④“体制”句：意思是说，这样做违背了国家的制度。体制，制度，规矩。乖，违背。

⑤“观瞻”句：意思是这种不成体统的样子怎样才能得到整肃。观瞻，事物外部的形象，引申为体统。

⑥愆（qiān）期：误期。

⑦罹（lí）：遭受。

⑧冥顽：愚昧顽固。

⑨三尺条：即“三尺法”，古代以三尺长竹简书写法律，故称。

⑩威转狎：威势反而变得不严肃。狎，不庄重，不严肃。

⑪“激为”句：这句意思是，激变形成了刁滑、抗拒的习俗。

⑫不淑：不善，不良。这两句意思是，肥田里的庄稼也不去收，就是收了算来算去也没好日子过。

⑬荷（hè）校：用肩扛着枷，即戴枷。荷，肩扛。校，枷。

⑭黠桀：狡诈险恶。

⑮代比：代替别人接受追比受刑。

厘卡行

征商起贱夫①,意本重抑末②。兵兴数载来,到处恣搜括。总局③建要区,峨峨高门阀。吴中汊港歧,旁将卡分设。五里一稽查,十里一盘诘。载瞻④上下游,朝朝过货物。一卡置中央,百货不得脱。未来役先报,已去勇还遏⑤。较量及锱铢⑥,安能幸遁逸。逾此其庶几⑦,谁知又层出。一日几相逢,从容票验讫。竭泽多得鱼,鱼尽泽亦涸。焚林多得兽,兽尽林亦拔。古之为政者,大纲只在握。严密自无妨,苛细总不屑。今尔各司事,卡中只用司事数人。垄断尚苛察。乡里小儿辈,焉知商宜恤。寄语商人子,姑安无绕越。绕越罪不赦,难当百倍罚。周官理财政⑧,坐致国富实。取民有常经,不启民争夺。

---

①贱夫:低贱的人。这里指肩挑手提的小贩。

②"意本"句:这句是说向商人征税原意是为了"抑末"。"重本抑末"是我国历史上的一种经济思想和政策,认为农业、纺织业生产能提供衣食,民以食为本,所以农业纺织等称为"本";认为商业不事生产而获利,在士农工商社会等级中把"商"排在末位,所以称之为"末"。为了保证、鼓励农业生产,就要重农抑商,即"重本抑末"。

③总局:指各省设立的厘金总局。

④载瞻:向远处看。载,语助词,无意义。

⑤勇还遏:勇,兵勇。遏,阻拦。

⑥锱铢:古代重量单位,六铢等于一锱,四锱等于一两。用来比喻极少、极小。

⑦"逾此"句:意思是,过了这一关该差不多了吧。其,大概,或许。庶几,差不多。

⑧"周官"句:周官即《周礼》,是中国古代关于政治经济制度的一部重要著作,财政制度是其中最重要的内容。王安石曾说:"一部《周礼》,理财居其半。"

吴伯维刺史，四川人；郭遂轩司马，云南人。同官于吴，先后病殁，为归其榇

只为一官误，同来万里游。羁魂归不得，残局剩难收。风雪人双榇，关河麦一舟①。何时才故里，西望日悠悠。

除夕立春（四首）

烛花灿烂酒花红，爆竹声中一岁终。忽报东皇②来此夕，明年无日不春风。

腊尾年头正接连，好春消息漏檐前。为迎新岁先期到，要占人间第一天。

旌旗拂拂郡城东，扑面风来便不同。腊鼓未停椒酒③献，春光分在两年中。

三年作吏走风尘，为办供张④往返频。自笑应酬成旧例，不妨送岁又迎春。

---

①"关河"句：意为帮助办理千里迢迢归葬之事。关河，关山河流，形容路途遥远。麦一舟，指资助办理丧事。典出宋代惠洪《冷斋夜话》，范仲淹遣子纯仁到姑苏用船运麦五百斛，回来在丹阳遇见石延年，谈及无资财安葬亲人，纯仁即"以所载舟付之"。纯仁到家向父亲说起石延年亲丧未葬，范仲淹说："何不以麦舟付之？"纯仁回答："已付之矣。"

②东皇：东方青帝，司春之神。

③椒酒：用椒实泡制的酒，饮之可辟疫疠和邪气。旧时大年初一子孙向家长献此酒以贺寿。

④供张：亦作"供帐"，指陈设供宴会用的帷帐、用具、饮食等物，引申为举办宴会。

题王郁齐[①]《司马抚琴图》(二首)

青衫司马[②]本多情,爱听琵琶水上声。忽把新音翻古调,绿阴深处一琴鸣。

科头[③]独坐竹松旁,流水高山寄兴长。为语画工添写鹤,他时好共一船装。

带耕堂遗诗卷二终

门下晚学生程先甲审定编次

孙寿田、寿枢、孝先校刊

---

①王郁齐:其人未详。

②青衫司马:指白居易。他在任江州司马时写了《琵琶行》这首著名的诗,诗中有“座中泣下谁最多,江州司马青衫湿”之句。

③科头:不戴冠帽,裸露头髻。

带耕堂遗诗卷三

合肥蒯德模子范

由长洲宰权守苏州(二首)

五度春风茂苑花,苏台管领忽惊哗。官高渐觉重门隔,年老愁看两鬓华。阶下影森新画戟①,堂前香满旧窗纱。曩时手版趋跄地②,又对斜晖放晚衙。

天气轻寒酒一卮③,江城正是熟梅时。湖山朗润春行部,风月清佳夜咏诗。财赋减征培国脉,时减漕方定案。俸钱增给愧民脂。千秋韦白今何在,独立苍茫有所思。

---

①画戟:古代的一种兵器,常作为仪饰之用。这里代指知府衙门陈设的仪仗。

②"曩时"句:这句是说,这里曾是我往日持着手版参见知府进出的地方。曩(nǎng)时,过去,往昔。

③卮(zhī):古代的一种酒杯。

谳局行

孔门许折狱，片言民信服①。易象取折狱②，离明照幽曲③。叔季民散久④，狱辞多反复。臬司刑明汇，峨峨发审局⑤。郡守作提调⑥，众员随趋逐。一纸檄初下，卷牍已盈簏⑦。出入关生死，头断不可续。堂上人多怒，堂下人多哭。惨怛⑧辗转间，呼号夹三木⑨。愿告在局者，毋徒务敲扑。去年狱未具，今年狱再鞫⑩。淹滞久不决，羁累无皮肉。凡我同局者，听断惟勤速。暴虐易召殃，因循⑪难造福。二者其病同，皆非爱民牧。盛世重祥刑⑫，明允皋

---

①“孔门”二句：这两句诗典出《论语·颜渊》：“子曰：‘片言可以折狱者，其由也与？’”许，赞许。折狱，断案。由，指子路。

②“易象”句：易象，指《易·象传》。《易》的每卦都有象辞，举天地万物的形象意象来解释卦象或爻辞，同时用来说明人事。取折狱，是说象辞中选取了折狱断案的事。《易·贲卦》：“象曰：山下有火，贲。君子以明庶政，无敢折狱。”《丰卦》：“象曰：雷电皆至，丰；君子以折狱致刑。”这两处象辞意思都强调了折狱要清明，不能掉以轻心，要慎于用刑。

③“离明”句：离明，语出《易·说卦》：“离也者，明也。万物皆相见，南方之卦也。”这里是光明的意思。幽曲，幽隐委曲的地方。

④“叔季”句：叔季，即“叔季之世”，末世衰败的时代；这里指太平天国乱后。民散久，长期以来人民乱离，人心散乱。

⑤“臬司”二句：这两句是说，按察使把要审的案子汇集起来发到谳局。臬司，按察使的别称。峨峨，高高在上的样子。

⑥提调：主持，调度。

⑦簏（lù）：竹箱。

⑧惨怛（dá）：惨痛。

⑨三木：加在犯人颈、手、足三处的木制刑具。

⑩鞫（jū）：审讯。

⑪因循：怠惰，拖而不决。

⑫祥刑：审慎动用刑罚。

陶牍①。案外无株连,案中无诬伏。民自谓不冤,庶无妄桎梏②。安得有仁人,教民以亲睦。天下皆无讼,斯民乃并育。月落人散后,哀矜意满腹。

将去③苏州谒况公④祠

生与公异时,官与公同地。来瞻公祠宇,慨然有余思。有明宣德⑤年,吏治多废弃。擢公守苏州,赐敕乘传⑥至。公至奋雷霆,捶杀舞文吏。胥役皆奉法,乃能言抚字。置簿密稽查,除役疏淹滞。豪强皆敛迹,编氓⑦得美利。凡公所设施,卓卓留未坠⑧。公才自严明,公遇尤宠异。上有周中丞⑨,同心乃共济。郡守职虽卑,上章准言事。奏上辄报可,一一如公志。赐金且增秩,历久不迁位。仿佛汉宣朝,玺书褒勉意⑩。我来甫半年,精密难猝致。恭

①“明允”句:明允,明白恰当。皋陶(yáo),舜帝时大臣,掌管刑法狱讼,为中国司法的鼻祖。皋陶牍,代指法律条文。

②桎梏(zhì gù):古代的刑具,夹于足的叫“桎”,夹于手的叫“梏”,相当于今天的脚镣手铐。这里用作动词,被加上桎梏。

③去:离开。

④况公:况钟(1383—1442),字伯律,号龙岗。江西靖安人。书吏起家,曾任礼部主事、仪制司郎中,后任苏州知府十三年,任上励精图治,兴利除弊,救民于水火,为历史上著名清官循吏之一,苏州百姓称之为“况青天”。卒于任上,苏州一府七县均建祠纪念。著有《况太守集》《况靖安集》等。

⑤宣德:明宣宗朱瞻基(1426—1435在位)年号。

⑥赐敕乘传:赐敕,况钟赴任前,宣宗曾赐予敕书,准予奏章直递皇帝。乘传,乘坐驿站的马车。赐敕乘传相当于有了钦差的身份。

⑦编氓:编入户籍的平民。

⑧“卓卓”句:以其作用显著而一直保留沿用。卓卓,高远的样子。

⑨周中丞:周忱(1381—1453),字恂如,号双崖,谥文襄。江西吉水人。明永乐二年(1404)进士。后以工部右侍郎巡抚江南,虽累官工部尚书而仍为巡抚。在任理欠赋,改税法,减米耗,屡请减免江南重赋,善理财。著有《双崖集》。

⑩“仿佛”二句:西汉宣帝刘询为避免地方官经常调动而不了解当地情况,影响郡国的治理,对政绩卓著的地方官,采用颁布诏书嘉奖勉励,增加俸禄和赏赐金钱直至赐爵,但不升迁调走的办法予以稳定。况钟三任苏州知府,第二次任期满后,因政绩卓著,按例当升调入朝,明英宗破例赐其正三品衔留任,故用汉宣帝时事来作比。

逢圣主恩，减漕得襄事①。东南百万家，犹是公旧治。愿私淑②未能，登堂徒仰契③。茫茫人海中，拔用须破例。鸿鹄却樊笼，骐骥宽策辔④。贤良出刀笔，毋徒矜科第⑤。时有首府、县非科甲不得调补新章。

留别苏州（四首）

解却戎装衣紫绯⑥，书生作吏愿多违。五年赤紧鸿初集⑦，半载黄堂鹢退飞⑧。鸟占高枝风易动，花移别圃日长依⑨。苏台旧事休回首，多少离情付夕晖。

萧条别墅正秋风，赌郡围棋局乍终⑩。好梦醒来春夜短，闲云吹向碧山空⑪。新栽桃李阴成绿，旧种棠梨色渐红。最是浒关千树柳，依依望眼尽

①襄事：助成其事。

②私淑：慕其人而未能身受其教，内心把自己作为其学生的，称为“私淑”。

③仰契：仰慕并契合于心。

④“鸿鹄”二句：这两句诗是说，要让有才能的人有施展的空间。策辔，马鞭和马缰。

⑤“贤良”二句：这两句诗的意思是，贤良的官员经常从吏员中产生，不能仅仅看科举出身。况钟起家吏员，子范公亦因秀才出身不能继续担任作为首府的苏州府知府，故有此语。刀笔，“刀笔吏”的略语。古代吏员身佩用以刮掉竹简上错写字的刀和笔以便记事，故称。

⑥紫绯：紫色和红色是隋唐时期高级官员的服色，这里代指做官。绯，红色。

⑦“五年”句：五年，指任长洲知县五年。赤紧，时间紧迫、短促。鸿初集，流离失所的百姓开始返回聚集到故乡。鸿，大雁，比喻因灾乱流离的百姓。典出《诗经·小雅·鸿雁》，朱熹云：“流民以鸿雁哀鸣自比而作此歌也。”

⑧“半载”句：意思是，自己遇到“新章”颁布这一制度上的风向转变，只能退出苏州知府之位。半载，指署苏州知府五月余。黄堂，称知府办事的厅堂。鹢(yì)退飞，《春秋·僖公十六年》：“六鹢退飞过宋都。”杜预注：“鹢，水鸟。高飞遇风而退。”

⑨“鸟占”二句：这两句诗是说，处在比较显著的位置上就容易受到冲击，但换一个地方照样能够顺应环境，发挥才干。

⑩“赌郡”句：这句诗典出《南史·宋书·羊玄保传》：玄保“善弈棋，品第三，文帝亦好弈，与赌郡，玄保戏胜，以补宣城太守”，“文帝尝曰：‘人仕宦非惟须才，然亦须运命。’”子范公用此典慨叹时运不济。

⑪“闲云”句：这句诗是化用陆游《柳桥晚眺》“闲云不成雨，故傍碧山飞”句意。陆诗中表达了壮志未酬的淡淡哀思，子范公借此来表达同样的思想感情。

朝东。

重劳祖饯①到河干，骊唱②匆匆夕照残。装得一船书画满，赢来两鬓雪霜寒。浪传海国多佳话，判事多载外国新闻纸。惭动宫帷说好官③。知己未酬君未报，相期努力为加餐④。

娄江东望接沧瀛⑤，此去雄区⑥百感生。民朴幸能藏我拙，吏穷不碍作官清。人当去后方追忆，政贵来时已有声。漫说一州如斗大⑦，扪心何以答升平。

出苏州

笑来我比白公⑧清，橐橐⑨萧然出郡城。只有一船书万卷，并无琴鹤与随行⑩。

---

①祖饯：为出行之人设宴饯别。

②骊唱：歌唱《骊驹》。典出《汉书·王式传》："谓歌吹诸生曰：'歌《骊驹》。'"颜师古注："服虔曰：'逸《诗》篇名也，见《大戴礼》。客欲去，歌之。'"这里代指大家送别的诗。

③"惭动"句：即为前《事略》所言"诏书嘉许，有'好官'之褒"一事。

④"相期"句：这句诗化用古诗《行行重行行》"弃捐勿复道，努力加餐饭"之句，表示互相劝勉鼓励之意。

⑤"娄江"句：娄江，水名，为西起苏州，东至太仓的一条重要水道。沧瀛（yíng），大海。时太仓为直隶州，辖地为今之太仓市全境，昆山市部分地区，上海崇明、嘉定、宝山、杨浦、虹口、闸北、杨浦、普陀等县区以及浙江嵊泗县大部分地区。故云。

⑥雄区：指太仓州。

⑦"漫说"句：漫说，不要说。一州如斗大，形容所辖地域之小。《南史·吕文显传》：宗悫为豫州刺史，吴喜为典签，行事多为阻挠，怒曰："宗悫年将六十，为国竭命，政得一州如斗大，不能复与典签共临！"

⑧白公：指白居易。

⑨橐橐（tuó）：用于贮物的袋子。

⑩"只有"二句：白居易在离苏州刺史任回洛阳时曾载鹤同归。他的《自喜》诗云："身兼妻子都三口，鹤与琴书共一船。"

野　行

薄暮寒风起，斜阳照古原。桥低多碍舫，市小只如村。因树堪为屋，编蓬便作门。萧条山寺外，一犬吠黄昏。

途中追忆（四首）

记从茂苑甫停车，新政条条次第加。四野桑麻勤有获，六门枹鼓静无哗①。桥垂虹影多栽柳，网拨蛛丝爱种花。重整判词千百卷，依稀犹忆烛光华。

旧事思量感若何，吴门咫尺已山河。春风莠草成佳种，明月梅花学放歌。爱士兼收书吏秀，送行偏觉乞儿多。吴山樵语胥江②唱，驻足闲听莫漫过。

萧萧已是白头翁，怕受恩多报未终。归燕应教还旧垒，轻帆恰好受微风。草因当道难成绿，花到他山易见红。要识东皇无别意，涵濡③总在雨烟中。

闲居小筑任徘徊，一度停车一举杯。喜听乡音如里社④，难逢客邸有楼

---

①"六门"句：意思是苏州偷盗匿迹，市井安宁，无击鼓示警之声。六门，指苏州六门，即阊门、胥门、盘门、葑门、娄门、齐门。枹（fú）鼓，枹，鼓槌。这里指击鼓报警。《汉书·张敞传》："穷治所犯，或一人百余发，尽行法罚。由是枹鼓稀鸣，市无偷盗，天子嘉之。"

②胥江：为伍子胥主持开挖的由太湖至苏州的一条运河。

③涵濡：滋润。这里为动词。

④里社：祭祀土地神的处所，代指祭祀活动。这句是因格律需要所作的句式倒装，原语序当为喜听里社如乡音，意思是说听到当地祭神赛会的歌声就像听到家乡的声音那样亲切，寄寓了对苏州的深切怀念之情。

台。万间广厦酬心愿，四季名花尽手栽。寄语诸君齐努力，方今吏治正需才。

送王紫垣[①]归里（二首）

君来才两载，老病渐相侵。似此多奇气，何人是赏音。浑身皆侠骨，有句尽仙心。自古贫交重，临歧思不禁。

王粲[②]依人惯，飘零亦可哀。鞠穷[③]看晚节，桐爨[④]识良材。面目依然在，胸怀到处开。明年春水绿，放棹望重来。

余莅太仓，适门人徐石卿[⑤]孝廉来秉州铎[⑥]，喜赋

记得河干送我行，夕阳无限照离情。歌残东道云方散，话共西窗月又明。为助满堂琴韵远，好听一榻铎音清。桑麻种罢看桃李，喜对春风笑满城。

---

①王紫垣：王映薇，字紫垣。合肥人。咸丰年间秀才，曾任五品衔县学教谕。著有《自怡悦斋诗存》。

②王粲（177—217）：字仲宣。山东微山人。东汉末年文学家，“建安七子”之一。早年往荆州依刘表，后归依曹操，赐爵关内侯。魏国建立，任侍中。后人辑其诗文为《王侍中集》。这里代指王紫垣。

③鞠穷：极为贫穷。鞠，通“鞫”，极。

④桐爨（cuàn）：爨，烧火做饭。《后汉书·蔡邕传》：“吴人有烧桐以爨者，邕闻火烈之声，知其良木，因请而裁为琴，果有美音。”

⑤徐石卿：徐人凤（1825—?）字德威，号石卿。苏州人。以贡生署金山县训导。同治丁卯（1867）科举人。

⑥秉州铎：担任州儒学教官。铎，大铃。教官执铎宣教令，称之为“秉铎”。

赴　省（二首）

伤心四野尽疮痍，此去应教大吏知。只恐一官无胆气，犹难说到十分时。

今年大有庆西成①，共说多多粟米征。为告斯民经九死，愿将颗粒乞余生。冬漕请减成。

九弟②病后书来，索狐裘，附诗寄去（二首）

寥寥书一纸，字字写来真。暮岁严寒日，深秋久病身。头颅皆欲雪，手足自生春。及早长途寄，风霜正逼人。

嗟余升斗禄，不及养高堂。已痛双荆折③，难留一个强。暮年思骨肉，薄宦苦风霜。待到归田日，重来话夕阳。

---

①大有庆西成：大有，即大有年。语出《春秋穀梁传·宣公十六年》："五谷大熟，为大有年。"西成，秋天庄稼已熟，农事告成。出自《尚书·尧典》："平秩西成。"孔颖达疏："秋位在西，于时万物成熟。"

②九弟：为公之三胞弟德彬，字又彬，太学生，于堂兄弟中排行第九。

③双荆折：指子范公二弟德椿公、四弟德楷公均辞世。荆折，指兄弟丧亡。典出南朝梁吴均《续齐谐记》："京兆田真兄弟三人，共议分财。生资皆平均，惟堂前一株紫荆树，共议欲破三片。明日，就截之，其树即枯死，状如火然。真往见之，大惊，谓诸弟曰：'树本同株，闻将分斫，所以憔悴，是人不如木也。'因悲不自胜，不复解树。树应声荣茂，兄弟相感，合财宝，遂为孝门。"后因用"紫荆"为有关兄弟之事的典故。

余至长洲,适钱太令①扶病理事,代之

名园小别已经时,贾郁②重来竟有期。万事登场皆傀儡,一官仍旧此须眉。烛花照我当年影,庭草依人去后思。官鼓三通衙散后,窗前明月到梅枝。

巡行乡野,过嘉定葛龙镇,查获女唱书四人,以车载之来

衙斋早出去云隈③,匹马从容往复回。腊雪消残添水活,梅花破冷占春开。茅檐日暖民依曝④,野店风寒客举杯。惹得道旁都怪问,后车偏载美人来。

---

①钱太令:即钱宝传。太,通"大"。

②贾郁:生卒年不详,字正文。福建长乐人。五代时期著名廉吏。官至赞善大夫,御史中丞。曾任福建仙游县令,在任峭直不容人过,守正奉法,属吏畏惮之,任满去职。王延钧为闽王,再任其为仙游县令。故子范公用其作比。

③云隈(wēi):云边,比喻很远的地方。隈,山边。

④曝(pù):晒于太阳之下。

散给贫民棉衣

一寒胡至此，与子愿同衣。野少无襦①叹，人多挟纩②归。冻痕消腊雪，暖意蕴春晖。安得吾裘大，州民覆四围。

自　箴③

织布偏无褐④，穿绸不养蚕。高堂退食者，莫对素丝惭。

登穿山⑤

娄江东北五十里，千寻巨石空中起。相传本是海中岛，未识沧桑何自始。石洞深深云出没，怪奇谲诡⑥鬼神窟。曾闻海客此中行，帆影凌空挂寒月。此时留作远山青，松风兼挟怒潮听。石磴参差苔雨滑，沾衣欲湿带龙腥。青山隐隐断吴门，海疆迤逦趋旷原。独有此峰飞动意，俯视直欲卑坤

①襦（rú）：短衣、短袄，代指衣物。

②纩（kuàng）：原指丝绵，泛指棉絮。

③自箴（zhēn）：自我诫勉。

④褐：粗布衣服。

⑤穿山：又名凡山，因山有洞通南北往来，故名。原为太仓一名胜，现已不存，遗址在太仓市沙溪镇。

⑥谲（jué）诡：变化多端。

垠①。荒凉古寺掩藤萝,两次来游载酒过。鳌鲸退避蛟鳄徙,山灵知亦厌风波。

喜蔗农四弟②来(二首)

不忍经年别,相逢鬓各苍。精心筹国计,古道入官场。好梦欣同被,深怀慰陟冈③。记曾春草绿,觅句到池塘。

少小方同学,书声读最酣。文章论砚北④,游宦共江南。观海双眸豁,还山万卷担。葬亲归已决,墓草宿烟含。

姜桂行⑤

姜桂有本性,秉赋不可夺。靡靡草木中,臭味⑥独自别。佐食既宜辛,入药亦取烈。澧兰沅芷⑦徒空名,马勃牛溲⑧殊恶劣。姜桂之气可通神,姜桂

①坤垠:大地的西南边际。

②蔗农四弟:即子范公堂弟德标公,在诸堂兄弟中行四。

③陟(zhì)冈:登上山冈。陟,登。

④砚北:指同坐书案前。书案一般设于南面,砚在案上,人之坐则位于砚之北边。

⑤此诗乃子范公自喻。以姜桂之性喻自己秉性刚烈,不屑苟且,敢于任事的为政之风。以兰芷、马勃与牛溲、甘草喻有名无实、庸俗无能、圆滑自保的官场诸色人等。姜桂,生姜与肉桂,其性愈老愈辣。

⑥臭(xiù)味:气味,味道。

⑦澧兰沅芷:《楚辞·九歌·湘夫人》:“沅有芷兮澧有兰,思公子兮未敢言。”兰、芷都是香草,楚辞中多用来比喻君子。这里是指那些貌似君子或徒具空名并无实际才能的人。

⑧马勃牛溲:马勃,一种菌类。牛溲,即车前草。两者都是中医药材,然均不值钱。

之用能活人。神农①不作扁鹊②死，庸医只用平淡耳。平淡气质无用多，扶危起死将奈何。君不见药中甘草长乐老③，历事五朝身自保，到处与人作和好。白云深处采药行，药笼难尽贮参苓。姜兮桂兮性辛热，振聩发聋老愈辣，碌碌因人总不屑。

芦　花

丹枫江上酒家楼，红蓼④湾头渔子舟。只有芦花头尽白，萧疏一样占新秋。

重到上海感旧（四首）

一别光阴五度更，昔年曾此结鸥盟⑤。三千瀛海遨游远，百万军糈⑥握算清。驹隙影过春似梦，龙门客散⑦月犹明。浦江烟水如相识，潮去潮来知送迎。

---

①神农：即炎帝。相传他亲尝百草，用草药治病。

②扁鹊：原名秦越人。河北任丘人。战国时名医，擅长各科，始创中医切脉诊断方法，开启了中医学先河。

③药中甘草长乐老：甘草，一种中药，味甘，性平和。长乐老，五代时冯道（882—954）的自号。冯道历仕后唐、后晋、后汉、后周四朝及辽国，后世多有人认为他少节操，阿谀取荣而长保禄位。司马光评之曰："道之为相，历五朝、八姓，若逆旅之视过客，朝为仇敌，暮为君臣，易面变辞，曾无愧怍。大节如此，虽有小善，庸足称乎！"本诗下句亦为此意。

④红蓼：一种草本植物，生长于沟河边潮湿处。

⑤鸥盟：比喻深厚的朋友关系。典出《列子·黄帝篇》："海上之人有好沤鸟者，每旦之海上，从沤鸟游，沤鸟之至者百住而不止。"

⑥军糈（xǔ）：军中粮饷。

⑦龙门客散：比喻昔年朋友今已分散各地。白居易晚年大多在洛阳，常游历龙门一带，时与友朋举行"七老会"，后曾作诗云："五年三月今朝尽，客散筵空掩独扉。"

记从节钺[①]启东征，家国安危在此行。已见前锋程不识[②]，更传大帅李西平[③]。闻风[④]兼使夷心折，挥日[⑤]先教贼胆惊。海峤一隅[⑥]鏖百战，而今废垒有人耕。

金碧楼台敞太虚[⑦]，迷离世界感何如。帆飞黄浦人双桨，马踏红埃鬼一车[⑧]。圣世通商原大度，夷情重利且安居。一官新置殊难解，理事洋泾[⑨]衔特书。

重逢客邸唤开樽，无限灯光又酒痕。卜夜[⑩]频烧红烛短，问年共让白须尊。春归芳草人将别，蔗农四弟明年将归里。座对梅花雪亦温。明日扁舟何处去，桑麻影里月黄昏。

---

①节钺：见前注，此处代指李文忠公。这首诗亦为颂扬李公之作。

②程不识：汉武帝时大将，与李广齐名。曾任长乐卫尉，太中大夫。任边郡太守出击匈奴，治军有方，军纪严明，生平未尝败绩。

③李西平：李晟(727—793)，字良器，谥忠武。甘肃临潭人。唐德宗时期宰相、军事家。以战功累迁至右金吾大将军、开府仪同三司，封合川郡王。后收复长安，平定朱泚之乱，改封西平郡王。

④闻风：用"闻风丧胆"的典故，出自唐李德裕《授张仲武东面招抚回鹘使制》："故能望影揣情，已探致虏之术；岂止闻风破胆，益坚慕义之心。"

⑤挥日：用"鲁戈挥日"的典故，表示力挽危局。出自《淮南子·览冥训》："鲁阳公与韩构难，战酣日暮，援戈而㧑之，日为之反三舍。"㧑，音义同"挥"。

⑥海峤(qiáo)一隅：指上海。海峤，海边山岭。一隅，一角。上海濒海，故云。

⑦太虚：即天空。

⑧鬼一车：指车上所载为洋人。

⑨理事洋泾：同治三年(1869)三月，上海道衔在英领事署内设立洋泾浜北首理事衙门，审理租界内案件。洋泾，指当时上海县城北侧的河道洋泾浜，在公共租界和法租界之间。

⑩卜夜：用"卜昼卜夜"的典故，意思是深夜依然欢聚饮酒。典出《左传·庄公二十二年》：一次，齐桓公在大臣敬仲家饮酒，很高兴，天将黑，还要举火继续。敬仲婉言劝道："臣卜其昼，未卜其夜，不敢！"

迎　春　时在娄东①

曾作苏台吏，东郊见几回。重逢应面熟，一到便心开。腊雪留痕在，梅花着意催。海隅休道僻，一样有春来。

示光煦

汝年已长大，汝弟皆幼嬉。汝今送汝弟，归家应试期。汝弟非能文，使习场中规。数年读官所，质钝屡易师。官所尚浮嚣，真性为之漓②。朝夕在我侧，犹恐为不为③。一旦离我去，譬彼马不羁。光觐年十九，乃是汝叔儿。汝叔惟此儿，宝贵逾珍奇。自从汝叔死，教养我任之。愿汝勿异视，事事相提撕④。光昭年十七，病体年年支。读书贵立志，养身在寡思。满路迷阳草，毋乃误所驰。愿汝常教导，习久不可移。光典年十二，聪颖有天资。九岁作大字，十岁赋长词。世途多习染，知识渐开时。愿汝常防范，勿坏在始基。大抵邪正路，所差只毫厘。上达非难致，下流亦易随。所以古君子，欷歔悲染丝⑤。江上风波恶，舟楫莫漫施。山中荆莽多，步履无误歧。况是吾衰甚，一官不可知。教训赖家督，文章付有司。我今送汝归，赋此数行诗。汝其常在念，毋忘诗中辞。

---

①娄东：太仓在娄江之东，故别称娄东。

②漓：浇薄，浮躁浅薄。

③为不为：为不可为之事。

④提撕：拉扯，提携。

⑤“欷歔”句：感叹人们易受习俗影响而变化。欷歔，同“唏嘘”，叹息声。《墨子·所染》：“子墨子言见染丝者而叹曰：‘染于苍则苍，染于黄则黄，所入者变，其色亦变，五入必而已则为五色矣！故染不可不慎也！’”

送诸子归试(五首)

送汝归家去,文章校试场。严师催课急,慈母办装忙。芹藻①春池碧,梅花驿路香。俸钱惭太薄,羞涩此行囊。

屈计征途远,行行二月天。春帆江上稳,明月故乡圆。里社多前辈,声华戒少年。藏书千万卷,端望子孙贤。

至乐惟兄弟,良辰几②砚同。谢池春草绿③,姜被④夜灯红。乳燕三春日,征鸿万里风⑤。人生何所取,莫仅误雕虫⑥。

自昔从军去,三年薄宦成。官声高治行,人意重科名。姓氏惭同学,文章望后生。老臣烛之武⑦,少壮每相轻。

---

①芹藻:见前《送李少荃入都》“芹池”注。

②几:几案,书桌。

③“谢池”句:其意是希望兄弟们时时在一起切磋诗文。典出《南史·谢惠连传》:谢方明“子惠连,年十岁能属文,族兄灵运加赏之,云‘每有篇章,对惠连辄得佳语’。尝于永嘉西堂思诗,竟日不就,忽梦见惠连,即得‘池塘生春草’,大以为工。常云‘此语有神功,非吾语也’。”

④姜被:指兄弟同被而寝,至亲至爱。典出《后汉书·姜肱传》:肱“与二弟仲海、季江俱以孝行著闻,其友爱天至,常共卧起”。

⑤“乳燕”二句:子范公用比喻的手法,祝福诸子初次参加生员考试就能乘风直上,一举成功。

⑥雕虫:指诗赋。汉扬雄《法言·吾子篇》:“或问:‘吾子少而好赋?’曰:‘然,童子雕虫篆刻。’俄而曰:‘壮夫不为也。’”这句诗是子范公希望诸子不要仅仅致力于诗赋而忽略了科举考试制艺文字。

⑦烛之武:春秋时郑国大夫。《左传·僖公三十年》载,晋、秦两国围郑,郑伯让烛之武去见秦伯说服秦国退师,烛之武推辞说:“臣之壮也,犹不如人;今老矣,无能为也已。”后来终于去见秦伯说退秦师。这一首诗是子范公慨叹自己官声政绩虽好,但终为科第不高所限而未能与少年同学比肩,为人所轻视,以此来告诫诸子。

独结吾庐爱[①]，乡音喜听闻。巢湖晴放棹，蜀岭[②]远停云。土厚民多朴，星辉士亦文。先人邱陇在，杯酒奠斜曛[③]。

题陈息庐《归云图》

先生何事把髯掀，不坐琼筵坐石根。高倚虬松[④]人并古，笑挥麈柄[⑤]座皆温。世间好事归真乐，天下名山住最尊。料得闲云同朗抱[⑥]，太虚一点去无痕。

己巳元旦[⑦]试笔

焚香扫地署斋中，检取银毫试晓风。池水乍凝春酒绿，墨痕犹带蜡花[⑧]红。宜人好事从头起，隔岁寒光著手融。地僻政闲多逸兴，新诗写就付�筒[⑨]。

---

①"独结"句：这句诗用的是陶潜《饮酒·其五》"结庐在人境，而无车马喧"和《读山海经·其一》"众鸟欣有托，吾亦爱吾庐"的句意。结庐，建房。古时建房多用草编结，故云。这里是指在家乡建的房子。

②蜀岭：指庐州(今合肥)西郊的大蜀山。

③斜曛(xūn)：斜阳余晖。这两句诗是嘱咐诸子回去后要去祭奠祖坟。

④虬(qiú)松：虬，传说中一种无角的龙，在此形容松树苍劲盘曲的样子。

⑤麈(zhǔ)柄：拂尘的手柄。麈，兽名，似鹿而大，俗称"四不像"，魏晋人常用其尾做拂尘，故亦代指拂尘。

⑥朗抱：高洁的胸怀。

⑦己巳元旦：同治己巳年正月初一为1869年2月11日。

⑧蜡花：蜡烛燃烧时周边形成的片状物，形似花瓣，故名。

⑨�筒：竹筒。

出　门 正月初四日

东风吹送去苏台，新岁良辰谒上台①。春水初生人影碧，梅花作伴客怀开。天涯芳草王孙返，诸子赴试同日启行。驿路垂杨故吏栽。浒关。多少名葩含未吐，浓香留待我归来。

丹阳途次

云阳西去乱山丛，解却烟帆控玉骢②。旅店留宾村酒绿，田姬度岁布裾③红。草经野烧情根在，门贴春联吉语同。喜看满畦新菜甲，鸦锄④一柄试东风。

旅　店 句容

月掩柴门小，风吹戍鼓⑤残。村醪⑥难酿梦，野菜佐加餐。破壁留题⑦断，孤灯照影寒。明朝须早发，咫尺秣陵看。

---

①上台：上司。
②玉骢（cōng）：即玉花骢，一种名马。泛指骏马。
③布裾（jū）：布衣。裾，衣服的前后襟，代指衣服。
④鸦锄：即鸦嘴锄，一种形如鸦嘴的小锄头。
⑤戍鼓：原指边防驻军的鼓声，这里泛指来自军营的鼓声。
⑥村醪（láo）：农家自酿的酒，通常用来指那些质量低下的酒。
⑦留题：留下来的题诗。古人常在墙壁上题写诗句。

上马制军[①]（四首）

记从马下拜霓旌[②]，有脚阳春[③]到处行。堂上龚黄民戴德，军中韩范贼知名。棠梨官舍春留荫，草木他山夜助兵。一自皖城移节钺，至今遗爱说苍生。

苏台曾记客秋过，矍铄精神马伏波[④]。行地仙来争捧毂[⑤]，朝天人去响鸣珂[⑥]。九重謦欬纶音[⑦]转，公督闽、浙，陛见后改两江。三省讴吟福气多。正是老成资坐镇，金瓯[⑧]千里壮山河。

东南半壁系安危，江左夷吾[⑨]众口推。海国群酋归驾驭，中原大局费维持。春风煦物过皆化，秋月当空照不疲。毕竟浑含[⑩]人莫识，汪汪千顷望无涯。

---

①马制军：即马新贻。

②霓旌：缀有五色羽毛的旗帜，为古代帝王仪仗之一，亦代指皇帝。这里指马新贻朝见皇帝。

③有脚阳春：典出五代王仁裕《开元天宝遗事》“有脚阳春”条：“宋璟爱民恤物，朝野归美，时人咸谓璟为‘有脚阳春’，言所至之处，如阳春煦物也。”

④马伏波：马援（前14—49），字文渊，谥忠成。陕西杨凌人。著名军事家，东汉开国功臣之一。官至伏波将军，封新息侯。著名成语“马革裹尸”即为其原话。后人尊称为“马伏波”。这里代指马新贻。

⑤“行地”句：地仙，中国神话故事中住在人间的仙人，用来赞美马新贻。毂（gǔ），车轮中心插轴的孔，代指车轮或车。捧毂，扶着车毂推车前进，用来表现当地官民对他的欢迎。

⑥鸣珂：马匹的玉饰，行走则相击作响，贵显者所用。

⑦謦欬（qǐng kài）纶音：謦欬，本意为咳嗽，借指谈笑。纶音，《幼学琼林·朝廷》：“皇帝之言，谓之纶音；皇后之命，乃称懿旨。”

⑧金瓯（ōu）：金属制成的盆、盂，比喻疆土完固。典出《梁书·侯景传》，梁武帝萧衍曾说：“我国家犹若金瓯，无一伤缺。”瓯，盆、盂一类的瓦器。

⑨江左夷吾：本指有辅国救民才能的人，这里借喻马新贻。典出《晋书·温峤传》：“于时江左草创，纲维未举，峤殊以为忧。及见王导共谈，欢然曰：‘江左自有管夷吾，吾复何虑！’”管夷吾，春秋时著名政治家、军事家、哲学家管仲名夷吾，辅佐齐桓公成就了霸业。

⑩浑含：含蓄，德才内敛。

曾随帷幄佐高谈，曾傍旌旗虎穴探。十载部民成属吏，一官淮北又江南①。多公樾荫②方移覆，愧我蒲姿③已不堪。自顾萧萧双鬓短，争当姓氏说来甘④。

前诗已献，蒙公招饮，又呈二章

山中筑堡喜初成，曾记当年驻旆旌。元年⑤围攻庐州，公办前敌营务，住余圩内。父老扶观如望岁⑥，编氓⑦入伍亦能兵。公来真是如天福，贼去欣逢绝地生。回首雪泥鸿爪处，依稀往事说分明。

参差戟影敞崇阶，转入华堂到小斋。况是灯张佳节近，又逢客喜故人偕。坐客徐清泉军门⑧、陈子舫太守⑨皆余旧识。深情已略云泥⑩分，逸兴兼谈风月怀。第一艰难真事业，蒙城半壁障全淮。徐军门谈公守蒙城，力却苗逆⑪，保障全淮。

---

①"曾随"四句：这四句诗是子范公自叙与马新贻的交往诸事。帷幄，军中帐幕。

②多公樾荫：多，感谢。樾荫，林荫，比喻荫庇关爱。典出《淮南子·人间训》："武王荫暍人于樾下，左拥而右扇之，而天下怀其德。"注："武王哀暍者之热，故荫之于樾下。"

③蒲姿：比喻身体衰弱。典出《世说新语·言语》："蒲柳之姿，望秋而落；松柏之质，经霜弥茂。"

④"争当"句：蒯姓为天下一家之孤姓，源于周室姬姓，故公引以为豪。

⑤元年：指同治元年，即1862年。

⑥望岁：本意为盼望丰收，这里比喻父老满怀喜悦期盼的心情。岁，一年的收成。

⑦编氓(méng)：编入户籍的平民。

⑧徐清泉军门：徐鹑(zūn)，一字心泉。安徽怀宁人。以军功历任守备、贵州清江协副将、河南归德镇总兵。任提督衔安徽寿春镇总兵时马新贻为安徽布政使，均在皖北剿捻。

⑨陈子舫太守：陈庆瀛，生卒年不详，字子舫。浙江湖州人。道光二十三年(1843)举人，曾任安庆府江防同知，江苏候补知府，卒于江宁。

⑩云泥：云在天，泥在地，比喻两者职位差距之大。

⑪苗逆：苗沛霖(1798—1863)，字雨三。安徽凤台人。秀才出身，1856年在乡举办团练，与捻军作战，后势力日盛遂割据称雄。次年，投靠清廷围攻捻军，官至道员。1861年又举兵抗清，被太平天国封为奏王。次年暗中降清，诱捕陈玉成。旋又举兵反清，1863年，在蒙城被清军击败，为部下所杀。

校 士

四十年前事，三千士里人。合肥童试三千人。文章难自命，灯火忆同亲。乳燕初齐羽，神驹早出尘。绝无关节到，孝肃①是乡邻。

南园安道书院落成（四首）

冠盖②南园盛昔年，文章安道接薪传③。先生杖履春常在，相国④梅花老更妍。一代鸿泥留旧迹，三更鹤梦⑤喜重圆。莫言仰止芳徽⑥远，兴起端须⑦让后贤。

---

①孝肃：包拯（999—1062），字希仁，谥孝肃。安徽合肥人。宋仁宗天圣五年（1027）进士。曾任知谏院、龙图阁直学士、权知开封府、权御史中丞、枢密副使等职，卒赠礼部尚书。品性清正无私，执法明察正直，多次论劾权贵，京师有“关节不到，有阎罗包老”之语，为历代廉吏典范。著有《包孝肃公奏议》。

②冠盖：代指来往的官员和士子。冠，礼帽。盖，车盖。泛指官员的冠服和车乘。

③“文章”句：意思是陈瑚的学术文章得到传承。安道，陈瑚的私谥。薪传，即“薪火相传”，典出《庄子·养生主》：“指穷于为薪，火传也，不知其尽也。”指通“脂”。后人以此比喻学问和技艺代代相传。

④相国：指王锡爵，见前注。

⑤鹤梦：比喻超凡脱俗的向往。唐司空图《与李生论诗书》：“地凉清鹤梦，林静肃僧仪。”这里是说士子们学习前人，有了更高的理想和追求。

⑥芳徽：指人的盛德、美德。南朝宋王韶之《食举歌》：“鸣珩佩，观典章，乐王度，说徽芳。”这里指陈瑚的德行学术。

⑦端须：正须要。

园林寥落罢开尊，谁共斯文仔细论①。燕子乌衣门巷冷②，春风绛帐诵弦③喧。衣冠四皓④人犹古，安道先生与陆道威⑤、盛圣传⑥、江虞九⑦号四先生。桃李千丛雪亦温。偷得闲身单骑去，书声听到月黄昏。

池塘重活旧烟波，洗涤繁芜为种荷。潮去钟音随海落，月来潭影照人过。多添曲榭⑧宜凭眺，更有高楼好放歌。试问诸生游息久，蔚林风景近如何。明季，安道先生隐居蔚村不仕。

后来经史贵兼通，但得专家已不同。院内分课经史。海国⑨文章谁角胜，旧时坛坫久称雄。山川得助多奇气，风俗偕游悟圣功。理学名臣犹在望，莫教小技误雕虫⑩。

---

①“园林”二句：这两句诗是说，安道书院建成后南园里饮酒作乐的人少了，文士们聚在一起讨论学术文章的多了。寥落，稀疏，稀少。斯文，文人。

②“燕子”句：这句诗是说士子们涉足聚会游乐之地的少了。燕子乌衣门巷，是借用唐刘禹锡《乌衣巷》“朱雀桥边野草花，乌衣巷口夕阳斜。旧时王谢堂前燕，飞入寻常百姓家”诗意，以乌衣巷这一王谢贵族子弟聚居的繁华热闹之地代指游乐之所。

③绛帐诵弦：绛帐，指读书讲学的地方。《后汉书·马融传》：“常坐高堂，施绛纱帐，前授生徒，后列女乐。”诵弦，诵读诗歌。

④四皓（hào）：四位白发老先生。皓，皓首，白发老人。

⑤陆道威：陆世仪（1611—1672），字道威，晚号桴亭，卒后初谥文潜，后改谥尊道。江苏太仓人。明季诸生。明末清初著名的理学家、文学家，被誉为江南大儒。为学不立门户，志存经世。天文、地理、河渠、兵法等无所不通。同治十一年从祀孔庙。著《思辨录》，后人辑有《陆桴亭先生遗书》。

⑥盛圣传：盛敬，生卒年未详。字宗传，一作圣传，号寒溪。太仓人。明季诸生。明末清初学者。致力存诚主敬之学，笃于孝友。与陆世仪、陈瑚、江士韶或横经论难，或即事穷理，各有所录，合编《思辨录辑要》。

⑦江虞九：江士韶，生卒年未详。字虞九，号药园。弱冠即为诸生，一生研究程朱理学，认为圣贤之旨，尽于昔儒之论说，唯在躬行而已。合编《思辨录辑要》。

⑧曲榭：建于土台上不作间隔的房屋，因其地势高多被人当作凭眺游览之所。

⑨海国：指太仓，因濒海，故云。

⑩“理学”二句：这两句诗是子范公告诫学子要以前贤为榜样，致力理学，扎好学问根柢，不要只是沉湎于诗赋之中。

簪云、侍儿两峰歌

簪云、侍儿两峰，弇园①旧物也。园废，簪云仆卧地，侍儿归毕氏蓠薋园②。余修王相国南园，建安道书院，访弇园故址，得簪云灌莽中。向蓠薋主人索侍儿不得，以百金赎之归。命工并植台光阁前。

弇园当日擅豪华，名胜东南第一家。领取烟云资供养，幻将石丈③唤娇娃。美人峰好号簪云，雾鬓风鬟认不分。旁有一峰低亚立，侍儿两字最清芬。尚书④得意工罗置，嘉名分锡⑤饶幽媚。信是三生⑥有宿缘，留与林泉供游戏。无何世代阅沧桑，剩水残山空夕阳。烟际颓鬟谁辨识，草间遗珥⑦孰珍藏。尘泥坠落春无影，膏沐沾濡雨不香。一峰埋没一峰失，邑有豪者逞其强。蓠薋台榭新修整，吏部⑧风流正驰骋。艳名有似绿珠⑨求，豪情直作紫云⑩请。千夫辇去惜如珍，一嫁东风又别春⑪。玉埋不起沈幽壤，珠徙难还

①弇(yǎn)园：即弇山园，为明代万历年间王世贞的私家园林，时称“东南第一名园”。

②蓠薋(lí cí)园：王世贞在未建弇山园前所建，后辗转归毕氏。蓠，江蓠，香草名。薋，草很多的样子。

③石丈：宋叶梦得《石林燕语》卷十载：大书法家米芾一生爱奇石，知无为军，“初入州廨，见立石颇奇，喜曰：‘此足以当吾拜。’遂命左右取袍笏拜之，每呼曰‘石丈’。”丈，古时对男性长辈的尊称。

④尚书：指王世贞。王世贞(1526—1590)，字元美，号凤洲，又号弇州山人。太仓人。明世宗嘉靖二十六年(1547)进士。隆庆、万历年间著名学者、文学家、文坛领袖。官至南京兵部侍郎、南京刑部尚书，卒赠太子少保。著有《弇州山人四部稿》等。

⑤锡：赐给。

⑥三生：佛教语，指前生、今生、来生。

⑦珥(ěr)：珠玉制成的耳饰。“珥”和上句的“鬟”都代指被女性化命名的倒伏和遗失的两座奇石。

⑧吏部：指王锡爵。

⑨绿珠：西晋巨富石崇的宠妾，中国古代美女之一。

⑩紫云：明末清初名妓，有人将其与苏小小、红拂等名妓相提并论。

⑪“一嫁”句：这句是说两块奇石改换主人，由王世贞家到了王锡爵家。

付别人。岂知劫火易成灰，眼阅兴亡又几回。覆雨翻云一反掌，两家门第总尘埃。南园风月多清燕①，整顿亭台聚群彦。灵物喧传父老口，画图先识春风面②。先获见《簪云图》。手辟荆榛③访故居，刓苔剔藓④果然见。土痕斑驳断翠多，犹有参差鬓影现。胜他星散去人家，消息茫茫多幻变。纵教璧毁尚能全，未必镜分仍再圆⑤。浪把黄金拚一掷，又从月里赎婵娟⑥。二美相依真奇巧，去离来合殊难晓。飞琼⑦岂肯泥涂终，小玉⑧难傍他人老。潭影轩外台光前，命工安置妥贴好。垂鬟合簪宰相花⑨，捧砚宜侍学士草⑩。盛地自多兰竹交⑪，奇缘终赖鬼神保。吁嗟宋代有米颠⑫，呼兄拜丈日缠绵。二石称名更奇异，何不留与娲皇再补有情天⑬。

---

①清燕：清雅的宴会。燕，宴会。

②“画图”句：这句是用杜甫《咏怀古迹》其三“画图省识春风面，环佩空归月夜魂”的成句。

③荆榛（zhēn）：丛生的灌木。

④刓（wán）苔剔藓：清除掉苔藓。刓，挖掉。

⑤“未必”句：这句诗用“破镜重圆”的典故来说两块奇石分别散落后很难再聚。唐孟棨《本事诗·情感》载，南朝陈将亡，驸马徐德言知与妻子乐昌公主不免因乱分离，乃破一铜镜，各藏其半为凭。陈亡，其妻果被隋朝权臣越国公杨素所得。德言寻访妻子到都市，遇高价卖半镜者，于是拿出自己的半面镜子与之相合，并题诗其上。其妻得诗，涕泣不食。杨素知情后，为之感动，召德言，还其妻。

⑥婵娟：原意为容貌仪态美好，也用来指美女。

⑦飞琼：即许飞琼，古代传说中西王母的侍女，美艳绝伦。

⑧小玉：即霍小玉，唐代蒋防所作传奇《霍小玉传》中人物，为通晓音乐诗书，色艺双绝的舞姬。

⑨宰相花：北宋蔡绦《铁围山丛谈》载，宋代庆历年间，扬州太守韩琦后园中有芍药开了一种名为“金腰带”的花四朵，他请了王珪、王安石、吕公著四人来聚会，给每人头上戴了一朵，后来四人都做了宰相。“宰相花”即指此花。这里是说，两座奇石曾与王锡爵为伴。

⑩“捧砚”句：这句则说奇石曾伴王世贞起草文稿。

⑪兰竹交：梅、兰、竹、菊是中国花鸟画中常见题材，以人们赋予的傲、幽、坚、淡的品格被称为“四君子”，兰、竹则常被并画一图。此处用来比喻它们的密不可分。

⑫米颠：米芾（1051—1107），初名黻，字元章，号海岳外史、襄阳漫士。祖籍山西，迁居湖北襄阳。北宋著名书法家、画家。曾任校书郎、书画博士、礼部员外郎。因个性特异，举止癫狂，有洁癖，好奇石，称佳石为“石兄”，或拜“石丈”，因而人称“米颠”。有较多书画作品和书论《海岳名言》传世。

⑬“何不”句：指女娲炼石补天的事。《列子·汤问》：“天地亦物也。物有不足，故昔者女娲氏炼五色石以补其阙，断鳌之足以立四极。”

题吴大令幼乐[①]《味菜图》

世味[②]浓如此，余情觉信芳[③]。脚跟先立定，齿颊亦生香。秋圃人同瘦，终朝客采忙。愿君休独嚼，辛苦与分尝。

鹤

不是风尘物[④]，翘然只自矜[⑤]。千年人并古[⑥]，万贯客羞称[⑦]。未免鸡群妒，终偕凤侣升。俸钱留饲汝，子和望能麠[⑧]。

---

①吴大令幼乐：当即吴政祥，见前注。

②世味：人们的功名利禄之情。

③“余情”句：这句用的是屈原《离骚》“不吾知其亦已兮，苟余情其信芳”句意，表示自己保持了纯洁高尚的情操。信芳，确实高洁芬芳。

④风尘物：平凡庸俗的东西。

⑤“翘然”句：翘然，昂首耸立的样子。自矜，自负，自傲。

⑥“千年”句：千年，古人认为鹤寿千年，《淮南子·说林训》：“鹤寿千岁，以极其游。”人并古，人和鹤一样长寿。

⑦“万贯”句：深以被人与腰缠万贯者相提并论为耻。南朝宋殷芸的《小说》中有客把“腰缠十万贯，骑鹤下扬州”当作自己的最大愿望，即是说既要拥有财赋，又要成为神仙，还要享受人间繁华。

⑧“子和”句：希望你能与我同声相应。和，读 hè，以声相应。麠(yīng)，应答。

陶肖农与余同官吴会[①]已历四载,近复共事娄东,相得益欢。今秋以亲老乞休,离别之际,诗以送之(四首)

不为督邮至,飘然竟挂冠[②]。微臣犹有母,圣世许辞官。宦海风初息,庭闻[③]月正团。千秋两陶令,总觉折腰难。

曾订归田约,相期十载余。鲈鱼秋兴急[④],鸡肋宦情虚[⑤]。葛岭[⑥]寻灵草,潘花送板舆[⑦]。轻舟何所有,石取郁林储[⑧]。

嗟君升斗禄,原以奉高堂[⑨]。海上风波险,山中日月长。千家黄叶路,一

---

①吴会:秦汉时会稽郡治在吴县(辖地在今苏州),郡县连称为吴会,唐代以后即称苏州为"吴会"。

②"不为"二句:这两句是借陶渊明的事来赞誉陶肖农乞休。南朝梁萧统《陶渊明传》载:"岁终,会郡遣督邮至县,吏请曰:'应束带见之。'渊明叹曰:'我岂能为五斗米折腰向乡里小儿!'即日解绶去职。赋《归去来》。"督邮,官名,郡的重要属吏,代表太守督察县乡。挂冠,指辞官不做。典出《后汉书·逸民列传》:逢萌见王莽时政治混乱,恐遭祸,"即解冠挂东都城门,归,将家属浮海,客于辽东"。

③庭闻:听到父亲的教诲。见前《送李少荃入都》"趋鲤庭"注。

④"鲈鱼"句:这句诗用典出自《晋书·张翰传》:"翰因见秋风起,乃思吴中菰菜、莼羹、鲈鱼脍,曰:'人生贵得适志,何能羁宦数千里,以要名爵乎?'遂命驾而归。"与下句同时肯定陶肖农不恋禄位的超然情怀。

⑤"鸡肋"句:比喻内心把做官看得很淡。鸡肋,《三国志·魏书·武帝纪》注引《九州春秋》载,曹操在汉中阳平与刘备对垒,"时王欲还,出令曰:'鸡肋。'"主簿杨修解释说:"夫鸡肋,弃之如可惜,食之无所得,以比汉中,知王欲还也。"宦情,做官的志趣、意愿。

⑥葛岭:道教名山胜地,位于杭州市西湖之北。相传东晋时著名道士、医学家葛洪曾于此结庐修道,故而得名。这里是写辞官后的陶肖农可以悠游山水之间。

⑦"潘花"句:潘花,代指潘岳,并借指陶肖农。典出潘岳《闲居赋》:"太夫人乃御板舆,升轻轩,远览王畿,近周家园。"板舆,古代一种人抬的代步工具,多为老人乘坐。这句是写陶肖农归家后事亲尽孝。

⑧"轻舟"二句:这两句是用典故赞扬陶肖农为官清廉。《新唐书·陆龟蒙传》载:"陆氏在姑苏,其门有巨石。远祖绩尝事吴为郁林太守,罢归无装,舟轻不可越海,取石为重。人称其廉,号'郁林石'。世保其居云。"

⑨高堂:古代父母居处之所,代指父母。

棹白云乡。从此为春酒①,椒花满室香②。

自昔同官日,疮痍抚孑黎③。黄云④新稼穑,红树旧棠梨。宦迹留鸿爪,归心逐马蹄。剡山⑤应不远,待我访幽栖⑥。

晚宿涂松⑦

只愁民隐隔,到处作迟留。灯影明寒浦⑧,人声聚晚舟。潮迎残月晓,树撼古城秋。远远闻渔唱,闲情寄白鸥。

勘灾野行(二首)

今年低洼尽灾区,一尺禾苗五尺芦。算到输租还不足,安能粒粒化为珠。

野色萧条秋气凉,棉花满地白如霜。西征将士知多少,第一寒衣絮早装。

---

①春酒:冬酿春熟之酒。《诗经·豳风·七月》:"为此春酒,以介眉寿。"

②"椒花"句:古代皇后的宫室用椒的花、实和泥涂饰,取其香、暖。这里比喻他们全家人其乐融融。

③孑黎:战乱后剩下的百姓。

④黄云:黄色的尘土。东汉末阮瑀《拟魏太子〈邺中集〉》:"河洲多沙尘,风悲黄云起。"

⑤剡(shàn)山:剡县的山。剡,汉代县名,地辖今浙江嵊州和新昌。

⑥幽栖:幽僻的栖止之处,常指隐居的地方。这两句诗暗用了"雪夜访戴"的典故。南朝宋刘义庆《世说新语》载,王子猷在一个大雪之夜,忽然想念隐居不仕的大画家戴逵,"时戴在剡,即便夜乘小船就之"。子范公以此来表达两人的友情。

⑦涂松:太仓沙溪的一个村落。

⑧寒浦:凄清寒冷的水滨。

征漕行

天下真吏治，知县是始基。天下大政事，收漕系民脂。昨见开漕示，某月某日期。父老急政供①，相约恐来迟。或以舟车载，或负肩背随。岂知守候苦，官懒吏亦欺。偶然天小雨，开仓谓不宜。是时刚十月，凉风已凄其②。冰雪天地冻，饥寒骨肉疲。凄凉羁旅馆，费用已不支。忽报官临仓，小民喜舒眉。仓吏打样米，着意簸扬之。一取复再取，升合成斗箕。淋尖手欲扶，踢斛足将胝③。遗米如遗珠，扫帚手自持。仓吏告官说，征漕此旧规。官曰相沿久，何独异所为。昨载十斛米，来仓数参差。三斛为一斛，何以尚短亏。欲去粮仍欠，粮欠将截追④。欲归室已空，室空断晚炊。回望仓中人，眈眈如饿鸱⑤。充腹有美食，着体有鲜衣。嗟我终岁苦，颗粒无留遗。邻里四五人，踌躇各伤悲。多方更相贷，倍息不敢辞。心头肉已刓，眼前疮暂医⑥。东家方卖女，西家又鬻儿。持此儿女钱，暂免皮肉笞。有田喜可耕，耕田不免饥。一朝卖田去，将学游手嬉。良民失本业，天下事可知。上天胡震怒，下民多怨咨。水旱与盗贼，冥冥皆有司。感召在呼吸，天高而听卑⑦。况是财赋地，流弊更易滋。习久遂成惯，令新未易施。五年茂苑地，两载娄东时。区区持此心，有弊悉扫夷。执概⑧许上仓，余米许持归。未必官遽瘠，所期民能肥。

---

①政(zhēng)供：向国家缴纳的赋税。这里指漕粮。政，通“征”。

②凄其：寒凉。《诗经·邶风·绿衣》：“絺兮绤兮，凄其以风。”

③胝(zhī)：老茧。

④截追：派差役将人半道截回进行追比。

⑤“眈眈”句：眈眈，贪婪注视的眼神。鸱(chī)，鷂鹰。

⑥“心头”二句：这两句诗是化用唐代聂夷中《咏田家》“医得眼前疮，剜却心头肉”而成。

⑦“天高”句：即成语“天高听卑”，原指上天神明可以洞察人间的卑微之处，这里是希望皇上能了解民情。典出《史记·宋微子世家》：“景公曰：‘岁饥民困，吾谁为君！’子韦曰：‘天高听卑。君有君人之言三，荧惑宜有动。’”

⑧概：量粮食时刮平斗斛的器具。俗称“斗趟子”。执概上仓，可杜绝“淋尖”“踢斛”诸弊。

后为知县者,收漕其细思。

题《三侠[①]图》(二首)

余少喜任侠,读书至《剑侠传》[②]李卫公[③]遇虬髯客一事,未尝不慨乎慕之。谓世安得其人者,旦暮遇之,余虽为之执鞭,所忻慕[④]焉。及长而遭世变,练兵乡团,慷慨犹少年意气。既而筮仕[⑤]吴门,一官束缚,曩时豪气消磨殆尽。然每一枨触,跃跃若前日事。今春陈子崇光[⑥]客余幕中,为作《三侠图》,笔墨淋漓,须眉甚古,少时所欲遇而不得者,不意于画图中遇之。爰嘱其补入余像,葺衫破帽,蹇驴踯躅,得与三人者共驰驱于风雪中,亦犹少时之志也。爰志其缘起并系之以诗。

红颜白面妙传神,草草论交结契新。小婢留心能相士,中原无地莫容身。天涯雨雪成奇会,儿女英雄尽异人。今日画图添画我,执鞭不厌走风尘。

蹇驴骏马不寻常,看到棋枰局正忙。骨相终输公子贵,眼睛独许美人强。君臣早识皆奇杰,姊妹同联亦大方。十载东南留后约,苍茫回首海天长。

---

①三侠:即李靖、红拂、虬髯客。诗中所叙三人之事见唐杜光庭所著传奇《虬髯客传》。

②《剑侠传》:明代王世贞辑,共四卷,精选了唐宋时期短篇武侠小说三十三篇。

③李卫公:李靖(571—649),字药师,谥景武。后封卫国公。陕西三原人。隋末唐初文武兼备的著名军事家,为唐王朝的建立和巩固立下很大战功。《虬髯客传》就是为赞誉他而编撰的故事。

④忻慕:高兴并羡慕。《史记·管晏列传》:"假令晏子而在,余虽为之执鞭,所忻慕焉。"

⑤筮(shì)仕:古人将要出来做官,先占卜问吉凶,故为官称筮仕。筮,用蓍草占卜。

⑥陈子崇光:陈崇光(1838—1896),原名召,字崇光,后改字若木,号纯道人。江苏扬州人。初为雕花工,后为虞蟾弟子。于作客子范公处时,多见宋元名家真迹,力追古人,画艺锐进。工花鸟、人物、草虫、山水,尤长双钩花卉,为扬州大家。黄宾虹曾从其学花鸟画,受其影响至深。工诗,著有《一沤山馆选集》。

夜宿浏湄①

娄江五十里,东与海波澜。不尽沧桑感,方知砥柱难。旧设闸座御浑潮,时议欲废之。千秋尧壤②在,八载禹功殚③。晓梦惊初觉,潮声落枕寒。

余至苏,过吴松溪家,阿宝出见,已长成矣。喜赋

光阴小别数星移④,重见娉婷镜里姿。三径和风杨柳院,一门喜气桂兰枝。赏花难得亲栽树,爱月欣看欲满时。问道当年题赠句,可曾犹记老夫诗。

带耕堂遗诗卷三终

门下晚学生程先甲审定编次

孙寿田、寿枢、孝先校刊

---

①浏湄:浏河岸边。浏,即太仓境内的浏河。湄,河边水与草相连的地方,即河岸。

②尧壤:尧的土地,意为圣明贤君的土地。

③"八载"句:是说经过八年的艰辛努力才建成了这座重要的闸门。禹功,大禹治水的功绩,比喻建闸御潮的水利之功。殚,竭尽全力。

④数星移:数年。星移,星斗位置的移动,表示时间的变化。唐王勃《秋日登洪府滕王阁饯别序》:"闲云潭影日悠悠,物换星移几度秋。"

带耕堂遗诗卷四

合肥蒯德模子范

庚午七月调守京江①,留别娄东诸君子(十五首)

讴歌未听听骊歌②,两载娄东恋若何?敢说白公容易及,白公比我四年多。白登明③牧娄六年,娄人至今思之。

行期已近便匆忙,检点图书共一囊。可惜荷花三十顷,难教收拾附轻装。

萧条城郭半荆榛,著手春风次第新。不仅流连有父老,依人鱼鸟亦相亲。

南园结构已粗安,曲榭高楼不厌看。尚有四围池待凿,春来好放水波宽。

簪云峰与侍儿连,往事而今几变迁。千古别离重聚会,续成一段好姻缘。

聚得群材共一堂,更开曲径到禅房。懒残④芋火谁同拨,分与诸生子细

---

①京江:长江流经江苏镇江市北的一段,因今镇江中心区东晋时为京口镇,故名。这里代指镇江府。

②"讴歌"句:讴歌,当地的民歌。骊歌,见前"骊唱"注。

③白登明:字林九。生卒年不详。辽宁盖县人,隶汉军镶白旗。顺治二年(1645)拔贡。清代循吏。曾任太仓知州,高邮知州,以积劳卒官,深受当地百姓爱戴。

④懒残:唐袁郊传奇小说《甘泽谣》云:"懒残者,唐天宝初衡岳寺执役僧也。退食,即收所余而食,性懒而食残,故号'懒残'也。"后来封为的邺侯李泌当时在寺中读书,前往拜谒,"懒残正拨牛粪火,出芋啗之"。并把吃剩下的半个芋给李泌吃了,并预言他将来要做十年宰相。

尝。南园书院有诗僧隐禅①。

葱茏古寺结芳邻，堤柳池荷手植新。淡荡春光香世界，如斯风景易留人。

桴亭②理学本名家，为访遗徽③屡驻车。惆怅当年读书处，空余流水夕阳斜。议建"桴亭"不果。

五亩名园感寂沦，残山剩水总精神。胸中丘壑分明在，多少安排付后人。修五亩园未成。

讼庭如水④笑颜开，匹马从容去复回。名宦乡贤贞烈事，都从一二采风来。

栽花垒石费商量，风月闲情寄兴长。自笑一身兼吏隐⑤，藕红萍白水云乡。

臣朔虽饥死尚无，敢教温饱羡侏儒⑥。行囊羞涩知何有，赚得名人几画图。

万虑关心不放过，光阴飘电肯蹉跎。临歧指与诸君认，几点星星鬓更多。

沿途作饯酒千卮，多谢诸君惜别离。此后澹台⑦应更远，苍葭秋水动人思⑧。

---

①隐禅：其人未详。

②桴亭：陆世仪的号。

③遗徽：生前的美好德行。徽，美，善。

④讼庭如水：打官司的地方很清净，形容无人争讼。这是治理有方的体现。

⑤吏隐：即居官而犹如隐士。

⑥"臣朔"二句：这两句诗出典见卷二《遣兴》"臣朔"条注。

⑦澹台：即澹台灭明。代指贤士好友。

⑧"苍葭"句：意为自己将来会时时思念诸友好。苍葭秋水，典出《诗经·秦风·蒹葭(jiā)》："蒹葭苍苍，白露为霜。所谓伊人，在水一方。溯洄从之，道阻且长。溯游从之，宛在水中央。"这是一首怀人诗。蒹葭，芦苇。

风萧木落客游豪，第一江山①管领劳。此去重阳佳节近，金焦两点②好登高。

登北固山

江流不尽滔滔水，北固横江成壁垒。上下金焦两点奇，更作中江柱双峙。天生形势固中原，第一江山谁与比。登高四望势凌空，下视城垣如釜底。京江几度蹂躏深，寇至都由此处起。我来正当八月秋，风色苍茫云树里。名流题咏迹已非，大盗觊觎事未已。是时夷逆正鸱张③，议和议战费商量。津门夷务方棘。④ 此地江防真扼要，上通江扬下苏常。剩有贼遗外城好，临江包山万丈强。山在城中形耸特⑤，水环城外势汪洋。纵使十三门⑥洞开，此关只用一夫当。须臾命工急修葺，民心欢乐事共襄⑦。吁嗟此山为我有，百万人家铁瓮⑧藏。

---

①第一江山：代指镇江。南朝梁武帝萧衍曾登临镇江北固山，面对壮观的景象，题写了“天下第一江山”以誉之。

②金焦两点：指镇江的金山和焦山。

③鸱(chī)张：比喻嚣张、凶暴。鸱，鹞鹰，也有认为是一种猫头鹰的。鸱张，像鸱鸟张翼一样。

④“津门”句：即指当时“天津教案”发生后，法英等国军舰驶抵天津，七国公使向总理衙门抗议，战事一触即发，形势紧张。参见前《清史稿》子范公传“半大业”条注。

⑤耸特：高耸屹立的样子。

⑥十三门：指明代建于北固山前峰的瞭望台。此台分上下两层，上下、左右、前后共有十三个瞭望门洞，因此俗称“十三门”。

⑦襄：相助。

⑧铁瓮：铁瓮城，即镇江城垣，三国吴孙权筑，以其坚固，号为“铁瓮”。此处表示有了北固山，镇江的防守就十分牢固。

龙潭[1]道上(二首)

晓发龙潭道,苍茫树色间。纡回三十里,包裹万重山。松韵敲风细,泉声下涧潺。羡他高卧者,镇口掩柴关[2]。

秋色来新雁,铃声控短驴。山河多废垒,城郭半荒墟。西北方多事,夷狗未靖[3]。东南莫逸居。稻粱欣遍野,民气渐能舒。

①龙潭:地名,位于今南京市栖霞区,其地处宁镇山脉,有青龙山、黄龙山等。
②柴关:柴门。
③夷狗未靖:指当时陕、甘、青和新疆地区的回民暴乱。

余告上元张令①，复金陵元气须重兴秦淮河房②。张令云曾侯③亦有此议。感而赋诗(二首)

敢说英雄见略同，偶然持论媲④名公。燕莺⑤歌舞随春气，花草葱茏任化工⑥。

盛世恬熙⑦王政大，闲民容纳吏才通。山塘夜月西湖水，苏白⑧而今颂未终。

由金陵回镇江，舟人苦风微行缓，赋诗晓之

滚滚长江路，扁舟一叶轻。莫嫌风力小，恰好水波平。彼岸分明认，中流自在行。不须夸破浪，安稳此平生。

---

①上元张令：上元，即上元县，属江宁府，治所在今南京市。张令，张开祁(1826—1880)，字绍京，号惺斋。安徽桐城人。副贡生，同治六年十月至十年以运同衔任上元知县。后曾任江苏海门知县，候补知府。

②秦淮河房：指南京秦淮河两旁的房舍，为著名的灯红酒绿、笙歌游冶之所。明末吴应箕《留都见闻录·河房序》："南京河房，夹秦淮河而居。绿窗朱户，两岸交辉，而倚槛窥帘者，亦自相辉映。夏月淮水盈漫，画船箫鼓之游，至于达夜，实天下之丽观也。"

③曾侯：即曾公国藩，因封一等毅勇侯，故称。

④媲(pì)：相比。

⑤燕莺：代指秦淮河畔秦楼楚馆中的歌儿舞女。

⑥化工：自然的造化之工。

⑦恬熙：安乐。

⑧苏白：指苏轼、白居易。他们在杭州知州、刺史任上各自筑了苏堤、白堤，后来均成为杭州著名的游览之所。

苏州书来，内子[①]病笃，偕季子光典往视

风尘何太苦，老病竟相违。别意东流水，余生夕照晖。梦回重过路，心怯乍敲扉[②]。愿缓须臾死，儿方昨夜归。

调守江宁（二首）

金焦小住正三秋，又挂征帆向石头。锦绣江山龙虎气[③]，松楸宫殿帝王州。携来吴郡新诗本，剩有秦淮旧酒楼。杜厦白裘[④]何处在，关河风雪满孤舟。

昔年射策[⑤]此停车，卅载秋风感鬓华。安稳烟波双桨月，飘零金粉六朝花。青山隔岸如迎客，黄叶成村渐近家。几处荒郊成废垒，春归待我课桑麻[⑥]。

---

①内子：妻子的别称。

②"心怯"句：意为害怕突然敲门报凶信。

③龙虎气：形容江宁山川壮丽，极具气势。典出晋吴勃《吴录》："刘备曾使诸葛亮至京，因睹秣陵山阜，叹曰：'钟山龙盘，石头虎踞，此帝王之宅。'"

④杜厦白裘：杜厦，见卷一《短歌行赠王敬亭》注。白裘，见卷一《甲子秋权篆长洲，留别沪上诸同人》第五首注。

⑤射策：汉代考试士人的一种方法，主试者提出问题，书之于策，覆置案头，受试人拈取其一，叫作"射"；再按所"射"的策上的题目作答。这里代指参加乡试。

⑥课桑麻：考察、督促农事。

悼　亡（四首）

记得来归①卅五年，思量往事倍凄然。相依白发将偕老，久困青衫②赖独贤。家计早谙柴米价，田功兼课豆棉天。书声未断机声起，助读常看月影偏。

年荒正值米如珠，灶断炊烟日已晡③。石臼无声双杵冷，芦帘不暖一灯孤。凄凉碧血痕犹在④，憔悴黄花影倩扶。最是伤心烽火地，娇儿襁负两肩臞⑤。

自从匹马去江东，记否牛衣泪眼同。官舍酒杯痕尚绿，晚窗灯穗影无红。一帆皖水秋江冷，千里吴山夜月濛。劝我偕归曾几日，而今此事已成空。

征帆斜指秣陵秋，此别从教见面休。红树乡村归化鹤⑥，乌衣旅馆寄浮鸥⑦。劳生过眼风前烛，噩梦惊心月下楼。泪点千行溪九曲，应随逝水到苏州。

---

①来归：归，指女子嫁于夫家。《诗经·周南·桃夭》："之子于归，宜其室家。"

②久困青衫：是说自己一直只是秀才，未能中举。

③晡（bū）：即申时，午后三点至五点。

④"凄凉"句：指李太夫人为子范公割股医病事。

⑤臞（qú）：瘦削。

⑥化鹤：本指成仙，晋陶潜《搜神后记》："丁令威本辽东人，学道于灵虚山，后化鹤归辽。"后多用以代称尊者敬者的逝世。这里是说李太夫人的灵柩将运回故里。

⑦"乌衣"句：这句是说自己将孤身漂零在江宁。乌衣即乌衣巷的略称，代指江宁。浮鸥，像鸥鸟一样漂泊不定。

寒　夜

柝声①依短榻，清梦满堂坳。古砚冰成骨，疏藤雪挂稍。树摇龙走壁，月射鹊惊巢。得句寒窗下，呼儿急与敲②。

郡斋对雪感赋

自怜鬓雪影皤皤，况对寒光感若何。冷抱冬心③原铁石，阳回春日亦恩波。分飞占遍湖山好，酝酿全凭气候多。敢说大裘能尽覆，江干独钓有烟蓑④。

---

①柝（tuò）声：打更的梆子声。柝，古代打更的梆子。

②敲：即推敲，指对诗文字句的反复斟酌选择。典出五代何光遠《鉴诫录》：唐代诗人贾岛一日于驴背上得到两句诗“鸟宿池边树，僧敲月下门”。初用“推”字，后想到“敲”字，思之未定，手上作推敲之势，不觉分神冲撞了京兆尹韩愈的车骑。韩愈问明缘由，停马想了一会说，“敲”字佳。

③冬心：冬日孤寂凄清的心情。南朝梁江淹《灯赋》：“冬膏既凝，冬箭未度，悁连冬心，寂历冬暮。”

④“江干”句：此句用柳宗元《江雪》诗意。

人日[1]夜雨

满街箫鼓闹新正，半是歌声半雨声。人自迎年我望岁[2]，潇潇直听到天明。

燕　子

春城柳絮正飞花，二月东风燕子斜。门户不须王谢好，而今百姓已无家。

春柳四律用渔洋山人[3]《秋柳》韵

清明时节最消魂，折取柔条绿满门。燕子楼台春有影，秋千院落梦无痕。风和日暖刚三月，雨淡烟浓又一村。留得韶光[4]便年少，十围老大且休论。

---

①人日：即人的节日，旧俗以农历正月初七为人日。古代传说女娲在创世时于第七天"抟黄土作人"，所以自汉代开始人们便在正月初七庆祝自身的诞生。

②望岁：盼望丰收的年景。

③渔洋山人：王士祯（1634—1711），原名王士禛，字子真，号阮亭，又号渔洋山人，谥文简。山东桓台人。清顺治十四年（1657）进士，官至刑部尚书，颇有政声。清初杰出诗人、文学家，诗论创"神韵"说，于后世影响深远。著有《池北偶谈》《古夫于亭杂录》《香祖笔记》《渔洋文略》《渔洋诗集》等。

④韶光：美丽的春光。

寒鸦野渡灞桥①霜,又是娇波漾远塘。乡梦迢遥新玉笛,衣痕熨贴旧巾箱。堤阴未改思苏白,门巷犹存感谢王②。冷抱春旗③招客饮,有谁骢马酒家坊。

花脱东风香满衣,萍犹转绿未全非。黄金肯铸春光好,青眼④相看陌路稀。十里低垂楼尽敞,千丝紧绾⑤客分飞。封侯毕竟寻常事,漫把深闺愿与违⑥。

一派疏狂见便怜,有情无力最宜烟。喜逢殿院春归早,怕对河梁别恨绵。星宿灵根⑦留上界,风流生性忆当年⑧。浒关曾种千株树,此日浓阴远水边。

上元胡式嘉⑨、江宁莫善徵⑩两大令邀看后湖荷花,晚由秦淮归(四首)

石城半壁一湖烟,六月荷花朵万千。信有人间香世界,浑身熏向晓

①灞桥:秦代始建于今西安市城东灞水上的一座桥,后历代多次重建。唐朝时此地常成为送别亲友之所,并折下桥头柳枝相赠,以示惜别和相思,形成了"灞桥折柳赠别"的习俗。

②谢王:即王、谢。东晋时金陵两大家族。

③春旗:即青旗。北周庾信《三月三日华林园马射赋》:"落花与芝盖同飞,杨柳共春旗一色。"倪璠注:"春旗,青旗也。"酒店插青色的旗子或布帘以招客。

④青眼:即柳眼,指初生的柳树嫩叶。宋李元膺《洞仙歌》词:"雪云散尽,放晓晴庭院。杨柳于人便青眼。"

⑤绾(wǎn):把长而软的东西绕起来打结。

⑥"封侯"二句:这两句是用唐王昌龄《闺怨》"忽见陌头杨柳色,悔教夫婿觅封侯"句意。

⑦星宿灵根:二十八宿中南方第三宿为"柳宿",故云。

⑧"风流"句:这句诗是赞美春柳可爱。典出《南史·张绪传》:刘悛之为益州刺史,献蜀柳数株,"条甚长,状若丝缕","(齐)武帝以植于太昌灵和殿前。常赏玩咨嗟曰:'此柳风流可爱,似张绪当年。'"

⑨胡式嘉:胡裕燕(1836—1891),字式嘉,号筱塘、息园。浙江建德人。监生。时署上元知县。后曾任江都知县、江苏候补知府。善书画。纂修有《清河县志》。

⑩莫善徵:莫祥芝(1827—1890),字善徵,号九茎,拙髯。贵州独山人。庠生。曾任江宁知县、上海知县、署通州知州,太仓知州。主修有《通州志》《上元县志》《江宁县志》等。

风天。

迷离碧叶接晴空，几处芳洲一桨通。傍晚采莲歌四起，衣香人影莫匆匆。

短篷掩映气清凉，面面微风自有香。愿与诸君移画舫，闲来同住水中央。

秦淮咫尺一溪通，归棹迟迟月满空。今夜鱼龙眠不得，灯光摇落水波红。

重修莫愁湖①

卢家少妇石城边，莫愁小字最缠绵。风流至今几百载，占得湖光万顷烟。开国君臣无检束，战罢江山战棋局。草草一枰江上楼，赢得此湖愿亦足②。美人名将各千秋，红粉乌纱貌并留。清凉山③色峰峰好，都在湖心亭上收。那知劫火中原起，多少楼台灰烬里。临流不见采莲人，空有苍茫波十里。昔年画舫记停桡，此日秋风五马④骄。回首当时旧游地，斜阳细雨满荒郊。湖边芳草年年绿，湖上行人空踯躅。重装亭阁灿烟霞，补种名花照高

---

①莫愁湖：关于卢家少妇莫愁的故事传说中有数种。流传于南京地区的说法是，莫愁湖古称横塘，因其依石头城，故又称石城湖。莫愁是河南洛阳人，幼聪慧，亦能诗文。父丧，卖身葬父，被在洛阳经商的卢员外买为儿媳并带回南朝梁京城建康。一日莫愁为梁武帝所见，欲占为己有，设计毒死卢公子，传旨选莫愁进宫为妃。莫愁愤怨之下投石城湖而死。后来人们为了纪念她，将石城湖改名为莫愁湖。

②“开国”四句：此四句是写关于莫愁湖胜景“胜棋楼”的来历。相传明朱元璋在南京建都后，常和大臣徐达在莫愁湖中对弈楼下围棋。一日，徐达在走棋时巧妙地用棋子布下“万岁”二字，朱元璋大喜，把这座楼连同整个莫愁湖花园赐给了徐达，对弈楼于是改名胜棋楼。无检束，没有多少检点约束，不拘小节。

③清凉山：在今南京市城区，莫愁湖西北。

④五马：汉代太守乘坐的车用五匹马驾辕，因代指太守。这里是子范公述说自己任江宁知府而重回故地。

烛。仍将小像点丹黄，威严兼写中山王①。茫茫世事烂柯梦②，片片落花剩粉香。小桥东去秦淮水，两岸笙歌闲且止。可惜南朝金粉多，难使一时收拾起。昨朝载酒湖中游，万朵荷花一叶舟。昂首高歌拚一醉，果然销尽古今愁。

辛未③仲秋入觐（四首）

一绾铜符④已十年，小臣今始去朝天。重扶景运⑤惭无补，三守名邦⑥惜早迁。到眼风光秋竟爽，当头月影夜常圆。行行真觉长安⑦近，不信关河路几千。

每从大处拓心胸，莽荡乾坤豁两瞳⑧。前路山容瞻泰岱，当朝人物孰欧公⑨。居官爱说江南好，望气无如冀北雄。遥指帝城新霁色，楼台高傍五云中。

料理舟车好问途，行兼水陆胆尤粗。一官望阙来天上，三次论功至大

---

①中山王：徐达（1332—1385），字天德。安徽凤阳人。明朝开国第一功臣。为人谨慎，善于治军，战功显赫，官至右丞相，封魏国公。卒后追封中山王。这两句是写在楼中分别绘制、悬挂莫愁、徐达的画像。

②烂柯梦：意为岁月流逝，人事变迁。典出南朝梁任昉《述异记》卷上："信安郡石室山，晋时王质伐木至，见童子数人，棋而歌，质因听之。童子以一物与质，如枣核，质含之，不觉饥。俄顷，童子谓曰：'何不去？'质起，视斧柯烂尽。既归，无复时人。"

③辛未：即同治十年（1871）。

④一绾铜符：意为担任知县、知府。绾，系在身上。铜符，铜制的鱼形符信，宋代以前官员用以证明身份和征调兵将的凭证，后来作为郡县长官的代称。

⑤景运：好时运。

⑥三守名邦：指任苏州、镇江、江宁知府。

⑦长安：汉唐皆建都长安，后世用以代指帝都，这里即指北京。

⑧豁两瞳：两眼豁然开朗。

⑨"当朝"句：见前卷一《送李少荃入都》注。

夫[1]。已近幽燕风渐改，未瞻宫殿气先殊。百寮整肃瑶阶[2]上，许我今朝亦步趋。

萧疏两鬓已成翁，敢儗终童[3]意气雄。臣本布衣知稼穑，君怜小草亦春风。太阳有象葵心恋，化雨无私樗质[4]同。记举茂才年二十，出身原不算空空。

燕子矶[5]阻风

此矶如燕子，振翼忽凌空。得势真堪舞，成名毕竟工。登临酬壮志，险阻伏神功。为语舟人子，明朝有顺风。

夜宿东沟[6]

昔年曾记驻东沟，今日重过已十秋。只有寒鸡声未改，五更惊梦到孤舟。

---

①"三次"句：子范公因功先"保教谕加五品衔"，再"保至知府，加道衔，并换花翎"，又"保补缺后以道员用"，至此时官阶为三品衔中议大夫。

②瑶阶：玉砌的台阶，用作石阶的美称。这里代指御殿台阶。

③敢儗(nǐ)终童：敢于像少年有为的终军一样。儗，比拟。终童，《汉书·终军传》载，终军奉命赴南越说南越王入朝，南越王愿举国内属，而其相吕嘉不从，举兵杀王及终军。"军死时年二十余，故世谓之'终童'"。

④樗(chū)质：低劣的材质。

⑤燕子矶：在今南京市栖霞区，号称"万里长江第一矶"。

⑥东沟：地名，在今南京市六合区。

道出吴门，叶涵溪征士[①]赋诗送行，依韵答之（二首）

光阴小别一星周[②]，重晤先生八月秋。杖履依然春意在，风尘易惹客心愁。溯洄娄水求佳士，惭愧吾民说故侯[③]。我有车旂羞令见，叮咛门外早停驺[④]。

记曾杯酒送离筵，往事依稀在眼前。敢望斯民留茇[⑤]树，为多君子植池莲。文章坛坫公宜主，风月南园我尚怜。此去倘蒙天语问，吴侬[⑥]今已事耕田。

附原诗（二首）：

迢递征骈驻道周[⑦]，阖庐城[⑧]外正清秋。甘棠满县叨余荫，公曾宰长洲。官柳低人绾别愁。吴郡久传神父[⑨]号，汉廷合拜富民侯[⑩]。使星[⑪]南下无多日，准拟车前拥八驺[⑫]。

南园樽酒敞离筵，卧辙攀辕在眼前。公于去秋由太仓调守润州[⑬]。送别望云

---

①叶涵溪征士：叶裕仁（1809—1879），字复三，号涵溪、归庵。江苏太仓人。贡生。曾先后主讲于安道、尊道、娄东三书院并任安道书院院长。著作有《确庵先生文钞》《归庵文稿》等。征士，朝廷征聘而不就的有学行的人。

②一星周：星辰在天空运行历一周天，即一年。

③故侯：曾任地方长官的人，这里为子范公自指。

④驺（zōu）：指驾车和侍从之人。

⑤茇（bá）：草根，代指草。

⑥吴侬：吴地方言称人多用“侬”字，故以“吴侬”代称吴人。

⑦征骈（fēi）驻道周：征骈，远行的车马，骈，古代驾车时处在两旁的马。道周，路边。

⑧阖庐城：吴王阖闾一作“阖庐”，曾命伍子胥建都城，遗址在今江苏常州武进区和无锡滨湖区。这里代指苏州城。

⑨神父：神明的父亲。

⑩富民侯：《汉书·车千秋传》载汉武帝晚年封车千秋为“富民侯”，取大安天下，富实百姓之意。这里既是祝子范公得以升迁，同时也是对子范公往日政绩的赞誉。

⑪使星：朝廷的使臣。这里指朝廷派出的宣示子范公升职的使臣。

⑫八驺：古代贵官出行，有八卒骑马前导，称之为“八驺”。

⑬润州：即镇江，隋唐时期此地为润州，故称。

迷远树，念公扶杖对池莲。南园及隆福寺荷花盛开，皆公所植。吏民并说前官好，痛痒犹廑[1]慈母怜。公念娄民不置，以去任之速，水道未尽疏浚为憾。指望中吴重驻节，更营水利与农田。

扬州舟次

扁舟小泊到河干，芦荻花疏月影寒。底事[2]一灯人不寐，为抄诗稿寄儿看。

平山堂[3]

扬州太守有欧阳，形胜特辟平山堂。青山不到扬州地，峰峦远隔长江长。欲招山色入户牖，相看不厌惟蜀冈[4]。太守相度得大意，环以曲槛缭以廊。堂高不识山近远，山来不与堂低昂。却卷珠帘坐堂上，众山拱揖朝其旁。春秋佳日召宾客，花枝簇簇森两行。美人笑罢众宾醉，五马归去月昏黄。风流至今七百载，沧桑世事几兴亡。堂空人去山犹在，年年排闼[5]送青光。吁嗟古多贤太守，歌舞不独称维扬[6]。山塘夜月西湖水，都与此堂民不忘。大抵居官果千古，钓游亦足传无疆。今之从政不解此，脚靴手板走且僵。我已绾符三领郡，愿私淑公徒未遑。

---

①廑：同“廑”，通“仅”。

②底事：何事。

③平山堂：扬州名胜。宋仁宗庆历八年(1048)太守欧阳修所建。因坐此堂上，江南诸山，历历在目，似与堂平，故名。

④蜀冈：山名，位于扬州西北。诸峰之上多名胜古迹，平山堂即建于其上。

⑤排闼(tà)：推开门。闼，小门。

⑥维扬：扬州的别称。

漂母墓[①]

能识英雄未遇秋，萧萧孤冢此长留。饥来一饭真难得，贵后千金或易求。大局独能持楚汉[②]，九原[③]应喜识王侯。我来凭吊无穷恨，不分[④]知人属女流。

清江浦[⑤]

水陆分南北，舟车并问途。云低帆影簇，风劲马声粗。地势渐平阔，人音已别殊。城垣新创造，保障是良图。

---

①漂母墓：墓在今江苏淮阴。漂母事见《史记·淮阴侯列传》："信钓于城下，诸母漂，有一母见信饥，饭信，竟漂数十日。信喜，谓漂母曰：'吾必有以重报母。'母怒曰：'大丈夫不能自食，吾哀王孙而进食，岂望报乎！'""汉五年正月，徙齐王信为楚王，都下邳。信至国，召所从食漂母，赐千金。"

②"大局"句：这句诗是说韩信当时的向背能决定楚汉相争的大局。《史记·淮阴侯列传》记蒯通对韩信说："当今两主之命县于足下。足下为汉则汉胜，与楚则楚胜。"

③九原：九泉，黄泉。

④不分（fèn）：不料，想不到。

⑤清江浦：地名，今为江苏淮安主城区，时为京杭大运河沿线重要的交通枢纽和重镇，漕运转输处，江北提督和淮扬海道衙署所在地。

齐　东(四首)

才入齐东第一程,问名已是古郯城①。相思红豆移南国②,有价黄牙重帝京③。藉地④晚无新稻草,谈天客散旧棋枰。鸡声未断东方白,带月偎烟自在行。

齐东一路走征骖⑤,形胜欣教次第探。泰岱连天峰突兀,黄河泻地气浑含。万家果熟儿驱雀,四野桑稀女不蚕。只有多情千树柳,送人犹似在江南。

记得东西捻咸同间⑥齐鲁之盗曰“捻”。似麻,大军过处化虫沙。贼氛才退官宜朴,民气能苏物亦华。大汉谁堪歌绰板,美人容易听琵琶⑦。客心莫厌风浇薄,安得生来尽有家。

天涯有客走邯郸,一枕黄粱梦正酣⑧。盏酿酒香花簇簇,笼蒸面白雪团

---

①古郯城:在今山东郯城县境。

②“相思”句:这句诗是说,自己虽已进入山东,但心里依然怀念着江苏的亲人和朋友。红豆又名相思子,古人常用来寄托爱情、友情、亲情。

③“有价”句:这句诗则是说,皇上要用贤能之人,我又不能不重视赴京之事。黄牙,黄金的别称。这里暗用了燕昭王筑黄金台招揽贤士的典故。

④藉地:铺垫在地上。

⑤征骖(cān):义同“征骓”。骖,驾在车前两侧的马。

⑥咸同间:咸丰(1851—1861)、同治(1862—1874)年间。

⑦“大汉”二句:这两句诗是说耳中传来讴歌丝竹之声。前句典出宋代俞文豹《吹剑续录》:“东坡在玉堂日,有幕士善讴,因问:‘我词比柳词何如?’对曰:‘柳郎中词,只好十七八女孩儿执红牙拍板,唱“杨柳岸晓风残月”;学士词,须关西大汉执铁板,唱“大江东去”。’公为之绝倒。”绰板,亦称“拍板”,一种打击乐器。后句典出白居易《琵琶行》,其《小序》云:“闻舟中夜弹琵琶者,听其音,铮铮然有京都声。问其人,本长安倡女,尝学琵琶于穆、曹二善才。”

⑧“一枕”句:“一枕黄粱”典出唐沈既济传奇《枕中记》,故事说卢生在邯郸旅店中遇道士吕翁,向其诉说自己的困顿,道士给了他一个枕头,遂入睡,梦中自己出将入相历尽富贵荣华。一觉醒来,旅店主人所蒸黄粱尚未熟。后世遂以此比喻根本不能实现的虚幻的梦想。但这句诗只是借此说自己酣睡正香。

团。车前健仆飞身跨，马上行人裹饼餐。此去程途无待问，举头便可见长安。

轿车行

朝出青驼桥①，暮宿朵庄市②。仆夫来告余，山路从此始。山中怪石多，当路成壁垒。轮铁响铮铮，石尖露齿齿。铁石相击撞，车轮多转徙③。五里一山头，十里一涧底。如以身在箕④，簸扬作糠秕。岂无精卫鸟⑤，衔填东海水。或有愚公叟⑥，移置他山里。须臾化康庄，光明不谲诡⑦。二者不可得，艰危亦听⑧耳。平生坦此心，遇险如夷履⑨。世路多崎岖，转忧每成喜。所恨驱车人，龌龊唯利视。昨得客十金，包程二百里。本是驽骀⑩材，安能道倍蓰。刍豆虽丰洁，我马已痡⑪矣。叱咤犹未息，鞭笞忽已起。嗟哉双骡纲⑫，力尽不能止。区区犬马心，毋乃亦似此。

---

①青驼桥：地名，在今山东沂南县境。

②朵庄市：地名，在今山东蒙阴县境，毗邻沂南，过此向北即进入蒙山山系。

③转徙（xǐ）：辗转迁移。

④箕（jī）：用竹篾、柳条等编扎成的簸扬谷物糠麸杂质的器具。

⑤精卫鸟：《山海经·五藏山经·北山经》："又北二百里，曰发鸠之山，其上多柘木。有鸟焉，其状如乌，文首、白喙、赤足，名曰'精卫'，其鸣自詨。是炎帝之少女，名曰女娃。女娃游于东海，溺而不返，故为精卫，常衔西山之木石，以堙于东海。"

⑥愚公叟：《列子·汤问》载"太行、王屋二山，方七百里，高万仞，本在冀州之南，河阳之北。北山愚公者，年且九十，面山而居。惩山北之塞，出入之迂也"，"遂率子孙荷担者三夫，叩石垦壤，箕畚运于渤海之尾"。后天帝感其诚，命神将两山背走。

⑦谲（jué）诡：变化多端。

⑧听（tìng）：任凭，由他去。

⑨夷履：走在平地上。夷，平。履，行走。

⑩驽骀（tái）：劣马。

⑪痡（pū）：疲劳而致病。《诗经·周南·卷耳》："陟彼砠矣，我马瘏矣，我仆痡矣，云何吁矣。"

⑫双骡纲：指两头骡子。骡纲，驮载货物的骡队。

和翟家庄[1]壁间韵(八首)

翟家庄题壁八绝,诗笔清妍,书法苍润,末署"仙海"二字。记苏州同官陈司马方瀛[2]字仙海,疑即其人。惟仙海字迹不多见,姑和其韵,俟质之仙海。

同走天涯八月秋,来观壁上墨烟浮。斯人定是元龙[3]辈,意气高于百尺楼[4]。

龙蛇腕底走横斜,诗是苏家字米家[5]。毕竟姓名猜不定,聊将短句学涂鸦[6]。

风尘日月几销磨,得有山看便放歌。要路由来多仄径[7],生平怕向此中过。

轮蹄铁石响玲玲,坐对烟峦倦眼醒。泰岱峰高非独立,四围环绕万山青。

一日驰驱一计程,崎岖原不滞吾行。艰难时事知多少,莫向人间诉

---

①翟家庄:在今山东费县。

②陈司马方瀛:陈方瀛(1838—?),字仙海。浙江海盐人。秀才出身。以通判衔分发江苏,补川沙厅抚民同知。主修《川沙厅志》,著有《思寒斋文钞》《华山半席诗稿》等。

③元龙:指东汉末任广陵太守、伏波将军、东城太守的陈登,登字元龙。这里因方瀛姓陈,且亦有豪气,所以借陈登作比来表明自己的推断。

④百尺楼:《三国志·魏书·张邈传》载,一次刘表、刘备、许汜共谈,许汜谈到以往陈登不尊重自己,他睡大床而让自己睡小床的事,刘备说:"君有国士之名,今天下大乱,帝主失所,望君忧国忘家,有救世之意,而君求田问舍,言无可采,是元龙所讳也,何缘当与君语?如小人,欲卧百尺楼上,卧君于地,何但上下床之间邪?"又说:"若元龙文武胆志,当求之于古耳,造次难得比也。"

⑤"诗是"句:这句诗是说,题在壁上的诗和书法,诗是苏轼风格,书法是米芾风格。

⑥涂鸦:比喻文字、书画作品稚劣。典出唐卢仝《示添丁》诗:"忽来案上翻墨汁,涂抹诗书如老鸦。"

⑦仄径:狭窄不平的小路。

不平。

鸡声唱彻五更寒，帽影欹斜晓据鞍。东望沧溟红日出，豪情欲下钓鳌①竿。

飞瀑悬空练百寻②，无源应笑水蹄涔③。名山自有云龙气，要替苍生慰望霖④。

记得花枝树树栽，春风留荫满苏台。抄将诗稿求吾友，定许相逢一笑来。

附原诗《山行即景八绝》

四时风月最宜秋，况是齐烟九点⑤浮。枫叶满林天欲暮，夕阳红上酒家楼。

叠嶂回环石径斜，两三灯火几人家。天然一幅倪迂⑥画，古水寒山数点鸦。

块垒⑦填胸气未磨，振衣千仞⑧且高歌。下方极目何空阔，要路偏从仄径过。

乱峰堆处石珑玲，欹枕诗成酒乍醒。记得金牛湖⑨上路，一般螺黛⑩向人青。

---

①钓鳌：比喻抱负远大。典出《列子·汤问篇》，天帝使十五只巨鳌六万岁一换，轮番顶戴五座仙山，“而龙伯之国有大人，举足不盈数步而暨五山之所，一钓而连六鳌，合负而趣归其国，灼其骨以数焉。”

②练百寻：练，白色的熟绢。百寻，形容极高极长。

③水蹄涔(cén)：形容水极少。《淮南子·氾论训》：“夫牛蹄之涔，不能生鳣鲔。”高诱注：“涔，雨水也；满牛蹄迹中，言其小也。”

④望霖：久旱后盼望连绵大雨。

⑤齐烟九点：语出唐李贺《梦天》：“遥望齐州九点烟，一泓海水杯中泻。”这里是借用“齐州九点烟”的字面意思，用“齐州”代指山东；用“九点烟”描述傍晚时分炊烟袅袅的景象。

⑥倪迂：倪瓒(1301—1374)，字元镇，号云林子、荆蛮民，亦自号倪迂。江苏无锡人。元末明初著名画家，与黄公望、王蒙、吴镇合称“元四家”，尤擅山水。

⑦块垒：胸中郁结的愁闷或怒气。

⑧振衣千仞：在极高的山冈上整理衣服，抖去灰尘，表示一种高洁的豪情。晋代左思《咏史》其五：“振衣千仞岗，濯足万里流。”

⑨金牛湖：在今南京市六合区，周围多山。

⑩螺黛：又叫“螺子黛”，是古代妇女用来画眉的一种青黑色矿物颜料，后来代指女子的眉毛，再用眉毛比喻山峰。

垂柳丝丝数几程，晓风残月送人行。痴心愿乞巨灵①手，铲尽崎岖路不平。

已敞羊裘未觉寒，晓扶残梦上雕鞍。可容暂向溪头坐，借取鞭丝作钓竿。

不辨仙源何处寻，遥听飞瀑响涔涔。在山泉已清如此，流到人间便作霖。

曾把芙蓉手自栽，罡风②几度阻瑶台③。行踪应被山灵④笑，又向长安道上⑤来。

登泰山绝顶观日（二首）

泰山三十日，高插半空中。险关天门⑥路，雄生海角⑦风。涧云千丈白，晓日一轮红。下听尘寰地，鸡鸣犹未终。

到此真天上，人间罕问程。松贞秦汉寿⑧，烟点鲁齐城⑨。吐纳百灵气，销沉万籁声。众山无自小，得地各成名。

---

①巨灵：传说中劈开华山的河神。干宝《搜神记》："二华之山，本一山也，当河，河水过之而曲行。河神巨灵，以手擘开其上，以足蹈离其下，中分为两，以利河流。"

②罡（gāng）风：高空的强风。这里暗喻外在险恶的环境和势力。

③瑶台：古代传说中神仙居住的地方，暗喻朝廷。

④山灵：班固《东都赋》："山灵护野，属御方神。"李善注："山灵，山神也。"

⑤长安道上：此处一语双关，既指通向京城的路，同时暗指名利场所。五代无名氏《贺圣朝》："长安道上行客，依旧利深名切。"

⑥天门：泰山登山要道处多以天门名之，如中天门、南天门、北天门、西天门等。

⑦海角：泰山以东即为伸入东海的胶州半岛，故云。

⑧"松贞"句：是说山上尚有秦汉时存留下来的坚贞的松树。泰山上有"五大夫松"，相传当年秦始皇曾在松下避雨，念其"护驾"有功，封为"五大夫"，故称。汉武帝亦曾多次登泰山封禅。

⑨"烟点"句：是写山下城郭炊烟袅袅。

黄　河

黄河来曲曲，一气走沧瀛。星宿①探源去，风沙挟地行。浑含尘世界，不谢②浊流名。笑彼沧浪水，涓涓③自取清。

赠吴岺峰④军门

士别看三日，与君况两秋。关河增阅历，裘带想风流。大器成多晚，精钢炼渐柔。藏锋留待用，莫漫试吴钩⑤。

带耕堂遗诗卷四终

门下晚学生程先甲审定编次

孙寿田、寿枢、孝先校刊

---

①星宿（xiù）：即星宿海，在青海省玛多县，旧时人们认为黄河源头在此。

②谢：推辞。

③涓涓：水流细小缓慢的样子。

④吴岺峰：吴殿元，字岺峰。生卒年不详。合肥人。淮军将领，曾任统带，记名提督，署通永镇总兵，大名镇总兵，署天津镇总兵。授勇号"斐凌阿巴图鲁"。

⑤漫试吴钩：漫，随便，轻易。吴钩，钩是一种似剑而弯曲的兵器，春秋时吴人善铸钩，故称；后代指利剑或兵器。

带耕堂遗诗卷五

合肥蒯德模子范

到　京(二首)

万里君门远莫亲,长安今日到才真。惭无科第联同谱①,难得公卿半部民②。报岁梅花新绽雪,倚云楼阁易生春。天街毕竟多宽阔,四海人踪几点尘。

曾挽银河洗甲来③,中兴景运④庆重开。群夸白玉联新笋⑤,谁把黄金筑旧台⑥。入市琉璃光驻月⑦,趋朝轮铁响奔雷。笙歌天上知常有,听到人间第一回。

---

①同谱:指同榜的举人、进士,也就是同年。

②部民:为官所统属的人民。

③"曾挽"句:这句指平定了太平军战乱。典出杜甫《洗兵马》:"安得壮士挽天河,净洗甲兵长不用。"

④中兴景运:中兴,由衰落而重新兴盛。景运,好的时运。

⑤白玉联新笋:用比喻的手法描写汉白玉栏杆。

⑥黄金筑旧台:本句既实写京都建筑的繁华,又巧用了燕昭王筑黄金台招揽人才的典故。

⑦"入市"句:北京宫殿均覆盖琉璃瓦,入夜则映射月光,故云。

染　须

五十伟丈夫，髭须如积霰①。须臾黑生光，乌云起片片。如以漆涂几，如以墨染绢。童仆笑且惊，妻孥见或羡。一朝来九重，幸得君恩眷。谓如美髯公②，单骑来酣战。谓如玉局翁③，文章藻采炫。我亦居不疑，自诩凌云彦④。晓起对镜光，故吾不可见。久假遂不归，后素徒知绚。一笑热场人，都非本来面。

十一月十二日引见⑤（二首）

问夜如何入禁城，楼台风细玉珂⑥鸣。黄扉高敞千官肃，红日初升万象明。

圣主冲龄⑦自神武，天威咫尺正和平。归来漫把朝衣脱，犹有炉香袖底生⑧。

---

①积霰（xiàn）：堆积的冰粒，形容胡须花白。霰，高空水蒸气遇到冷空气凝结成的小冰粒。

②美髯公：后人对关羽的美称。

③玉局翁：指苏轼，他曾任朝奉郎提举成都府玉局观，后遂自称玉局翁。苏轼亦为长须。

④凌云彦：超群出众的人。

⑤十一月十二日引见：十一月十二日即1871年12月23日。引见，古代礼制，皇帝接见下臣、少数民族首领和宾客，由有关大臣引导入见叫作“引见”。清制，京官在五品以下，外官在四品以下，因初次任用或京察、保举、学习期满留用等，均须朝见皇帝一次，文官由吏部，武官由兵部分批引见。

⑥玉珂（kē）：马络头上的装饰物，多为玉制，振动互击则发出清脆之声。这里指宫殿檐角等处的风铃声。

⑦冲龄：年龄幼小。《谥法》：“幼小在位曰‘冲’。”

⑧“犹有”句：这句是说衣服上熏染了御殿香炉散发的香气。

十八日奉旨授夔州府纪恩

有诏初颁墨未干，真除①一纸下朝端。荣分大郡称方面②，得领名山亦巨观。壮不如人臣齿老，去犹恋阙圣恩宽。文翁③雅化今犹昔，愿奉乡贤作好官。

定兴④题壁

昨日西风出帝城，回瞻宫阙不胜情。雪泥北地留新迹，风月南天忆旧盟。壮士荆高⑤成底事⑥，佳人燕赵⑦亦虚声。行行渐觉春将近，一路阳和⑧脚底生。

---

①真除：实授正式官职，有别于权、署等代理性质。

②方面：独当一方军政事务的长官。

③文翁（前187—前110）：名党，字仲翁。安徽舒城人。汉景帝末年为蜀郡守，兴教育，重教化，举贤能，修水利，政绩卓著。为历史上著名循吏。

④定兴：县名，今属河北保定。

⑤荆高：指荆轲、高渐离。荆轲（？—前227），又名庆卿，为燕太子丹客，受命赴秦刺秦王未成被杀。高渐离，燕人，为荆轲好友，善击筑。荆轲赴秦时送行于易水，燕亡后被秦始皇召去为之击筑，后欲以筑击杀秦始皇，不中，被诛。事见《史记·刺客列传》。

⑥底事：何事。

⑦佳人燕赵：见前卷一《送李少荃入都》注。

⑧阳和：春天的暖气。

立春日齐河[1]道中口号

冰霜满地只轮通,芳信传来便不同。万柳一齐舒眉眼,株株东向待春风。

望徂徕[2]

观山来泰岱,一览已无遗。独有斯峰秀,同钟大造[3]奇。突从平地起,不受乱岩欺。远远松犹见,长留岁暮姿。

嶅阳[4]度岁(二首)

佳辰思骨肉,况是值年终。客路无人识,天涯此夕同。乡园千里外,儿女一庭中。应念长途冷,风霜白发翁。

已放驹光去,重逢马齿加[5]。终年常作客,今夕倍思家。旧事填胸起,新春转眼赊[6]。道旁有老树,得气亦开花。

---

①齐河:即山东省齐河县。

②徂徕(cú lái):山名,在山东泰安东南。

③大造:大自然。

④嶅(áo)阳:地名,在今山东省新泰市。

⑤马齿加:马的牙齿随年岁而添换。看马齿可知马的年龄,故人们常以"马齿"作为一种谦词来指自己的年龄。北周庾信《谨赠司寇淮南公诗》:"犹怜马齿进,应念节旄稀。"

⑥赊:空阔,辽阔。唐杨炯《送李庶子致仕还洛》:"原野烟氛匝,关河游望赊。"

元旦[①]早发

弹指光阴五十年，未容事事得争先。祖生[②]此次应输我，鞭着人间第一天。

催　程

此程百二里，向晚未停鞭。莫谓黄昏近，夕阳红上天。

仲兴[③]旅店食馒头特佳，临行店妇人持赠十枚

风霜茅店小，牢九[④]特留宾。团结真元气，蒸成自在春。腴凝云色泽，香酿雪精神。更得殷勤赠，糕思继美人[⑤]。陆游食馒头诗[⑥]："牢九已登盘。"

---

①元旦：为1872年2月9日。

②祖生：指祖逖。《晋书·刘琨传》："与范阳祖逖为友，闻逖被用，与亲故书曰：'吾枕戈待旦，志枭逆虏，常恐祖生先吾著鞭。'其意气相期如此。"

③仲兴：集镇名。民国《泗阳县志》载："众兴，古名河北镇。相传明末刘仲达兴建，名仲兴镇。后刘氏中落，卖与众商，遂改为众兴镇。"旧时通京驿道经此镇，现为泗阳县城。

④牢九：即包子。陆游《与村邻聚饮》："蟹供牢九美，鱼煮脍残香。"自注云："闻人懋德言《饼赋》中所谓'牢九'，今包子也。"

⑤"糕思"句：这句诗的意思是，由此继而想到制作糕点的萧美人，借萧美人作比以表达对店妇人的赞美和感谢。萧美人，乾隆年间著名女糕点师，她制作的糕点得到皇亲国戚的赏识和文人名士的青睐，在江南极负盛名。

⑥食馒头诗：指陆游《食野味包子戏作》诗。古代馒头是有馅的，俗亦称"包子"。

抵金陵(二首)

一自长安去,归来已隔年。衫痕燕市酒,鞭影秣陵烟。芳草有情地,梅花无恙天。更欣两岸柳,与我重周旋。

此夕正元宵,离怀慰寂寥。春回知女健,去时女病。夜读念儿娇。室有芝兰秀,庭来燕雀嚣。一官犹未到,五马已萧萧①。

别江南(七首)

朝天人至自长安,又赋西征蜀道难。回首湖山如画里,潇潇春雨满江干。

征衫才洗海东尘,一领花封五度春。记种浒关千树柳,浓阴留覆往来人。

一麾②初出虎符③新,渐觉官高不近民。终古木兰堂④下路,白公⑤去后更何人。

两载娄东事事宜,邑多君子仗扶持。梅花时节弦歌夜,第一南园系我思。

---

①"五马"句:五马,汉时太守乘坐的车用五匹马驾辕,因代指太守的车驾;这里借指知府的乘舆。萧萧,马鸣声。《诗经·小雅·车攻》:"萧萧马鸣,悠悠旆旌。"

②一麾(huī):出任太守。典出南朝宋颜延之《五君咏·阮始平》:"屡荐不入官,一麾乃出守。"子范公任知府,相当于汉代太守,故用此典。

③虎符:古代皇帝调兵遣将用的信物,铜制,虎形,分左右两半,一半给在外将帅,另一半留存朝廷。这里代指知府印信。

④木兰堂:唐宋时期苏州著名的官员燕游之所,后遭兵燹不存。

⑤白公:指白居易。白居易曾任苏州刺史。子范公曾任苏州知府,故用以自比。

余修王相国南园，移建安道书院，花木竹石极东南园林之胜。

京江险要据山河，表里危城保障多。更有烟波通古港，至今月夜尚渔歌。镇江贼遗外城，临江包山，余重加修整，并开甘露港、浚城河便民。

一曲骊歌酒乍醒，莫愁湖上好楼亭。余请侯相①修莫愁湖成，今同人多于此作饯。怪予此去千峰外，犹觉蒋山②未断青。

茫茫谁与证心源③，得失全凭去后论。万种情怀一江水，白门④流过又吴门。

舟过新堤⑤喜晤蔗农四弟

千里岷江一棹通，天涯兄弟喜相逢。十年吴楚同为客，两地儿孙各作翁。觌面⑥乍惊新发白，回头每忆旧灯红。临行预定归田约，夜月巢湖理钓筒。

入夔境(二首)

两岸旌旗夹道迎，管弦响入晚风清。一官表率堪何事，万里艰难独此行。滩势千军排石阵，峡流三月作秋声。天生门户多奇险，不仅崎岖数

---

①侯相：即曾公国藩。因其官武英殿大学士，封一等毅勇侯，故称。

②蒋山：即南京钟山，又名紫金山。汉末秣陵尉蒋子文逐盗死于此，三国吴孙权为其在此山立庙，并改称“蒋山”。

③证心源：证，验证。心源，佛教认为心为万法之根源，故曰心源。这里是指内心的想法。

④白门：江宁的别称。六朝时都城正南门为宣阳门。《南史·宋纪下·明帝纪》：“宣阳门谓之白门，上以白门不祥，讳之。”后世以“白门”作为此地的别称。

⑤新堤：地名，今为湖北省洪湖市城区。

⑥觌(dí)面：迎面。

陆程。

巫山才过又瞿塘[1],白帝[2]城高夜月凉。得水英雄[3]存大汉,行云神女[4]近荒唐。将培嘉种先除莠,欲济穷黎补种桑。千古少陵夔府句[5],移家合住草堂[6]旁。

途次[7]万县,接三四两儿入泮[8]之信,诗以志感

候馆[9]鸡乱叫,晓月天昏黄。仆夫走告余,有书自故乡。书中竟何语,语语多吉祥。三儿入县学[10],四儿入郡庠[11]。阿兄当其右,阿弟出其旁。吾家

---

①瞿塘:亦作"瞿唐",即瞿塘峡,长江三峡之一,西起奉节县白帝山,东止于巫山县大溪镇。

②白帝:即白帝城,位于奉节县瞿塘峡口长江北岸,为西汉末年割据蜀地的公孙述所建,公孙述自号白帝,故名城为"白帝城"。

③得水英雄:指刘备。《三国志·蜀书·诸葛亮传》载,刘备曾言"孤之有孔明,犹鱼之有水也"。

④行云神女:指巫山神女的传说。战国宋玉《高唐赋》叙述楚怀王游高唐,白天梦见一妇人并爱幸之,妇人辞别时说:"妾在巫山之阳,高丘之阻,旦为朝云,暮为行雨。朝朝暮暮,阳台之下。"

⑤"千古"句:指杜甫《秋兴八首》之二:"夔府孤城落日斜,每依北斗望京华。听猿实下三声泪,奉使虚随八月槎。画省香炉违伏枕,山楼粉堞隐悲笳。请看石上藤罗月,已映洲前芦荻花。"杜甫自号"少陵野老"。

⑥草堂:指杜甫居住的草堂,杜甫晚年曾在夔州生活过近两年时间。这里是在表达自己对杜甫的景仰之情。

⑦途次:旅途中停留住宿。

⑧三四两儿入泮:三四两儿,即宣叔公讳光昭、礼卿公讳光典。入泮,考取秀才入学,参见卷一《送李少荃入都》"芹池春暖"句注。

⑨候馆:接待行旅、宾客的馆舍。

⑩县学:县级官办的供生员读书的学校,童生通过学政主持的院考方可入学,并称为生员。

⑪郡庠(xiáng):即府学,府一级官办的学校。庠,古代的地方性学校称"庠",后泛指学校。科举时代府、州、县均有官办学校,每科录取均各有名额限制,并依名次分配。

二百载，世代重文章。门第不显赫，芹藻自馨香。记我游泮水，有弟相颉颃①。至今三十年，抑久乃忽扬。喜极翻疑梦，思多且感伤。娄东归试日，慈母为促装。儿今幸双捷，母死已三霜。九泉或有知，此事终渺茫。曷若生存日，一笑在高堂。瞬息不稍待，令我空彷徨。肩舆②走蜀道，转觉精力强。

纪　行

上下将万里，往来已一年。程兼山水险，候讶葛裘迁③。齐鲁吴楚地，风霜花鸟天。毋为叹行役④，胜地足流连。

九日偕周成甫⑤戴崇甫⑥登莲花峰⑦（二首）

此处登高去，方称第一高。俯临夔子国⑧，远瞰峡门涛。形势拓诗界，宾朋尽酒豪。只惭无蟹地，未许其持螯。

太守颓乎醉⑨，西风夕照斜。酒酣忘作客，山好欲移家。城郭弹丸小，郊

---

①颉颃（xié háng）：原形容鸟上下翻飞，引申为彼此不相上下。公与四堂弟蔗农公讳德标为同榜秀才。

②肩舆：山轿、滑竿之类由人抬行的代步工具，泛指轿子。

③"候讶"句：这句是说气候变化令人惊讶，朝见时是冬天穿皮裘，现在一路上是夏天穿葛衣。葛衣是用葛的纤维织出来的葛布制成，透气凉爽。

④行役：指因服役、公务而跋涉在外。

⑤周成甫：周焕文，字成甫。江苏吴江人。长期游幕，子范公聘其随任至夔州协助办理刑名、钱粮事务。

⑥戴崇甫：其人未详，或亦为子范公幕客。

⑦莲花峰：此峰位于奉节县北部。

⑧夔子国：古国名，代指夔州。《春秋·僖公二十六年》杜预注："夔，楚同姓国，今建平秭归县。"后被楚所灭。"子"为夔君的封爵。

⑨"太守"句：是用欧阳修《醉翁亭记》"苍颜白发，颓然乎其间者，太守醉也"句以自况。

原乐岁哗。门前池水活，待我种莲花。

听　鸟（四首）

衙斋①静以谧②，转似山林清。众鸟知我寂，朝夕向我鸣。或当春之暖，或喜日之晴。有时音高扬，嘤嘤求友声。有时语琐碎，呢呢诉衷情。去来皆自得，断续亦分明。天地何空阔，樊笼何羁萦。天地为樊笼，万物任游行。寄语畜鸟者，毋为蹙③其生。

去年长安道，马嘶一何骄。今年夔门峡，猿啼复无聊。游子来万里，杜门苦寂寥。忽闻时鸟语，宛转求其曹④。一林仙乐满，如听钧天韶⑤。吁嗟燕雀小，何事终日嚣。自成一家语，于飞各翛翛⑥。愿随鸾凤侣，和声鸣盛朝。

太守本山人，爱听山中鸟。有时不知名，自呼恰了了⑦。镇日高亭坐，为时历昏晓。但觉和且平，入人真不少。既可养耳聪，兼能涤心扰。须臾声渐稀，我吟忽嫋嫋。以此作和歌，余音振林表⑧。

夕阳既西下，众鸟栖以伏。万籁响笙竽，一时倏⑨静穆。扶疏⑩千万树，幽香杂花竹。托止欣得所，时哉随化育⑪。我行且徐徐，不肯惊其宿。明朝

---

①衙斋：衙署内官员居住的地方。

②谧（mì）：安宁。

③蹙（cù）：缩减。

④曹：同类。

⑤钧天韶：天上最美妙的音乐。钧天，天的中央。韶，传说是舜所作的乐曲名。

⑥“于飞”句：于飞，比翼而飞，《诗经·大雅·卷阿》：“凤凰于飞，翙翙其羽。”翛翛（xiāo），自由自在的样子，《庄子·大宗师》：“翛然而往，翛然而来而已矣。”

⑦恰了了：正好自己明白。

⑧林表：林梢，林外。

⑨倏（shū）：极快，忽然。

⑩扶疏：枝叶繁茂，或疏或密，纷披有致的样子。

⑪化育：变化生长和养育。这句诗是说众鸟的生长、活动跟随着时光、自然的变化。

一再鸣，是否前声续。到处有丘隅[①]，毋使鹰鹯[②]逐。

乞　菊(二首)

今年南北复西东，欠种篱边菊几丛。乞取隔墙佳色到，不教孤负[③]此秋风。

霜英露蕊正纷开，一笑高人次第来。点缀闲阶秋烂漫，好花何必定亲栽。

岁暮书怀(二首)

萧萧[④]风雪岁将阑，独立苍茫意未安。五十年华弹指[⑤]易，二千石俸[⑥]问心难。江山到此成天险，裘厦伊谁庇士寒。百万征商何日起[⑦]，黄金来处莫轻看。

酒痕灯影送寒宵，枕上江南梦未消。春雨杏花扬子渡，秋风萍梗[⑧]峡

①丘隅：小山边草木茂盛的地方。《诗经·小雅·绵蛮》："绵蛮黄鸟，止于丘隅。"

②鹰鹯(zhān)：老鹰和鹯。鹯，古代指一种鹞类的猛禽。

③孤负：白白地错过。宋黄机《水龙吟》："恨荼蘼吹尽，樱桃过了，便只恁成孤负。"

④萧萧：既作为象声词描绘风声，又作为形容词描绘雪花的舞动。

⑤弹指：佛学上一种时间单位，这里形容时光流逝极为迅速。佛学典籍《摩诃僧祇律》："一刹那者为一念，二十念为一瞬，二十瞬为一弹指，二十弹指为一罗预，二十罗预为一须臾，一日一夜有三十须臾。"

⑥二千石俸：代指知府的俸禄。二千石，汉代郡守的俸禄标准。

⑦"百万"句：子范公任夔州知府时兼任监督夔渝两关税务，当时两关当有百万税额之定数，然不知定于何时，故云。

⑧萍梗：浮萍断梗，形容漂泊不定。

门①潮。十年作客尘容满，千里怀人草色遥。自喜一官民尚近，闲来犹得话渔樵。

忆江南即用别江南原韵（七首）

一帆风送古云安②，景物江南得大难。春雨满林寒料峭③，天涯有客倚阑干。

焚香扫地净无尘，几点梅花又一春。记否清明城外路，山塘三月踏青人。

吴中佳话遍传新，当代公卿半部民。余《到京》诗有"难得公卿半部民"之句。锦绣湖山膏泽野④，行春曾作旧游人。

佳卉分栽处处宜，雅锄⑤一柄手亲持。荷花世界垂杨岸，怕对斜阳有所思。娄东安道书院、隆福寺等处荷花、杨柳皆余手植。

滔滔东去此江河，秀气南邦特起多。两点金焦扬子渡，登山犹听采莲歌。

官鼓咚咚梦乍醒，振衣直上望华亭。署后有亭名"望华"。遥看芳草郊原外，犹是秦淮两岸青。

万派寰瀛⑥共一源，七千里路⑦远难论。渡江梅柳⑧知多少，分与春光到峡门。

---

①峡门：指夔门，位于瞿塘峡西首入口处，在夔州首邑奉节县白帝城下。

②古云安：即夔州府下辖之云阳县，北周时此地名云安，这里代指夔州。

③料峭：微寒，冷飕飕的。

④膏泽野：被雨水滋润过的土地。膏泽，滋润农作物的好雨。

⑤雅锄：即鸦嘴锄。雅，"鸦"的本字。

⑥万派寰瀛：形容长江水系半天下。派，水的支流。寰瀛，普天之下，四海之内。

⑦七千里路：约指夔州到江苏东部的行程。

⑧渡江梅柳：借用唐杜审言《和晋陵陆丞早春游望》"云霞出海曙，梅柳渡江春"句意。

黄鹂[1] 时闻云贵军务[2]肃清。

呼童莫打柳间鹂，尽着枝头往复啼。盛世已无征戍苦，春归何事梦辽西[3]。

望华亭前杂树遮蔽，余为删除，多植梅柳

日日携锄当种田，芟除芜蔓出新鲜。青山得气春三月，绿叶成阴雨一天。芳信早传夔子国，垂枝低绾峡门烟。他时栏外留浓荫，应否风光已十年。

九弟年逾四十甫[4]生一子，书来，喜赋

千里家书远寄将[5]，开函顿觉喜心狂。一阳暖报萌芽动，儿以冬至后四日

---

①唐金昌绪《春怨》："打起黄莺儿，莫教枝上啼。啼时惊妾梦，不得到辽西。"这首诗反其意而用之，以抒发自己对云贵地区战乱平定的无比喜悦。

②云贵军务：指同治后期平定云南、贵州回民暴动及云南中越边境地区大股土匪武装力量的战事。

③辽西：指战国、秦、汉至南北朝时期的辽西郡，辖地大体在辽河以西，今辽宁省的西部。唐代时为边境地区，唐王朝和契丹等民族在这一地区发生过多次争战。

④甫：才，刚刚。

⑤将(jiāng)：语助词，无义。

生。万卷香留种子良。映月弧悬①门左夜,连云②宅共道南庄。余于是月亦得一孙,故云。他时白发归来日,笑对阶前玉树行③。

登望华亭(八首)

陟磴④穿林日几回,宾朋小集喜追陪。无端翠白⑤浮空起,收取江山到酒杯。

栽花种竹手经营,栏外芳阴绿渐成。第一琉璃新世界⑥,峡门秋月夜三更。

晚凉何处好招寻,坐对花香又月阴。簌簌松风吹不断,高空夜半起龙吟。

披襟小立快当风,老去情怀尚自雄。野鸟忽闻林外语,似怜侬⑦亦白头翁。

苍茫白帝剩孤城,往事空教跃马争。如此江山龙虎气,那容井底一蛙鸣⑧。

---

①弧悬:指生了儿子。古代风俗尚武,生男子则在门左悬挂弧弓。《礼记·内则》:"子生,男子设弧于门左,女子设帨于门右。"

②连云:形容宅第高大众多,直接云霄。唐李白《古风》之二四:"中贵多黄金,连云开甲宅。"这一联是流水对,下句承上句,说两家都"悬弧"了。

③玉树行:比喻长成后的一对叔侄少年。玉树,美玉琢成的树,形容人才干姿貌优美。杜甫《饮中八仙歌》:"宗之潇洒美少年,举觞白眼望青天,皎如玉树临风前。"

④陟磴(zhì dèng):登上石阶。陟,登向高处。磴,石阶。

⑤翠白:指眼前的绿树和白云。

⑥琉璃新世界:琉璃世界,原为佛家所描述的净土,后人则借用其字面意思来形容光影交错、恍若梦境的景色。宋代黄升《酹江月·夜凉》:"冰雪襟怀,琉璃世界,夜气清如许。"

⑦侬:吴方言区人称代词,这里作"我"用。

⑧"那容"句:此处用"井底之蛙"之典。出自《庄子·秋水》:"井蛙不可以语于海者,拘于虚也。"原比喻人见识狭窄,这里比喻僻处一隅的公孙述。

永安宫殿[①]暮烟寒，瀼水[②]东西涌急澜。一样千秋谁占得，武乡祠宇杜诗坛[③]。

巫峰十二画屏开[④]，那有朝云梦楚台[⑤]。笑指渡头迎接处，新携桃叶过江来[⑥]。

吴门小别已三年，风景依稀在眼前。每值登高频怅望，江南二月杏花天。

仆女吟 乡谚谓婢亦曰仆

生男赁[⑦]作佣，生女卖作仆。作佣有时归，作仆永不复。犹是父母心，胡为弃不鞠[⑧]。上天不降康[⑨]，零落田中谷。一米如一珠，万钱才一斛。饔飧[⑩]已不继，旦夕且谋续。有女十二龄，鬻钱可籴粟。携女出门去，但云往戚属。母避不忍送，泪滴血盈掬[⑪]。女哭不肯行，伤心坠幽谷。托生寄天地，无知非草木。生长贫贱家，役使富贵族。富贵人多骄，詈骂继鞭扑。身无完肌肤，

---

①永安宫殿：《蜀地记》："永安宫在夔州府治东，今之府学也。先主为陆逊所败，还至白帝，建此，即诸葛亮受遗命处。"夔州府治在奉节县城。

②瀼（ráng）水：山间通向长江的河流。陆游《入蜀记》："土人谓山间之流通江者曰瀼。"

③"武乡"句：指诸葛亮的功业和杜甫的诗歌地位。诸葛亮封武乡侯。白帝城建有武侯祠；杜甫在夔州生活期间亦留下诗歌多篇。

④"巫峰"句：这句诗是说巫山十二峰风光美丽有如展开的画屏。

⑤朝云梦楚台：即巫山神女事。

⑥"笑指"二句：这两句诗用王献之与爱妾桃叶的故事来描述水边渡口迎娶新妇的场面。南京秦淮河有古渡口名"桃叶渡"。东晋王献之写有一首《桃叶歌》："桃叶复桃叶，渡江不用楫。但渡无所苦，我自迎接汝。"

⑦赁（lìn）：到人家做佣工。

⑧鞠：养育。

⑨降康：降下康宁和丰收。《诗经·商颂·烈祖》："自天降康，丰年穰穰。"

⑩饔飧（yōng sūn）：早饭和晚饭。

⑪掬：量词，一捧。

体无完衣服。毒楚将谁诉,举目无骨肉。天下无告民①,不仅孤寡独。顾此蚩蚩氓②,谁非父母育。愿告买仆者,驱遣毋太酷。吟诗备采风③,使者倘入蜀。

哭九弟

天涯惟一弟,汝死便全无。骨肉悲多故,风尘剩老夫。孤儿方在抱,将伯更谁呼④。况值吾衰日,余生病与俱。

赠吕扉青直牧⑤即以送别

我自江南来蜀东,见子瞿塘波浪中。修眉⑥阔额气如虹,一语便觉两心同。即今共事才两纪⑦,君务严明我益喜。火烈由来民鲜死⑧,安得天下皆

①无告民:有疾苦无处诉说得不到帮助的百姓。

②蚩蚩氓:敦厚老实的百姓。

③采风:古代称民歌为“风”,因称搜集民间歌谣为“采风”。《汉书·艺文志》:“故古有采诗之官,王者所以观风俗,知得失,自考正也。”采诗之官又称为采风使。

④“将伯”句:将来靠谁来帮助他呢?典出《诗经·小雅·正月》:“将伯助予。”毛传:“将,请也;伯,长也。”孔颖达疏:“请长者助我。”

⑤吕扉青直牧:吕辉,字扉青。河南永城人。咸丰十一年(1861)拔贡,朝考知县。曾任四川冕宁、奉节知县,直隶州知州,候选道,河南濮阳明道书院山长。著有《笃实堂文集》。直牧,直隶州知州的别称。

⑥修眉:长眉。

⑦两纪:两年。《后汉书·郅恽传》:“显表纪世,图录豫设。”李善注:“纪,年也。”

⑧“火烈”句:见前《乡市行》注。

吾子。桃花水暖浪拍天，锦江①一棹何时旋。文章之伯诗酒仙②，服膺常觉心拳拳③。亲舍团圞④春正好，游子归来今尚早。及时努力加餐饱⑤，驱车直向长安道。长安天子坐朝端，望见天颜色喜欢。但得郡县皆好官，何愁寰宇不平安。君亲见罢百事足，推转征轮还入蜀。龚黄千古贤民牧，吾子勉之其无俗。

正月十九日大女来

自别春江上，须眉又不同。省亲万里外，望尔两年中。先一年来，次年方到。吾岁今周甲⑥，天涯尚转蓬⑦。旅怀多寂寞，来伴话泥鸿⑧。

忆昔行 赠柘农四弟兼讯归田之期

忆昔读书家塾中，与子朝夕笔砚同。姜家大被谢池草⑨，联吟照彻夜灯红。十五初学制章句，二十同游泮水宫。少年意气凌九州，一战再战白门⑩

①锦江：水名，流经成都，是岷江的主要支流。这句诗是问他何时由成都乘船北上。

②“文章”句：文章之伯，称文章出众的人。诗酒仙，李白诗歌风格豪放恣肆，后人称其为诗仙，又因好酒善饮被称为酒仙。这里是称誉他的诗歌和个性类似李白。

③拳拳：佩服人诚恳深切。

④亲舍团圞：亲舍，亲戚子弟。团圞，团聚。

⑤“及时”句：借用《古诗十九首·行行重行行》“弃捐勿复道，努力加餐饭”下句来表示劝勉。

⑥周甲：古代干支纪年以甲子为始，六十年满一周，故六十岁称周甲。

⑦转蓬：风中转动着的蓬草，比喻人漂泊不定。

⑧泥鸿：雪泥鸿爪的略语，这里指自己离家为官的经历和事迹。

⑨“姜家”句：此句用典见前卷四《送诸子归试》注。

⑩白门：江宁的别称。

秋。子撷①桂花香满头，我犹滞迹山之陬。淮南烟雨蓟北雪，两人从此多离别。十载京华几去留，一泓淝水自清绝。桂林鼙鼓压江城②，皖公山上草木惊③。请联袍泽④修矛戟，纵横戎马一书生。羽檄⑤纷驰入京洛⑥，闻道故乡尽风鹤⑦。三千里外游子归，匆匆又秉顿丘铎⑧。顿丘归来事日非，江淮大局不可支。坠地马惊折骨死，焚巢鸟散逐云飞⑨。伤心不尽河梁梦，携手同行雨雪霏⑩。水底蛟龙多险恶，夜深防有波浪作⑪。故人海上拥旄旄⑫，来向山中招燕雀。燕雀高飞逐队行，春雨秋风万里程。客邸酒杯官局烛，机云⑬异地居同屋。一屋同居三载中，雪泥海澨⑭看飞鸿。君去苏台返沪渎⑮，我从茂苑莅娄东。秋水相思开画舫，春城小住纡⑯花骢。阊门城外送君归，酒

---

①撷（xié）：摘取。摘取桂花即“折桂”之意，是比喻蔗农公得以中举。

②“桂林”句：桂林鼙鼓，指广西太平军的部队。江城，指安庆。

③“皖公”句：皖公山，安徽潜山县天柱山的别称；这里代指江淮地区。草木惊，比喻人心惊恐不定；典出《晋书·苻坚载记》：“坚与苻融登城而望王师，见部阵齐整，将士精锐；又北望八公山上草木，皆类人形，顾谓融曰：‘此亦劲敌也，何谓少乎？’怃然有惧色。”

④袍泽：军队中的同事。典出《诗经·秦风·无衣》：“岂曰无衣？与子同袍。”“岂曰无衣？与子同泽。”这里的“请联袍泽”是子范公叙述自己主动组织团练，与将士为伍。

⑤羽檄（xí）：传告军情的公文则插上鸟羽表示紧急，故称“羽檄”。檄，古代的一种公文。

⑥京洛：原为京都洛阳的简称，后泛指京都。

⑦风鹤：即“风声鹤唳”的略语，形容高度紧张，惊慌失措。典出《晋书·谢玄传》：苻坚在淝水战败后，“余众弃甲宵遁，闻风声鹤唳，皆以为王师已至”。

⑧秉顿丘铎：指蔗农公担任浚县的教官。河南浚县在汉至北魏时为顿丘县，故以之代称。

⑨“坠地”二句：描述自己在战事中遇到的凶险，以及家遭火焚，老小为避寇乱漂泊流离的景况。

⑩雪霏：雨雪纷飞的样子。

⑪“水底”二句：礼卿公《事略》记：“粤寇闻府君名，屡来大索，群不逞之徒复阴相倾结，欲得府君而甘心，常夜卧数易其处。”这两句诗即以形象的比喻来写这些往事。

⑫拥旄旄（máo）：担任主帅。旄旄，军中用以指挥的旗子。旄是在竿头上装饰有牦牛尾和彩色鸟羽的一种旗子；旄则单用牦牛尾。故人指李文忠公。下句“燕雀”则为公自谦之喻。

⑬机云：指晋代陆机、陆云兄弟，这里作兄弟的代称。

⑭海澨（shì）：海边。澨，水边。这句同时用了“雪泥鸿爪”的典故，说在濒海的上海、娄东又留下我们的足迹。

⑮沪渎：古水名，今为黄浦江下游。代指上海。

⑯纡：系结。这两句诗是写兄弟二人在此期间的往还和深情。

盏诗瓢①照落晖。黄叶村村家渐近,扁舟一棹叩柴扉。亲葬那复问家室,重检行装驱车出。鹦鹉洲前春草长,黄鹤楼头江水阔②。吴天楚地各分游,我滞江南君湖北。才辞金焦两点秋,又看秣陵千里月。秣陵西望长安市,去向长安见天子。近臣传说天颜喜,授我大郡巴巫③里。巴巫下接楚江流,与子相见江上楼。江边白蘋④照人愁,酒阑离思各悠悠。自从此别又三霜,白发新添愈老苍。连宵风雨梦一床,绵绵直与江水长。楚江皖江一苇杭⑤,归田应待话耕桑。巢湖之曲蜀山阳,何时徜徉于吾乡。

马驴行⑥

东家有一马,主人控之意闲雅⑦。西家有一驴,朝来踯躅临交衢。马性调良⑧气肃穆,长途独抱千里足,久在沙场善驰逐。驴性蹇劣气嚣张,平途得得任翱翔,一当险峻走且僵。绿杨棚下草萋萋,马驴争食驴怒啼。驴怒不止双举蹄,马若不知惟长嘶,驴已气馁首为低。吁嗟驴马本同槽,慎勿轻怒仰天号。

---

①诗瓢:存放诗稿的器具。典出宋计有功《唐诗纪事·唐球》:"球居蜀之味江山,方外之士也。为诗捻稿为圆,纳入大瓢中。"这里代指赋诗。

②"鹦鹉"二句:这两句诗是说蔗农公来到武昌为官。公时任湖北布政使。鹦鹉洲、黄鹤楼均在武汉。

③巴巫:指四川的巴山、巫山。

④白蘋:一种叶片漂浮在水面的植物,秋季开白花,常被作为一种意象用来寄寓遊子之愁。宋程颢《题淮南寺》:"南去北来休便休,白蘋吹尽楚江秋。道人不是悲秋客,一任晚山相对愁。"

⑤"楚江"句:《诗经·卫风·河广》:"谁谓河广,一苇杭之。"一苇,一支芦苇;或解为一束芦苇。杭,同"航"。这里是说从蔗农公任职的武昌到老家合肥,坐船就可以一直到了。

⑥此诗当是讥刺官场中小人不自量力而争于名利也。

⑦闲雅:安详高雅。

⑧调良:驯服善良。

开元寺听鹂

绵蛮[1]正值日迟迟，几度针砭俗耳移[2]。未占上林[3]先暖地，偶迁乔木最高枝。百般宛转随人动，一种和平入世宜。自喜此身常得所，丘隅托止总能知。

六十自寿（四首）

不求成佛不求仙，屈指光阴自算年。射策虚抛秋九十[4]，从军那惜路三千。高寒桂影摇无定[5]，烂漫花枝种自妍。谓作宰。昭谏[6]若非逢相士，几教误尽此青毡[7]。

---

①绵蛮：《诗经·小雅·绵蛮》："绵蛮黄鸟，止于丘隅。"朱熹认为"绵蛮"是鸟鸣声，此处即用此说。

②"几度"句：这句诗是说，耳边一天几次那种庸俗的说是道非的声音没有了，听到的是悦耳的鸟鸣声。

③上林：即上林苑，为秦始皇所建汉武帝扩建的一座规模宏大的皇家园林。

④秋九十：犹言三秋时光，秋季为九十天。清陆费墀《碧梧红杏山房诗钞·都门觐旋归途纪事》："草草光阴秋九十，匆匆行旅路三千。"

⑤"高寒"句：是说参加乡试"蟾宫折桂"并非易事。

⑥昭谏：唐代诗人罗隐的字。据宋陶岳《五代史补》记载，罗隐恃才傲物，六次参加科举考试不第。长安有罗尊者，精于相术，罗隐前往请教，尊者说，你一直把科第看得最重，即使考为第一也不过只任县里的簿尉，如放弃科举回故乡吴越国谋取官职，一定会获得富贵。罗隐于是投奔吴越王钱镠，大为其重视，后任节度判官、盐铁发运使、著作郎等职。

⑦青毡：比喻穷困生活。

升斗微糈①薄宦成，高堂未及奏陔笙②。风摧棣萼③春难再，月暗芦帘夜不明。无分公卿期子到④，有根兰竹庆孙生。老夫幸自兵戈出，又见寰区颂太平。

自从襆被⑤去乡关，鞅掌⑥风尘鬓已斑。千顷汪洋黄叔度⑦，一官潇洒白香山⑧。东观沧海穷三岛，西领巫峰控百蛮。笑问杖乡⑨从此始，天涯何事不归还。

重阳节近客登楼，萸菊⑩香浓四座收。巨谷高山供笑傲，闲花野草任勾留。悬来日月成双照，征到诗文第一流。巴舞渝歌同乐意，愿开寿域⑪与民游。

---

①微糈（xǔ）：很少的俸禄。糈，粮饷，代指俸禄。

②"高堂"句：这句是说太公、太夫人已仙逝，自己未能陪他们饮酒听乐以娱亲。陔（gāi），即古乐章《陔夏》，在饮宴终了时奏之。《仪礼·乡饮酒礼》："宾出奏《陔》。"

③棣（dì）萼：比喻兄弟。

④"无分"句：是说公卿之位我是无分的了，希望儿子们能到这一步。

⑤襆（pú）被：用包袱裹束衣被，意为整理行装。襆，包袱。

⑥鞅掌：职事繁忙。《诗经·小雅·北山》："或栖迟偃仰，或王事鞅掌。"

⑦黄叔度：黄宪（75—122），字叔度。东汉著名贤士。河南正阳人。以学行见重于时，当时的大名士郭泰称赞他的才学、器量说："叔度汪汪如千顷陂，澄之不清，淆之不浊，不可量也。"

⑧白香山：即白居易，他被贬后不以得失为虑，恬然自处，性喜闲适。这两句诗是公自许之词。

⑨杖乡：六旬老人的代称。《礼记·王制》："六十杖于乡。"杖于乡，拄杖行走乡里。

⑩萸菊：茱萸和菊花。

⑪寿域：指充满仁爱，人人得尽天年的太平盛世。《汉书·礼乐志》："驱一世之民，跻之仁寿之域。"

夔城告竣，诗以纪之　时甲戌三月①也

庚午夏六月②，夔城圮于水。自东迤③西流，万丈波涛里。亦越岁壬申④，三年大役起。辍工待我来，踌躇曷能已。万金为之倡，六邑供臂指⑤。乃召土均⑥至，咨汝勤其始。相厥凹凸形，其绳直如矢。乃召林衡⑦至，咨汝庀杞梓⑧。沙砾地不实，桩排束笋似。乃召山虞⑨至，咨汝成壁垒。凿石东洋滩，险化如夷履。众工罗堂下，诺诺复唯唯。督之以官司⑩，参之以耆士⑪。旌麾⑫间行列，金鼓节起止。即此兴作役，亦寓军中纪。一盘筑一堤，盘盘相积累。积累跻其巅，磐石甃其底。下视俯江流，上视瞰城轨⑬。风雨驯蛟龙，斧斤泣神鬼。众力亟成之，巨工告竣矣。粤⑭自经营初，迄今未两载。江水日东注，滔滔终不改。坚城屹然立，夔门逸可待。巴渝百万家，控制动万里。某年某月日，作诗以志喜。

---

①甲戌三月：即同治十三年三月，公历为1874年4、5月间。

②庚午夏六月：即同治九年七月，公历为1870年7月。

③迤：从高处向低处倾斜延伸。

④越岁壬申：越岁，后年。壬申，1872年。

⑤臂指：比喻指挥灵便。

⑥土均：古代官名，这里指负责测量土地的人。《周礼·地官·司徒》："土均，掌平土地之政，以均地守，以均地事，以均地贡。"

⑦林衡：同为古官名，这里指负责采伐林木的人。《周礼·地官·司徒》："林衡，掌巡林麓之禁令而平其守，以时计林麓而赏罚之。"

⑧庀（pí）杞梓：庀，准备。杞，杞柳，其枝条柔韧，可用来编筐或编栅栏。梓，梓树，可用作建筑木材。杞梓，代指筑城用的各种木材。

⑨山虞：古官名。《周礼·地官·司徒》："山虞，掌山林之政令。"这里代指负责采办石料筑城的人。

⑩官司：官员。

⑪耆士：有声望的老者和士绅。

⑫旌麾：旗帜。

⑬城轨：城上的道路。

⑭粤：发语词，无意义。

碛盐行

上有白盐山，下有碛盐水。山高犹见巅，水浑不见底。美利自天生，任民取求耳。商曰疲我岸①，讦告②肆谲诡。民曰绝我生，狥利③轻一死。商民两执争，衅隙百端起。煌煌④封禁文，厉禁谁敢弛。我无管子⑤才，亦有陶朱⑥计。权衡妙转移，锱铢⑦耻较比。载运出峡门，咫尺楚疆里。纳厘纾⑧民困，国课亦足矣。私贩化为官，吾民色然喜。年年十月冬，农事已告止。穷檐⑨千万家，藉此谋生理。老幼相提携，男妇共奔徙。井水静不波，喷吐源泉似。吸取把军持⑩，挹注⑪良不已。万灶火腾红，千山云结紫。漉沙便成

---

①岸：销盐的引岸。

②讦(jié)告：举出对方的罪错进行控告。

③狥利：为了利益不顾性命。狥，通“殉”。

④煌煌：光亮夺目。

⑤管子：管仲(约前723—前645)，名夷吾，字仲，谥敬，后人尊称管子。安徽颍上人。春秋时期著名的思想家、政治家、军事家和经济学家，辅佐齐桓公成为春秋五霸之一。在担任齐相期间推行了一系列重要的经济政策，在他所著的《管子》中包含了丰富的具有真知灼见的经济思想。

⑥陶朱：范蠡(前536—前448)，字少伯，自号陶朱公。河南淅川人。春秋末著名的政治家、军事家、经济学家。为越国大夫时辅佐越王勾践复国，灭吴后隐去。极善理财，退隐后三次经商致富又三散家财。后世尊其为“商圣”“财神”。

⑦锱铢：比喻钱数很少。古代重量单位中六铢等于一锱，四锱等于一两。这里是说自己为此事贴补的厘金、水脚等费用。

⑧纾(shū)：缓解。

⑨穷檐：破陋的房子，比喻穷困的人家。

⑩把军持：由军队把持，即派出士兵加以控制，维持秩序。

⑪挹(yì)注：挹，盛出液体。注，倒出液体。指百姓吸取卤水倒入容器的过程。

珠①,熬波学煮海②。霜雪满滩头,色白味逾③美。须臾输之官,青钱④手中在。但使釜生烟,不忧厨无米。吾民终岁勤,所获不及此。作此短歌行,为告厂大使⑤。

文峰书院落成喜赋(二首)

文翁遗泽最清芬,化蜀曾传重典坟⑥。在昔已开小齐鲁⑦,至今犹忆古渊云⑧。天垂轸宿⑨光分野⑩,地接巴流曲作文。多士幸生形胜域,莫教孤陋愧多闻。

---

①"漉沙"句:是说反复淘洗砂子也会把砂子磨成圆珠,形容熬盐时间的漫长。

②煮海:古代神话传说有"张羽煮海"的故事,元李好古据以写成杂剧《张生煮海》,梗概为张羽与东海龙王三女儿琼莲互生爱慕,约定中秋夜相会。至期,龙王阻挠,琼莲无法赴约。张羽得到仙人所赠铁勺、银锅、金钱,用勺舀海水放锅内与金钱同煮,大海之水不断减少,龙王不得已将张羽召至龙宫,与琼莲婚配。这里用来比喻熬盐。

③逾:通"愈",更加。

④青钱:即青铜钱,其质地为铜、铅、锡合金,泛青色,故称。

⑤厂大使:指当地掌管盐场的主官。

⑥典坟:三坟五典的省称。孔安国《尚书正义·尚书序》:"伏羲、神农、黄帝之书,谓之'三坟',言大道也。少昊、颛顼、高辛、唐、虞之书,谓之'五典',言常道也。"代指各种古代文籍。这两句诗参见前《十八日奉旨授夔州府纪恩》"文翁"注。

⑦小齐鲁:《汉书·文翁传》载,文翁在蜀地为振兴文风,设学官,选郡县吏到京师学习,"蜀地学于京师者比齐鲁焉"。

⑧渊云:西汉四川人王褒和扬雄的并称。汉班固《西都赋》:"秦汉之所极观,渊云之所颂叹。"王褒(前90—前51),字子渊。四川资阳人。宣帝时任谏大夫,著名辞赋家。扬雄(前53—18),字子云。四川郫县人。成帝时任给事黄门郎,王莽时任大夫。著名学者,辞赋家,著有《方言》《法言》《太玄》等重要著作。这两句诗是称誉汉代蜀地文风之盛。

⑨轸宿(zhěn xiù):二十八宿之一,南方朱雀七宿之末宿。

⑩分野:古代天文学说中认为天上的星辰与地上的州、国是相对应的,星辰的变化预示地上自然、人事的变化,其中一种方法是把二十八宿配以地面十二州。这种对应关系,对天上的星辰来说叫"分星",对地面来说叫"分野"。夔州在轸宿分野之内。

此邦游览足称雄，多少名流作寓公①。三峡滩头传日记②，十贤堂③上数行踪。鹅湖鹿洞④俱陈迹，时雨春风有化工⑤。咫尺六州⑥归教授⑦，铎音⑧振处总能通。

带耕堂遗诗卷五终

门下晚学生程先甲审定编次

孙寿田、寿枢、孝先校刊

---

①寓公：客居外乡的官僚。

②“三峡”句：指的是陆游《入蜀记》，这是一篇日记体的纪行文字。陆游于南宋孝宗乾道五年(1169)授夔州通判，所记自浙江山阴启行始，至经三峡抵达夔州止。

③十贤堂：在奉节白帝城，供奉着杜甫、李白、白居易、刘禹锡、苏轼、范成大、陆游、王十朋、傅作楫、张朝墉十位诗人。他们都在夔州一带留下了许多著名诗篇。这两句诗是写夔地人文之盛。

④鹅湖鹿洞：指位于江西上饶铅山县鹅湖山麓的鹅湖书院和位于江西庐山五老峰南麓的白鹿洞书院，两所书院均为古代江西四大书院之一。

⑤“时雨”句：是说建成后的文峰书院能够像春风时雨一样培育造就学子。化工，大自然创造孕育万物的能力。

⑥六州：指当时夔州府下辖的奉节、巫山、云阳、万县、开县、大宁六县。

⑦教授：指府学教授。六县学子统归夔州府学教授管理。

⑧铎音：指教官宣示教令时的摇铃声。

跋

诗贵质实。修辞,立诚之旨也。故人不为诗则已,为则必本其无邪之思①,以达其欲言之志②,俾后之读是诗者,反复吟咏,感发兴起于不容已。诗顾不重乎?

蒯公诗集若干卷,皆其生平所阅历,胸中所积蓄,政事、性情一一见之于言。求其一篇一什③为拟某、代某作者之诗,盖亦难矣!夫士不得志于时,咿唔④朝夕,手⑤汉魏唐宋以来专家,规摩仿效,推敲声韵,掇拾绪余⑥,遂诩⑦骎骎⑧乎入古作家之室而识者鄙之,讥其依傍门户⑨,空言无实也。石石丈不云乎,诗以道性情,攘取他人之性情私为己有,廉耻道丧矣⑩!又或学殖浅

---

①无邪之思:指修辞真诚,思想纯正。语出《论语·为政》:"子曰:'《诗》三百,一言以蔽之,曰:思无邪。'"

②欲言之志:想要表达的真实的思想感情。《尚书·舜典》:"诗言志,歌永言,声依永,律和声。"

③一篇一什:意为任何一篇诗章。什,《诗》的《雅》《颂》部分以十篇诗编为一卷,叫作"什",如《生民之什》《臣工之什》,后以"什"作篇、章的代称。

④咿唔:象声词,形容读书声。

⑤手:这里用作动词,意为手持、手捧。

⑥绪余:本意为抽丝后留在蚕茧上的残丝,借指事物的残余部分或主体之外的零散部分。这里指被前人忽视遗漏的地方。

⑦诩(xǔ):自夸。

⑧骎骎:本义是形容马跑得很快,引申为逐步接近、达到。

⑨依傍门户:依附效法某一诗歌流派。

⑩"石石丈"四句:这一段话出自清潘德舆《养一斋诗话》,原文为:"吾乡石石丈论诗云:'今之作者,不附于琅琊、北地,则附于公安、竟陵。诗以位置性情,攘取他人之性情而私为己有,尚得谓之有廉耻乎!'"

荡[①],襟怀鄙俚,既无得于古人,抑亦搦管吮墨[②],搜枯责有[③],支离者之弊庸愈于涂泽者之为耶[④]?

蒯公少能文,于书无所不读。释褐筮仕[⑤],所在著政声,千古传人岂藉辞章表见[⑥]。就其所为诗,则皆生平阅历,胸所积蓄,并其政事性情一一见之于言,俾读者有所感发兴起,质实之辞,无戾[⑦]无邪之旨矣!

光绪乙亥[⑧]暮春,万县刘家谟[⑨]拜读谨识。

---

①学殖浅荡:学殖,原指学问的积累增进,泛指学业、学问。浅荡,浅薄而缺乏根基。

②搦(nuò)管吮(shǔn)墨:形容未下笔前进行构思的样子。搦管,拿着毛笔。吮墨,将笔毫伸进嘴里用唾液润湿,古代人写字时常有此举。

③搜枯责有:胸无才学,勉强拼凑。搜枯,即成语搜索枯肠的略语,形容人才思不足艰难思考之状。

④"支离"句:意思是说,一首诗内容和文字东拼西凑没有完整性,这种情况难道比着意修饰文辞的就好些吗?支离,零散、杂乱。庸愈于,难道好于。庸,表示疑问的副词。涂泽,涂饰,刻意修饰。

⑤释褐筮仕:开始当官。释褐,脱去百姓的衣服,指当官。褐,粗毛、粗麻织成的短衣,为百姓所穿。筮仕,见卷三《题〈三侠图〉》注。

⑥表见:表现,彰显。

⑦无戾:没有那些乖张暴烈的东西。儒家强调诗歌应"温柔敦厚",所谓"无戾"指的就是符合这一诗教。

⑧光绪乙亥:即光绪元年(1875)。

⑨刘家谟:生卒年未详,字纪三,一作经三。重庆万县人。同治六年(1867)乡试解元。长于经学、史学,曾主讲万川、云阳、文峰各书院。诗宗盛唐,书法篆刻负盛名。著有《汉印临存》《蠢忍轩诗存》。

跋

顾炎武①氏曰:“文之不可绝于天地间者,曰明道也,纪政事也,察民隐也,乐道人之善也。”②煦谓,诗亦何莫不然。比世之为诗者,奥衍③以为博,绮靡以为丽,在志则荡,在风④则浮而夸,皆无当于诗之旨也。公诗直出胸臆,不事雕饰仿效,浩浩落落而自合乎明道、纪政事、察民隐、乐道人善之旨,使后之人知公之志与其所施于政而为风⑤者,其不可绝于天地间,断断勿疑。岂必与蕉萃⑥专壹之士絜声病修短⑦哉!

乙亥清明⑧金坛冯煦再拜书后。

---

①顾炎武(1613—1682):字忠清、宁人,自署蒋山佣,学者尊称亭林先生。江苏昆山人。明诸生,曾任南明朝廷兵部司务,入清坚拒不仕。他是明末清初杰出的思想家、经学家、史地学家和音韵学家,与黄宗羲、王夫之并称为明末清初“三大儒”。著有《日知录》《天下郡国利病书》《肇域志》《音学五书》《金石文字记》《亭林诗文集》等。

②“文之”五句:出自《日知录》卷十九。

③奥衍:本意为文章内容精深博大。《新唐书·韩愈传》:“其《原道》《原性》《师说》等数十篇,皆奥衍闳深,与孟轲、扬雄相表里而佐佑《六经》云。”这里当指刻意用僻词、僻典来故作深奥宏博。

④风:风格。

⑤风:代指诗。“风”为《诗经》中的“十五国风”。这类诗歌大多采自民间,较多地反映了人民大众的生活,子范公的诗具备了这一特点,所以作者在这里特以“风”来代指诗。

⑥蕉萃:指浅陋低下的人。《左传》成公九年引《诗》曰:“虽有姬姜,无弃蕉萃。”杜预注:“蕉萃,陋贱之人。”

⑦絜声病修短:絜,衡量、比较。声病,诗歌在用字的声调、音韵上有固定形式要求,不合要求的叫作声病。修短,长短。

⑧乙亥清明:即1875年4月5日。

后　记

先大父中议公[①]生平政绩已详载《碑》《传》《事略》。其著述已刊者,《带耕堂四书文》《吴中判牍》《蚕桑实济》《验方杂录》。未刊者,诗集、文集、杂著、日记、自治官书。其著而未就者《梨洲学案草略》。惟以诸未刊稿本丛杂,未遑整理,暂庋[②]藏书室中。藏书室者,中议公所经营缔构[③]也。吾家世好藏书,至中议公已六世。洪杨之乱[④],旧籍荡然。中议公官江南,乃悉心购置,上自宋元版本,下逮有明以来名镌精刻[⑤],无不毕备。其室大厦十余间,忆幼时偕四兄、六弟启扃[⑥]检书,每潜匿于书橱相距之间,以为笑乐。洎[⑦]光绪庚寅四月八日[⑧]居宅不戒于火,而藏书室广厦及百数十万卷书籍悉为灰烬。寿枢年甫十四,扶掖先君营救,卒未扑灭。而中议公遗著及先叔父通籍[⑨]前所注《礼记》稿本,同付焚如,此至堪痛惜者也。幸中议公遗诗以先叔父携至京师,独巍然获存。今先叔父长逝亦已二十载矣。寿枢念人事之靡常[⑩],感沧桑之屡易,大惧溘先朝露[⑪],即此劫遗之诗卷亦终就散佚,则罪

①先大父中议公:先大父,逝去的祖父。子范公封中议大夫,中议公为尊称。

②庋(guǐ):置放器物的架子。这里用作动词,放在书架上。

③缔构:建造。

④洪杨之乱:指太平军之乱。洪杨,洪秀全、杨秀清。

⑤名镌精刻:著名的、精良的刻本。

⑥四兄、六弟启扃(jiōng):四兄为先畴公,六弟为先辂公。启扃,开门。扃,从外面关门用的门闩。

⑦洎(jì):到,及。

⑧光绪庚寅四月八日:即1890年5月26日。

⑨先叔父通籍前:先叔父,指礼卿公。通籍,朝中有了名籍,即开始为官。

⑩靡常:无常。

⑪大惧溘先朝露:见前《事略》注。

戾滋重。爰①恳请吾师程一夔先生矜予②审定编次，授之剞人③，并识数语以告后昆④云。

中华民国十八年岁次己巳四月⑤孙寿枢谨识。

①爰：于是。
②矜（jīn）予：爱惜并予以。
③剞人：雕刻书版的刻工。
④后昆：后世子孙。
⑤己巳四月：即1929年5月。

带耕堂诗文补遗

合肥蒯德模子范

题南京莫愁湖胜棋楼联①

来游凡几，不提防瓦砾场空，回思画意重重，白酒黄花浑一梦；

报最②何从，且整顿湖山名胜，留取泥痕点点，残棋剩粉③亦千秋。

莫愁湖，金陵胜境，相传为卢家故址④。迨明中山王围棋赌胜，因以名楼。后之人两悬其像，亦思古之幽情也。余曩者⑤时一登临，经乱毁于火。庚午秋，来权郡篆，旧地重经，殊有今昔之慨。因念山川景物，实兴废之象，所见端为⑥，请上宪一仍其旧以建之。

---

①辑自民国胡君复编《古今联语汇选(一)》(西苑出版社2002年1月版13页)。此为公重建胜棋楼时于竣工日所题。标题为文铮所加。

②报最：指古代长官对下属官员进行考核后，将定为优秀等级“最”的人的名单呈报朝廷。公此前考核被定为“最”。

③残棋剩粉：分别代指徐达胜棋和莫愁女故事的遗迹。剩粉，女子粉妆用后所剩。

④卢家故址：见卷四《重修莫愁湖》注。

⑤曩(nǎng)者：往日。

⑥端为：正是如此。

挽曾文正公联①

公今与皋夔望散②同游,緊古元勋齐俯首③;
我正溯江汉沱潜④而上,每经遗垒⑤辄伤心。

改建平江书院并祀文丞相石像记⑥

同治甲子⑦之岁,德模承乏⑧长洲。时距苏城克服甫⑨半载,井邑萧条,民人之流亡者率未归乡土。余维⑩为政之道,首在兴学校、崇祀典,纪纲既正,而后百废可次第举也。

郡城故有平江书院,为府县课士⑪地,旧屋毁于贼,无复存者。城之东北

---

①辑自梁勤主编《曾国藩身后评说》(远方出版社,2005年版112页)。标题为文铮所加。

②皋夔望散:指尧舜和周文武时的四大贤臣。皋,即皋陶(yáo),是虞舜时刑官,中国司法鼻祖。夔是虞舜时乐官,主理乐舞。望,指吕望,即姜子牙,辅佐周文王、武王建立周朝。散,指散宜生,西周开国功臣,"文王四友"之一。

③"緊(yī)古"句:古代的名臣在你面前都低头示敬。緊,语助词,相当于"惟"。

④江汉沱潜:指长江、湖北的汉水、四川的沱江以及古代的潜水(郑玄认为即嘉陵江)。曾文正公逝世时,子范公正在由水路赴夔州知府任途中。

⑤遗垒:旧时的营垒。指曾公曾经驻扎的地方。

⑥辑自光绪九年刊本《苏州府志》卷二十五。此记作于同治六年(1867)。

⑦同治甲子:即同治三年(1864)。

⑧承乏:继承空缺的职位,担任官职的谦词。

⑨甫:刚刚。

⑩维:思考。

⑪课士:考核士子学业。

隅遗伪府[①]一所,屋宇称完整。其左为文丞相祠,丞相曾知平江路[②],故世祀于此。今其祠亦毁,石像露立丛莽中,无一椽之庇,皆官斯土者不得辞其责也。乃知元和县事陶守廉[③]、知吴县事张保衡[④]牒之大吏,即其地请咨[⑤]改建平江书院,并移祀信国[⑥]石像于其后楹,德模等捐廉助工。而后士之一月两课、讲习有所焉;先贤之灵爽[⑦]有凭,享祀不忒[⑧]焉。抑[⑨]余闻课士者课其文章,复将课其行谊也。孝弟之行修之其家,威仪进退之容、衣服冠裳之盛,登斯堂也,秩秩然[⑩],彬彬然[⑪],将于是乎在[⑫]。而况瞻先贤之遗像,肃然起敬,有不敛其傲慢之气、嚣陵[⑬]之状者,岂复成为士也哉?

昔信国微时[⑭],尝瞻文庙庭庑,喟然曰:"为人须做到此极至地位。"至国朝道光间,公果从祀两庑[⑮]。由此观之,不惟不以科名重,而并不以功业重。读圣贤书,所学何事?立志既坚,越数百年犹将酬之,此公所以昭然如日星河岳,德模等愿与多士共勉之者也。

讲舍之后有隙地数亩,异日者人文蔚起,更改而张之,得于其间雍容弦

①伪府:指太平军官员的府邸。

②知平江路:官名,为平江路的最高长官。知,主管;路,宋代的行政区划,相当于现在的省一级。宋元时期,苏州名平江。

③陶守廉:见卷二《和元和陶肖农见赠原韵》注。

④张保衡,号任庵。生卒年未详。安徽全椒人。道光三十年(1850)进士。咸丰年间曾任奉天知县,同治四年八月任吴县知县,后曾任丹阳知县。

⑤请咨:发出咨文请求。

⑥信国:信国公的略称,信国公为文天祥的封爵。

⑦灵爽:神灵,神明。

⑧不忒:不违时间。

⑨抑:发语词,无义。

⑩秩秩然:很有秩序的样子。《荀子·仲尼》:"贵贱长少秩秩焉,莫不从桓公而贵敬之。"杨倞注:"秩秩,顺序之貌。"

⑪彬彬然:文雅而有礼的样子。

⑫将于是乎在:将存在于其中。

⑬嚣陵:言行浮华。

⑭微时:卑微而未显达的时候。

⑮两庑:指孔庙大成殿东西两侧的房子,为供奉先贤先儒的地方。

歌，睹文物声明①之盛，则继起者事，德模更有望焉，跂足②以待矣。

既落成，陶、张两君属余记之，因为述其颠末③，与夫有望于多士、有待于后人者具著于篇。若夫轩楹之位置、庭宇之广狭，规模未备弗详④也。

①声明：声教文明。
②跂足：踮起脚。
③颠末：本末，始末。
④弗详：不作详述。

韦白周况四公祠记[①]

同治六年，太岁在丁卯[②]，秋八月，韦、白、周[③]、况四公祠成，余落之[④]慨然曰："嗟乎！德之系民，岂不惟其人哉！"凡莅官者知自好[⑤]，皆自以能利吾民。登古贤之堂，谓吾庶[⑥]将从之，而好者[⑦]至谓无愧，吾见亦众矣。

汉以来治吴者庸可枚举[⑧]？落落然独四公系吴民思，抑何欤？盖韦公自宋有祠，国朝复立之。白公则祀自国朝。周公故有二祠，并圮，后改建焉。况公祠亦然。余官于是，承兵燹后谋复旧祠，以散祀不如合之之慰民思，且便事也。爰请于上台，买民居尝为贼踞而营造逾制者改为之。躬任鸠督[⑨]，其修改与庀器[⑩]，悉以俸廉赡其费役[⑪]。

今竣，余维周公、况公德于吴，今犹能言之，韦、白两公，吴民莫能言其德，世远而失之与？然祀之至今，是必深有系焉。且吏之有声者，得请诸朝，祀于学宫，四公既皆然矣，更别为祠，一再不已，异他有声者。夫莅官者，不至是不可谓德。设不并志于是[⑫]，则君子耻之，以为非德类矣，吾能无惧乎

---

①辑自《苏州府志》卷三十七"坛庙祠宇二"。

②太岁在丁卯：太岁，古代天文学假设的星名，与木星相应，它围绕太阳公转一周为十二年，古人用来纪年。又把它和十二地支相对应，再配上天干，即与干支纪年相一致。同治六年按干支纪年法即为丁卯年。

③即周忱。见卷三《将去苏州谒况公祠》"周中丞"注。

④落之：监督落成。

⑤自好(hào)：自爱，自重。

⑥吾庶：我们这些人。庶，众。

⑦而好者：而能自好的人。《府志》原本"而"为"面"字，于意不通，当为误刻，故改之。

⑧庸可枚举：怎么能一一列举？庸可，何可。庸，疑问副词，何。

⑨鸠督：召集工匠，监督建造。鸠，聚集。

⑩庀器：备办器物。

⑪"悉以"句：都是我用自己的俸钱和养廉银来供给置办器物的费用和人工费。

⑫"设不"句：假如不把韦、白与周、况并行表彰在这里。不并，《府志》原本作"并不"，于意不当，当为颠倒误刻，改之。

哉？或曰："两公名高，是以祀。"夫非德何名？两公之德于吴，决与周、况同，余敢为吴民信之，盖于其系人心也信之矣。商瞿[1]、梁鳣[2]以降，至于汉儒所为经之传，故今率无传，学宫祀之，莫敢废也。且泰伯[3]、季札[4]之德于吴者，又可追乎哉？余感于四公之系吴民者久也，故道其合祀之意如此。

韦公祠，明知府胡缵宗[5]尝亲书其主[6]。白公祠，则嘉庆初知府任兆炯[7]建，有记。周公祠，乾隆间巡抚陈大受[8]尝改建。诸祠虽亡，尝有事焉者，不可没也，并记之。

合肥蒯德模撰。

---

①商瞿（前522—?）：字子木。春秋末年鲁国人。孔门七十二贤之一，深于《易》。从祀于孔庙。

②梁鳣（shàn 前522—?）：字叔鱼。春秋末齐国人。同为孔门七十二贤之一，从祀于孔庙。

③泰伯（约前1165—前1074）：又称吴太伯，姬姓，古公亶父长子，周文王姬昌伯父。因古公亶父有意传位于三子季历再传至姬昌，泰伯和二弟仲雍遂避让迁居今江苏一带，带去了中原文明和农耕文化，大大推进了吴地的发展，受当地人拥戴建国勾吴，成为古吴国第一代君主，东吴文化之祖。孔子论之曰："泰伯，其可谓至德也已矣！三以天下让，民无得而称焉。"

④季札（前576—前484）：姬姓。因封于延陵故又称延陵季子。春秋时吴王寿梦第四子，因一再避让王位受时人崇敬。历史上南方第一位儒学大师，著名的政治家和外交家，文艺评论家。贤明博学，德行高尚，重礼仪、讲诚信。是吴国文化中丰碑式人物。

⑤胡缵宗（1480—1560）：字孝思、世甫，号可泉、鸟鼠山人。甘肃秦安县人。明代学者、诗人、书法家。武宗正德三年（1508）进士，曾任安庆、苏州知府，山东、河南巡抚，右副都御史。为官爱民礼士，革弊政、省徭役、兴水利、奖农桑。著有《胡氏诗识》《鸟鼠山人集》《苏州府志》《秦州志》等。

⑥书其主：为韦公祠书写韦应物牌位。

⑦任兆炯：字晓林。生卒年不详。山东聊城人，乾隆四十五年（1780）举人。清乾隆、嘉庆间曾任江苏南汇及宝应知县、扬州知府、海州直隶州知州、苏州知府。

⑧陈大受（1702—1751）：字占咸，号可斋，谥文肃。湖南祁东人。雍正十一年（1733）进士。后曾官安徽、江苏、福建巡抚，兵部、吏部尚书，协办大学士，军机处行走，晋太子太傅，直隶、两广总督。著有《陈文肃奏议》。

《自怡悦斋诗存》序[1]

王君紫垣[2]与余同里闬[3]，长余数岁，为人倜傥有侠骨，文亦清俊拔俗。及长，与之游，甚相得。粤匪之乱，延及乡关，与余团[4]乡勇，助官军克复定远、合肥诸城。壬戌[5]秋，余将之沪上，约紫垣与偕。既而病，不果行。甲子[6]，余摄长洲篆，紫垣来吴，旋应周海舲[7]军门之聘佐幕豫省[8]。去年春，倦游旋里[9]，余招之来署。询其生平所作诗、古文辞皆散佚，行箧[10]中惟近作诗词若干首。发而读之，大都忧时慷慨，据事直书，无谀词、无刻论[11]，洵堪为采风者之一助。今年夏，将以老病告归，留之不获。请刊其诗词以饰归装，紫垣力辞。余固弗忍其湮没不彰，无以慰至友之老怀也。为次第[12]之，凡诗百二十余首，词四十余阕。

夫论诗者，动云格律，而性灵往往不属[13]。君有所枨触，横臆[14]而出，性灵既挚，格律自高，斯则紫垣之诗也夫。

---

①辑自南京图书馆所藏《自怡悦斋诗存》同治七年原刊本。

②王君紫垣：即王映薇，见《带耕堂遗诗》卷三《送王紫垣归里》注。

③里闬(hàn)：乡里。闬，里巷的门。

④团：聚集，组织。

⑤壬戌：即同治元年(1862)。

⑥甲子：即同治三年(1864)。

⑦周海舲：周盛波(1830—1888)，字海舲，谥刚敏。安徽肥西人。淮军“盛字营”缔造者。以平定太平军、捻军军功历官副将、甘肃凉州镇总兵、湖南提督。赐勇号福龄阿巴图鲁。

⑧佐幕豫省：到河南担任周盛波的幕客。

⑨倦游旋里：在外游幕感到疲倦而返回家乡。

⑩行箧：在外旅行用的箱子。

⑪刻论：苛刻、偏激的言论。

⑫次第：整理编辑。

⑬不属：不在其中。

⑭横臆：充满胸中。

同治七年戊辰[1]秋八月，合肥蒯德模书于苏州郡斋。

①同治七年戊辰：即 1868 年。

《引痘集要》序[①]

自后汉时痘证[②]流入中国，遂为小儿一大关键。后世始有以鼻苗种痘[③]者，虽行之数百年，而夷险间出[④]，甚者无异天行[⑤]。嘉庆初，泰西夷医[⑥]以引种牛痘法流传中国，于是粤东西靡不翕然[⑦]效其术，既而风行海内。江以北家喻户晓，人习知之，江南则无问焉，亦无有信之者。

同治二年，苏垣克复，今伯相吾乡李公[⑧]设局于省城，数年之间，鲜有以痘夭者，南人始习知有牛痘矣。泾川查君怡庭[⑨]，世其业者也。今年春，余权太仓州篆，设局城中，延[⑩]主其事，保全婴孩无论千百计。查君复悯时人之忽于引种也，辨明痘前痘后诸证，引用儿科各方，并补绘三关[⑪]、耳纹等图，辑为《引痘集要》一书。原本南海邱氏[⑫]，参以己意，视当涂黄氏之书[⑬]为详尽。书成以示于余。余继天下安危之境，人人知所趋避，以牛痘之履险如夷，不崇朝[⑭]而奏功，顾犹有疑之忌之者，何世人暗而不悟耶？余乐是书之简而明

---

①辑自严世芸主编《中国医籍通考》第3卷。

②痘证：即天花。

③鼻苗种痘：此法以棉花蘸上患者痘浆涂入接种对象鼻孔以种痘。

④夷险间出：有时平安有时危险不能确定。

⑤天行：自然传染。

⑥泰西夷医：西方的外国医生。

⑦翕(xī)然：相同一致。

⑧伯相吾乡李公：即李文忠公。详见前《事略》“伯相李公”注。

⑨泾川查君怡庭：泾川，安徽泾县泾溪的别称。查道伦，生卒年不详，字怡庭。安徽泾县查济人。曾官盐课司提举衔江苏候补通判。

⑩延：延聘。

⑪三关：即风关、气关、命关，指食指从虎口起各关节之间及指尖的三个部位，可根据其颜色、沉浮来诊断小儿疾病。

⑫南海邱氏：邱熹，字浩川。广东南海人。为牛痘术在中国的最早传播者之一。著有《引痘略》。

⑬当涂黄氏之书：指安徽当涂黄氏一门所刊行的关于种痘的医书，具体书名不详。

⑭不崇朝：同“不终朝”，不到一个早晨，形容时间很短。

也，捐廉付之剞劂①，并上之大宪通饬各属，以广其传。庶几人习其术，户有其书，集天下婴孩共登仁寿之域，是则余之所厚望也夫！是亦查君著书之意也夫！

同治九年岁次上章敦牂之陬月上浣日②，淝水蒯德模子范甫③识于娄东官舍。

①剞劂(jī jué)：原指刻镂的刀具，引申为刻印书籍。

②同治九年岁次上章敦牂之陬月上浣日：同治九年为1870年，庚午年。岁次，指岁星所值的星次与其干支。上章敦牂，太岁纪年法中名称之一，对应干支纪年法为庚午。陬月，农历正月的别称。上浣，上旬。

③甫：用于男子表字后的美称，亦作“父”。

《陆陈二先生文钞》序[1]

娄东为人文渊薮，宋元而降，代有闻人。前明嘉、隆[2]之际，东南坛坫，海内之士首屈指娄东，至西铭张氏之复社[3]而极矣。而当时陆、陈、江、盛[4]四先生讲道于荒江寂寞之滨，闭户潜修，一洗靡丽声华之习而正学复明于世。其流风余韵，予尝慨焉慕之。

戊辰[5]之秋，来摄州篆，幸至四先生之乡，往往问诸父老，访其遗迹，为之低徊[6]不能去。昔陈先生有安道书院毁于兵燹，予因改建于南园，购置经史及小学[7]、《近思录》[8]等书，遴诸生肄业其中。城东有陆先生桴亭[9]遗址，拟筑之以还旧观，会去任不果。叶征君涵溪向有《陆陈二先生文钞》，至是出以眎予[10]。予反复[11]其文，虽二先生之道学、经济[12]未易窥其底蕴，然见之于讲

①辑自原刊本扫描版。

②嘉、隆：指明世宗朱厚熜嘉靖年间（1522—1566）和穆宗朱载垕隆庆年间（1567—1572）。

③西铭张氏之复社：张溥（1602—1641），字乾度、天如，号西铭。江苏太仓人。明晚期学者、文学家。崇祯四年（1631）进士，改庶吉士。著有《七录斋集》，辑有《汉魏六朝百三家集》。他曾与郡中名士结文社，名为复社，后有各地成员三千余人。该社主张"兴复古学，将使异日者务为有用"，并积极参加当时的政治斗争，在晚明政治生活中具有很大影响。

④陆、陈、江、盛：即陆世仪、陈瑚、江士韶和盛敬。陆、江、盛均见卷三《南园安道书院落成》注，陈瑚见卷首《事略》"陈安道"注。

⑤戊辰：即同治七年（1868）。

⑥低徊：徘徊，流连。

⑦小学：指文字学、训诂学、音韵学方面的书籍。

⑧《近思录》：这本书为朱熹、吕祖谦辑录周敦颐、张载、程颢、程颐等人著作内容600余条而成，是他们的理学思想和读经方法的集中体现。

⑨桴亭：陆世仪在住处建亭一座，名曰"桴亭"。

⑩眎予：让我看。眎，同"视"，用作使动词。

⑪反复：反复阅读。

⑫经济：经世济民的道理。

贯①,形之于纪叙,其于世道之隆污②,人心学术之邪正,析之极其精而辨之极其详,盖其忧世之心至深而发而为言,亦无非载道③之文也。其论为学功夫次序,尤足以兴起后学,是不可以不显于世。爰捐廉俸付之枣梨④以广其传。二先生著述甚富,零编断简皆可宝贵,当次第刊而布之,然则是编之刻,犹其嚆矢⑤焉尔。

同治九年孟秋⑥之月,合肥后学蒯德模题于太仓州之廨舍⑦。

---

①讲贯:讲解经义的文章。

②隆污:原意为高低,引申为盛衰。污,这里指脏水坑。

③载道:表述儒家的思想、道理。

④付之枣梨:交付刊刻。枣梨,刻书用的枣木、梨木板材。

⑤嚆矢:响箭。因发射时其声先于箭而到,比喻事物的开端。嚆(hāo),呼叫。

⑥同治九年孟秋:即1870年8月。孟秋,秋季的第一个月,农历的七月。

⑦廨(xiè)舍:官署,办公处所。

《蚕桑实济》序[①]

我朝以郡为府，以郡守为知府者，盖寓耳提面命、发聩震聋之意焉。何以言之？曰“知府”云者，应知阖府政事，有裨于民者增之，无益于民者去之而已。第[②]人心不同，风土各异，数千里外之人，足迹未经之地，骤膺[③]职守，其政事从何而知之？曰：十室之邑，必有忠信；一郡之广，自有贤者。先与郡之贤者讲求治理，或师焉，或友焉，何患不知其政事哉！

余守此服官[④]有年矣。辛未[⑤]仲冬，奉命守夔，晤[⑥]夔人之官京师者，辄询在籍绅耆孰贤，佥[⑦]以万邑陈缉庵[⑧]先生对。壬申[⑨]春来蜀，道出彝陵[⑩]，晤夔人之官楚者问之，其对如故。入夔接见僚属暨诸父老又问之，其对仍如故。心窃景仰而又疑焉。经万谒先生于万川书院，先生道德光华粹面盎背[⑪]，乃知先生学养有素，诚中形外，而称者非虚语也。咨以地方利弊，民生疾苦，政事得失，先生洞悉体要[⑫]，剖析如流。益叹先生学有本源，体用兼备，而称者未尽其所能也。既及蚕桑，先生曰：“是亦有裨于民，应增之一事也。

---

①辑自复旦大学图书馆所藏《蚕桑实济》同治十一年原刊本。

②第：只是。

③骤膺：很快担任。

④服官：着服为官。

⑤辛未：即同治十年(1871)。

⑥晤：遇到，会见。

⑦佥：都。

⑧陈缉庵：陈光熙，号缉庵。生卒年不详。四川万县人。道光二十三年(1843)乡试副榜，后以保卫乡里之功保知县，同治元年举孝廉方正。曾任凤山、文峰、莲峰、万川书院主讲，《万县志》分纂。精医术。

⑨壬申：即同治十一年(1872)。

⑩彝陵：地名，今湖北宜昌市夷陵区，清代改夷陵为彝陵。

⑪粹面盎背：面色润泽，背部充盈。形容仁德之人修养到家的模样。典出《孟子·尽心上》：“君子所性，仁义礼智根于心，其生色也，睟然见于面，盎于背，施于四体，四体不言而喻。”粹，通“睟(suì)”，润泽的样子。

⑫体要：大体和要领。

蜀民本知蚕桑,成、保、顺、嘉①诸郡皆有成效,独夔未之行,或行而未广。蚕桑成法具在,惜无举行者。”余因请先生采辑群书,折衷至当,自成一编,而以提倡董劝②为己任。先生曰:“善。”

迨余下车匝月③,先生邮寄《蚕桑实济》一书,详加披阅,其于树桑育蚕诸法至详且备,亟付剞劂。行属④按法举办,是又在贤有司实力奉行,鼓舞而振兴之。庶几先生之书利溥⑤且长也。是为序。

同治壬申秋八月,江左⑥蒯德模子范题于古云安官署。

---

①成、保、顺、嘉:指清代四川的成都府、保宁府、顺庆府、嘉定府。

②董劝:督导劝勉。

③匝月:满一个月。

④行属:颁行各属。

⑤溥(pǔ):普遍。

⑥江左:即江东,指长江下游以东地区。子范公因久宦于江苏,故用以自称。

重修镇江内外城记[①]

江南滨江大郡有三：曰常州，曰镇江，曰江宁。常州地居腹里，离江滨远。江宁龙盘虎踞，虽濒江而并不依江为固。惟镇江雄峙江左，对临瓜步[②]，金、焦夹据于中流，运河环绕于隍[③]外，于陆为全吴之门户，于水为长江之锁钥。《易》曰：王公设险，以固其国[④]。此其地也。且考古之设城于是者，为南徐，为润州，为京口[⑤]。孙吴建城为铁瓮[⑥]，李唐建夹城[⑦]又筑罗城[⑧]。揆[⑨]其形势必临江怀山，以为凭险之固。厥后前城均废，有明就故址修造，历城周十三里，附郭[⑩]之瓦子、北固二山皆兀立城外。登山俯瞰，城垣反出其下，城中人烟井灶历历可数。加以沧桑递变，临江一带涨成平陆，城犹是而江愈远，向之凭以为固者全失其势矣。粤逆之踞守是城也，乃西傍运河，北依江干，另筑外城，仍与内城毗连，瓦子、北固二山围筑城中，俨然以山为城，长江运河为池，其后粮尽自溃，非我军所能攻拔也。至庚申之变[⑪]，江省全陷而镇江独存者，实赖外城沿江屏蔽，我军凭城守御，逆无驻足之所，舟师亦不能泊岸，相率敛避以去而城赖以安。则外城之险要更倍内城，是其明证矣。

---

①辑自《续修丹徒县志·艺文二》。此记碑刻现嵌于镇江北固山公园多景楼下之长廊内。

②瓜步：洲名，即瓜洲。在今扬州市邗江区南端，长江北岸。

③隍：没有水的护城壕。

④“王公”句：出自《易·坎》，原文为“王公设险，以守其国”。

⑤今镇江在南朝宋称为南徐，隋朝改称润州。东汉末孙权时此地名京口。

⑥铁瓮：见卷四《登北固山》“铁瓮”注。

⑦夹城：中间为通道，两边筑高墙的城。

⑧罗城：围绕夹城外的大城。

⑨揆（kuí）：度，权衡。

⑩附郭：近城的郊外。

⑪庚申之变：指1860年英法联军占领北京，烧毁圆明园，咸丰皇帝逃往承德避暑山庄之事。这一年，李秀成第二次击破清军江南大营并攻下江苏多地。

余于庚午[①]之秋权守是邦，正值津门洋务方棘，江防紧要，毅然有兴修城垣之志。登高眺远，窃以为瓦子、北固二山不为我有，则镇城断不可守。贼之添筑外城也，据长江、包二山增天堑之奇险，补前规之未备，此诚形势之自然，兵家之要害，守斯土者不可不知也。因具牍备陈形势利害于大府，请修内城而以兼修外城为重。大府允其请，乃延缙绅、召殷实集资，鸠工分司[②]，画界稽其勤惰而赏罚之。工甫半[③]，余调守江宁。时宰丹徒者为会稽汪君坤厚[④]，按规踵[⑤]修，益励乃事。并以余力开甘露港，使商贾有停泊之所，浚城河通舟楫便民，计四阅月而告成，共输金[⑥]钱一万七千余缗[⑦]。

是役也，余未亲见是城之成。辛未秋由宁赴苏，道出京口，舟中遥望，见夫雉堞[⑧]巩固，雄镇东南，有俯视一气之概，而江中洋船往来皆啧啧称叹。晚泊河干，夕阳既下，星月满江，渔歌缭绕，与戍楼鼓响应不绝。因喟然叹曰：此汪君之功也，地方士庶之力也。余方以未终厥事为憾，今既幸大功之告成，益喜初志之克慰也，因援笔而为之记。

同治十三年岁次甲戌[⑨]仲秋，三品衔补用道、四川夔州府知府，前署江苏镇江府事，合肥蒯德模撰并书[⑩]。

---

①庚午：即同治九年(1870)。

②鸠工分司：聚集工匠，分派任务。

③甫半：刚刚进行一半。

④汪君坤厚：汪坤厚，字渔坨。生卒年不详。浙江萧山人。监生。曾任署江阴、丹徒知县，娄县知县。主修有《娄县续志》。

⑤踵：继续。

⑥输金：指收到的捐送的钱。

⑦缗：本指古代穿铜钱用的绳子，后代指一串钱。一串钱即一贯，一千个钱。

⑧雉堞(zhì dié)：城墙上端朝外一侧供守城士兵掩护用的矮墙，又称为女墙。

⑨同治十三年岁次甲戌：即1874年。

⑩本段据碑刻增补。

城工碑记[①]

同治十有一年[②],岁壬申,德模自江南入觐天子,奉简命[③]来典夔郡。泛舟荆襄,溯巫峡、瞿唐而上,舣[④]夔门信宿[⑤]。朝暾[⑥]出,沿岸人声千万作,嘈杂喧阗[⑦],不可辨听。舳舻帆樯[⑧],栉比林立[⑨]无隙际。日甫暝,丝竹讴歌起水上,与滟滪石[⑩]、瀼水[⑪]东西风浪撞击相应答。灯火照耀数十里,达旦明不绝,洵[⑫]川东巨郡也。顾无城,人家支柱架屋于沙土峭削间,顾视欹侧,岌岌若将坠者。

时雅州守徐公署其篆[⑬],告予以九年夏大水泛涨,城没洪波巨浪中过五

---

①辑自奉节县志编纂委员会印行光绪十九年《奉节县志》第282页。

②同治十有一年:即1872年。

③简命:选派任命。

④舣(yǐ):船靠岸。

⑤信宿:连住两夜。《左传·庄公三年》:"凡师一宿为舍,再宿为信,过信为次。"

⑥朝暾(tūn):早晨明亮的阳光。

⑦喧阗(tián):声音闹哄哄的。

⑧舳舻(zhú lú)帆樯(qiáng):指各种船只。舳舻,舳,船后把舵的地方。舻,船前把桨的地方。代指船只。樯,挂帆的桅杆。

⑨栉(zhì)比林立:形容船只极多。栉,梳篦一类用具的总称;栉比,像梳篦的齿那样紧密排列。

⑩滟滪石:又叫作滟滪堆,是奉节县东长江瞿塘峡口的一座礁石。

⑪瀼水:见卷五《登望华亭》注。

⑫洵(xún):确实,实在。

⑬时雅州守徐公署其篆:当时雅州知府徐公代理夔州知府事。徐景轼(1827—?),字肖坡。安徽歙县人。咸丰六年(1856)进士。曾任军机章京,雅州、成都知府,湖广道监察御史。著有《草心阁诗存》。

丈，临江一面，崩塌倾陷无完址。前守鲍公①上之制府吴公②，奏请修筑。檄太守彭公名湜③、观察钟公昌勤④后先估计，议协役兴，功未半已财殚力痡矣，愿缓之以俟能者。随谒大府，亦谆谆以城工谕。

莅任视事，进首令⑤暨六邑官绅筹之，而知其难矣。夫兴役必资夫财，筑城必有其基。蜀遭蓝、李、石逆乱⑥，频年大水为灾，派滇、黔、陕、甘援饷无虚岁，民力尽，安所得资。且城濒江，时撄⑦水患，沙石荡啮⑧，日迤下⑨，筑旋圮。有以"种树捍堤"之法进者，亦需时日，难效。往余尝督修镇江、江宁郡城矣，而因地制宜又未可拘于成法。噫！吾知其难矣。夫城又未可以其难而遂置之也。

夔据吴楚之上游，辟川蜀之门户，常则关榷商贾为国计之取资；脱有意外虞⑩，西守剑阁、东守夔门，实成都、巴、渝所倚重，则夔安可不城。德模筹之熟矣，非规划周详，实心任事，奚有成？捐万金倡，请大府覆奏⑪益其资，牒六县官绅协助之，数月巨款具。度地势高下，陂⑫者平之，凹者增之，屹立欹

---

①鲍公：鲍康（1810—1881），字子年，号观古阁主人。安徽歙县人。道光十九年（1839）举人，曾官内阁中书、夔州知府。古钱币收藏家，著有《泉说》《续泉说》各一卷。

②制府吴公：制府，制台，即总督。吴棠（1813—1876），字仲宣，号棣华，谥勤惠。安徽明光人。道光十五年（1835）举人。晚清名臣之一，官至闽浙总督、四川总督、署成都将军。著有《望三益斋诗文钞》《望三益斋存稿》。

③彭公名湜（shí）：彭名湜，生卒年不详，字鸿川。湖南岳阳人。曾任四川营山、成都知县，马边同知，潼川知府，卒于川东道任上。

④钟公昌勤：钟昌勤（1808—?），字志清，号崇轩。湖南平江人。道光三十年（1850）进士。一直在四川为官，曾任东乡知县、宁远知府兼学政，后任道员兼盐运使。

⑤首令：指首邑奉节县令。

⑥蓝、李、石逆乱：分别指在咸丰后期至同治早期这一段时间，以蓝朝鼎、李永和为首领，起始于云南后掠杀于四川多地的暴乱，以及太平军石达开部四进四川的战乱。

⑦撄（yīng）：原意为接触、触犯，引申为遭遇。

⑧荡啮（niè）：意为在波浪的冲刷下，沙石筑成的城墙被不断剥蚀。啮，本意为啃咬，引申为侵蚀。

⑨日迤下：一天天向下倾斜坍塌。

⑩脱有意外虞：假如有意外发生。脱，假定副词，假如，或许。虞，意料，遇到。

⑪覆奏：详细审核考虑再上奏朝廷。

⑫陂（bì）：倾斜的地方。

斜者堡卫之[1]。植杉木土中,密如蓖,深丈余,以五层石约束积累而上。按军中行伍法布署成功,设十棚,树旗。棚有长,督以官绅;旗有率,总以力役。取东洋庙矶险滩巨石,鸠良工匠于属邑。俾亲信司管钥、节度支,而日与首令暨绅耆周巡抚视。畚者、锸者、运载者、操作捍筑者,齐力合作,歌呼杂沓[2],椎凿丁丁然,喧嚣聒耳。督役者亦持筹握算[3],手口指划,伫立江干[4],历寒暑无倦容。阅数月,规模备,逾年功竣。

是役也,起壬申九月,明年十二月讫事。城高若干尺,计雉堞垛口[5]若干有奇,甃垩[6]冶铁若干,石费白镪[7]若干万两,邪广若干丈。工成日,崇墉[8]巍峙,敌楼[9]翼起,女墙围护周匝,坚固壁立。凭栏遥瞩,赤甲白盐[10]相向若犄角[11],而八阵石碛[12]、铁柱溪[13]俱归控制。令人昂头天外,作拱卫神京想。士民负郭列廛[14]而居,商舶官舫停止其下,无不欢忻忭舞[15],矫首[16]游观。

余惟天下事之废兴成毁,不可得而知也。人诚因利乘便,继长增高,历

---

①"屹立"句:对那些倾斜但没倒的原城墙,则紧靠着建起城堡来挡住撑住。堡,用作动词。

②杂沓:纷杂繁多。

③持筹握算:拿着计算工具对工程进行计量测算。筹,刻上数字用于计算的竹片。算,投壶游戏用以记胜负之数的竹筹。

④江干:江畔。

⑤垛口:女墙之上向下的开口,供士兵刺射攻城之敌用。

⑥甃垩(è):甃,原意为以砖石砌物,这里指砌城用的砖石料。垩,白土,也指泥土。

⑦白镪(qiǎng):白银的别称。

⑧崇墉:高墙。

⑨敌楼:城墙上观敌御敌的城楼,也叫谯楼。

⑩赤甲白盐:赤甲,即赤甲山,今称鸡公山,位于瞿塘峡西口北岸,土石皆赤,故称。白盐,即白盐山,今称桃子山,位于瞿塘峡中段北岸,色如白盐,故名之。

⑪犄(jī)角:犄,同"掎",拖住腿。角,作动词用,抓住角。《左传·襄公十四年》:"譬如捕鹿,晋人角之,诸戎掎之。"后世称互相呼应牵制或夹击敌人为掎角。

⑫八阵石碛:八阵图所在的沙石滩。相传诸葛亮入川时,曾在奉节城东鱼复浦聚石为堆,设置石阵,曰八阵图。

⑬铁柱溪:位于长江北岸瞿塘峡西口的一条入江支流。

⑭负郭列廛(chán):靠近城墙建成的一排排房子。郭,古代指外城,这里指城墙;负郭,背靠城墙。廛,古代城市里百姓的住房。

⑮欢忻忭(biàn)舞:高兴得手舞足蹈。忻,同"欣"。忭,喜悦,高兴。

⑯矫首:抬起头。

数千纪而有基无坏，则虽谓公孙白帝之经营、武乡侯永安宫之旧治①，至今存可也。否则善作不必②善成，图始而无以继其后，风雨所剥蚀，波涛所濆薄③，即金城百雉④，宏杰诡丽，坚强而不可动摇者，积久而亦化丘墟瓦砾之场，而不可识其仿佛⑤，而况于此城与？夫城之恃以不敝者，固大有在，而不可听诸天时、人事之自为消息乘除⑥也。所以记其事，并以告后之抚有是城者⑦。

①“则虽”二句：均见前《登望华亭》注。

②必：确保。

③濆(pēn)薄：波浪冲激。濆，涌起的高浪。

④雉：古代计算城墙面积的单位，长三丈高一丈为一雉。

⑤仿佛：大致模样。

⑥消息乘除：或消长变化，或无所改变。消息，事物的消长更替；乘除，抵消。一个数先乘后除则仍为原数，无所变化。

⑦抚有是城者：在当地担任主官的人。抚有，据有、占有。

《陆陈二先生诗钞》序[①]

同治庚午[②]，予摄太仓州篆，重建安道书院于南园，延叶涵溪征君主讲席。征君辑有陆桴亭、陈确庵二先生文钞，因捐廉俸寿之枣梨[③]。及予守夔之明年，征君书来，又以二先生诗钞为请，遂寄资吴中，刊于郡城。

夫二先生之理学、经济海内所共知，其诗若[④]文，流传甚少，尚在若隐若晦之间。是钞虽非其全，而二先生之诗已十得其八九矣。且诗之为道，所以陶写性情，敷陈事实，而其体则有正有变。若夫嘅[⑤]风俗之盛衰，讥时政之得失，变风变雅之作[⑥]，虽极忧愁怨愤而不失乎忠厚之旨，则又因乎时焉。二先生生丁[⑦]板荡，其所遭之否塞[⑧]，所处之厄穷[⑨]，怀黍油麦秀[⑩]之悲，守乐行忧违[⑪]之志，及所交当世贤人君子、故国遗民，相与俯仰时艰[⑫]，切劘[⑬]道义，无不于诗乎发之，是亦论世知人者之一助也。至于诗之品格，论者谓桴亭之诗

①辑自原刊本扫描版。

②同治庚午：即1870年。

③寿之枣梨：意为刊刻之以长久保存。寿，用作使动词，使其长久。

④若：连词，和，及。

⑤嘅：同“慨”。

⑥变风变雅之作：指叹恨明朝政衰国亡的诗作。变风变雅，指《风》《雅》中反映周政衰乱的作品，以与歌颂周室的“正风”“正雅”相对。

⑦丁：遭逢。

⑧否（pǐ）塞：闭塞不通，这里指明亡之后自断仕途。否，闭。

⑨厄穷：艰难困苦。

⑩黍油麦秀：指亡国之痛。典出《史记·宋微子世家》：“其后箕子朝周，过故殷虚，感宫室毁坏，生禾黍，箕子伤之，欲哭则不可，欲泣为其近妇人，乃作麦秀之诗以歌咏之。其诗曰：‘麦秀渐渐兮，禾黍油油。彼狡僮兮，不与我好兮！’所谓‘狡童’者，纣也。殷民闻之，皆为流涕。”

⑪乐行忧违：做乐于做的事，避开所忧的事，语出《易·乾》：“乐则行之，忧则违之。”这里指二人避开世事，以著述为乐。

⑫俯仰时艰：以或顺应或不屈从的态度来应对艰难困苦的时势。

⑬切劘（mó）：切磋。劘，磨。

豪迈，确庵之诗沉雄，读者当自得之，予又何敢赘焉。

光绪二年岁次柔兆困敦孟陬之月[1]，后学合肥蒯德模题于夔门官廨。

①光绪二年岁次柔兆困敦孟陬之月：即光绪二年（1876）正月。柔兆困敦，此为太岁纪年法，对应干支纪年法即为丙子年。孟陬，正月。

吴中判牍

序

蒯公子范《吴中判牍》,若木重梓之。先甲既宷斠竟①,迺毕于简耑②曰:呜呼!“抚我则后,虐我则仇。”③兹二语,其临民之水监哉④。晚近以来,重货轻民⑤,有虐无抚,自上下下,罔克愍尔⑥,众凶残毒,痡民斯恫⑦矣。以邑令言,听讼则罔眡简孚⑧,或以威势,或以德怨,或以女谒⑨,或以赇赂⑩,或以干请⑪,《吕刑》所谓“惟官,惟反,惟内,惟货,惟来”⑫者,罔弗蹈之矣⑬。兹而蕲狱之平⑭,不綦艰⑮哉?

---

①宷斠竟:宷,同“采”,采集。斠,通“校”,校订。竟,完成。

②迺毕于简耑:于是最后在书的前面说。迺,同“乃”。毕,结束,最后。简耑:书的最前面。简,文牍,书籍。耑,同“端”。

③“抚我”二句:语出《周书·泰誓下》:“古人有言曰:‘抚我则后,虐我则雠。’”是周武王在伐纣誓师大会上引述的古人的话。“我”是民众的自称,意思是说,如爱抚我们民众,就拥戴你作君王;如果以暴政残虐我们,就把你作为仇敌。后,君王。

④其临民之水监哉:难道不是为官治理百姓的人应该时时对照的吗?其,难道。临民,治理百姓。水监,以水为镜来照视。监,通“鉴”。《尚书·酒诰》:“古人有言曰:‘人无于水监,当于民监。’”

⑤重货轻民:注重于聚敛财货而轻视民生。

⑥罔克愍尔:没有能怜悯百姓的。罔,无。克,能。愍,怜悯。尔,代词,指百姓。

⑦痡民斯恫(tōng):疲惫不堪的百姓是那样的痛苦。恫,哀痛,痛苦。

⑧罔眡简孚:不看事情可信与否。眡,音义同“视”。简孚,经过核实而可信。《尚书·吕刑》:“五辞简孚,正于五刑。”孔传:“五辞简核,信有罪验,则正之于五刑。”

⑨女谒:宠信的女人的请托。《韩非子·诡使》:“近习女谒并行,百官主爵迁人,用事者过矣。”

⑩赇(qiú)赂:贿赂。

⑪干(gān)请:请托。

⑫惟官,惟反,惟内,惟货,惟来:这句话引自《尚书·吕刑》,是说刑官在执法时有五种弊病会导致枉法:畏惧上级权势,出于私怨,具有亲属裙带关系,贪赃受贿,受人请托。

⑬罔弗蹈之矣:没有不按这五条歪路走的啊。

⑭蕲狱之平:祈求断狱的公平。蕲,同“祈”。

⑮綦艰:很难。

蒯公则不然，其治吴狱，衡之以情，权之以理，抉其疑①、诇其伪②、察其隐、摘其奸、发其覆③。而又虚乃衷④，澄乃气⑤，慈以芘之⑥，恕以矜之⑦，通权达变以决之。是则无忌、殷周蝮鸷之徒⑧，固不足以语兹⑨；即株守刑书⑩、胶执⑪法律，契舟求剑⑫、削足适履⑬者，亦乌足闚其神眇哉⑭。语云"匪佞折狱，惟良折狱"⑮，又云"道之以德"，"有耻且格"⑯，蒯公以之⑰。至判辞之敏隽⑱，抑其末焉尔⑲。

---

①抉其疑：找出其中的疑点。

②诇（xiòng）其伪：查清其中的弄虚作假。诇，侦察查明。

③发其覆：揭露那些被掩盖的秘密。

④虚乃衷：他能不带主观意见，虚心听取案情。乃，代词，他的。

⑤澄乃气：他能稳定情绪，平心静气。澄，安定。

⑥慈以芘之：以慈爱之心保护那些犯了罪错的人。芘，同"庇"。

⑦恕以矜之：以仁恕之心怜悯他们。

⑧无忌、殷周蝮鸷（zhì）之徒：无忌、殷周，人名，汉代的两个酷吏。《史记·酷吏列传》："京兆无忌、冯翊殷周蝮鸷。"蝮鸷，毒蛇猛禽，比喻凶残狠毒。

⑨固不足以语兹：本来就轮不到用这些话去评价他们。

⑩株守刑书：抱着法律条文不放。株守，即"守株待兔"，比喻死板守旧，不知变通。刑书，指法律条文。

⑪胶执：像被胶粘住那样牢固，比喻坚持、固执。

⑫契舟求剑：即"刻舟求剑"，契，意与刻同。典出《吕氏春秋·察今》："楚人有涉江者，其剑自舟中坠于水，遽契其舟，曰：'是吾剑之所从坠。'舟止，从其所契者入水求之。舟已行矣，而剑不行，求剑若此，不亦惑乎？"这是讽刺那些脑筋死板，分辨不出情况的不同，审理案件教条僵化的人。

⑬削足适履：成语，典出《淮南子·说林训》："骨肉相爱，谗贼间之，而父子相危。夫所以养而害所养，譬犹削足而适履，杀头而便冠。"比喻审理案件不问具体情况，硬套入法律条文。

⑭"亦乌"句：以上这一类人又怎么能看得懂子范公审案时态度、方法的神妙呢？乌，疑问副词。闚，同"窥"。眇，同"妙"。

⑮匪佞折狱，惟良折狱：见于《尚书·吕刑》。匪，今通行本作"非"，同义。原文全句为："非佞折狱，惟良折狱，罔非在中。"意思是，只要不是巧言善辩、心性奸诈的人来断狱，只要是心地善良，品德端正的人来断狱，就没有做不到不偏不倚、公正合理的。

⑯道之以德，有耻且格：语出《论语·为政》："道之以德，齐之以礼，有耻且格。"道，教育引导。齐，整治、约束。格，纠正。意思是说以道德教育人，以礼来约束人，人们就会懂得廉耻，纠正错误。

⑰以之：用得上，当得起。以，用。

⑱敏隽：既快捷而又意味深长。

⑲抑其末焉尔：则不过是其中小事而已。抑，连词，则。焉尔，语气词，而已。

抑又闻之，公之治狱，幽明咸格①。其权太仓也，夜治官书②，闻风鸣鼓，憬然③觉，遂逮获菽乳肆妇④图弑其夫者，民惊以为神。此吴牍所未载，然弗自伐⑤，允良有司哉⑥！

呜呼！晚近惨酷之风，匪唯吏然⑦。凡庞然⑧于民上者，暴戾恣睢⑨，唯货是黩⑩，无是非，无曲直，无贤否⑪，而小民乃永沦于九幽万劫不复之域矣。安得起斯人于九京⑫而拯之耶？吁！殃民者恒自殃，祜⑬民者恒自祜。籀斯编者⑭，尚其惕诸⑮！

中华民国己巳岁⑯，门下晚学生江宁程先甲一夔序。

---

①幽明咸格：人和神鬼之间都会产生感应而相通。幽明，人世和阴间。咸，都。格，感应相通。

②夜治官书：夜间办理公文。

③憬（jǐng）然：突然有所醒悟。

④菽乳肆妇：豆腐店的女人。菽乳，豆腐的雅称。菽，豆类总称。肆，店铺。

⑤然弗自伐：但不自我夸耀。然，连词，但是。弗，不。自伐，自我夸耀功劳。

⑥允良有司哉：确实是好官啊！允，确实，果真。

⑦匪唯吏然：不只是一般官吏如此。

⑧庞然：高大的样子。

⑨暴戾恣睢：残暴凶狠，恣意妄为。

⑩唯货是黩（dú）：只是贪求财物。黩，贪求。

⑪贤否（pǐ）：好坏。

⑫九京：九泉。宋叶适《翁诚之墓志铭》：“不忮不求，归全其生乎，不从古人于九京乎？”

⑬祜（hù）：福，这里用作动词，给人幸福。

⑭籀斯编者：读这本书的人。籀，读书并提取掌握其中的意义。

⑮尚其惕诸：应当有所戒惧啊！尚、其都是表示期盼、要求的意思。惕，戒惧。诸，表示感慨的语气词。

⑯中华民国己巳岁：即 1929 年。

序

《唐书①·选举志》:吏部择人之法,其四曰“判②”;“凡试判登科,谓之‘入等’;甚拙者谓之‘蓝缕③’”,故唐人无不工判语。张鷟④所撰《龙筋凤髓判》,文词典雅,至今犹脍炙人口。明人有以张文成《判》、苏文忠《表》⑤并课子弟者。苏文忠亦工判语,然今所传如“五日京兆,判断自由;九尾野狐,从良任便”及“敦《召南》之化,此意可嘉;空冀北之群,所请不允”⑥,类皆游戏之笔。此外,不传者盖已多矣,由当时未曾荟集⑦成书故也。

蒯子范太守为当代龚、黄,政事、文学兼而有之。尝摄长洲令,余寓吴

---

①唐书:这里的《唐书》是欧阳修、宋祁撰的《新唐书》。

②判:裁决狱讼的文书,作用同现代的判决书。《新唐书·选举志》:“四曰判,文理优长。”

③蓝缕:本意为衣服破烂,用来比喻文字破碎缺乏条理。

④张鷟(zhuó 约 660—740):字文成,自号浮休子。河北深县人。唐代小说家。登进士第,历官岐王府参军、长安县尉、鸿胪丞、御史等。曾四次参加书判考选,所作判辞均被评为第一。当时文章高手、水部员外郎员半千称他有如成色最好的青铜钱,万选万中,他因此在士林中赢得了“青钱学士”的雅称。著有小说《游仙窟》、笔记《朝野佥载》、判词集《龙筋凤髓判》。

⑤苏文忠《表》:苏轼所作的贺表、谢表等。表是一种文体,主要用于臣下向皇上陈述衷情。

⑥所引两句判词见于宋赵令畤《侯鲭录》卷八:“钱唐一官妓,性善媚惑人,号曰‘九尾野狐’。东坡先生适是邦,阙守权摄。‘九尾野狐’者,一日下状解籍,遂判云:‘五日京兆,判断自由;九尾野狐,从良任便。’复有一名娼亦援此例,遂判云:‘敦《召南》之化,此意诚可佳;空冀北之群,所请宜不允。’”五日京兆,苏轼自言代理杭州知州时间之短,语出《汉书·张敞传》。从良,妓女不再从事旧的营生而成为良家妇女。敦《召南》之化,用《召南》中妇德教化勉励自己。敦,勉励。《召南》,《诗经》十五国风之一,共十四首,一般认为这些诗主要是赞美“后妃夫人之德”。空冀北之群,典出韩愈《送温处士赴河阳军序》:“伯乐一过冀北之野,而马群遂空。”这里是比喻官妓中不可无人。

⑦荟(huì)集:汇集。荟,本义指草木繁盛,引申为聚集。

下，闻其折狱时，手自判牍，有古人“电扫讼庭、响答诗筒”[①]遗意，辄为之忻慕[②]，曰：“佳乎吏也。”顾君事繁而余性懒，未得常见。及君摄苏州太守，乃时相过从[③]。未久而君移镇江，旋入都展觐，拜夔州太守之命，于是踪迹又疏阔矣。今年自蜀中诒书[④]，并寄示《判词》一册，皆昔年为牧令时，据情定案，援笔直书[⑤]者也。其遇事之明察，持论之公平，固不待言。而率尔[⑥]命笔，灿然成章，有他人支颐摇膝[⑦]竟日不能得者。君于堂皇高坐，隶卒环侍之时，成诵在心，借书于手，所谓“文章本天成，妙手偶得之”[⑧]，与东坡判语同一风趣。青钱学士獭祭虽富[⑨]，转无此隽永[⑩]矣。至丁四姐，王金妹等事，尤见用

---

①电扫讼庭、响答诗筒：形容当庭撰写判词既快又好。语出《宋史·钱勰传》：“（勰）以龙图阁待制知开封府。老吏畏其敏，欲困以事，导人诉牒至七百，勰随即剖决。”“复知开封，临事益精。苏轼乘其据案时遗之诗，勰操笔立就以报。轼曰：‘电扫讼庭、响答诗筒，近所未见也。’”

②忻慕：既高兴又仰慕。忻同“欣”。

③时相过从：时不时相互来往。

④诒书：寄书信来。诒，通“贻”，赠送。

⑤援笔直书：拿起笔就写。

⑥率尔：很快、很随便的样子。

⑦支颐摇膝：形容苦苦思索的样子。语出白居易《闻龟儿咏诗》：“怜渠已解咏诗章，摇膝支颐学二郎。莫学二郎吟太苦，才年四十鬓如霜。”支颐，用手撑着面颊。

⑧“文章本天成，妙手偶得之”：陆游诗《文章》中句。

⑨“青钱”句：青钱学士，即张鷟。獭祭虽富，比喻典故运用得多。水獭常将所捕到的鱼排列岸上，很像是在陈列祭祀的供品，这种现象被称为“獭祭鱼”，又被用来形容做诗文时摊列书籍以查找运用典故，堆砌辞藻。宋吴炯《五总志》：“唐李商隐为文，多检阅书史，鳞次堆集左右，时谓为‘獭祭鱼’。”

⑩隽（juàn）永：意味深长。

心之厚。随园①诗云“他生愿作司香尉，十万金铃护落花”②，请为君诵之。余山中笔墨③，不过抹月批风④，评量山水。得读此编，诧为奇绝，并劝君早付剞劂，传布艺林，无使此零珠碎玉长沉埋于司空城旦书⑤中也。

甲戌⑥初夏，年愚弟⑦俞樾⑧校读于吴下寓庐春在堂。

---

①随园：即袁枚，见《遗诗》卷一《金陵感旧》注。

②“他生愿作司香尉，十万金铃护落花”：诗句出自《随园诗话》卷九：“余宰沭阳，有官家女依祖母居，私其甥陈某，逃获。……其祖母怒甚，欲置之死。余以卓茂语，再三谕之。笞甥，而以女交还其家。……隔数月，闻被戚匪胡丰卖往山东矣。予至今惜之。尝为人题画册云：‘他生愿作司香尉，十万金铃护落花。’”因此事与丁四姐，王金妹等事均为女子婚姻不幸，断案者同怀同情之心而善为处置，所以作者引此诗句以颂之。司香尉，管理香料的官员，典出南朝梁任昉《述异记》：“汉雍仲子进南海香物，拜为涪阳尉，时谓之香尉。”金铃护落花，典出唐王仁裕《开元天宝遗事》“花上金铃”：唐玄宗之兄宁王“至春时，于后园中纫红丝为绳，密缀金铃，系于花梢之上。每有鸟鹊翔集，则令园吏掣铃索以惊之，盖惜花之故也”。司香、护花均比喻护惜女子。

③山中笔墨：山林之人的笔墨文字。

④抹月批风：描写风月。语出苏轼《和何长官六言次韵》：“家贫何以娱客，但知抹月批风。”

⑤司空城旦书：刑律方面的书籍。典出《史记·儒林列传》：“窦太后好老子书，召辕固生问老子书。固曰：‘此是家人言耳。’太后怒曰：‘安得司空城旦书乎？’”这里的司空指主管狱囚之官。《汉书·百官公卿表》：“宗正属官有都司空令丞。”此外，汉代少府属官有左右司空，还有水衡的属官水司空等，这些官都是管狱囚的。城旦书，指刑律之书。城旦，秦汉时期一种刑罚的名称，受到处罚的犯人黥、髡后要“昼日伺寇虏，夜暮筑长城”，因此称刑罚为“城旦”。本句是说不要把《吴中判牍》混同于其他法律类的书籍之中而使之湮没不闻。

⑥甲戌：即同治十三年(1874)。

⑦年愚弟：科举时代考试同榜登科者称同年，对他人尊称年兄，自己谦称年弟。后来文人士大夫中并非同榜也称年兄弟以示亲近。

⑧俞樾(1821—1907)：字荫甫，自号曲园居士。浙江德清人。清末著名文学家、经学家、古文字学家、书法家。道光三十年(1850)进士。曾任翰林院编修、河南学政，后被劾罢官。著有《春在堂全书》等。

判牍四十五则

合肥蒯德模子范

余初莅任,查阅笼房①,见有高发美者,忧戚之形见于眉宇。问何故羁押,曰:“摆开面饼摊,欠金子和面店钱七千文,押经三月之久,屡以母病乞归,未准。今母已故矣。”言讫痛哭。判曰:“两手全空,没面②为饼;一身在押,避债无台。而且母死未归,家贫如洗;未尽一棺之恸,徒虞三尺之追③。在本官既少矜凶④之情,在原告亦犯伐丧之戒⑤。区区不畀⑥,他日可偿;哀哀徒劳⑦,终天饮恨。钱债事本细故,况属无多;亲丧疚在终身,能无隐痛?”乃召金子和至,以面摊器具偿之,而释高发美归。

查张彭氏系彭国礼之妹,已嫁与张成育为妻。贼扰金陵,被掳于贼;兵克禾郡⑧,相依于兵。以不能自主之身成无可奈何之事,原情可悯,论例无关⑨,女流无知,原无足怪。乃者⑩阿兄既来,故夫尚在,浮踪飘泊,幸荆树之

---

①笼房:牢房。

②没面:和面。

③徒虞三尺之追:空自因法律追债而忧虑。徒,空,白白地。虞,忧虑。三尺,指法律。

④矜凶:怜悯不幸。

⑤犯伐丧之戒:违背了“伐丧”这种道义上不该做的事。伐丧,征伐国君亡逝有丧事的国家,这在古代认为是一种不道德的事。这里指金子和遇到高发美家有丧事还要控告他。

⑥区区不畀(bì):很少的钱不给。畀,给予。

⑦哀哀徒劳:意为因不能办丧事,母亲白白养育自己一场得不到报答而哀痛难已。《诗经·小雅·蓼莪》:“哀哀父母,生我劬劳。”

⑧禾郡:浙江嘉兴,北宋为嘉禾郡,故别称禾城、禾郡。

⑨论例无关:法律于此并无相关规定。论,衡量。例,法律条例。

⑩乃者:往日,前些日子。

可依①;断梦依稀,感蘼芜而念旧②。斟情酌理,应即断令领回,再图完聚。惟黄佩元即收留张彭氏之人。现在外出,未经讯问。若遽准领,则彼或欲久假不归,竟以他辞相制,既不能钳③其口,尤难以服其心。爱河未续,翻令欲海波兴,殊堪逆虑④。姑将彭氏寄存妥处,俟行催⑤黄佩元到案,讯明断领。彭国礼着在外候示。此谕。

丁四姐,一酒家女耳。年十七,嫁与荣金和为妻。居邻城市,学作当垆⑥;来至田家,未谙负耒⑦。以致见憎翁姑⑧,难安家室。彼妇已经出走,萧郎⑨从此路人。乃舅家⑩则控请官追,母氏又托词贼掳,此中虚实,究未可知。迨武云鹏以收留之词自呈,乃知桃花坠雨,尚有余春;柳絮因风,原无定

---

①幸荆树之可依:所幸尚有兄长可以依靠。荆树,原比喻兄弟之情,这里代指其兄。参见《遗诗》卷三《九弟病后,书来索狐裘,附诗寄去》"双荆折"注。

②感蘼芜而念旧:因前夫尚在而怀念旧情,心生感动。蘼芜,代指故夫。典出汉乐府《上山采蘼芜》:"上山采蘼芜,下山逢故夫。"

③钳:衔于马口以控驭马的一种器具。用作动词,表示夹住、闭紧。

④殊堪逆虑:尤其值得预先考虑。

⑤俟行催:俟,等候。行催,行文催督。

⑥当垆(lú):卖酒。当,对着。垆,放酒坛的土墩。

⑦未谙负耒:不熟悉农活。负耒,背负农具,代指干农活。耒,一种耕田的农具。

⑧见憎翁姑:见憎,被憎恨。翁姑,古代妇人称丈夫父母为翁姑。

⑨萧郎:指年青的丈夫。典出汉刘向《列仙传》:"萧史者,秦穆公时人也。善吹箫,能致孔雀白鹤于庭。穆公有女,字弄玉,好之,公遂以女妻焉。"

⑩乃舅家:她的公公家。古时称公公亦称为"舅"。

所。丁年①正妙，难禁司马之琴心②；武夫可依，偏爱子南之戎服③。人尽夫也④，天实为之，此亦事之无可如何者矣。第丁氏徙倚⑤，军中雅善党家之斟唱⑥；荣某伧粗⑦，灶下那知吴女之温存。若必强以重圆，势且拚将一死，爱河未续，祸水已成，为两家计，均失之矣。况武云鹏者，得自乱军，贮以金屋⑧，非有潜逃之约，不比强暴之污，如斯婢子，见者皆怜，何况老奴⑨，恋焉

①丁年：成丁之年。历代成丁年龄标准不一，这里即指青年人。

②难禁司马之琴心：禁不起男子的挑逗诱惑。司马，指汉代著名辞赋家司马相如。琴心，用琴声表达的心意。典出《史记·司马相如列传》："是时卓王孙有女文君新寡，好音，故相如缪与令相重，而以琴心挑之。相如之临邛，从车骑，雍容闲雅甚都。及饮卓氏，弄琴，文君窃从户窥之，心悦而好之，恐不得当也。既罢，相如乃使人重赐文君侍者通殷勤。文君夜亡奔相如，相如乃与驰归成都。"

③子南之戎服：子南，郑国下大夫公孙楚的字。《左传·昭公元年》载，郑国徐吾犯有妹很美，公孙楚字子南已下聘订婚，而另一贵族公孙黑字子晳的却强行送上彩礼要娶。徐吾犯害怕，和二人商量由妹妹看了他们后自主选择，两人都同意。子晳服饰华丽，进去后陈设财礼便出。"子南戎服入，左右射，超乘而出"。徐妹最终看上身着军装勇武的子南并嫁之。

④人尽夫也：天下男人都可以做丈夫。语出《左传·桓公十五年》，郑国大夫祭仲专权，郑国国君很担心，让祭仲女婿雍纠想法杀掉他。祭仲女儿知道后，"谓其母曰：'父与夫孰亲？'其母曰：'人尽夫也，父一而已，胡可比也？'"于是她就把雍纠的计划告诉了父亲，祭仲便杀掉了雍纠。

⑤第丁氏徙倚：第，况且。徙倚，流连，舍不得离去。

⑥军中雅善党家之斟唱：军中，代指武云鹏。雅善，平素就喜欢。党家之斟唱，这里比喻可能是妾的身份的丁氏。明陈继儒《辟寒部》卷一载，宋代学士陶谷有一妾，原本是太尉党进的家姬，"一日下雪，谷命取雪水煎茶，问之曰：'党家有此景？'对曰：'彼粗人，安识此景？但能知销金帐下，浅斟低唱，饮羊羔美酒耳。'"浅斟低唱是姬妾做的事，从本篇判词来看丁氏或亦有歌舞之能。

⑦伧（cāng）粗：粗野鄙陋。

⑧贮以金屋：意思是使丁氏有了好的生活环境并得到爱护。

⑨见者皆怜，何况老奴：喻指丁氏甚美。典出南朝宋虞通之《妒记》：东晋大将桓温讨平蜀国后，纳其帝李势之妹为妾。桓温之妻凶悍妒忌，知道后持刀前往欲杀之。"见李在窗梳头，姿貌端丽，徐徐结发，敛手向主，神色闲正，辞甚凄婉。主于是掷刀前抱之，曰：'阿子，我见汝亦怜，何况老奴！'遂善之"。

怎舍[①]？本县用儒家之权变[②]，参佛氏之圆通[③]，破小拘墟[④]，成大欢喜。断令偿以百元，平兹两造[⑤]。一则黄金买笑[⑥]，得安歌舞之身；一则白首同归，另觅糟糠之妇[⑦]。因错就错，弦无用其更张[⑧]；居安斯安[⑨]，民或欣其得所。自谓是矣，闻者何如？

九月二十五日本县下乡，行至北桥地方，据经保[⑩]王春亭、尤公顺等拿获盗棺犯人谭大兴、徐二观二名，夺获斧凿凶器各物送案。并据事主[⑪]尤士芳、尤岐记、钱景春等具禀前来，提集该犯，略加诘责，供认前后共发九十余棺。惟徐二观年才十七，供系引路之人，其为首窝留者，则有本地之姚阿福也，帮同动手者，仍有黄埭[⑫]之小麻孜也。当将徐二观交差，使为眼线[⑬]往拿。而徐方出门，突于稠人广众之中指而呼曰："来矣，此即姚阿福也！"呜呼！是何天夺之魄而自来送死，毋亦数十家之鬼神有以驱而遣之乎？于是观者无不太息[⑭]。其被害之家，子若[⑮]弟相与环跪而泣曰："吾父吾母何罪？而使已死

---

①恋焉怎舍：是说武云鹏对丁氏爱恋难舍。

②权变：权宜利害，随机应变。

③圆通：佛家"圆通"的意思是不偏倚，无阻碍。

④拘墟，原意比喻孤处一隅，见闻狭隘。这里意为浅陋的成见。语出《庄子·秋水》："井蛙不可语于海者，拘于虚也。"虚，通"墟"。

⑤两造：诉讼的双方。

⑥黄金买笑：花钱让女子开心。这种说法源自《史记·周本纪》等史籍记载，周幽王妃褒姒不爱笑，幽王想出各种办法让她笑而无果。有佞臣虢石父出谋，让幽王点燃烽火擂起大鼓，假作有敌来袭召集援兵。诸侯率兵赶来未见敌情而惊慌失措，褒姒一见，果然大笑。幽王遂以千金赏虢石父。

⑦糟糠之妇：能在一起过苦日子的妻子。糟糠，用来充饥的酒糟、米糠，说明日子过得艰苦。

⑧弦无用其更张：不改变现状。化用成语"改弦更张"，典出《汉书·董仲舒传》："窃譬之琴瑟不调，甚者必解而更张之，乃可鼓也。"

⑨居安斯安：各自处于安稳的状态下就这样安安稳稳的吧。

⑩经保：相当于后来的保长。经，清代地方最基层组织的名称。

⑪事主：案件的受害人。

⑫黄埭：地名，在今苏州市相城区。

⑬眼线：察看和引导捕役缉拿犯人的人。

⑭太息：出声长叹。

⑮若：连词，或者。

之尸骸颠倒于若人①之手,而暴于风霜也。”或又曰:“吾兄吾弟何罪?而送死之衣衾盗卖于若人之手,而供其醉饱也。”小人无知,但以亲见其死为快。余时闻之,不知发之何以指而目之何以裂也②,虽欲令其须臾③缓死而不可得也。

判曰:定例,盗发人棺,其罪重于盗贼。诚以盗贼者窃人之物,发棺者攫④鬼之财,理本绝无,事属仅有。而乃⑤姚阿福等索黄金于鬼窟,奇货可居⑥;以白骨作生涯,问心何忍?不分新故,有一网打尽之思;砺⑦乃斧斤,无九泉可逃之地。墓门不守,鬼物难藏,秋坟断晚唱之声⑧,磷火无宵红之影。蚩蚩⑨何罪,犹严既死之诛?冥冥有天,断无再生之理。惟是官格于例⑩而事必上详⑪,民迫于情而势难暂缓。如斯凶恶,谁不疾首痛心;况属子孙,能勿呼号吁请?本县体共愤之意,施速死之刑。谭大兴虽属协从,当与姚阿福一同杖毙。小麻孜尚未到案,姑留徐二观以作线根⑫,既申三尺之威,勿任一名之漏。用是徇乡人之请,并为法外之诛。投诸水乡,尽可饱兹鱼鳖;翦除

---

①若人:这个人。若,作近指代词用。

②这句话是成语“发指眦裂”的活用,形容愤怒到极点。发指眦裂,典出《史记·项羽本纪》:“(樊哙)瞋目视项王,头发上指,目眦尽裂。”

③须臾:片刻之间。

④攫(jué):夺取。

⑤而乃:然而。

⑥奇货可居:成语,本意是指把稀少的物品储存起来等待时机高价售出,比喻凭借某些独有的事物或本领来谋利。典出《史记·吕不韦列传》:吕不韦经商到邯郸,见到在此做人质的秦国王孙子楚,“曰:‘此奇货可居。’”在他极力帮助下,子楚后来成为秦庄襄王。这里是说姚阿福等人盗墓中财物为己有。

⑦砺:本义为粗磨刀石,引申为磨。

⑧秋坟断晚唱之声:本句及下句是说盗墓使尸骨被毁,以致鬼魂无存。此句典出唐李贺《秋来》:“秋坟鬼唱鲍家诗,恨血千年土中碧。”

⑨蚩蚩:代指“氓”,即百姓。《诗经·卫风·氓》:“氓之蚩蚩,抱布贸丝。”这里指死去的人们。

⑩格于例:受法律条例的限制。

⑪上详:向上级报告。详,下级向上级报告事项的一种文书。

⑫线根:掌握在手中的眼线。

丑类①,何妨学作鹰鹯。嫉恶之诚,尚其共谅;专刑②之罪,在所不辞矣。

此案姚新周控姚阿士僭占车基③,岂知姚新周已先占姚阿士田三尺,以致挟嫌启衅,互有殴伤。愚民无知,每以纤小事故,酿成祸端,可胜浩叹。此次伤既验明,尚属不重。若再传集邻证,听候质讯,书办未饱其欲则压之,差人未饱其欲则又压之,小民终岁勤苦之皮血,尽剥削于投到候审之日期,迨至日久气平,并有两造求息而不得者。为民父母,其何以忍?此当断令姚新周与姚阿士将所互占之地均各让还,伤亦各自医调。减一分讼累即培一分身家,区区苦心,尔小民其共体之而共谅之。

张瑞和,张茂隆之子,嗣张王氏为孙者也。张顺发,张吕氏之甥,嗣张吕氏为子者也。张吕氏死,而瑞和与顺发争产。顺发有词,瑞和亦有词。然顺发非张氏子,不应得张家之产;瑞和嗣张王氏为嫡孙,亦不应得张吕氏之产。然则吕氏之产将何归乎?查张吕氏有自生子二人,一茂禄,一真德。茂禄被掳,真德早死。而真德妻张徐氏尚在,有子仁寿,年十二,此乃张氏之苗裔而应得食张氏之租税者也。惜也,仁寿亦非真张家之子也。仁寿非张家子,其何以得张家之产?真德病笃④时遗命立仁寿为子,族之人莫不知之。真德死而其妻则以夫命为辞,此又不得概以为非张家子也。然则以吕氏之产归张仁寿,此则以情论,使无重伤张徐氏之心。所谓姑且畀之,而留以待茂禄之归也。并断令张徐氏立张瑞和子为孙,此则以理论,使无以异姓乱张氏之宗,所谓长久计之,而用以安张氏祖宗之心也。张氏有人,其以为何如?

梅徐氏乃徐传生之妹,嫁与梅近川为妻。近川早逝,徐氏作未亡人⑤已逾十载,遗孤连生业已成立。苏城乱后,寄居僱子即管田庄人,苏俗呼为"僱子"。

---

①翦除丑类:这句是说对付这种恶极之人,手段不妨凶狠些。翦除,消灭。翦,同"剪"。丑类,坏人,恶人。

②专刑:擅自专权动用刑罚。

③僭(jiàn)占车基:僭,超越本分。车基,道路。

④病笃:病势沉重。

⑤未亡人:寡妇。

张瑞和家。一屋相依，非有感帨惊尨[1]之虑；三年于外，保无瓜田李下[2]之嫌？而乃徐传生者，不为同根之庇，翻扬中冓[3]之羞。既控张某之诱奸，并串梅裕以作证。莫须有之事，何能据以为凭；不可道之言，竟忍宣之于众。岂有此理，是何居心！迨伊母徐余氏以传生不法出首[4]，纵谓妇人爱女，亦断无不爱其子之心；就令该氏可訾[5]，亦不应訾于其兄之口。一经庭讯，尽吐实情。乃知徐氏粗有衣食，恶党利其资财，为索黄金，翻造白舌[6]，当各予以重惩。梅裕占居梅徐氏屋，并押令迁出。

查颜祠祭田先归长房主祀，则颜怀义祖也；后归次房轮执，则颜怀恕之祖也。权归宗子[7]，本以绝觊觎之心；势忽中更，亦必有凌夷之渐[8]。乃怀义之祖曾否盗卖，怀恕之祖曾否赎回，苏城乱后，案据遗失，碍难悬断。惟怀义等既为圣裔[9]，又属职官。论世守必得其人，则怀义不必挟其祖为大宗[10]而长也，将推以让贤矣；论天伦必有其序，则怀恕不必执其祖之复旧[11]而贤也，且奉以还长矣。本县觉其本心，晓以大体，断令公同收执。挨次承当，义也

①感帨(shuì)惊尨(máng)：摇动女子佩带的物品，让狗受到惊吓而叫唤，比喻男子对女子的非礼行为。典出《诗经·召南·野有死麇》："舒而脱脱兮，无感我帨兮，无使尨也吠。"感，通"撼"，摇动。帨，女子系于身上的抹布。尨，长毛狗。

②瓜田李下：指容易引起嫌疑的行为。典出魏曹植《君子行》："君子防未然，不处嫌疑间。瓜田不纳履，李下不整冠。"纳履，拔鞋。瓜田拔鞋易被认为偷瓜，李树下整理帽子易被认为摘李子。

③中冓(gòu)：中门之内的内室，比喻家庭内部。《诗经·鄘风·墙有茨》："中冓之言，不可道也。"

④出首：告发犯罪错的人。

⑤訾：非议，诋毁。

⑥白舌：空口无凭的话。

⑦宗子：古代宗法制度称长房长子为宗子，本族兄弟行应予尊重。

⑧凌夷之渐：逐渐衰败的情况。凌夷，衰败。

⑨圣裔：颜回的后裔。颜回，孔门七十二贤人之首，元代封为"兖国复圣公"，明嘉靖年间改称"复圣"。

⑩大宗：宗法制度以嫡系长房为"大宗"，其余诸子各房为"小宗"。

⑪复旧：赎回田产，恢复旧业。

当[①];顾名思义,恕也须[②]。责人也恕[③],慎毋为此区区,互相争执,使箪瓢陋巷中人[④]闻之愀然[⑤]不乐也。

吕朱氏与吕阿二,嫂叔也。朱氏无子,立阿二子金寿为嗣。乃阿二不怜阿嫂之无告,但利其财;金寿竟因阿母之同居,阴窃其券。一朝追问,顿起猜嫌,扑责未施于庭前,忤逆[⑥]先形于膝下,本应逃杖,翻敢抛砖。不假反覆以三思,竟成孤注之一掷,螟蛉[⑦]也而豺狼焉。宜乎吕朱氏之出首,请逐其子以归还;异哉吕阿二之埋奸[⑧],又控其婿[⑨]之播弄。妇人有私于其女,情本皆同;嗣子不得于其亲,礼应另立。吕金寿送吕阿二家管束,吕阿二控顾金元案注销。

尤薛氏乃七子之母,薛氏殁,其膳田[⑩]应七股均分。乃长子尤杲公然鸠占[⑪],遽尔鲸吞[⑫];始则抵押,继且盗卖。黄金浪掷,半托花费之名;白手独擎,不作瓜分之想。其意以为二三两房仅余寡妇,四五等房均属稚弟,可以

---

①义也当:双关语,一是于怀义是合适的,一是于道义是应当的。

②顾名思义,恕也须:从怀恕的名字来说,按照"恕"的道理去做也是应该的。"恕也须"也是双关语。恕,儒家思想的重要内容。《论语·卫灵公》:"子贡问曰:'有一言而可以终身行之者乎?'子曰:'其恕乎!己所不欲,勿施于人。'"

③责人也恕:要求别人要从宽。此"恕"字为宽宥、原谅之意。

④箪瓢陋巷中人:指颜回。《论语·雍也》:"子曰:'贤哉,回也!一箪食,一瓢饮,在陋巷。人不堪其忧,回也不改其乐。贤哉,回也!'"

⑤愀(qiǎo)然:神情忧愁的样子。

⑥忤(wǔ)逆:不孝顺,触犯父母。

⑦螟蛉:螟蛉之子,即与收养人无血缘的义子。古人以为蜾蠃有雄无雌不产子,捕捉螟蛉作义子喂养,后来遂将被收养的义子称为螟蛉之子。《诗经·小雅·小宛》:"螟蛉有子,蜾蠃负之。"

⑧埋奸:暗藏奸诈。

⑨其婿:吕朱氏之婿,即下文之顾金元。

⑩膳田:用来养老吃饭的田产。

⑪鸠占:强占。成语"鹊巢鸠占"的略语。斑鸠不会做巢,常强占喜鹊的巢,故云。典出《诗经·召南·鹊巢》:"维鹊有巢,维鸠居之。"

⑫遽尔鲸吞:遽尔,突然,很快地。鲸吞,像鲸鱼一样吞食,比喻大量侵占。

任我欲为，无人见问也。乃尤张氏竟以欺凌之状，为赴愬①之词。本县追明原价，断以公分，即于一分之中析之而为七，而不使其强者独据之，所谓惟礼定分，使人不争也。又于六分之中，并之而为二，而必择其苦者先畀之，所谓“哿矣富人，哀此茕独”②也。至于尤朱氏虽未与尤张氏并控而且分以与之，所谓“推己及人”③，知其同此无告④也。尤权等虽应与尤张氏公分，而独劝其让之，所谓“发政施仁”⑤，必先此无告也。阿兄不道，难应将伯之呼⑥；群季⑦皆贤，尚有援嫂之意。本县用是嘉尚，而于尤权等有厚望矣。

王金妹幼许字⑧于同邑之杨永升，未续鸾胶⑨，顿惊鹤唳⑩。苏州克复，为楚军曾吉祥所得，落花无主，只好依人；飞絮随风，难期得所⑪。其不能不徙倚军中、流连帐下者，亦势也。然而，苏城咫尺，是儿家生长之乡；楚水千寻⑫，有道路流离之苦。通暗中之消息，姻娅⑬频来；得意外之欢欣，夫家尚

---

①赴愬(sù)：前来上诉。

②哿(gě)矣富人，哀此茕独：语出《诗经·小雅·正月》：“哿矣富人，哀此惸独。”意为富人生活已可以了，还是哀怜孤独无助的人吧！哿，可以，一说作欢乐解。惸，音义同“茕”，孤独。《孟子·梁惠王章句上》引此句即作“茕”。

③推己及人：由自己的心意可以推想到别人的心意。《论语·卫灵公》：“己所不欲，勿施于人。”朱熹注：“推己及物。”这里是说从尤张氏的境况心愿可以推想到尤朱氏的境况和心愿。

④无告：有苦无处告诉的人。

⑤发政施仁：发布政令，实施仁政。语出《孟子·梁惠王上》：“今王发政施仁，使天下仕者皆欲立于王之朝，耕者皆欲耕于王之野，商贾皆欲藏于王之市，行旅皆欲出于王之途，天下之欲疾其君者皆欲赴愬于王。”这里的意思是说自己裁决这件诉讼要以仁爱为先。

⑥难应将伯之呼：没有承担起兄长帮助弟弟和弟媳的责任。出典见《遗诗》卷五《哭九弟》注。

⑦群季：指几位做弟弟的。季，小。

⑧许字：许配于人，订婚。

⑨未续鸾胶：是说两人尚未成亲。鸾胶，据传为西汉东方朔撰写的《海内十洲记·凤麟洲》载，西海中有凤麟洲，多仙家，煮凤喙麟角合煎作膏，能续弓弩已断之弦，名续弦胶，亦称鸾胶。后多用以比喻续娶后妻，这里则为尚未结合成亲之意。

⑩顿惊鹤唳：意为受到战火的惊扰而离散。鹤唳，代指战事。

⑪飞絮随风，难期得所：王氏身不由己，难以按照自己的期盼得到归宿。

⑫千寻：形容道路很远。

⑬姻娅(yà)：姻亲。这里指夫家亲戚。

在。金戈铁马,不安虎帐①之身;月黑云深,暗返渔舟之棹,重还故里,再践前盟,斯亦情有可矜者矣。而乃曾吉祥者,责以潜逃,肆将大索。莽深而戎暗伏,屋小而娇难藏,龙吠不惊,登门而忽来暴客;燕栖方稳,伺巷而偏遇狂童。口角才兴,拳殴并起,岂知端丽夫婿,终属萧郎②;处道家姬,仍还徐氏③。理有一是,事无两全。惟所控衣服几袭,珠玉若干,将必谓其乌有而忿不能平,若遽责以璧还而贫真如洗。本县爰成人美,不吝己囊,助以廿金,平此两造。纵云负我,不偕钟建以终④;或是怜才,愿赎文姬而返⑤。此判。

查赵蓉江另娶妻,方风姐已作弃妇,就令回归,但亦见新人笑,不闻旧人哭矣。至方陈氏愤女之无依,并控婿之吞没,事不尽实,情有可原。断令赵蓉江给洋四百元,其女风姐即交该氏领回。夫也不良,母兮犹谅,或者梦断蘼芜⑥,尚可忧忘萱草⑦也。

陈曾锡之姊许字于同邑之金元铨,生方绮岁⑧,母不曾离;养在深闺,人多未识。乃因追荐⑨其父,偶到刹宫⑩,将归其家,忽逢暴客。是何意态,霍霍怕人;不识姓名,卿卿呼我。客何为者?直欲舁⑪之以归;众皆茫然,竟至

---

①虎帐:原指将军的营帐,这里喻指曾吉祥的住所。

②萧郎:代指杨永升。

③处道家姬,仍还徐氏:用的是"破镜重圆"的典故,见《遗诗·簪云、侍儿两峰歌》注。处道,杨素的字。这一骈句是说争执后王金妹为杨永升夺回。

④"纵云"二句:典出《左传·定公五年》。这一年,吴国军队攻入楚国郢都,楚昭王带着妹妹季芈一起出逃。到了郧地,季芈实在跑不动,侍卫钟建就背负着她。后来楚昭王安排季芈出嫁,季芈说:"作为女人要远离男人,可是钟建已经背负过我了。"于是楚昭王就把她嫁给了钟建。这里是说,尽管王金妹曾和曾吉祥同居,但还是不能让她和曾吉祥相伴终身。

⑤"或是"二句:这里用"文姬归汉"的典故,意为帮助王氏回到故乡杨永升的身边。

⑥梦断蘼芜:意为和前夫彻底断绝。

⑦忧忘萱草:使母亲老来无忧。《诗经·卫风·伯兮》:"焉得谖草,言树之背。"朱熹注曰:"谖草,令人忘忧;背,北堂也。"谖草,即萱草。北堂,母亲住的地方。后世遂以萱草代指母亲。

⑧绮岁:少年。《南齐书·萧颖胄传》:"食叶之征,著于弱年;当璧之祥,兆乎绮岁。"

⑨追荐:诵经拜忏以超度死者。

⑩刹宫:寺庙。

⑪舁(yú):抬。

争之不下。当经陈某扭禀本县查询，乃知其为金陵民人王正坤，曾收某家之弃婢，旋为逾里[①]之逃人。落花堆里偶拾残红，蔓草丛中又成野绿，以致求之不得，因恨成痴；立而望之，虽非亦是。再三研诘，坚执不移，然而里居姓氏之不同，亦笑貌声音之弗类[②]。十年未字，幽兰尚傍萱居[③]；一去无踪，僵李何能桃代[④]。惟念痴情若梦，积想成迷，实雾眼之朦胧，非色胆之敢大。姑予杖遣，以蔽其辜[⑤]。

钱阿五、阿六，杭之仁和人也。杭城将陷，避居于乡，为奸戚赚[⑥]卖于跳板船[⑦]柳二官。二官无子，托言取媳，逼为娼，不从辄箠楚[⑧]继之。一日，闻邻船人系杭音，作书付之去，使回杭刺探。未几，持某戚书来，相约过船逃。甫下船，而二官已觉，索之急。阿五等惧，避匿巡查武都司[⑨]处。有某镇军[⑩]者，二官之旧相识也。往诉之故，镇军怒，将罪武而索二女回。武无奈，乃白余。余曰："急送之来，犹可为也。"比至，余伫立檐下，将二官掌责，尽吐实情，立令具结，并将阿五，阿六寄存内署。俄顷，镇军名纸[⑪]来而案已结矣。其差弁某云："镇军要将阿五，阿六去。"余曰："为我语镇军，此官可不做，此女必不可归也。"乃止。

---

①逾里：私奔。典出《诗经·郑风·将仲子》："将仲子兮，无逾我里，无折我树杞。"这首诗原是少女赠给情人的情诗，后来"逾里"又被用来比喻男女偷情或私奔。逾，翻越。里，代指"里"的墙。二十五家为一里，里围有墙。

②弗类：不像。弗，副词，不。类，类似。

③"十年"二句：陈氏一直未出嫁，和母亲同住。未字，尚未出嫁。幽兰，比喻陈氏。萱，指母亲。

④僵李何能桃代：此句为活用"李代桃僵"的典故。出自南朝宋郭茂倩《乐府诗集·鸡鸣》："桃在露井上，李树在桃旁，虫来啮桃根，李树代桃僵。树木身相代，兄弟还相忘？"僵，僵死。"李代桃僵"原比喻兄弟互爱互助，后又用来比喻代人受过，这里用的即是此意。

⑤以蔽其辜：用来抵他的罪。

⑥赚：欺骗。

⑦跳板船：江南一带对船上妓院的一种叫法。

⑧箠(chuí)楚：用作动词，殴打。箠，马鞭。楚，荆条。

⑨都司：清代一种中级武官的名称，正四品衔。

⑩镇军：见前《遗诗·本传》"镇将"注。

⑪名纸：名帖，相当于现代的名片，持有人用来表明是受到发帖人的差遣。

判曰：钱阿五、阿六以深闺窈窕，值乱世仳离[①]，偶因烽火惊心，顿致泥途失足。相煎太急[②]，摧残连理之枝[③]；奋飞不能，盼断乡关之路。因而渡头晚泊，借问同乡；袖里书藏，暗通消息。落花已成泥土，谁惜残痕；小鸟得脱藩笼，仍思故宇，斯亦情有可悯而志有可嘉者矣。而乃柳二官者，既疑邻舫之串逃，复假戟门[④]以相压。武夫无胆，几为善之不终；少者当怀，况穷民之无告。于是奋我鞭挞，晴空而雷忽惊；抉彼奸私，案定而山不动。奉檄之牙官[⑤]色变，环辕之士女[⑥]心欢。铜雀虽高，休望二乔深锁[⑦]；明驼自在，何难千里送还[⑧]。将军弯射柳之弧，柔枝并折[⑨]；宰官荷种花之锸，故土尤宜[⑩]。用是选派妥丁[⑪]送归之子[⑫]，欣此日脱离地狱，重看姊妹之花；况故乡已近天台，再煮胡麻之饭[⑬]。

---

①仳（pǐ）离：女子的分离。

②相煎太急：比喻遭受迫害。典出曹植《七步诗》。魏文帝曹丕妒忌其弟曹植富有才华，想找借口杀死他，于是命他七步内作诗一首，否则处死。曹植作诗云："煮豆持作羹，漉菽以为汁。萁在釜下然，豆在釜中泣。本是同根生，相煎何太急。"

③连理之枝：指两棵树的枝干合长在一起，原被用来比喻恩爱夫妻，这里则是比喻姐妹俩。

④戟门：军营中的军门，代指某镇军。

⑤牙官：武将衙门供驱使的低级武官。

⑥环辕之士女：指环绕聚集在县衙门前的人群。

⑦"铜雀"二句：是说看管再严两姊妹也是留不住的。典出杜牧《赤壁》："东风不与周郎便，铜雀春深锁二乔。"铜雀，即铜雀台，是曹操在邺城建的一座楼台，蓄歌舞姬妾于其中。二乔指孙策之妻大乔和周瑜之妻小乔两个美人。杜诗的意思是说如赤壁之战没遇上东风，二乔将被曹操掳去留于铜雀台中。这里二乔喻指钱氏两姊妹。

⑧"明驼"二句：是说很快地将两姊妹送回故乡不是难事。典出《木兰辞》："愿驰明驼千里足（现通行作'愿驰千里足'），送儿还故乡。"明驼是一种善走的骆驼。

⑨"将军"二句：是说差一点被镇军的举动伤害了两姊妹。射柳，是一种练习射箭技巧的游戏。弧，指弓。

⑩"宰官"二句：是说县官同情护惜这两位女子，将她们安置回故乡。锸（chā），锹一类的工具。

⑪妥丁：行事稳妥的兵丁。

⑫送归之子：典出《诗经·周南·桃夭》："之子于归，宜其室家。"本意是送女子出嫁，这里只是说送两姊妹回家。

⑬"况故"二句：用的是"刘阮游天台"的典故，见《遗诗·天台》注。意思是希望她们回到故乡杭州仁和过上正常的生活。

顾闰寿已许字于程士林，十年贼扰，依其母顾郭氏避乱于朱云岩家。乃郭氏则以绕膝幽兰，移栽别馆[①]；朱某竟以投怀小鸟，畜作家禽，罔恤[②]前言，全忘后患。苏城克复，其嫡子顾恩湛、原聘程士林均以奸占为词，断归吁请。惟查程生本未亲迎[③]，顾女业经生子，十年未字，梦不到夫蘼芜[④]；一索得男，感已深于芣苢[⑤]。倘谓牛耳先执[⑥]，则呱呱在抱竟将置之何人；责以雀角怎穿[⑦]，则明明有词尚谓禀之自母[⑧]。世间有烈女子，或律以从一[⑨]之义，则水火堪虞[⑩]；天下多美妇人，何取此已嫁之身，而中冓可丑。因生成熟，白璧尚属无瑕；舍旧谋新，黄金何难再买？断还聘钱，另觅佳耦[⑪]。

陈复初与王士琛均非善类也。复初告贷于士琛不遂，捏控士琛撬损伊妻厝棺[⑫]，希图挟制。彼妇已死，而犹欲借此为活计，夫也不良，一至于此。至王士琛充当乡官，陈复初亦曾受伪职。人“惟无瑕者，可以戮人”[⑬]，王士琛即不肖，岂陈复初所能控告耶？据呈勒借洋钱，当其狼狈为奸，银钱往来

---

①“乃郭”二句：用比喻的手法，说郭氏把依随身边的女儿又嫁给朱云岩。别馆，本义是帝王的行宫、富家的别墅，代指临时寄居的人家。

②罔恤：不顾。

③亲迎：古代婚姻六礼的最后一种礼仪，俗称“迎亲”。

④“十年”二句：意思是说，订婚十年未出嫁，与程士林并无感情瓜葛。

⑤芣苢(fú yǐ)：植物名称，即车前子，古人认为食之可怀孕得子。这里即是说顾闰寿毕竟母子情深。

⑥牛耳先执：典故“执牛耳”的活用。古代诸侯举行会盟订约，要以割牛耳歃血的方式表示诚意。仪式由主盟者抓住牛耳刀割取血，故称主盟者为“执牛耳”。这句是借“执牛耳”订盟之事来说，假如按照程士林先和顾氏有了婚约来判定。

⑦责以雀角怎穿：意思是说如果要追究朱云岩强占的罪责。雀角怎穿，用典出自《诗经·召南·行露》“谁谓雀无角，何以穿我屋？”和“谁谓鼠无牙，何以穿我墉？”《毛诗序》认为这首诗写的是“衰乱之俗微，贞信之教兴。强暴之男，不能侵陵贞女也”。

⑧“则明”句：是说证词表明这件事禀告了母亲并得到同意。

⑨从一：古代礼教要求妇女一女不侍二夫，夫死不得再嫁。《易·恒》：“妇人贞吉，从一而终也。”

⑩水火堪虞：担心会投水或自焚。堪虞，令人忧虑。

⑪耦：同“偶”。

⑫厝棺：停放待葬或浅埋以待改葬的棺材。这里当为前者。

⑬惟无瑕者，可以戮人：只有自身没有瑕疵的人才能去指责别人。语出《梁书·贺琛传》：“凡人有为，先须内省。惟无瑕者，可以戮人。”戮，羞辱，指责。

彼此交割未清，谅或有之。但此等帐目，岂能作准而为之断追耶？本应两究，姑宽逐去。

吕郁文，镇江丹阳人也。咸丰十年，丹阳城陷，郁文载丝出境，行经太平洲，为严家正、王龙标劫去。贼退，郁文获严家正送官。其时，团防[1]董事黄宽等倚家正为左右手，请官释放不之理。有贡元良者，郁文舅氏也，因此恚愤[2]上控，词及黄宽，而黄宽亦以贡元良好讼控诉，收羁丹邑，旋释之。其归与不归，不可得而知也。适值老郎桥地方，有无名老男子落水身死，报官验殓。元良妻贡高氏出控曰，此死者乃氏之夫贡元良也。未几，又有贡士斌出控曰，此死者乃吾之伯父贡秉锡也。其词大略皆控黄宽挟嫌谋害，贿仵[3]匿报，并指其下手格杀之人曰大眼孙三。历控运司[4]、漕督[5]暨钦差[6]。都将军行辕[7]檄道府审办，拘孙三系之狱。旋奉大宪亲提人证、卷宗委审，卷下盈尺许，而并无一官讯问。嘻，怪矣！细核全卷，此案抢丝无庸疑，惟命案则多影响[8]牵涉之词，大约因抢案不结，故有此命案之纠缠耳。严家正已在逃，有王龙标在，便可了矣。召原仵杨成林诘之曰："有伤乎？"曰"无。""能具结乎？"曰："能。""尔知其为贡秉锡、贡元良乎？"曰："贡秉锡。""何以知之？"曰："贡秉锡本素识，怀中检出已湿词稿，又渠[9]在县控人有案者也。""果尔，则即实

---

①团防：一种地方民间武装组织，负责保护当地安全。

②恚（huì）愤：怨恨，愤怒。

③仵（wǔ）：仵作，隶属于官府的专门检验斗殴伤情及命案死尸的人。

④运司：即转运使司转运使或盐运使司盐运使。

⑤漕督：漕运总督的简称，为清代主管湖南北、浙江、两江、河南、山东至京师水道运粮的最高官员，也兼管地方行政事务，从一品或正二品衔。

⑥钦差：由皇帝亲自派遣，代表皇帝出外办理重大事件的官员。

⑦都将军行辕：都将军，都兴阿（1818—1875），郭贝尔氏。字直夫，谥清悫。达斡尔族，满洲正白旗人。曾官荆州将军、西安将军、陕甘总督、江宁将军、盛京将军等。赐"巴图鲁"封号，卒赠太子太保。著有《都兴阿奏稿》。行辕，高级官员在临时驻地的办公处所。

⑧影响：影子和响声，比喻缺乏实据。

⑨渠：他。

指为贡秉锡，召属领埋，便可定案，而不必以无名男子喝报[①]矣。此尔之自开其窦[②]，而予人以可乘也。”召贡士斌、贡高氏，则皆恸哭呼冤，姑置之。次日，单召贡士斌诘之曰：“死者为贡秉锡无疑，但贡高氏控黄宽，尔亦控黄宽，贡高氏控凶手孙三，尔亦控孙三。何以似此依样葫芦[③]？”曰：“黄宽虑贡高氏控告，许我埋葬银，属[④]领棺以实证虚。我已愿领，而渠不给银，故取贡高氏所控情节，依稀仿佛而为之者。”余笑曰：“此尔之实情也。但查贡秉锡落水处，人行不到，何以夜间至此？”渠不能答。复召原仵诘之曰：“尔相验之所有厕乎？”曰：“在厕侧。”曰：“是或者夜间如厕，落水身死也。其往宿某家，则因其已死而不敢承认也。”然而，死者为贡秉锡，而贡元良究往何处不可得而知，犹未足为信谳[⑤]也。又数日，召贡高氏再三诘问，坚曰不知，惟察其意不似前此之伤戚者。曰：“尔得家信乎？”曰：“未。”曰：“我明知尔得家信，何以欺我？”搜其身边，果得贡元良书，是前月初三日由安徽某戚家发，而渠于前两日接到也。曰：“尔尚有词乎？”叩首曰：“前此实不知下落，故怀疑误控。事已至此，未便遽呈。”案结。一干人证概行省释，只王龙标于抢丝案内拟徒[⑥]，并追赃若干给吕郁文领。

苏城离乱，高闺秀正值芳年；淮勇狓猖[⑦]，阮国尚肆行掳掠。幽兰在室，苦被搜寻；彩凤随鸦[⑧]，终惭非偶。得人如玉，贮屋无金，巫山之梦不长，蓝桥

---

①喝报：大声报告。清黄六鸿《福惠全书·刑名·检验》：“以尸场最宜肃静，以便仵作喝报明亮，检官听真登填。”

②窦：洞，指漏洞。

③依样葫芦：成语，意为和别人一样。典出宋代魏泰《东轩笔录》：“太祖笑曰：‘颇闻翰林草制，皆检前人旧本，改换词语，此乃俗所谓“依样画葫芦”耳，何宣力之有？’”

④属：同“嘱”。

⑤信谳：证据确凿令人信服的判决。

⑥拟徒：定罪罚为徒刑。

⑦淮勇狓（pī）猖：淮勇，淮军的兵勇。狓猖，猖狂，嚣张。

⑧彩凤随鸦：成语，美丽的凤鸟跟随了丑陋的乌鸦，比喻女子嫁给才貌品质低下的人。

之浆遂乞①。絮抛软白,难禁雨打风飘②;花太娇红,未免蜂狂蝶醉③。乃有曹启东者,以一夕之绸缪④,托三生之盟誓。旧曾有约,语涉支离⑤;众窜以归,形同强夺。暴以易暴,顿生平地风波;奇之又奇,竟架空中楼阁⑥。楚失而齐未为得⑦,狼驱而罴又忽来。是宜笞此寄豭⑧,省得群魔之扰;送还归燕,另为嘉耦之求。不意该氏虽觉昨非,犹云今是⑨,钩栏置我⑩,已穷阮籍之途⑪;环佩依人,愿食曹交之粟⑫。怎得依依杨柳⑬,分来春色两家;请将濯濯芙蓉⑭,度出泥污一朵。本县念其折磨可悯,婉转堪怜,因思商妇琵琶,犹

---

①蓝桥之浆遂乞:意为有人上门勾搭。典出裴铏《传奇·裴航》:裴航"经蓝桥驿侧近,因渴甚,遂下道求浆而饮"。见递水的是一美女,遂向其母求亲,后历经考验,终得如愿。浆,茶水等饮料。

②"絮抛"二句:是用比喻的手法说,白净的高氏过不惯艰苦的日子。

③"花太"二句:用比喻手法说,颇有姿色的高氏不免引得浮浪子弟心迷意乱。

④绸缪(móu):情意缠绵。

⑤"旧曾"二句:是说曹启东自称和高氏过去有婚约,但供词混乱不清。支离,破碎散乱,没有条理。

⑥"竟架"句:意思是凭空捏造了一些说法。

⑦"楚失"句:这句活用了"楚弓楚得"的典故,比喻阮国尚和曹启东是同类之人,高氏所遇前面是狼后面是罴。典出《孔子家语·好生》:"楚王出游,亡弓,左右请求之。王曰:'止,楚王失弓,楚人得之,又何求之?'"

⑧寄豭(jiā):寄放别人家传种的公猪,比喻进入他人家中淫乱的男人。这里指曹启东。

⑨"不意"二句:借用了陶潜《归去来兮辞》"实迷途其未远,觉今是而昨非"句意。

⑩钩栏置我:阮国尚把我作妓女对待。栏,原本作"兰(蘭)",当为误刻。钩栏,即"勾栏",妓院。钩,同"勾"。

⑪已穷阮籍之途:意为无路可走。典出《晋书·阮籍传》,阮籍因不满当时的政治现状,所以任性不羁,"时率意独驾,不由径路,车迹所穷,辄恸哭而反"。此处因阮国尚与阮籍同姓,故借此典说阮国尚已无生计出路。

⑫愿食曹交之粟:愿意和曹启东一起吃饭生活。这里因同姓,故用曹交代指曹启东。曹交之粟,典出《孟子·告子下》:"曹交问曰:'人皆可以为尧舜,有诸?'孟子曰:'然。''交闻文王十尺,汤九尺,今交九尺四寸以长,食粟而已,如何则可?'"

⑬依依杨柳:用来比喻纤弱的高氏。依依,细柔的树枝随风披拂的样子。

⑭濯濯芙蓉:濯濯,清新明净貌。芙蓉,荷花的别名。

伤白傅[①];东山女妓,本属苍生[②]。本以人治人[③]之思,为因物付物[④]之用,夺回罗雉[⑤],成就野鸳,如愿以偿,顺情为理。断令曹启东酌偿阮国尚洋蚨[⑥]若干元,一则囊金而去,别有生涯;一则怀璧以归,自成眷属。重寻仙子,已迷采药之阮郎;嫁得东风,赖有种花之潘令。

叶遇春赴府首[⑦]佃朱小寿抗租,经府提佃发知事厅[⑧]比追,身荷一枷,时历五月。其堂兄朱锦堂牵其耕牛变价,得洋念四番[⑨],交原差王祥呈缴。乃该差从中干没[⑩],以剜肉补疮[⑪]之钱饱花费瓜分之橐,非徒大胆,实属忍心。而叶遇春不知,犹复赴府渎催[⑫]。室中之黄犊已牵,家贫如洗;堂上之青蚨未缴,官怒难平。迨经伊母指控,本府提鞫,该差犹复一味支吾,百般狡展[⑬]。蒙发下县,当即坐堂,不再传过付之人,但诘以难逃之理。未夹三木,竟无一

---

①"因思"二句:用白居易听商人之妇弹琵琶之典,比喻自己听了高氏的遭遇心生同情。白居易写有《琵琶行》一诗,诗前小序有"送客湓浦口,闻舟中夜弹琵琶者,问其人,本长安倡女,尝学琵琶于穆、曹二善才。年长色衰,委身为贾人妇"之记,诗中则有"座中泣下谁最多?江州司马青衫湿。"之句。白傅,白居易晚年曾官至太子少傅,故称。

②"东山"二句:是说她哪怕是个妓女,也是个百姓。这当中的典故有一个不断被活用的过程,最先见于《世说新语·识鉴》:"谢公在东山畜妓,简文曰:'安石必出。既与人同乐,亦不得不与人同忧。'"这是"东山妓"的由来。后来李白在《梁园吟》中写道:"东山高卧时起来,欲济苍生未应晚。"把"东山"和"苍生"联系起来。最后是龚自珍《己亥杂诗》第126首的"别有狂言谢时望,东山妓即是苍生"。东山在会稽,是谢安四十岁前的隐居之所。苍生,百姓。

③以人治人:根据不同的人的具体情况采取不同的办法处理。语出《中庸》第十三章:"故君子以人治人,改而止。"以,因。

④因物付物:遵从事物自身的属性和规律让它自然发展。

⑤罗雉:罗网中的鸟,用来比喻受困于阮国尚的高闺秀。

⑥洋蚨:即洋钱。古时称钱为"青蚨",故称洋钱为洋蚨。

⑦首:告发。

⑧知事厅:清代府的属官有知事,知事厅即知事的办公处所。

⑨念四番:即二十四块。念,表示二十的"廿"的读音。番,旧称银元一枚为"一番"。

⑩干没:侵吞。

⑪剜肉补疮:意思是用巨大的牺牲来救眼前之急难。典出唐聂夷中《咏田家》:"二月卖新丝,五月粜新谷。医得眼前疮,剜却心头肉。"

⑫渎催:反复催办。渎,滥,过分。

⑬狡展:狡赖。

辞，如数退出，敢说廿四番信[①]之讹；荷校罹凶，已历百六春光[②]之久。佃固冤矣，差亦诚可畏哉。

讯得汪吟舫控堂弟汪卓吾与兄循南合开永庆官铜局，曾欠银一万八千两未归。质之汪卓吾，供称铜商系循南充当，伊属无干，并无合股欠银之事。而循南远处东洋，无从质讯。此等虚实，姑不具论。但以如斯巨款，值此乱年，将谓循南应给，则望洋兴叹，君其问诸水滨[③]；将谓卓吾当归，则避乱而逃，家已毁于贼手。本县体酌盈剂虚[④]之意，为分多润寡之谋，断令汪卓吾酌助吟舫银三百两。期分两限，毋太急于燃萁[⑤]；数合《毛诗》[⑥]；愿重歌乎《行苇》[⑦]。一则永为焚券，一则毋吝解囊，保兹乱后之余生，敦尔暮年之兄弟。况汝等衣冠世族，诗礼名门，菜根饱我一生，应甘淡泊；潭水照人千尺[⑧]，何等空明。而乃操同室之戈[⑨]，即为败类；屈公堂之膝，未免贻羞。自今以始，尔兄弟其仍循雁之行[⑩]，毋徒使龙也吠[⑪]。

---

①廿四番信：即二十四番花信风，借二十四番代指二十四枚银元。

②百六春光：一百六十天，即前句之“时历五月”。

③君其问诸水滨：语出《左传·僖公四年》：“贡之不入，寡君之罪也，敢不共给？昭王之不复，君其问诸水滨！”原意是说周昭王淹死在汉水，与我楚国不相干，你要问罪就去问汉水去吧！这里借其字面意思说，面对茫茫大海有什么办法，不能问大海要啊。

④酌盈剂虚：用有余的补不足的。酌，舀取。剂，帮助。

⑤燃萁：兄弟间逼迫。典出曹植《七步诗》。

⑥数合毛诗：指数字正好和《诗经》篇数一样。《论语·为政》：“子曰：‘诗三百，一言以蔽之，曰：思无邪。’”

⑦《行苇》：即《诗经·大雅·行苇》，一般认为此诗写的是周朝贵族的家宴，表现了家人的和睦。这里是借以表达希望他们兄弟和睦。

⑧“潭水”句：是暗用李白《赠汪伦》：“桃花潭水深千尺，不及汪伦送我情”诗句。因同姓汪，故希望他们兄弟像汪伦一样重视纯真的感情。

⑨操同室之戈：比喻兄弟争斗。《左传·昭公元年》又载，徐吾犯之妹嫁给子南后，“子皙怒，既而櫜甲以见子南，欲杀之而取其妻。子南知之，执戈逐之。及冲，击之以戈，子皙伤而归”。子皙公孙黑和子南公孙楚同为郑国大夫，是堂兄弟。

⑩循雁之行：做到长幼有序，兄友弟恭。雁行，大雁飞行时行列分明、先后有序，借以比喻兄弟长幼有序。

⑪“毋徒”句：意思即为俗语所云：“不要闹得家里鸡飞狗叫的。”

陆金祐，虎而冠者也①。曾以捐职任长兴县典史，其子陆仁甫为高子美之婿。子美死，适值兵乱，窃其分书、契券②以逃。城复，改立陆合珠栈，报官收租。子美之母高江氏尚在，控其霸占。金祐乃诉称高氏之产无多，均经押出，由伊赎回，其余则皆己产也，呈出子美分书、田数为据。细加比对，田数较原分书果多，字圩坵号③亦有不符，碍难定断，而心终疑金祐非正人。乃传各催甲④细鞫，问："田数何以多出？"曰："子美之弟高履墀出嗣他房，其原分之田半让于子美，故田数较原分书多出也。"问："字圩坵号何以不符？"曰："高履墀因执业不便，将其原分之田与子美调换，故字圩坵号又与原分书不符也。"余诘金祐曰："此尔之所以籍此生心，希图牵赖也。"金祐语阻，供："田诚高产，由我措银赎回。"问："当主⑤为谁？"曰："金伟生。"问："赎价若干？"曰："八百两。"乃传金伟生对质，则价止三百两，仍是子美之妻高陆氏兑交也。乃将金祐褫革⑥，而以田归高氏。

问五品顶戴候选、从九品许鲁珍控马快⑦陈阿金平空⑧诬窃一案。据陈阿金供，眼见许鲁珍街市徘徊，用剪刀剪窃行人玉器，赃未入手，将搜出剪刀呈案。查询许鲁珍曾在某将军营内得军功保举，流落在苏，并无顺便偷窃情

---

①虎而冠者也：戴着帽子的老虎，比喻人面兽心。

②分书、契券：分书，子孙分家析产的文书。契券，指房契、地契等合同文书。

③字圩坵号：旧时将土地编上字号以确定位置。如"漕泾区五图署字圩第 13 号第 17 丘"。

④催甲：一种职业收租人，通常受雇于租栈，为地主向佃农收租。

⑤当主：田产典当出去后的主人。

⑥褫(chǐ)革：除名革职。褫，剥夺冠服。古代官员有表示品级的官服，剥去官服，即不再是官身了。

⑦马快：衙门中骑马的捕役。

⑧平空：同"凭空"，无凭无据的。

事等语。判曰："狗盗相依，曾作孟尝之客①；蚨飞已尽②，来吹吴市之箫③。迹有可疑，情已概见。况剪刀乃家藏之物，并非杂佩在身；街衢是路过之场，安用冷观局外？宦途太滥，头衔尽可悬冰④；贼智忽生，手段原来窃玉。虽无赃据，岂免贼名，递解⑤犹从宽政。"

查徐祥贤等具控徐雀桥侵僭坟地等情一案。当因两造控情各执，业经移委⑥勘丈明白，并无侵僭。查勘覆，内开胡业⑦本应三亩五分，今丈见三亩三分五厘；徐祥贤坟地本应五分，今丈见二分七厘七毫。两丘合算，实田三亩六分二厘七毫。是此田本系窄小，理应统扯折算，摊纳粮赋。照九零六八折摊算，胡业多田一分七厘六毫，是应扣还徐姓，以昭平允。谕将徐祥贤户下扣去一分七厘六毫，由徐雀桥立户办赋，并谕出洋六元归徐祥贤收领，以贴从前完粮之费。至此，田本系胡业，应归胡姓办粮。今徐雀桥因葬亲之故，自愿认办，事属可行。其应扣还租米，着图董⑧徐廷贵妥为议明可也。

讯得陈太控张阿桂冒占伊妻彦氏一案。据陈太供，十年城陷，张阿桂在贼中将伊妻掳去，城复，妻归，今张复来冒占。而张阿桂又以彦氏本乱前媒娶，被陈拐逃。质之彦氏并其母彦陈氏，皆谓陈实自幼婚聘，张乃掳逼以从者也。余细鞫张曰："尔妻逃时，由外乎？由家乎？"曰："去年在丁公馆帮工

①"狗盗"二句：典出《史记·孟尝君列传》：齐孟尝君好养士，有食客三千人。一次出使秦国被扣留，遂求秦昭王宠姬说情。此姬欲得狐白裘，但裘已献给昭王。无奈之下，一食客装狗钻入秦宫收藏处将其偷出。此姬妾得裘后为其说情，昭王遂放其归国。这里是说，许某虽曾投靠某将军得保举，但毕竟不是正经人。

②蚨飞已尽：钱已花光。

③吹吴市之箫：意为沦为乞丐或比喻生活穷困。典出《史记·范雎蔡泽列传》："伍子胥橐载而出昭关，夜行昼伏，至于陵水，无以糊其口，膝行蒲伏，稽首肉袒，鼓腹吹箫，乞食于吴市。"

④"头衔"句：意为各种头衔多得像屋檐下悬挂的冰柱。

⑤递解：指对不是本地户籍的犯人，由沿途各地官衙派差役分别一站站轮番押送，直至送回原籍。

⑥移委：移文委派人员。移文，行于不相统属的官署间的公文。

⑦胡业：胡姓的田地产业。

⑧图董：清代在南方各省县以下设乡，乡以下设图；图设图董，总管一图事务。

即未归矣。”余乃召陈至，曰：“尔当长随[①]乎？”曰：“然。”“尔前在何处？”曰：“丁公馆。”“尔与妻俱往乎？”曰：“未。”曰：“彦氏在彼，尔亦在彼。尔供未与妻往，则彦氏之不为尔妻可知矣。尔与彦氏因此苟合而逃，又可知矣。”陈无辞。张请办陈而乞妻归。余曰：“尔亦非媒娶也。若为媒娶，岂有妻逃两载而不控官者乎？”张乃实吐其掳掠状。遂并惩之，而以彦氏归其母去。

讯得左营把总[②]华德顺与朱兆祥妻朱褚氏通奸一案。居邻仲子，顿成逾里之行[③]；巷有狡童[④]，时切窥墙之意。目逆而送，眉语以招，草间虽有鸳交，花下尚无龙吠[⑤]。迨至华德顺续旧，朱兆祥捉奸，并有遗下衣物可证。抱头急窜，误携崔子之冠[⑥]；跣足[⑦]狂奔，竟失徒人[⑧]之履。固宜顿死淫心，永寒色胆矣。而乃离云已断，长作路人；温语忽通，又匿他所。夫子有桑中之喜[⑨]，窃妻而逃；彼妇为阃外[⑩]之游，背夫出走。温柔乡固多痴汉，风流阵岂容武夫。乃将华把总详革[⑪]，朱褚氏归其母领回。

僧守成，一无赖之和尚。因乱还俗，充当勇丁。城复后又谋代理僧纲

---

①长随：官员雇用的仆役。

②把总：一种低级武职名称，秩正七品。

③“居邻”二句：出典见前钱阿五一则“逾里”注。这里的“仲子”暗喻华德顺。

④狡童：美貌少年。狡，同“姣”，美好。

⑤“草间”二句：意思是两人苟合之事一时尚未被发觉。

⑥“误携”句：意为偷情的人慌乱中拿走男主人的帽子。典出《左传·襄公二十五年》：齐棠公妻棠姜貌美，棠公死后，棠姜被崔武子娶去。“庄公通焉，骤如崔氏，以崔子之冠赐人”。通，私通棠姜。崔武子，即齐国大臣崔杼。

⑦跣（xiǎn）足：赤足。

⑧徒人：没有兵器、铠甲等装备的士兵。这里代指身为武职的华某。

⑨桑中之喜：指偷娶别人的妻子一起出逃。典出《左传·成公二年》：申叔路遇屈巫，知其已娶夏姬为妾并准备一起出逃，便说：“异哉！夫子有三军之惧，而又有桑中之喜，宜将窃妻以逃者也。”桑中，指幽会偷情之处。《诗经·鄘风·桑中》：“云谁之思？美孟姜矣。期我乎桑中，要我乎上宫，送我乎淇之上矣。”

⑩阃（kǔn）外：家门之外。阃，门槛。

⑪详革：报告上级予以革职。

司①。藉吴县饬查上方山谕单②,向尼诚宗索取钱文。迨经控告,犹复以不守清规,理应查办为词。呜呼,曾见有做和尚不了的是个好人?掌责犹从宽政。

谕:揠嗣③,争也;并嗣,亦争也。杨顾氏乃二房杨昭德之妻。昭德殁,无子,应以三房芳仙之长子鸣皋嗣立,礼也。其长房念宗坚欲承祧④,是未知大宗不能与人为后之义也。迨族长杨秀章等主持并嗣,是又于伦序之中寓调停之说而自乱其例也。姑断令杨顾氏将遗产分给长房若干亩,以推让之理,息觊觎之心,所谓以让化争也。至于嗣子,则专以三房鸣皋为断。礼有明文,例有专条,不得紊乱也,该族长其三复思之。

李清桂娶妻方氏,嗣又娶妾熊氏,朝夕诟谇⑤,不安于室,竟至纵妾将妻殴伤。妻控到官。余召李来,晓之曰:“妒妇固愧乎三从⑥,而宠妾尤犯乎六逆⑦,尔其熟思审处,毋再扬中冓之羞也。”

查各行小甲⑧最为民害。于友山为儿娶媳,赁⑨纪老虎治酒,此寻常事也。李星洲自称小甲,藉主顾以把持。岂厨夫亦有该管之地,不容越俎而

---

①僧纲司:各府管理僧尼的机构。

②饬查上方山谕单:清查上方山的手书命令。上方山,位于苏州西南,上有楞伽寺。谕单,上级给下级的手令或予以告诫的文书。

③揠(yǎ)嗣:强逼人接受为儿子来做继承人。

④承祧(tiāo):承继为后嗣。

⑤诟谇(gòu suì):辱骂。

⑥三从:儒家对女子的一种道德要求,即“未嫁从父、出嫁从夫、夫死从子”。这里是说方氏不能顺从丈夫娶妾的意愿。

⑦六逆:指六种违背伦礼秩序的行为,即“贱妨贵、少陵长、远间亲、新间旧、小加大、淫破义”。这里是说熊氏以少陵长,以小加大,对正妻方氏违礼。

⑧各行小甲:各行业处理本行业事务的首领,犹如当今地方上行业协会的会长。

⑨赁(lìn):雇用。

代[①]耶？倘主人有事，适彼外出，则将庖厨阒寂[②]，宾客輖饥[③]，为之不举火以待耶？至于呈出乾隆年间充役牌票[④]，尤属谬妄。无论事隔多年，难以凭信，即使实有其事，凡不便于民者，本县亦将更之，而况其本属无稽耶！乃将李星洲笞责，牌票注销，小甲名目革除。

黄德丰养媳刘氏，逃匿已数月矣，乃忽指控王三拐带。其带至何地？则荆溪张渚镇东山村也。其卖与何人？则娶主王德奎，媒人张裕春也。并指出某某于某月某日路遇王三之舟而亲见其事也，又指出某某于某月某日行经张渚镇之地而窃闻其说也。提讯到日，众口佥同[⑤]。质之王三，坚不承认。余固疑其情节过真，有似串捏[⑥]。迨至复讯，黄德丰但求断财礼，余益觉其情虚。及行查荆溪，并无其事。乃重责黄德丰等，释王三归。

吴顾氏一弱女子耳，夫死子幼阃以外，伯也任之矣。乃夫兄监生吴秋坪于每年租息之入，半托开销，遂至该氏日用之资亦多缺乏。迨索取租簿，请自收管，则又掯[⑦]不交还。呜呼，是何心哉？寡妇孤儿，造物已留其缺陷；诸父昆季[⑧]，人力端赖其扶持。试问该氏即无遗产，非该生之是依而谁依乎？该生代权[⑨]余资，非该氏之是用而谁用乎？当有钱家，算无凭帐。既误于假手[⑩]，实难以甘心。至于租簿不还，其将去籍[⑪]耶？抑亦恋栈[⑫]耶？丁年守

---

①越俎(zǔ)而代：本意比喻越权办事或包办代替。典出《庄子·逍遥游》："庖人虽不治庖，尸祝不越樽俎而代之矣。"俎，指祭祀时摆祭品的礼器。本判词则在运用这一典故的同时巧用"俎"的另一意，即切菜砧板，一语双关，嘲弄连厨师也不容他人代替。

②阒(qù)寂：寂静。

③輖(zhōu)饥：非常饥饿。

④充役牌票：充当差事的凭证。牌票，官方填发的有着固定格式的书面命令。

⑤佥(qiān)同：全都一样。

⑥串捏：串通捏造。

⑦掯(kèn)：按住。

⑧诸父昆季：诸父，伯父和叔父。昆季，兄弟。

⑨代权：代为掌管。

⑩假手，借助别人帮自己做事。这里代指帮助收取管理租息的大伯子。

⑪去籍：除去上面的记载。

⑫恋栈：舍不得放弃。

志，不过称未亡人[①]；午夜扪心，何以告先死者。乃断令将租簿交出，由该氏自管。

谢登科控戚徐有才往来其家，与女约为婚姻，并请杖杀其女。余曰："尔女已字人乎？"曰："未。"乃召徐至，则一翩翩少年也。断令出财礼若干，劝谢以女归之。判曰："城北徐公[②]，素有美誉；江南谢女[③]，久擅才名。既两美之相当，亦三生之凑合。况律虽明设大法，礼尤贵顺人情，嫁伯比以为妻，邧夫人权衡允当[④]；记钟建之负我，楚季芈从一而终[⑤]。始乱终成，还思补救；人取我与，毕竟圆通。蠲[⑥]尔嫌疑，成兹姻好，本县亦冰人[⑦]也。尔其诹吉[⑧]待之。"

此案沈周氏控杨阿全将媳陈氏拐匿等情。提讯杨阿全，呈出婚据，则系沈周氏主婚，金歪头做媒，并供已付洋八元。质之沈周氏，则云并未主婚，亦未收洋。问杨阿全洋交何人，则云："交金歪头。"问金歪头，则云转交经造[⑨]陶阿鹅。提讯陶阿鹅，则以事不干己，不应交洋为辞。两造各执，无从定断。然金歪头忽于问中供出陶阿鹅，则陶阿鹅不得为无事矣。问婚据何人书写，则曰沈金龙。提讯沈金龙，则曰："阿全央写。"问："尔会写字，现作何事？"曰："代经造写册。"问："何经造。"曰："陶阿鹅。"问："陶是否知情？"曰："不

①未亡人：寡妇的自称。

②城北徐公：战国时期齐国姓徐的美男子，以同姓代指徐有才。《战国策·齐策》："城北徐公，齐国之美丽者也。"

③江南谢女：指谢道韫，东晋有名的才女，其吟咏飞雪的句子"未若柳絮因风起"最为脍炙人口。亦以同姓代指谢家女儿。

④"嫁伯"二句：典出《左传·宣公四年》："初，若敖娶于邧，生斗伯比。若敖卒，从其母畜于邧，淫于邧子之女，生子文焉。邧夫人使弃诸梦中，虎乳之。邧子田，见之，惧而归，以告，遂使收之。""以其女妻伯比，实为令尹子文。"权衡允当，权衡事情利弊处置得很恰当。

⑤"记钟建"二句：见前"王金妹"一则注。

⑥蠲（juān）：去除。

⑦冰人：媒人。典出《晋书·索紞传》："君在冰上与冰下人语，为阳语阴，媒介事也。君当为人作媒，冰泮而婚成。"

⑧诹（zōu）吉：选择成婚的吉日。

⑨经造：负责下乡按册催征钱粮的一种小吏的名称。

知。”再三研诘，矢口不移。然沈金龙现在陶阿鹅处，则与金歪头所供又暗相符合矣。命掌颊。乃供陶阿鹅令写底稿，系陶做就交来，其洋钱八元，亦阿鹅收用也。问：“沈周氏是否到场？”曰：“未。”乃阿鹅私将陈氏串卖与阿全，而干没①其身价也。问沈周氏何以单控杨阿全，曰：“陶与杨有隙，又唆使沈周氏控以拐匿也。”召陶阿鹅至，俯首服罪。乃痛惩之并追洋给领。

讯宁波人张庆孝控姚城狡赖图吞一案。查监生姚城勾结衙门，为害乡里，人以其阴谋诡谲，皆呼为“黑鬼”，本州下车②，即有所闻。此案张庆孝租姚城屋开庆云楼茶馆，押租二百千，房租一百千，又因资本不敷，借姚城钱二百千。其房租以租折③为凭，借款以借券为凭，本属罗罗清疏。乃房租忽称租折遗失，而以后之所付房金，但凭面交，无由登折也；借款忽要每月拔还④，而从前之所立借券并未注明，依然原数也。其实两款均已收清而押租仍应归出也，彼昏不知，岂料眈眈⑤者之蓄意已久哉。今夏，张庆孝因病回里，姚城即将房另租，所有器具搬入家内。下千里逐客之令，有一网打尽之思。呜呼，彼何人哉？是乃狼也！迨张某控案，本州讯明，犹复呈折执券狡辩不休。姑戒扑⑥示警，管押限追，从此高明之家或免于鬼瞰其室也。

讯宝山县文生⑦陆文炯上控顾明义、钱鹤楼霸吞沙地一案。此案控州，未准控，奉抚宪批州亲提。查核全卷，顾明义、钱鹤楼报买沙地，均有案据。其实陆文炯之父陆荣承买在先，缴价未清，即因他案访拿逃避。顾、钱两人，皆陆之管沙者也，即于其时，另报承买，升科⑧管业。衡之以仆篡主之义，诛其乘人于危之心，顾、钱均非善类矣，无怪陆文炯之屡控未休，不肯甘服也。

---

①干没：侵吞。
②下车：刚到任。
③租折：写有租用合约的折页。
④拔还：分期抽出一部分来归还。
⑤眈眈：目光注视。
⑥戒扑：即打板子。
⑦文生：文秀才，区别于武科秀才而言。
⑧升科：指开垦荒地耕种满规定年限后，即按照普通田地标准缴纳钱粮。科，科税。

姑断令顾明义退还沙地一百亩,钱鹤楼退还稻地十亩,交陆文炯收执。案结。

讯闵家骥控舅氏张绳武因妒行,业[①]遣子张大观寻殴一案。查闵、张甥舅至亲,但令其当堂服礼。判曰:“奋拳直殴,几等紾兄之臂[②];低头是拜,无伤望母之情。我肯为和事之好官,尔毋为不饶人之痴汉。”案结。

讯陆福控倪三观将父母强葬伊田一案。提到倪三观,则一痴骀[③]人也。曰:“是岂能作此事者乎?”细诘之,乃实吐出施野二、施野三等,皆地棍[④]也。判曰:“白骨无辜,甘作骗人之鬼;青山有界,偏思舍己之田[⑤]。为人子者,柰何出此?而岂知施野二等哭他人之灵屋,生平地之风波;既主谋于暗中,复助恶于局外。孺子可教,竟挟奇货以自居;故鬼无灵,乃指他山而为墓。是真市井之尤[⑥]而乡里之害矣。除断令倪三观将坟迁葬,并穷治施野二等,以快人心。”

讯文生王念祖控顾逸斋等侵占弇山公祭田[⑦]一案。提讯到日,索观契据,皆以年远遗失为辞。余曰:“此田自是王姓不肖子孙辗转盗卖尔等,若呈出契据,自应由官捐廉酌偿价值。今既无契可呈,则只得将田断还,不治以

---

①业:已经。

②“几等”句:几等,几乎等于。紾(zhěn)兄之臂,语出《孟子·告子章句下》:“紾兄之臂而夺之食,则得食,不紾则不得食,则将紾之乎?”紾,扭。

③痴骀(tái):痴呆庸劣。骀,劣马。

④地棍:地痞。

⑤舍己之田:意思是说自己有田不用而用人家的田下葬。语出《孟子·尽心章句下》:“人病舍其田而芸人之田,所求于人者重,而所以自任者轻。”

⑥尤:少见的罪人。

⑦弇山公祭田:用作合族共同祭祀王世贞时经费来源的田产。弇山,指王世贞,因其建有弇山园,园中建有弇山堂,故以之代称。公祭田,专用做合族共同祭祀活动经费来源的田产。

侵占之罪足矣。”众允诺。共田三十七亩零。判曰:“过柳下之垅,敌人犹禁采樵[1];赐绵上之原,伯主亦知旌善[2]。而乃顾逸斋等衣冠未远[3],不登邱陇[4]而思;禾黍[5]依然,竟取田畴而伍[6]。吊契[7]则托言一炬,问名则已历数人。既夺伯氏之田[8],遂馁若敖之鬼[9]。断还,犹从宽政。”

讯曹和观控婶母杨氏殴伤伊妻曹唐氏一案。据供,杨氏因邀会[10]未允,纠人行殴等情。余晓之曰:“验得伤甚细微。似尔贫苦,尔婶尚来邀会,则其贫苦殆有甚焉。一经提讯,不独尔婶受累,即尔亦须在城守候。书差要钱,是现在之急;田地荒芜,是将来之苦。何必因此一口气,绝两家之生乎?”赏

---

①“过柳下”二句:典出《战国策·齐策》:“昔者秦攻齐,令曰:‘有敢去柳下季垄五十步而樵采者,死不赦。’”以表达对贤人的崇敬。柳下,即柳下惠,季是他的字,春秋时鲁国人,著名的思想家、政治家、教育家,也是“坐怀不乱”道德高尚的人。垅,同“垄”,坟墓。

②“赐绵上”二句:典出《左传·僖公二十四年》,介之推跟随重耳出亡,重耳返国即位为晋侯后赏赐跟从出亡的人,介之推自己不想贪功而不说,也未得到赐禄,“遂隐而死。晋侯求之不获,以绵上为之田,曰:‘以志吾过,且旌善人。’”绵上,古地名,在今山西介休。原,宽广的平地,以之作祭田。伯主,即重耳,后来成为“春秋五霸”之一。伯,通“霸”。

③衣冠未远:指祖上是士大夫人家。

④邱陇:坟墓。

⑤禾黍:典出《诗经·王风·黍离·序》:“《黍离》,闵宗周也。周大夫行役至于宗周,过故宗庙宫室,尽为禾黍。闵宗周之颠覆,彷徨不忍去而作是诗也。”后人借禾黍寓故国之思。

⑥“竟取”句:田畴,田地。伍,相邻。这一对骈句的含义是,顾、王两家同为士大夫之后,王姓衰败,子孙不肖,盗卖公祭田,顾家怎能不由此而生兴亡盛衰之感,以之为鉴,竟然忍心据有王家的公祭田。

⑦吊契:调取田契,用来查证。吊,提取,调取。

⑧伯氏之田:典出《论语·宪问》,有人问孔子管仲仁德如何,孔子答道:“人也。夺伯氏骈邑三百,饭疏食,没齿无怨言。”这里只是借以代指他人的田地。

⑨“遂馁”句:意为使王氏祖宗享受不到祭品而饥饿。典出《左传·宣公四年》:“楚司马子良生子越椒,子文曰:‘必杀之。是子也,熊虎之状,而豺狼之声,弗杀,必灭若敖氏矣。谚曰:“狼子野心。”是乃狼也,其可畜乎?’子良不可。子文以为大戚,及将死,聚其族,曰:‘椒也知政,乃速行矣,无及于难。’且泣曰:‘鬼犹求食,若敖氏之鬼,不其馁而?’”后来,若敖氏终因越椒起兵叛楚而被灭。馁,饥饿。

⑩邀会:邀请入会。这里的会指“摇会”,是民间一种个人筹集小规模资金的经济互助形式。一般由急需资金的人发起,约集若干人,各自按期等额交款,首期收集的资金为发起人所得,再按议定或摇骰、拈阄等方式决定的顺序确定后面各期得款人,等到最后之人拿到资金后这次摇会即结束。

钱二千文，令其回归，其人感泣而去。

讯福山镇移送盗犯龚万厚、陆海春并事主徐嘉宾叔侄三人。细绎①文，称：哨弁某在洋巡缉，见有形迹可疑之船，当往查视。该船即傍滩而行，船上十余人皆凫水逃，擒获两人，则龚万厚、陆海春也。闻舱内有喊叫声，出而释之，则事主徐嘉宾叔侄三人也。提讯龚万厚，则称系素识顾凤，于十二日保荐到徐哨官②艇船当勇。月之初六，曾在杨林口顾叙金草行住宿。不意十二日到船，十八日忽诬指为盗。提到顾凤、顾叙金，则所供皆符。是其来文所云“初八日当场拿获”已属不符。并提龚万厚、徐嘉宾对质，则只有徐歪郎指称陆海春所穿马褂③是其原赃。诘以马褂是何布色，有无补缀痕，并钮扣是何样式，所供均不相符。单鞫徐嘉宾，乃供被盗是初六日夜，昏暗之中无从识辨。龚万厚并非当场拿获，所供赃衣亦属误认。是徐嘉宾海洋遇盗之日，正龚万厚旅馆熟睡之时。门火殃鱼④，灾成无妄⑤；网兔得雉，事不近情。乃一概省释，龚万厚递籍⑥。

讯徐宝森控徐竹溪唆令徐周氏吞占公田一案。查此案业经请销⑦，惟细阅息词⑧，尚多未协⑨。因复提徐竹溪研鞫。据称，田系周氏私产，有契为凭。呈出契据，年远墨新。因令徐竹溪当堂写字，核与契字笔迹相符。曰：“此契尔伪造也，此田实公产也。”姑从宽，断两股均分。案结。

---

①绎：研究推理。

②哨官：一种低级军官的名称，为管领一哨的长官。一哨为百人。

③马褂：一种穿在长袍外面的对襟或大襟、琵琶襟的短褂。本为满族人骑马时穿的服装，故名。

④门火殃鱼：意为无辜者被连累受到灾祸。典出北齐杜弼《檄梁文》：“但恐楚国亡猿，祸延林木；城门失火，殃及池鱼。”

⑤灾成无妄：平白无故遭遇意想不到的灾祸。典出《易·无妄》：“六三，无妄之灾。”无妄，意想不到。

⑥递籍：递解回原籍。

⑦请销：原告申请撤销诉讼。

⑧息词：申请中止诉讼的呈词。

⑨未协：不合理。

讯王世荣控野猫[1]引诱伊妻冯凤观赴常熟游玩一案。提讯到日,尽吐实情。其托言归宁[2],而暗中之勾引则有阿娘严氏之为蜂蝶使[3]也;其诡词就医,而阃外之周旋则有阿叔王敬之为风月媒也。母也不谅[4],叔兮与同。无怪乎野猫得乘其机,而么凤[5]难安于室也。均杖责以警,而凤观归其夫领回。野猫,沈永芳妻。

讯沈玉田控钱昭大借女讹索一案。此案钱昭大女病濒危,请巫人范五天祈禳[6]。巫与沈有隙,因谓沈姓造房妨碍。昭大信以为真,女死不殓[7],与沈争闹。提到范五天,犹复指天画地,云"犯白虎[8]"。判曰:"虒祈宫成而晋君有疢[9],章华台竣而楚子将亡[10],此乃气机之适至,非必土木之为灾。而乃范五天者,妄肆巫言,如见凶神于白虎;几同妖梦,竟来厉鬼于黄熊[11]。是真

①野猫:俗语指喜欢在外游荡的人,从传统礼教来说女人这样则是不守妇道。

②归宁:已嫁女子回娘家看望父母。

③蜂蝶使:和下句的"风月媒"本意都是指为男女暧昧之事居间撮合,传递消息的人。这里比喻他们串通为谋。

④不谅:不诚实。

⑤么凤:小凤,因张氏名凤观,故称。么,同"幺",小。

⑥祈禳(ráng):用祭祀鬼神祈祷和画符、念咒等法术来祛病。

⑦殓(liàn):死后尸体入棺。

⑧犯白虎:旧时迷信的说法认为白虎星是凶神,冲撞了将会有凶丧、刀剑血光、疾病等灾祸。这里是巫人范某强说沈家造房在方位格局上犯了白虎,降灾在钱女身上。

⑨"虒(sī)祈宫"句:虒祈宫,春秋时晋平公所建,故址在今山西侯马市,建成不久晋平公即因病而亡。疢,久病。

⑩"章华台"句:章华台,春秋时楚灵王所建的一个宫殿群,现代考古认为坐落于今湖北潜江。建成后,因国力消耗过甚,灵王既耽于逸乐又先后用兵,终于众叛亲离,自缢而亡。楚子,周初分封诸侯时楚国封为子爵,故楚国国君称楚子。

⑪"竟来"句:典出《左传·昭公七年》:"郑子产聘于晋。晋侯疾,韩宣子逆客,私焉,曰:'寡君寝疾,于今三月矣,并走群望,有加而无瘳。今梦黄熊入于寝门,其何厉鬼也?'"黄熊,古代传说中的兽名。这句话是指范某妄言钱女被鬼所缠。

舍江汉而咎河，无关望祀①；诬台骀以为祟，听命卜人②。为此说者，其谁信之？”除断令钱昭大棺殓其女，并穷治范五天以惩其奸。

讯汪陈氏控夫弟不肯嗣子一案。提讯到日，该氏皤然③一老寡妇，并无旁宗可以承祧。诘其夫弟何意，但云：“争立是争财。余不愿以子出嗣，并无不合。”余曰：“此则所谓‘杀汝，璧将焉往？④’居心狠毒，莫此为甚。”其人方在病中，浑身汗下，霍然而愈，乃允嗣立。余退谓友曰：“陈琳檄可愈风⑤，杜陵诗能医疟⑥。余之判牍得毋类此欤？”

有某妇不守妇道，首子不孝。族长、祠长两诸生各有所袒。其一曰：“七

①“是真”二句：是责备钱昭大死了女儿不找自身原因反而委罪他人。典出《左传·哀公六年》：“初，昭王有疾。卜曰：‘河为祟。’王弗祭。大夫请祭诸郊，王曰：‘三代命祀，祭不越望。江、汉、睢、章，楚之望也。祸福之至，不是过也。不谷虽不德，河非所获罪也。’遂弗祭。”望，视野所及。

②“诬台骀”二句：是说钱某听信巫人范某的话污蔑好人。典出《左传·昭公元年》：“晋侯有疾，郑伯使公孙侨如晋聘，且问疾。叔向问焉，曰：‘寡君之疾病，卜人曰：“实沈、台骀为祟。”史莫之知，敢问此何神也？’”公孙侨告诉他们实沈是参宿之神，台骀则是治水有功的汾水之神，晋平公的病是由享乐贪恋女色所致。

③皤（pó）然：头发白了。皤，白。

④杀汝，璧将焉往：出自《左传·哀公十七年》：卫庄公逃难“入于戎州己氏。初，公自城上见己氏之妻发美，使髡之，以为吕姜髢。既入焉，而视之璧，曰：‘活我，吾与汝璧。’己氏曰：‘杀汝，璧将焉往？’遂杀之，而取其璧。”这里用这一句话指出了汪陈氏夫弟的盘算：一个孤寡老太，死了财产也跑不掉，所以不让自己的儿子出嗣以担养老、奉祀香火之责。

⑤陈琳檄可愈风：事见《三国志·魏书·王粲传》附《陈琳传》：“太祖并以琳、瑀为司空军谋祭酒，管记室，军国书檄多琳、瑀所作也。”南朝宋裴松之注引《典略》曰：“琳作诸书及檄，草成呈太祖。太祖先苦头风，是日疾发，卧读琳所作，翕然而起曰：‘此愈我病。’数加厚赐。”陈琳（？—217），字孔璋。江苏淮安人。汉灵帝末年任大将军何进主簿，后入袁绍幕府，袁绍兵败入曹操帐下。汉魏间文学家，“建安七子”之一。

⑥杜陵诗能医疟：据宋《古今诗话录》载：“杜少陵因见病疟者，谓之曰：‘诵吾诗可疗。’病者曰：‘何？’杜曰：‘“夜阑更秉烛，相对如梦寐”之句。’疟犹是也。又曰：‘诵吾“手提髑髅血模糊”。’其人如其言，诵之，果愈。”

子之母不安于室，孟子犹以为小过。”①余曰：“《诗·小序》为卫宏②增窜，不足以为典要。‘不安于室’乃人生之大节，岂得谓为小过？”因以管世铭③《〈凯风〉说》示之。其人乃耸然④服。

①“七子”二句：前后分别出自《诗经·邶风·凯风·序》之“虽有七子之母，犹不能安其室”和《孟子·告子章句下》之“《凯风》，亲之过小者也；《小弁》，亲之过大者也”。《毛诗正义》认为《凯风》写的是“风吹难养之棘以成就，犹母长养七子以成人，则我之母氏有睿智之善德，但我七子无善人之行以报之，故母不安而欲嫁也”。不安于室，即想要改嫁。这个人为了偏袒某妇故意断章取义，曲解孟子的话来证明改嫁是一件小过失。《小弁》是一个被父母抛弃在外流浪的人内心痛苦的倾诉。孟子拿子女长大成人后母亲改嫁和父母直接抛弃子女相比，认为作为亲人其过错自然小些。

②卫宏：字敬仲，山东郯城人。东汉初期学者。《后汉书·儒林传》载：“初，九江谢曼卿善《毛诗》，乃为其训。宏从曼卿受学，作《毛诗序》，善得《风》《雅》之旨，于今传于世。”

③管世铭（1738—1798）：字缄若，号韫山。江苏武进人。乾隆四十三年进士，授户部主事，累迁郎中，充军机章京，迁御史。深于经术，尤精古文。著有《韫山堂诗文集》。

④耸然：很吃惊的样子。

跋

圣贤经济，父母心肠，循吏矩范。惟执法而不泥法，顺情而不矫情，无憾不平，有感斯应，天下惟真读书人始足为生民造福。质①之通者，鲜不谓然。

愚弟赵廷铭②拜识。

统读前后诸判，只在情理二字。眼前指点，朗若皓月，人人俱能见到之处，竟人人不能见到，一经道破，始觉恍然。非精于世故，深于阅历者，莫不望而却步，虽欲效颦③不能也。

年愚弟刘毓敏④拜识。

经纶具于学识，循吏即是圣贤。妙以生花之管，判延蔓⑤之词，天理人情，洞明眼底；仁心惠政，悉现笔端。此本一出，使俗吏读之，定不谓儒术也，问政者当奉为圭臬⑥。

吕辉拜读谨跋。

细读各案判词，有片言即可折之者，有详言而后决之者，无不合乎理法、人

①质：问。

②赵廷铭，生卒年未详，字伯庸。贵州遵义人。清朝道光二十七年(1847)进士。曾官江苏句容知县，署徐州知府，扬州知府。

③效颦：原为比喻不善模仿，弄巧成拙，这里仅是模仿的意思。典出《庄子·天运》："故西施病心而矉其里，其里之丑人见之而美之，归亦捧心而矉其里。其里之富人见之，坚闭门而不出，贫人见之，挈妻子而去走。"矉，同"颦"，皱着眉头。

④刘毓敏(1820—?)：字逊之，号易农。山东茌平人。道光三十年(1850)进士。曾任安徽歙县知县，加运使衔特用道赏戴花翎江苏候补知府。在江苏时创办金陵保甲总局，督办正阳关盐务，于金陵税捐总局协办粮饷。因积劳保二品顶戴。

⑤延蔓：延续伸展，比喻案情牵缠多端。

⑥圭臬：准则和法度。圭，土圭，根据日影测时的工具；臬，水臬，测水平的工具。

情。疑难之中,尤见识力;成全之处,出于仁心。此之谓民之父母,不仅以听讼擅长也。循吏既不让于古人,妙笔又可传于后世。快心目而为准绳,令读者不忍释手。

乡晚生张保龄①拜读。

爰②自汉廷讯鞫,论报口辞③;唐代制科,较量书判。诚以莅官不可无学,为宰必首读书矣。乃或锻炼④成风,深文巧诋⑤;刑名⑥沿习,颇类放纷⑦。酌理准情,犹多率尔⑧;引经据典,其孰知之。蒯公则明镜照胸⑨,智珠握手⑩;争在刀锥之末⑪,听鲜毫厘之差。若操刀然,以无厚入有间⑫;类治丝

①张保龄(1816—1875):字济堂,号赠陶。安徽桐城人。监生,同治六年(1867)选授夔州府盐捕通判,加盐提举衔,光绪元年(1875)任四川庆符知县。

②爰:句首语气词,无义。

③"汉廷"二句:意思是从汉代开始审讯犯人就注重定罪的言辞了。讯鞫论报,语出《汉书·张汤传》:"张汤者,杜人也。其父为长安丞,出,汤为儿,守舍。还,而鼠盗肉,其父怒,笞汤。汤掘窟,得盗鼠及余肉,劾鼠掠治,传爰书,讯鞫论报。并取鼠与肉,具狱磔堂下。"论报,讨论定罪。口辞,言辞。

④锻炼:罗织罪名,陷人于罪。《后汉书·韦彪传》:"锻炼之吏,持心近薄。"李贤注:"言深文之吏,入人之罪,犹工冶陶铸锻炼,使之成熟也。"

⑤深文巧诋:罗织罪名,蓄意毁谤。

⑥刑名:指负责审判案件处理诉讼的官吏。

⑦放纷:放纵纷乱。

⑧率尔:轻率,随意。

⑨明镜照胸:意为胸中如有明镜能洞察一切。

⑩智珠握手:比喻具有高深的智慧而又能运用自如。智珠,佛教指出于本性的智慧。

⑪争在刀锥之末:精心分辨极细微的地方。

⑫以无厚入有间:比喻子范公判案分寸把握极为灵活恰当。语出《庄子·养生主》:"以无厚入有间,恢恢乎其于游刃必有余地矣。"

者，善理乱而不棼[1]。邵九成不肃而威[2]，员半千[3]既文且雅。虽当机立断，语难择言，据案直书，文不加点，而皆词成廉锷[4]，笔厉风霜。嬉笑成章，无殊坡老之深致[5]；簿书自署，有似阳城之考功[6]。是盖法律乎诗书，匪矜吐嘱之风雅，所愿读者奉为圭臬，勿徒挹[7]其词华已。

同治甲戌秋九月，读于古云安署中，谨为加墨[8]一过。万县刘家谟拜识。

合肥蒯子范先生之宰长洲也，值粤寇甫平、苏垣[9]乍复之际，一切善后事宜，惨淡经营，不遗余力。而于拯救难妇，痛绳[10]悍勇，尤为人所称道，至今苏民犹弦歌之。嗣后，刺太仓[11]、摄苏府，一例除暴安良，不改其辙。及蒙恩简授四川夔州府，公余之暇，乃将治苏判语刊刻成书，以留遗迹，诚盛事也。近从友人包君晓村[12]处觅得川中原板，喜其流风善政可泣可歌，因为重付剞劂，以广流传。谅三吴之沐其泽者，定必争先睹之为快而家置一编也。

---

①善理乱而不棼(fén)：是成语"治丝而棼"的反用，意为善于从纷乱的供词证据中理出头绪，查明案情。典出《左传·隐公四年》："臣闻以德和民，不闻以乱。以乱，犹治丝而棼之也。"棼，纷乱。

②邵九成不肃而威：出典查找未及，邵九成其人不详(疑文字有误)。不肃而威，虽然不严厉但有威仪。

③员半千(621—714)：本名余庆，字荣期。山东章丘人。唐高宗时成为历史上第一位武状元。历任武陟尉、左卫胄曹、左卫长史、弘文馆直学士、迁正谏大夫、濠州刺史、太子右谕德崇文馆学士，加银青光禄大夫，累封平原郡公。《新唐书·员半千传》载："半千不专任吏，常以文雅粉泽，故所至礼化大行。"

④廉锷：本意指刀刃锋利，后用来比喻言辞锐利。

⑤坡老之深致：坡老，即苏东坡。深致，深远的意趣。

⑥"簿书"二句：阳城(753—805)，字亢宗，河北定州人。唐德宗建中四年(783)进士，官至左谏议大夫。韩愈《顺宗实录四》载，他被贬为道州刺史时："一不以簿书介意，税赋不登，观察使数诮让。上考功第，城自署第曰：'抚字心劳，征科政拙，考下下。'"考功，对官员政绩进行考核。这里意思是说子范公亲自下笔为案件写判词。

⑦挹(yì)：舀取，汲取。

⑧加墨：用墨笔加上批注。

⑨苏垣：苏城。

⑩绳：以法律为准绳来惩治。

⑪刺太仓：担任太仓知州。

⑫包君晓村：名祖同，江苏丹徒人。贡生，曾肄业于南菁书院，参与纂修《丹徒县志》。余未详。

光绪四年[①]岁次戊寅秋九月，仁和葛元煦[②]理斋识。

《吴中判牍》者，先大父宰长洲时手自判案之辞也。同治甲戌[③]尝镂版于夔州郡署，今版已久佚，书亦无存。光绪戊寅仁和葛君理斋跋而重刊之，今其书亦不多见。《清人说荟》[④]尝收入，然非单行，戚友屡索，苦无以应。今岁刊刻诗集于江宁，因觅旧镌甲戌夔郡本及戊寅葛氏本参校付梓，以广流传。旧镌两本均有万县刘纪三[⑤]先生加墨，兹期与诗集一例，因削去之，而附著葛跋，志弗谖[⑥]也。

中华民国十八年四月孙寿枢谨识。

---

①光绪四年：即1878年

②仁和葛元煦：仁和，即今浙江杭州。葛元煦，生卒年不详，号理斋，啸园主人。室名学古斋。清末书法家、篆刻家、书画藏家。辑刻有《啸园丛书》，著有《洗冤录摭遗》《沪游杂记》及自治印谱《青玉山房摹古谱》。

③同治甲戌：即同治十三年(1874)。

④《清人说荟》：此书依《唐人说荟》体例编成，收稗官野史、奇闻异事四十种，民国六年(1917)由扫叶山房石印刊行。编者不详。

⑤刘纪三：即刘家谟，纪三为其字。

⑥弗谖(xuān)：不忘记。

蒯公子范历任治所崇祀录

江苏长洲县崇祀[①]名宦始末

呈:今将原任江苏长洲县知县蒯德模拟请入祀名宦祠[②]事实,呈候鉴核。须至册者,今开:

一、故宦[③]蒯德模,安徽庐州府合肥县人。由附生[④]筹办团练保训导,嗣在上海军营办厘筹饷保知县。同治三年知长洲县,任事四年,署苏州府事,旋调任太仓。

一、故宦留心民瘼[⑤],以清理词讼为急。每遇告期[⑥],当堂收词,量其远近,随到随审,在乡者立予提讯结案,在郡城内外者无不朝提晚结,既免差扰,又无守候跋涉之苦。案无留牍、狱无滞囚。在任四载,审结大小案八百余件,无不平允。

一、故宦因相验命案尸场经费最为民累,而差役川资[⑦]饭食在所必需,乃于闲款项下筹提,并凑捐廉[⑧]钱壹千串存典生息,归仁济善堂经理。凡遇相验及各项解勘人犯所需川资饭食,由县知照善堂核给,并立石永禁差役之婪索[⑨]。又各县解省审办寄押人证并批差等,例不开支口粮,贫乏者往往瘐毙[⑩]。故宦悯其无辜,捐廉按名给资,并严禁差役之克扣,全活甚众。

---

①崇祀:崇拜奉祀。

②名宦祠:明清时期设于各地文庙,祭祀曾在本地任职,德行政绩卓著的已故官员的祠堂。

③故宦:指已故官员。

④附生:即附学生员。清代凡是以童生考试入学,未取得廪生、增生资格的均称附学生员,即秀才。

⑤民瘼(mò):民间疾苦。瘼,病,疾苦。

⑥告期:受理诉讼的日子。

⑦川资:盘缠,路费。

⑧捐廉:捐献除正俸之外的养廉银,泛指捐款。

⑨婪索:凭借权势等向人索取财物。

⑩瘐(yǔ)毙:指囚犯因受刑、冻饿、生病而死在狱中。

一、故宦遇委审案件，悉心研鞫，多所昭雪。同治四年，淮扬水师在江面巡哨，被盗拒伤副将一案，于通州港口拿获张开大等五名。故宦讯明系宁波护商船，立予开释，而严惩误拿之兵弁。又震泽蒋法沅、亦琴兄弟捉奸，溺毙小功服婶①、杀死奸夫之案，例应不分首从论斩。故宦讯明蒋亦琴实未在场，拟杖完案。又新阳革生②赵瑞戳死胞弟赵鹤亭，其幼弟赵翔听纠不解、在场追殴，照例拟军。故宦讯得赵翔实未同追，免议。其他平反多类此。

一、故宦爱民如子，疾恶如仇。莅任之初，寇氛甫退，降兵退勇所在椎埋为奸。故宦不惜重费，雇役拿获游勇陈老五等二十六名置诸法，又缉获邻境盗犯无算。又盗魁徐老五在阊门外开设福源客栈，为窝藏之所，假扮碗船③，肆出劫掠。故宦度得其情，诱其党朱姓者许以不死，令为导，严夜④持械率健役数十人直扑栈中。贼拒捕，势张甚，故宦亲自格斗，贼九人无一脱者。匪类胆慑，民赖以安。

一、故宦志期化莠为良。每见窃犯有因年幼无知、饥寒所迫，偶然失志者，尚可洗涤前愆⑤，乃捐赀设立化莠堂。凡小窃初犯情节较轻者，发入此堂，令其习艺，分别给予辛工⑥口粮，艺成后释放，俾得自食其力，不致流入匪类。

一、故宦履任之初，苏省办理租捐，公议自业田⑦每亩捐钱八百文，管业田⑧照所收租米每石捐钱八百文。故宦念秋旱歉收，上熟之田仅获米五六斗，其次三四斗不等，小民被灾已甚，因请于上官，减去钱二百文，以苏民力。是岁输将⑨倍极踊跃。

一、故宦宅心仁恕，寓抚字于催科。先是江南州县开征，书吏陋规甚巨，

---

①小功服婶：其夫为蒋氏兄弟的从堂叔。小功，古代丧服的第四等。

②革生：因罪错或考试不合格被革去功名的生员。

③碗船：专事运碗的船只。

④严夜：天亮以前。

⑤前愆（qiān）：以前的过失。

⑥辛工：辛苦费，工资。

⑦自业田：自己耕种的田地。

⑧管业田：吴县、长洲一带称拥有土地权，租佃给别人耕种的田地叫“管业田”。

⑨输将：缴纳赋税。

漕斛加大，有淋尖、踢斛、花边、样盘[①]、捉猪等名目，乡民完米一石往往需两石余，更加使费。故宦洞知其弊，严饬吏胥不许浮冒，又校准平斛[②]，令粮户自行执挡上仓，无丝毫规费，民便之。每遇开征，复亲历四乡，劝谕小民，令其自行投柜，革去截串、差追之弊，以杜繁扰。其勤恤民隐如此。

一、故宦持义甚坚，不畏强御。苏城通关坊旧有天主堂，雍正间巡抚鄂尔泰改为阙里[③]分祠。同治中，西人请于旧基建堂，事下督抚议，拟以娄门外空地易之。洋教士伊宗尹谒故宦，坚执旧地以请，且以势相胁。故宦斥之曰："除非我不做此官，方由汝改造。在官一日则一日不能改也。"声色俱厉，西人慑服。又有盗犯匿某提督营，莫敢谁何，故宦立拿正法，虽触提督怒不顾也。又访得府署差役在头门内聚赌，因易服潜往，该差等猝不及备，立时拿获，照例惩办不稍瞻徇[④]。

一、故宦长于应变，不动声色。苏城匠工以加价为辞，聚众滋闹，人情汹汹。故宦密饬干役拿获首犯六人，余党解散。又同治三年，新阳土豪盛阿香等纠众霸租滋事，县治五十三图车渡地方与之接壤，佃户郑天福等勾结邻图地匪赵益昌等烧香结社，把守村口。故宦闻信亲至其地，传集耆老，晓以大义，众始感泣，照常输租。

一、故宦任事甚勇，凡义所不可无不力陈于上官。苏城被兵后，市肆寥落，有请办城内铺捐[⑤]者，故宦力言其不可。又以米为食用之需，亦请免抽厘金，商民颂之。又浒关营内所需薪柴，向例分派各图供应，民甚苦之。故宦请于上官，给价购买，并禁民勇滋扰，民得安业。

一、故宦常微服出署，亲历各乡，访民疾苦。湖北洪氏子随母寻夫未遇，为访得而资遣之。途遇舟子某贫病垂毙，欲卖妻以治病，将成券矣，故宦给银十两俾之领回。又尝访得宦家女于乐户中，为脱其籍，择世家子配之。又有数女子被匪徒拐卖为娼，娼家倚势豪无恐，故宦廉知之，带女亲属前往识

---

①样盘：盛样米的盘子。

②平斛：容量符合法定标准的斛。

③阙里：孔子故里，在山东曲阜城内，孔庙亦建于此。这里即借指孔庙。

④瞻徇：瞻前顾后曲从私情。

⑤铺捐：按照店铺规模进行派捐。

认，立时提出完聚，势豪屈服。盖故宦随时访察，故能洞悉民隐如此。

一、故宦自履任后，修废举坠，不遗余力。平江书院为府县课士地，毁于兵，故宦捐廉为倡，于旧学前购屋一区为教士之所。屋左文信国祠亦被毁，因移石像于院中，岁时率诸生致祭，并优给寒士膏火，成就甚众。又捐廉修复陆忠宣墓、苏文忠祠。又创议建林文忠①公祠。其余兴复恤孤局、清节堂、养济院，设立施药局等，皆故宦倡首，条画井井。而阊门外自枫桥至望亭建桥二十八座，塘路②一律修整，捐廉钱几③三千串，民尤戴德云。

一、故宦在吴四年，无利不兴、无弊不除，虽妇孺莫不知其名。署府篆仅五月耳，然革除节寿名目，清厘积案至二百余牍。去之日，焚香膜拜自娄门达娄江数十里不绝，虽古之留靴卧辙何以加焉。吴民思其德，遂于浒墅关之南建立蒯公亭，勒碑纪事。其得民如此。

具公结④郡绅朱以增⑤等，今于与公结，为故吏入祀名宦，吁请奏咨事实。结得：

原任江苏长洲县知县蒯德模，起家秉铎，懋绩栽花⑥。廉明克炳于丹

①林文忠：林则徐（1785—1850），字元抚，又字少穆，谥文忠。福建福州人。著名政治家、思想家和诗人。嘉庆十六年（1811）进士，曾任江苏巡抚四年。后任湖广总督、陕甘总督和云贵总督，卒赠太子太傅。其著作今人编为《林则徐全集》。

②塘路：运河沿岸的道路，纤夫亦由此而行。

③几：几乎，将近。

④公结：结，表示对所述内容了解并负责的一种字据或文书。公结，即共同出具的这种文书。

⑤朱以增，生卒年未详，字礼耕，又字念孙，号研生。江苏昆山人。同治四年（1865）进士。曾任江西道御史、顺天府丞、奉天府丞兼学政等职，致仕后历掌苏州平江书院、正谊书院、紫阳书院。善书法。

⑥“起家”二句：前句是说子范公初为官时为五品衔教谕，后句是以潘岳的惠政来比喻子范公在长洲功绩卓著。懋绩，大功绩。懋，通“茂”。栽花，指潘岳种桃花于河阳，爱民如子诸事。

青①,威惠无惭于保障。一榆百薤②,措置咸宜;十驿三梁③,征徭均省。沛韩韶之厚泽④,雁户⑤回春;浚史起之灵渠⑥,鸠耕⑦有庆。犹复掞张⑧礼教,曲

①克炳于丹青:能光耀史册。克,能。炳,明亮。丹青,古代丹册纪勋绩,青史纪事,丹青代指史籍。

②一榆百薤:借喻农业生产。典出《汉书·龚遂传》:"遂见齐俗奢侈,好末技,不田作,乃躬率以俭约,劝民务农桑,令口种一树榆、百本薤、五十本葱、一畦韭,家二母彘、五鸡。"

③十驿三梁:比喻各种徭役。典出《新唐书·裴耀卿传》:"会天子东巡,耀卿置三梁十驿,科敛均省,为东州知顿最。"驿,驿站。梁,桥梁。是说耀卿想办法只在三个过桥处和十个驿站安排接待皇帝,减少了贡献和人力。

④沛韩韶之厚泽:韩韶,字仲黄。今河南漯河人。东汉桓帝时为嬴(邑名,在今山东莱芜一带)长。《后汉书·韩韶传》载,当时公孙举聚集流民起兵,"余县多被寇盗,废耕桑,其流入县界求索衣粮者甚众。韶愍其饥困,乃开仓赈之,所禀赡万余户"。这里以韩韶作比颂扬子范公在兵乱以后恢复民生、安定百姓的种种德政。沛,雨量充足,这里用作动词。厚泽,深厚的恩德。全句是说公像韩韶一样施与百姓足够的恩泽。

⑤雁户:流徙到异乡的民户。唐刘禹锡《洛中送崔司业使君扶侍赴唐州》:"洛苑鱼书至,江村雁户归。"这里指因战乱流亡外地重回故土的人家。

⑥浚史起之灵渠:史起,战国时期魏国人,魏襄王时为邺令,建议引漳水灌溉邺田并兴工,完工后百姓大得其利。灵渠,位于广西壮族自治区兴安县,是秦始皇命人在湘江与漓江之间开挖的一条人工运河。这句是借一位史上著名的兴修水利的人物和一项古老的水利工程为喻,赞颂子范公在长洲兴修水利促进农业生产的业绩。

⑦鸠耕:指农民们。鸠,聚集。耕,耕夫。

⑧掞(shàn)张:张大,弘扬。

鬯[①]儒风；民奉诚于秦彭[②]，士从学于高祐[③]。始飞凫舄[④]，为东里慈惠之师[⑤]；旋驾鹿轮[⑥]，媲西京循良之吏[⑦]。宜报功于俎豆[⑧]，洵无间于讴思[⑨]。

合具公结。是实。

光绪三十三年[⑩]月日具公结：三品衔前顺天府府丞朱以增，翰林院侍读、前甘肃学政叶昌炽[⑪]，翰林院编修、前湖北学政王同愈[⑫]，翰林院编修潘昌

---

①曲鬯：周到并畅行。用作使 动词。鬯，同“畅”。

②秦彭（？—88）：字伯平。陕西兴平人。东汉明帝时拜骑都尉。《后汉书·秦彭传》载，汉章帝时他在山阳太守任上，“以理训人，不任刑罚。崇好儒雅，敦明庠序。每春秋飨射，辄修升降揖让之仪。乃为人设四诫，以定六亲长幼之礼”。

③高祐（？—499）：字子集，谥灵。河北人。北魏孝文帝时曾任辅国将军、光禄大夫等职。《魏书·高祐传》载，其在任西兖州刺史时，“以郡国虽有太学，县党宜有黉序，乃县立讲学，党立教学，村立小学”。这里以高祐作比来颂扬子范公在长洲时大力兴学之政绩。

④始飞凫舄（xì）：开始到长洲为官。出典详见《遗诗》卷一《癸亥春劝捐崇明留别钱慎庵明府暨在局诸绅》注。舄，鞋。

⑤为东里慈惠之师：为，学习。东里，郑国子产所居之地，在今河南新郑。子产在郑国为卿，执政二十余年。《左传·昭公二十年》载：“郑子产有疾。谓子大叔曰：‘我死，子必为政。唯有德者能以宽服民，其次莫如猛。夫火烈，民望而畏之，故鲜死焉。水懦弱，民狎而玩之，则多死焉。故宽难。’”孔子认为他为政有仁爱之风。慈惠之师，《左传·昭公六年》载叔向给子产的信中说：“犹求圣哲之上，明察之官，忠信之长，慈惠之师，民于是乎可任使也，而不生祸乱。”本句称誉子范公在长洲知县任上学习子产，为政宽猛相济，有仁爱之心。

⑥旋驾鹿轮：指子范公不久就离开了长洲。鹿轮，即鹿车，一种人力推挽的小车。《后汉书·鲍宣妻传》：“与宣共挽鹿车归乡里。”驾鹿轮，即赶着车子离开。

⑦媲（pì）西京循良之吏：媲，配得上。西京循良之吏，泛指汉代循吏，如龚遂、黄霸等。

⑧报功于俎（zǔ）豆：用祭祀来报答他的功绩。俎豆，古代祭祀用的两种器皿，代指享受祭祀。

⑨洵无间（jiàn）于讴思：我们实在是长期不断地思念他啊！洵，实在。无间，不间断。讴思，用歌唱来表达思念，这里即思念的意思。

⑩光绪三十三年：即1907年。

⑪叶昌炽（1849—1917）：字兰裳、鞠裳，晚号缘督庐主人。苏州人。光绪十五年（1889）进士。晚清金石学家、文献学家、收藏家。曾任国史馆总纂官参与撰《清史》，加侍读衔国子监司业，甘肃学政等职。著有《语石》《藏书纪事诗》《缘督庐日记钞》等。

⑫王同愈（1856—1941）：字文若，号胜之，又号栩缘。苏州人。光绪十五年（1889）进士，晚清民国年间著名学者、藏书家、书画家、文博鉴赏家。曾任翰林院编修、江西学政、湖北学政、江西提学使。著有《栩缘随笔》《栩园藏书目》等。

煦①,翰林院编修陆鸿仪②,翰林院庶吉士蒋炳章③,三品衔内阁中书陶治元④,侍读衔内阁中书尤先甲⑤,三品衔度支部郎中张履谦⑥,前法部主事章钰⑦,分部郎中曹元弼⑧,法部郎中潘祖年⑨,二品封职吴韶生⑩,农工商部庶

---

①潘昌煦(1873—1958):字由笙,别号芯庐。苏州人。光绪二十四年(1898)进士,清末曾任翰林院编修、国史馆协修等职,民国以后曾任大总统府顾问,燕京大学、国立清华大学教授。著有《芯庐遗集》。

②陆鸿仪(1880—1952):字棣威。苏州人,光绪二十九年(1903)进士,官翰林院编修。民国年间进入司法界。中华人民共和国成立后,任最高人民法院审判委员会委员兼民事审判庭庭长。

③蒋炳章(1864—1930):字季和,号虎衫、留庵。江苏吴县人。清末教育家。光绪二十四年(1898)进士,曾任翰林院编修。民国初为江苏咨议局副议长。著有《留庵诗文集》《醒栩草堂遗稿》。

④陶治元(1848—1917):原名诒元,字三辰,号念桥。苏州人。光绪十四年(1888)举人。曾任阳湖县学训导、内阁中书,袭云骑尉世职。编有《皇清经解敬修堂编目》。

⑤尤先甲(1843—1922):字鼎孚。苏州人。光绪二年(1876)举人,授内阁中书,因赈捐出力赏花翎,赐侍读衔。后成为苏州著名富商,连任五届苏州商务总会总理及议董,又曾任苏省铁路公司驻苏分公司经董,南洋劝业会吴县物产会会长,农工商部咨议等职。

⑥张履谦(1838—1915):字月阶,号檝嘉。秀才。曾官度支部山西司郎中。后为苏州著名盐商,苏州商务总会第四届总理。

⑦章钰(1864—1937):字式之,号茗簃。苏州人。近代藏书家、校勘学家。光绪二十九年(1903)进士,曾官法部主事,外务部一等秘书。著有《四当斋集》等。

⑧曹元弼(1867—1953):字谷孙,号叔彦,晚号复礼老人。苏州人。光绪二十一年(1895)进士。清末民国时期著名学者、藏书家。清末曾官分部郎中、翰林院编修等。著有《孝经集注》《礼经学》《复礼堂文集》《复礼堂述学诗》等。

⑨潘祖年(1870—1925):字西园、拙速,号仲午。苏州人。以兄工部尚书潘祖荫功绩特赏郎中,补法部云南郎中兼福建司行走记名,加盐运使衔,赏戴花翎加四级,诰授通议大夫。著有《拙速诗存》。

⑩吴韶生,生卒年不详,字子和。苏州富商。江宁县学训导,获二品封职。苏州商务总会议董,苏州田业会长。著有《冷斋汇集》。封职,通过捐助或因子孙功绩,由朝廷颁给的一种荣誉性职衔。

务司郎中汪朝模①,分部郎中曹元恒②,分部郎中吴本齐③,学部普通司员外郎王季烈④,礼部候补主事孔昭晋⑤,湖北候补知县蒋寿祖⑥,江西补用同知潘敦先⑦,甘肃候补知府彭福孙⑧,分省补用道江衡⑨,裁缺福建台湾道顾肇熙⑩,分省知府潘祖谦⑪,候选盐运同吴本善⑫,徐州府教授王亦曾⑬,拣选知

---

①汪朝模(1849—?):字达士,号范卿。长洲人。光绪三年(1877)进士,曾任内阁中书、农工商部庶务司郎中。书法家。

②曹元恒(1848—1931):字智涵,号沧洲。曹元弼之兄。名医,尤擅内科。光绪三十三年(1907)帝病重,被荐应召北上为之诊治,授分部郎中,故后来人亦称其"御医"。有《曹沧洲医案》传世。

③吴本齐(1868—1923):字卓丞,号简庵。苏州人。监生。曾官分部郎中,赏花翎,诰授通议大夫。后任苏州商团公会会长,苏州商务总会议董,县参事员。

④王季烈(1873—1952):字晋余,号君九,又号螾庐。苏州人。光绪三十年(1904)进士,曾官刑部主事,学部普通司员外郎、专门司司长,资政院议员。现代物理教育家、著名曲学家。参与编译高等教材《物理学》,主持编印理化教材多种。著有《螾庐未定稿》,合著有《集成曲谱》。

⑤孔昭晋(1865—1936):字守谦,号康侯、澹庵。苏州人。光绪二十九年(1903)进士,钦点主事签分礼部。后任苏州府属参议,长、元、吴三县议事会董事,江苏学务公所议长。著有《癸卯汴试日记》,参与主修《民国吴县志》。

⑥蒋寿祖:苏州人。光绪二年(1876)举人,试用知县,曾入张文襄公幕。后为苏州商务总会理事。余未详。

⑦潘敦先(1868—1932):字叔重,号符生。苏州人。廪生,亦曾在南洋公学师范学堂、格致书院读书。官江西庐陵县令、补用同知,后经商。著有《小三松堂诗集》《小三松堂杂著》。

⑧彭福孙(?—1907):字颂田。苏州人。光绪五年(1879)举人。甘肃补用知县、候补同知、知州、补用知府。归乡后经商,曾任苏州商务总会议董,长元吴教育会会长。

⑨江衡(1852—?):字霄纬。苏州人。光绪二十年(1894)进士,曾任陕西城固知县,分省补用道,江苏师范学堂监督。著有《溉斋诗存》《溉斋杂识》《溉斋算学》《霄纬诗文集》等。

⑩顾肇熙(1841—1910):字皞民,号缉庭。苏州人。同治三年(1864)举人,曾官吉林分巡道兼崇文书院山长、陕西凤邠盐法道、按察使衔台湾兵备道、署台湾布政使等。著有《吉林日记》手抄本。

⑪潘祖谦(1842—1924):字济之。苏州人。同治十二年(1873)优贡生。曾官内阁中书,盐运使衔道员用分省补用知府。后在苏州经商,曾任苏州商团公会会长,江苏省典业公会会长。

⑫吴本善(1868—1921):字性之,号讷士。苏州人。监生。候选盐运同知加三级赏戴花翎,诰授通奉大夫。后曾任江苏铁路公司董事、苏州城自治公所议事会议长。工书法,现代著名画家吴湖帆之父。

⑬王亦曾(1839—1913):字少蘅、鹤琴,号遂圃。苏州人。同治十三年(1874)进士,曾官广西阳朔知县,徐州府学教授,后任江阴南菁书院院长。善书法。著有《卑论》。

县高人俊①。

江南苏州府长洲县今于与印结,为加转事实,结得:据郡绅朱以增等《结》称:"原任江苏省长洲县知县蒯德模,起家秉铎,懋绩栽花。廉明克炳于丹青,威惠无惭于保障。一榆百薤,措置咸宜;十驿三梁,征徭均省。沛韩韶之厚泽,雁户回春;浚史起之灵渠,鸠耕有庆。犹复掞张礼教,曲崳儒风;民奉诫于秦彭,士从学于高佑。始飞凫舄,为东里慈惠之师;旋驾鹿轮,媲西京循良之吏。宜报功于俎豆,洵无间于讴思。合具公结。"等情。据此,知县复查无异,合加印结。是实。

光绪三十三年月日知县吴熙②。

江南苏州府今于与印结,为加转事实,结得:据长洲县《结》:"据郡绅朱以增等《结》称:'原任江苏省长洲县知县蒯德模,起家秉铎,懋绩栽花。廉明克炳于丹青,威惠无惭于保障。一榆百薤,措置咸宜;十驿三梁,征徭均省。沛韩韶之厚泽,雁户回春;浚史起之灵渠,鸠耕有庆。犹复掞张礼教,曲崳儒风;民奉诫于秦彭,士从学于高祐。始飞凫舄,为东里慈惠之师;旋驾鹿轮,媲西京循良之吏。宜报功于俎豆,洵无间于讴思。合具公结。'等情。"由县粘加印结到府,据此,知府复查无异,合加印结。是实。

光绪三十三年月日知府何刚德③。

---

①高人俊(1867—?):字载之。苏州人。光绪二十八年(1902)举人,曾为拣选知县,府学训导,长吴元学务公所议董。合著有《赋钞札记》。

②吴熙:字次竹。曾任元和知县并暂署苏州海关监督公署监督。余未详。

③何刚德(1855—1936):字肖雅,号平斋。福建福州人。光绪三年(1877)进士。曾任江西吉安、建昌、南昌知府,苏州知府。民国年间任江西豫章道尹,护理江西省省长。著有《平斋家言》《话梦集》等。

江苏太仓州崇祀名宦始末

太镇[①]绅士：三品衔特用道直隶候补知府、前深州直隶州知州钱溯耆[②]，同知衔前河南汤阴县知县王祖畬[③]，同知衔分省补用知县杨钦弼[④]，员外郎衔补用内阁中书缪朝荃[⑤]，员外郎衔分部学习行走主事蒋汝坊[⑥]，五品衔在任候选知县、山阳县教谕汪曾荫[⑦]，就职直隶州州判徐敦穆[⑧]，五品衔前丹阳县训导闻福圻[⑨]，五品衔候选训导闻锡奎[⑩]，大挑教职陆祖诰[⑪]，五品衔候选

---

①太镇：太仓州镇洋县。镇洋县民国元年撤并入太仓县。

②钱溯耆（1844—1917）：字伊臣、听邠。江苏太仓人。同治九年（1870）优贡，曾官三品衔特用道直隶候补知府，直隶深州知州。词人，南园赓社社员。选编有《沧江乐府》，著有《听邠馆尺牍》。

③王祖畬（1842—1918）：字岁三、紫翔，号溆山。太仓人。光绪九年（1883）进士，曾为翰林院庶吉士，河南汤阴知县。后为太仓、崇明、宝山等地书院讲席。著有《礼记经注校证》《论语读本》《读孟随笔》等，纂有《民国镇洋县志》。

④杨钦弼：同治四年（1865）为候选从九品官，七年以军功升蓝翎五品衔候选县主簿，后为同知衔分省补用知县。余未详。

⑤缪朝荃（1841—1915）：字蘅甫，号伯楚，太仓人。同治九年（1870）优贡生，官内阁中书。南园赓社社员，藏书家。著有《缪纫兰诗稿》《东仓书库目录》《陈安道先生年谱》等。

⑥蒋汝坊（1860—1934）：字伯言，太仓人。秀才出身，后捐官知事，升员外郎衔分部学习行走主事。实业家，江苏民族工业的开拓者，太仓多所学堂的捐资创办人。

⑦汪曾荫（1852—1915）：字仲玉，号匏庵。太仓人。五品衔在任候选知县、山阳县教谕。有《匏庵诗剩》《匏庵诗余》传世。

⑧徐敦穆（1846—1892）：字菊生。太仓人。光绪七年（1881）贡生，曾任直隶州州判。诗人，南园赓社社员，有《宝笏堂诗集》二卷传世。

⑨闻福圻（1840—1915）：字京士，晚号钝庵。光绪初授丹阳县训导，五品衔。收藏家，南园赓社社员。

⑩闻锡奎：五品衔候选训导，同为南园赓社社员。余未详。

⑪陆祖诰：光绪五年（1879）举人，大挑用为教职。余未详。大挑，清代为使举人出身而三科考试未中进士者有为官的出路，每六年由吏部根据形貌体格进行挑选，一等以知县用，二等以教职用，叫作大挑。

府经历杨曾瀚①，增贡生王恩寿②，附贡生陆长清③，监生叶陆礽④等，呈为故宦功德在民，宜隆报飨⑤，谨具《事实册》《结》，仰恳核看转详，以顺舆情⑥而光巨典事：

窃维读书秉乎读律，斯足腾有道之歌；用猛寓于用宽，乃无愧众人之母。是以召公棠舍，去乃弥思；朱邑⑦桐乡，殁而犹祀。必其徽徽岳岳⑧，威爱深浃⑨于人心；斯能懿懿芬芬⑩，春秋聿⑪隆其世享。

已故三品衔补用道、四川夔州府知府、前署太仓直隶州知州蒯公德模，系出襄阳，灵钟肥水⑫。简常批蠹⑬，驰情明远之台⑭；舄未飞凫，蹑足王乔之

---

①杨曾瀚：其人未详。

②王恩寿：未详。

③陆长清：未详。

④叶陆礽：未详。

⑤报飨：报答而奉以祭祀。

⑥舆情：民情。

⑦朱邑（？—公元前61年）：字仲卿。安徽庐江人。西汉昭帝、宣帝时官至北海太守、大司农。《汉书·朱邑传》载："少时为舒桐乡啬夫，廉平不苛，以爱利为行，未尝笞辱人，存问耆老孤寡，遇之有恩，所部吏民爱敬焉。"殁后，葬之桐乡西郭外，百姓为其起冢立祠，岁时祠祭。啬夫，秦汉时期乡的小官，掌管听讼、收取赋税。

⑧徽徽岳岳：美德善行非常突出。徽徽，美善。岳岳，高耸突出。

⑨浃（jiā）：遍及。

⑩懿懿芬芬：指祠内拜祭时香火的香气。扬雄《甘泉赋》："肸蚃丰融，懿懿芬芬。"张铣注："懿懿芬芬，香气盛也。"

⑪聿：语助词，无义。

⑫灵钟肥水：灵，灵气。钟，聚集。肥水，也作淝水，流经合肥的一条重要河流，也常用作合肥的代称。

⑬简常批蠹，即常批蠹简。批，批阅。蠹简，被虫子蛀蚀的竹简，代指古旧的书籍。是说子范公阅读了大量的典籍。

⑭明远之台：即位于湖北武穴一尖山明月峰的"鲍照读书台"。鲍照（414—466）：字明远，山东兰陵人。南北朝时期著名诗人。此句以鲍照为喻称赞公之勤学。

洞①。当弱冠而蜚声腾实②,芹藻流馨;以诸生而杀贼立功,梓桑③慕义。嗣以两城之复④,荣署五品之衔。燕颔当侯⑤,屈长材于短驭⑥;翠翎旋饰⑦,报异绩以殊恩。福星朗照于全吴,甘雨先施乎首邑。方其长洲作宰,剧任宣猷⑧,萑苻⑨之盗横行,三尺法严申厉禁;雀鼠之争⑩务息,五花判⑪远播新闻。植柳建桥,继白公之宦绩;修祠表墓,有顾劭⑫之遗风。无一利之不兴,

---

①王乔之洞:山洞名,位于今安徽合肥巢湖市,相传春秋时周灵王太子王子乔曾栖身修道于此,后得道乘履化凫而飞,故名。内有石刻佛像数百尊,惜头部几乎全被凿去。这两句写子范公未为官前探幽访胜。

②"当弱冠"句:弱冠,泛指二十岁左右的男子;古代男子二十岁行冠礼,以示成年,但体犹未壮,故称"弱"。蜚声腾实,蜚,通"飞",实,功业实绩。这句并下句是说子范公二十岁时凭自己的实力考中秀才,声名传于乡里。

③梓桑:即桑梓,为古代人在住家周边常栽的两种树木,代指父老乡亲。

④两城之复:指随大军收复定远、庐州。

⑤燕颔(hàn)当侯:典出《后汉书·班超传》,班超困穷时去看相,相者对他说:"生燕颔虎颈,飞而食肉,此万里侯相也。"颔,下巴。燕颔,古代相术术语,后指人相貌威武。这里是惋惜子范公未能继续在疆场上建功立业。

⑥屈长材于短驭:比喻大材小用。

⑦翠翎旋饰:指子范公被赏戴蓝翎。

⑧剧任宣猷:剧任,承担的职责繁重。宣猷,办事明达而顺乎事理。

⑨萑(huán)苻:水泽名,盗贼藏匿之处。《左传·昭公二十年》:"郑国多盗,取人于萑苻之泽。"

⑩雀鼠之争:横暴侵凌引起的争讼。《诗经·召南·行露》:"谁谓雀无角,何以穿我屋?""谁谓鼠无牙,何以穿我墉。"

⑪五花判:诉讼的判词。唐代中书省设中书舍人六名,遇事由其中一人提出处理意见,其余五人必须逐个发表意见,署上自己的名字,然后呈上官或皇帝定夺。这种方式被称为"五花判事",又称"五花杂判"。花,指签名的一种方式"花押",源于唐兴于宋。

⑫顾劭(shào):字孝则,苏州人。三国时吴国名士,孙策之婿。《三国志·吴书》记载他"起家为豫章太守,下车祀先贤徐孺子之墓,优待其后"。后卒于任。

偕三称[①]而并美。瞻来棠阴，咸兴孔迩之思[②]；居近花封，弥结来苏之慕[③]。盖德政之感人已至斯，邻疆之向化亦殷首[④]。

剧荣迁例，当作吾邦之牧[⑤]；心劳懋著，先权专郡之符[⑥]。绾府篆而五月令行[⑦]，移州守而一星福莅。儿童骑马[⑧]，争以识面为荣；父老杖鸠[⑨]，靡不鞠躬致敬。而公则微服过宋[⑩]，单车入齐[⑪]；贬其威仪，密其侦察。期罪人之必

①三称：指子路治理蒲地的德行和成效，用来相比并称誉子范公在长洲的德行政绩。《孔子家语·辨政》："子路治蒲三年。孔子过之，入其境，曰：'善哉由也！恭敬以信矣。'入其邑，曰：'善哉由也！忠信而宽矣。'至庭曰：'善哉由也！明察以断矣。'子贡执辔而问曰：'夫子未见由之政，而三称其善，其善可得闻乎？'孔子曰：'吾见其政矣。入其境，田畴尽易，草莱甚辟，沟洫深治，此其恭敬以信，故其民尽力也。入其邑，墙屋完固，树木甚茂，此其忠信以宽，故其民不偷也。至其庭，庭甚清闲，诸下用命，此其言明察以断，故其政不扰也。以此观之，虽三称其善，庸尽其美矣。'"

②咸兴孔迩之思：都产生了像对父母一样的感情。咸，都。兴，兴起，产生。孔迩，本意是很近，这里借指父母，典出《诗经·周南·汝坟》："虽然如毁，父母孔迩。"

③"弥结"句：到处都因得到休养生息而产生仰慕之情。弥，遍，到处。结，凝聚。来苏，百姓因其来到而于困苦中获得苏息。典出《尚书·仲虺之诰》："攸徂之民，室家相庆曰：'徯予后，后来其苏。'"

④"邻疆"句：是说邻县的匪盗也因敬服子范公而变得顺服。向化，归顺，顺服。殷首，深深地伏罪。殷，深。首，伏罪。上面一段文字自"福星朗照于全吴"至此是写公在长洲之德政。

⑤"剧荣"二句：从句式和文意看，原本"作"字前似在刻版时漏一"当"字，今补。牧，州牧，知州。这两句是说子范公按照官员升职的规定很快得到提升，应当到我们太仓做知州。

⑥"心劳"二句：是说子范公来太仓之前因功绩非常显著，曾署苏州知府。

⑦"绾府"二句：是说掌管苏州府事五个月中做到了令行禁止。

⑧骑马：这里指的是骑竹马。骑竹马，一种儿童游戏，两腿下夹一竹竿当马骑，也有在竹竿前端装有马头形饰物以及后端装轮子的。李白《长干行》："郎骑竹马来，绕床弄青梅。"

⑨杖鸠：拄着鸠杖。杖，用作动词。鸠杖，一种杖头刻有鸠形的拐杖。《后汉书·礼仪志》："鸠者，不噎之鸟也，欲老人不噎。"

⑩微服过宋：典出《孟子·万章上》："孔子悦于鲁、卫，遭宋桓司马，将要而杀之，微服而过宋。"这里是说子范公不穿官服进行暗访。微服，为隐蔽身份，不穿官服着便服。

⑪单车入齐：《史记·郦生陆贾列传》载，楚汉相争时，汉王刘邦听从郦食其（yì jī）的建议派他到齐国去，他分析形势，陈说利害，说服齐王田广降于汉王，汉不费兵卒而下齐七十余城。这里以此喻指子范公轻车简从。

得,毋国法之幸逃。既而下黄霸之车①,叱王尊之驭②,周行郊甸③,刘文饶之拊循④;高坐堂皇,赵子都之钩距⑤。以故获铸匪于印水⑥,平冤狱于淞城⑦,莫不临以不测之威,运以至神之术。人皆谓公之严明可法,而不知公之宽大尤可钦,剖决⑧如流,案无牍积;哀矜勿喜⑨,犯不刑求⑩。蠲科罚⑪以广皇仁,绅富沐保全之惠;责正供⑫而除吏弊,漕粮严浮冒之防。东里称慈惠师,

①下黄霸之车:《汉书·黄霸传》:"宣帝下诏曰:'制诏御史:其以贤良高第扬州刺史霸为颍川太守,秩比二千石,居官赐车盖,特高一丈,别驾主簿车,缇油屏泥于轼前,以章有德。'"这里用黄霸来比喻子范公后来在任上积极采取多种措施,致力于民生。本句和下句"叱王尊之驭"都是写子范公勤于驱车走访,同时借昔贤作比以赞誉之。

②叱王尊之驭:王尊,生卒年不详,字子赣。河北高阳人。西汉元帝、成帝时曾任护羌校尉、司隶校尉、光禄大夫、京兆尹等。《汉书·王尊传》载,从长安到益州需经过险地邛郲九折阪,以往琅琊王刘阳行至此地曾叹曰:"奉先人遗体,奈何数乘此险!"而他在赴益州刺史任经过这里时"叱其驭曰:'驱之!王阳为孝子,王尊为忠臣。'"后来他又担任骄奢不奉法度的东平王的相,不畏其强,裁抑其逾制逾礼之行,王为之屈服。这里借王尊为喻称誉子范公在任上不避艰辛,不畏豪强。

③周行郊甸:周行,遍行,巡行。郊甸,指城外四乡。

④刘文饶之拊循:刘宽(120—185),字文饶,谥昭烈。陕西潼关人。东汉灵帝时任光禄勋、太尉,并曾任东海相、南阳太守等职。《后汉书·刘宽传》载,他"每行县止息亭传,辄引学官祭酒及处士诸生执经对讲。见父老慰以农里之言,少年勉以孝悌之训。人感德兴行,日有所化"。拊循,安抚,抚慰。这两句是说子范公经常微服走访乡里,考察民情,抚慰劝勉百姓。

⑤赵子都之钩距:赵广汉,字子都,河北博野县人,西汉昭帝、宣帝时曾任京兆尹,颍川太守,赐爵关内侯,为历史上著名清官之一。钩距,一种反复调查,详细推断的方法。《汉书·赵广汉传》载,广汉精于吏职,善于断狱捕盗,执法不避权贵,见吏民,或夜不寝至旦。"尤善为钩距,以得事情。钩距者,设欲知马贾,则先问狗,已问羊,又问牛,然后及马,参伍其贾,以类相准,则知马之贵贱不失实矣"。贾,同"价"。参伍,比较。这里是称道子范公处理诉讼、判断案件审理精详公允。

⑥印水:即印溪,太仓沙溪的别称。

⑦淞城:吴淞江边的县城。今上海市苏州河以北、普陀区以西均为当时太仓州辖地,宝山县亦在其内。

⑧剖决:剖析、判决。

⑨哀矜勿喜:语出《论语·子张》:"曾子曰:'上失其道,民散久矣。如得其情,则哀矜而勿喜。'"这里指对判了刑的人怀有同情之心,并不因为自己断案成功,罪犯受惩而感到喜悦。

⑩犯不刑求:对犯案的人不用刑讯求取口供,逼其认罪。

⑪蠲科罚:免除赋税科目和罚金。

⑫正供:法定的赋税。

不是过也①；西汉重仁恕掾②，有由来矣。至于城垣捍患③则修葺宜时，水利关农则疏通尤亟。浚南漕漕而商之行船亦便，开北水关而塘之故道可循。新泮水之宫墙④，志在崇儒劝学；表海邦之文献，期于立懦廉顽⑤。以及积谷以备饥荒，普济以拯穷乏，优奖以恤寒畯⑥，加额以惠贫嫠⑦，凡利益之攸关，斥俸廉而不惜。而且博综名物，宏奖英髦⑧；倾下士之忱⑨，广育才之路。辟名园以资造就，荟群籍以瀹灵明⑩，韵事流传，勒新诗于片石；儒风提倡，寿遗稿于千秋⑪。加以扬阐幽潜⑫，葺修祠墓，一丘一垄，蒐⑬寻于蔓草荒烟；其事其人，印证于残编断简。是风雅吏之能事，岂庸俗辈之所为？方诸⑭古人之

①不是过也：即不过是也的文言句式，不过如此吧。

②仁恕掾：东汉时河南尹属下的一种官职名，掌管诉讼刑狱等。这里因骈文对偶需要以之代指鲁恭之事，同样也把东汉改作西汉代指汉代。鲁恭(32—113)，字仲康。陕西兴平人。东汉和帝时任侍中、司徒。《后汉书·鲁恭传》载，早年他在任河南中牟县令时，着重以道德教化来进行治理，不主刑罚，深受人民爱戴。一年，蝗虫为灾，周边各县和中牟地域交错，但蝗虫就是不飞进中牟。河南尹袁安闻之，疑其不实，使仁恕掾名叫肥亲的前往访察，“恭随行阡陌，俱坐桑下，有雉过，止其傍。傍有童儿，亲曰：‘儿何不捕之？’儿言：‘雉方将雏。’亲瞿然而起，与恭诀曰：‘所以来者，欲察君之政迹耳。今虫不犯境，此一异也；化及鸟兽，此二异也；竖子有仁心，此三异也。久留，徒扰贤者耳。’还府，具以状白安”。这里是用鲁恭来比喻子范公以道德教化，不重刑罚的方式来治理太仓。

③捍患：抵御兵灾。指城墙的作用。

④新泮水之宫墙：指兴建安道书院。宫墙，代指书院的建筑。

⑤立懦廉顽：通过教化使怯弱的人自立，使贪婪的人廉洁。语出《孟子·万章下》：“故闻伯夷之风者，顽夫廉，懦夫有立志。”这里是说子范公刊行了陆容、陈瑚等著名学者的文集，以此来激励士子，教化吏民。

⑥寒畯：同“寒俊”，贫寒而才能杰出的人。

⑦贫嫠(lí)：穷人和寡妇。

⑧英髦(máo)：俊秀杰出的人。

⑨倾下士之忱：拿出诚心来礼贤下士。

⑩瀹(yuè)灵明：瀹，浸润。灵明，思想，心灵。这句是说子范公置办大量书籍供学子阅读，以培养他们的学识，陶冶他们的心灵。

⑪“韵事”四句：写的是安道书院诸事完毕后，公“有诗纪事，勒石院壁，并将陈安道、陆尊道两先生诗文集助资付梓”(见后《事实册》)。寿，用作动词，长期流传。

⑫扬阐幽潜：扬阐，传扬彰显。幽潜，指那些没世已久的名贤、烈妇等。

⑬蒐：同“搜”。

⑭方诸：比之于。

重道尊师、旌闾谒冢①者无多让也，不綦难②乎！

无何，叙挽粟③之劳，拜加衔之命。使君④将去，群卧辙以攀留；小民何知，亦持靴而感泣。借寇之情⑤未遂，思刘之念⑥弥殷；将买丝以绣平原⑦，爰铸金以事少伯⑧。洎乎檄权京口⑨，移守蒋州⑩，简在帝心，擢知夔府，巨艰迭荷⑪，练习愈深。苏珦⑫至而讼牍清，桑怿⑬来而盗风息。因民之利，随在扬

---

①旌闾谒冢：旌闾，旌表于门闾。旧时朝廷对忠孝节义之人，赐给匾额，挂于门庭之上，或树立牌坊，以示表彰。谒冢：拜谒所尊敬之人的坟墓。

②綦(qí)难：很难。

③挽粟：运输粮食，指办理漕粮。

④使君：汉代州刺史的别称，后世用作知州的尊称。这里即代称子范公。

⑤借寇之情：指地方百姓因仰慕官员的德行政绩而竭力挽留的心愿。寇，指东汉光武帝刘秀时的寇恂。寇恂(？—36)，字子翼。北京昌平人。东汉开国名将，曾任颍川太守，汝南太守，以功封雍奴侯，谥威侯。素好学，明经学，重德行。《后汉书·寇恂传》载，光武帝南征，寇恂跟随至颍川，盗贼见寇恂到来，全部投降，但光武帝没有任用寇恂为太守。"百姓遮道曰：'愿从陛下复借寇君一年。'乃留恂长社，镇抚吏人，受纳余降"。

⑥思刘之念：这里的"刘"指刘宠。刘宠，字祖荣，山东烟台人。东汉桓帝、灵帝时任司空、司徒、太尉。著名廉吏，为历史上"二十四廉"之一。《后汉书·刘宠传》载，他早年任东平陵县令时，以仁惠为吏民所爱。因母病弃官时，送行的百姓拥堵的连路都不通。"任会稽太守时，简除烦苛，禁察非法，郡中大化"。离任时，山阴几位老人赶来每人要送以百钱致谢，他为了不负老人们的心意，从每人手中取了一枚大钱而去。

⑦将买丝以绣平原：语出唐李贺《浩歌》："买丝绣作平原君，有酒惟浇赵州土。"平原君，即战国时期"四公子"之一赵国的赵胜，以礼贤下士著名，后人因仰慕之，故买丝绣像以做纪念。这里用来比喻子范公因爱才并着意培养人才为人们所怀念。

⑧爰铸金以事少伯：典出《国语·越语下》，范蠡助越王勾践复国后，"遂乘轻舟，以浮于五湖，莫知其所终极。王命金工以良金写范蠡之状而朝礼之"。爰，于是。少伯，范蠡的字。

⑨京口：镇江的别称，东晋时为京口镇。

⑩蒋州：江宁的别称，隋朝时此地为蒋州。

⑪迭荷(hè)：连续担负。荷，担负。

⑫苏珦(xiàng 635—715)：陕西蓝田人。举明经，武则天时授左肃政台御史大夫。唐中宗时擢户部尚书，封河内郡公，以检校太子詹事致仕。《新唐书·苏珦传》载，他早年曾任陕西鄠县尉，"时李义琰为雍州长史，鄠多讼，日至长史府，珦裁决明辨，自是无诉者"。这里用苏珦作比，称颂子范公在各府县任上勤于处理各种案件，判决明敏公允。

⑬桑怿：河南杞县人，宋代地方武官，曾任河南郏城尉、陕西渑池尉、四川永安县巡检、甘肃泾源路兵马都监。欧阳修作有《桑怿传》，传中记述他在河南汝县时，"岁凶，汝旁诸县多盗。怿白令：'愿往来里中察奸民。'因召里中少年，戒曰：'盗不可为也！吾在此，不汝容也！'少年皆诺"。

召杜之声①;择地而施,终不恃皋苏之律②。因而秣陵北去③,报德之弦④争鸣;巫峡西归⑤,感恩之泪⑥齐堕。

迹其居官、历学、训子、贻书⑦,不持汉宋之短长⑧,窃慕孟尝之风节⑨。知当日之设施有具⑩,由平生之蕴抱素宏⑪。缅威德于生前,已致万家尸祝⑫;永讴思于身后,宜崇百世明禋⑬。遍采舆评,弗阿私好⑭,圣代之隆恩可

---

①召杜之声:召信臣、杜诗那样的声誉。召信臣,字翁卿。生卒年不详。安徽寿县人。汉元帝时循吏。《汉书·召信臣传》载,"其治视民如子,所居见称述",为南阳太守时"其化大行,郡中莫不耕稼力田,百姓归之,户口增倍,盗贼狱讼衰止。吏民亲爱信臣,号之曰'召父'"。后官至少府。卒后南阳人为立祠。杜诗(?—38),字君公,河南卫辉人。东汉光武帝时循吏。《后汉书·杜诗传》载,其任南阳太守时"性节俭而政治清平,以诛暴立威,善于计略,省爱民役","又修治陂池,广拓土田,郡内比室殷足。时人方于召信臣,故南阳为之语曰:'前有召父,后有杜母。'"

②皋苏之律:指律法。皋,即皋陶。苏为苏忿生,西周开国功臣,周武王时任司寇,决狱断案,明察秋毫,后世尊之为"狱神"。

③秣陵北去:指公由江宁赴京朝觐。

④报德之弦:指对子范公政绩的颂声。语出黄庭坚《上苏子瞻》:"昨传得寄子由诗,恭俭而不迫,忧思而不怨,可愿乎如《南风》报德之弦,读之使人凛然增手足之爱。""《南风》报德之弦"之典则出自《孔子家语》:"舜弹五弦之琴,歌南风之诗。"舜的《南风歌》为:"南风之熏兮,可以解吾民之愠兮。南风之时兮,可以阜吾民之财兮。"这首诗歌唱了民心安宁,民财富足的景象。

⑤巫峡西归:指公之殁及灵柩由夔州运回故里。

⑥感恩之泪:此写子范公殁后百姓深切的感激怀念之情。典出《晋书·羊祜传》。羊祜在任荆州诸军都督时,"开设庠序,绥怀远近,甚得江汉之心"。无论对荆州军民还是敌国东吴的人,专以德感人,"南州人征市日闻祜丧,莫不号恸,罢市,巷哭者声相接。吴守边将士亦为之泣"。后来,"襄阳百姓于岘山祜平生游憩之所建碑立庙,岁时飨祭焉。望其碑者莫不流涕,杜预因名为'堕泪碑'"。

⑦贻书:写给别人的书信。

⑧汉宋之短长:指汉代经学和宋代理学在治学方法和学术观点上的异同利弊。参阅《事略》所录子范公给礼卿公的书信。

⑨孟尝之风节:见前《事略》"孟尝薹菜"注。

⑩设施有具:意为各项政事安排有条有理。

⑪蕴抱素宏:抱负一贯就很宏大,指既有利国为民的志向,又有丰富的学识和经验。蕴抱,胸中蕴藏的抱负和知识。

⑫尸祝:安放神主、遗像进行祝祷祭拜。

⑬明禋(yīn):祭祀时奉献的明洁诚敬的祭品,代指享受祭祀。

⑭弗阿私好:不曲从个人的好恶。

乞，合迎新息之祠①；娄江之遗爱长留，远绍栾公之社②。

所有呈请前署太仓直隶州知州蒯公德模崇祀名宦缘由，理合开具事实清册，并出具公结，联名吁恳。伏乞大公祖③大人电鉴④，俯赐核看申详⑤，实为公便⑥。

再，故宦身殁已三十年，亦并无子弟现任京外三品大员，与例符合。合并声明。

须至呈者，计呈：《事实册》壹本，《公结》壹纸。

光绪三十三年⑦六月日。

---

①“合迎”句：合，应当。新息之祠，指新息侯祠。东汉开国功臣伏波将军马援封新息侯，他在南征时于湖南沅陵壶头山病死军中，后人遂在此建祠祭祀。因子范公病逝于任上，故以之作比。

②“远绍”句：绍，承续。栾公即栾布，西汉开国将领之一，司马迁认为他有古烈士之风。他曾佣工于齐，后又为燕相，故死后燕齐之地争相为之立社，谓之“栾公社”。后世用“栾公社”来代指祭祀功臣。

③大公祖：士绅对府以上官员的一种尊称。

④电鉴：明察。人们以“目光如电”称赞他人善于明辨是非，所以把请人审看敬称为“电鉴”。

⑤申详：向上级呈文申报。

⑥实为公便：确实是有利于公事。

⑦光绪三十三年：即1907年。

事实册

计开：

一、故宦姓蒯氏，讳德模，字子范，安徽庐州府合肥县人。咸丰六年①，由诸生在籍团练保训导。八年，以随复庐州府城保教谕，五品衔。同治元年，以克复常、昭②案内保知县，戴蓝翎，留江苏补用。三年，署长洲县，以分援浙、闽、皖功及清理词讼、海运出力等案内，累保直隶州、换花翎，知府，道衔补缺后以道员用，三品衔随带加二级。七年，升署苏州府，调署太仓直隶州。九年，署镇江府，旋署江宁府。十年，入都引见，奉特旨补授四川夔州府兼监督夔渝两关税务。光绪三年九月卒于任，年六十有二。

一、故宦嫉恶如仇，下车伊始，日乘马行数十里，突至各乡镇，查拿赌博及演唱花鼓戏等事，众不知官自何来，皆惊畏慑服。先是，州有盐枭张四拒捕杀人重案，上海私铸凌泰亦积年恶棍也，均遁迹乡间。故宦于莅任之前，扁舟微服巡行各乡，由浮桥回沙溪，探知其藏匿处，一并拿获，立置诸法。又宝山瞿鉴泉妹与同族私，其母愤之，格杀所私者，鉴泉代母承罪。狱具，过州，故宦察鉴泉稚弱，非能杀人者，召其母至，晓以利害，始吐实，案遂平反。其神明多类此。

一、故宦留心民瘼，以清理词讼为亟。凡遇放告③日期，当堂递呈，随收随批，随到随审，在城者立予提讯结案，在乡者亦皆朝提夕结，既免守候，又无扰累。故每坐堂皇，只求理明事了，不轻用刑、管押，尤不喜罚锾④。前此有嘉定秦姓输捐不力，罚银十万两；崇明龚姓报盗不实，罚银三万两，案已定而款未缴，故宦以此非盛世所有之举，皆请于大吏一体豁免。

---

①咸丰六年：即1856年。

②常、昭：常熟县、昭文县。清雍正四年(1726)划常熟东部设置昭文县，辛亥革命后合并恢复。

③放告：定期坐衙受理诉讼。

④罚锾(huán)：罚钱。锾，古代的一种货币单位。

一、故宦勤恤民隐，寓抚字于催科。州中漕粮向系绅民一律、本折[①]兼收，惟完米有淋尖、踢斛等名目。故宦洞知其弊，严饬丁书[②]等不许浮冒丝毫，并较准漕斛[③]、平斛，响挡[④]输入仓廒，绅民德之。其完折色者，于开征前旬日，照省定漕价，每石减让钱二百文。故输将恐后，至今犹称道勿衰。

一、故宦以州地滨海，农田水利关系至重。方刘河[⑤]大开之后，闸板启闭不时，商民交困，故宦为浚南漊漕[⑥]达朱泾[⑦]以通之。荡茜泾[⑧]亦海口之一，自璜泾镇[⑨]以下淤塞不通，故宦亦次第开浚。均仿业食佃力[⑩]之法，而捐廉以足之。城中旧有南北水关，贯盐铁塘而入，堙废[⑪]已久。故宦从钱中丞敏肃[⑫]之请，筹集款项，先开北水关，自鼓楼桥以北悉复塘之故道，民皆称便，敏肃为勒碑记之。

一、故宦以海疆重地，城垣保障尤关紧要，兵燹以后，坍缺之处不一而足。故宦捐资拨款修筑如式，并建南北城楼以备屯兵之用。先是学宫内殿、庑[⑬]、门、坊均已重建，而乡贤、名宦、忠义、孝弟祠暨明伦堂[⑭]，经义、治事斋

---

①本折：本色和折色。《明史·食货志二》："谓米麦为本色，而诸折纳税粮者谓之折色。"清代相同。

②丁书：兵丁和书办。

③漕斛：用于征收漕粮的大于平斛的一种斛。因漕粮在运输过程中有损耗，故特制这种斛以便按定制加收。

④响挡：米粮过斗斛时，将斗斛盛满后以木板刮平叫作响挡，又叫打挡。

⑤刘河：也作浏河，由昆山流经太仓城的一条长江支流。

⑥南漊(lǚ)漕：刘河南岸的一条支流。

⑦朱泾：位于今上海市金山区北部。

⑧荡茜泾：太仓东北部进入长江的一条支流

⑨璜泾镇：位于太仓东北部，临近荡茜泾。

⑩业食佃力：指在修筑小型水利工程时经费由地方民间承担，由"业主出资，佃户出力"，简称"业食佃力"。

⑪堙(yīn)废：因堵塞而废弃。堙，堵塞。

⑫钱中丞敏肃：钱鼎铭(1824—1875)，字新之，号调甫、定舫，谥敏肃。江苏太仓人。道光二十六年(1846)举人，曾任直隶按察使、布政使，河南巡抚。著有《钱敏肃公奏疏》。

⑬庑：正堂以外四周的屋子。

⑭明伦堂：文庙的正殿。《孟子·滕文公上》："夏曰校，殷曰序，周曰庠，学则三代共之，皆所以明人伦也。"后世各地文庙正殿均称为明伦堂。

及两儒学署[①]尚在阙如。故宦以典礼攸关，一律建复如制。余如盖造仓廒、筹备积谷、重建普济堂、添设牛痘局各要公，故宦以有利民生，靡不兴举。

一、故宦爱才若渴而引掖[②]后进不遗余力。州中旧有娄东、安道两书院，一课时艺[③]，一课经古[④]。故宦以读书讲学须有藏修游息之所，访得南园遗址，顾而乐之。因慨捐巨款，鸠工庀材[⑤]，于文昌、吕祖两殿[⑥]后别筑台光阁、忆鹤堂、潭影轩、栽花小憩等处，移建安道书院，并辟讲堂，供奉陈安道先生栗主[⑦]。于原课经古之外，添设在院肄业，延聘院长，甄取高才生膳宿其中，专课经史、性理各学。另购书籍如"十三经"[⑧]"十七史"[⑨]等类，遴董[⑩]住院管理。将鹤梅仙馆、兴福寺、南康寺、泰山圣母庙等田产拨充院中经费，通详立案[⑪]，故其造就人材不可胜计。故宦有诗纪事，勒石院壁，并将陈安道、陆尊道[⑫]两先生诗文集助资付梓。院长叶征君裕仁有《重建安道书院碑记》，亦刊石院中。

一、故宦生平以阐发幽潜为志。州城向有昭忠、节孝两祠，皆毁于寇，昭忠更荡然无存。故宦捐廉为倡，分别移建兴修，并将旧存及新拨两祠田产通

①两儒学署：指儒学署和训导署，为州学正、训导的公务场所。

②引掖：引导扶持。

③时艺：即八股文。

④经古：经学和古文。

⑤鸠工庀（pǐ）材：鸠工，聚集工匠。庀材，备齐建筑材料。

⑥文昌、吕祖两殿：文昌殿是供奉梓潼帝君的地方。梓潼帝君一称文昌帝君，道家认为玉帝命他掌管文昌府和人间的功名、禄位，故读书人崇奉之。吕祖殿是供奉道家仙人吕岩即吕洞宾的地方。

⑦栗主：古代亲丧一周年祭祀时所立的神主用栗木做成，故称"栗主"，后来作为神主的通称。

⑧十三经：指儒家的十三部经典书籍，即《易》《书》《诗》《周礼》《仪礼》《礼记》《春秋左传》《春秋公羊传》《春秋穀梁传》《论语》《孝经》《尔雅》《孟子》。

⑨十七史：中国史书到宋朝时一共编著了正史十七部，称之为"十七史"。即《史记》《汉书》《后汉书》《三国志》《晋书》《宋书》《南齐书》《梁书》《陈书》《魏书》《北齐书》《周书》《隋书》《南史》《北史》《新唐书》《新五代史》。

⑩遴董：选择监督管理的人。

⑪通详立案：把田产划拨的事项报告上级备案，以防后人作出变动。通详，下级用文书向上级申报事项。

⑫陈安道、陆尊道：即陈瑚、陆世仪。

详立案。又宋郏司农亶、明陆参政容、王尚书世贞、太常世懋[①]、陈安道先生瑚、顾织帘先生梦麟、华安止先生乾龙诸墓,大半在荒烟蔓草中,丘垄莫辨,甚有夷为平地者。故宦于公余之暇,一一访寻其址,封而表之[②],并厘正墓道,清查墓田,交各后裔经管。其无后裔者,则拨废寺田产札发[③]学官,作为岁时祭扫之费,亦通详立案。他如元周烈妇殉节处、国朝周烈尼凤姑墓,故宦又迹得其处,皆筑亭建碑以护之。叶征君裕仁有重修祠墓各记,均勒石其旁,俾垂永久。

一、故宦体恤寒畯,则于书院中优加花红[④];抚养穷黎,则于普济堂及恤嫠会、儒寡会[⑤]中扩充名额,每遇年终,择尤为贫苦之户给发棉衣及钱米等类,以资度岁。今犹有感念之者。

一、故宦于同治七年九月来摄州篆,九年七月即调任去,为时仅及二年,而无利不兴、无弊不革。时常便服出署,巡游街巷,以故与民甚亲,虽妇孺辈亦皆识之,均呼之曰"蒯三爷",直忘其为官矣。是年四月间,州中绅耆闻故宦将引见,赴省请留,大府许之,乃未几而檄守镇江。去任之日,上自荐绅,下至孤寡,几数千人沿途祖饯[⑥]、执香膜拜者,由署前至马头[⑦]以西,一路不绝。其出城时,有耆老数辈持靴卧辙,故宦留之而去,至今犹悬城门也。旋于南园台光阁曾、李两相国生祠中,以故宦长生位[⑧]配之。其得民有如此。

---

①太常世懋:王世懋(1536—1588)字敬美,别号麟州。王世贞之弟。明代文学家。嘉靖三十八年(1559)进士,曾官陕西学政、福建提学、太常少卿。著有《王仪部集》《二酉委谭摘录》《艺圃撷余》等。太常,即太常寺,是朝廷掌管宗庙、礼仪的机构。

②封而表之:封,指封墓,给坟墓培土加高。表,标识,为之树立碑石。

③札发:发给公文,以为凭据。札,古代公文的一种。

④花红:用作奖赏的钱物。

⑤恤嫠会、儒寡会:均为救助守节寡妇的慈善机构,后者则专为救助读书人之孀妇而设。

⑥祖饯:或祭路神或饯行。

⑦马头:即码头,泊船之处。

⑧长生位:写有恩人姓名,上香供奉,为其祈求福寿的牌位。

公　结

具公结太镇绅士钱溯耆等，今于与公结，为请祀名宦以光巨典事。依奉结得：

已故前署太仓直隶州知州蒯公德模，毓灵①皖水，移守娄江。居官则饥渴为怀，临民则教养备至。综两年之政绩，久钦慈惠于生前；留四境之讴歌，宜妥馨香于殁后②。允符公论，岂徇私情。理合备具公结是实。

太仓直隶州为据情详请事。据太镇绅士钱溯耆等呈称云云等情，并呈《事实册》《结》到州。据此，该③太仓直隶州知州姚炳熊④核看，得前署太仓州蒯公德模，才猷轶众⑤，政绩冠时，移茂苑之花封，作娄江之棠荫。勤求民瘼，辟水利以卫农田；敦厚儒风，斥廉俸而培寒畯。五花判新闻远播，决狱如神；三尺法厉禁严申，除恶必尽。行政则猛宽并济，威爱深浃于人心；治民则教养兼施，感戴不忘于今日。仁风广被，久倾士庶之诚；遗泽孔⑥长，允享蒸尝⑦之报。理合造具《事实册》《结》加看，具文详请。仰祈宪台鉴核，俯赐转详奏请崇祀名宦，以隆报飨而顺舆情，实为公便。除详某宪外，为此备由具详，伏乞照详施行。须至申者，详督、抚宪，臬、藩、学、盐宪⑧。

光绪三十三年七月　日。

---

①毓灵：培育灵气。

②宜妥馨香于殁后：应该安排好对他的祭祀。馨香，用作祭品的黍稷，代指祭祀。

③该：应当。

④姚炳熊（1855—1938）：字本泉。浙江湖州人。光绪二十一年（1895）进士，曾任吏部候补主事，民国初曾任江苏仪征知事。

⑤才猷轶众：才干谋略超群。

⑥孔：很。

⑦蒸尝：本指秋冬二祭，后泛指祭祀。

⑧臬、藩、学、盐宪：即按察使、布政使、学政、盐运使。宪，对上司的尊称。

江苏巡抚臣陈启泰①,奏为查明故员请祀名宦,年例已符,恭折仰祈圣鉴事。案,据绅士前任顺天府府丞朱以增,前直隶深州知州钱溯耆等呈称:已故原任四川夔州府、前署太仓州、原任长洲县知县蒯德模,安徽合肥县人。以诸生从戎,洊保知县。同治三年,任长洲县事。时当发逆初平,抚字疮痍,安良戢②暴,兴利除弊,百废具举。在任四年,民乐其政。旋署苏州府,调任太仓州,辟水利以卫农田,捐廉俸以培寒畯,宅心宽大,判狱慈祥,遗爱在民,讴思弗替。旋擢升四川夔州府知府,于光绪三年卒于任所。苏省士民追念当年政绩,合词呈请崇祀太仓、长洲二州县名宦祠,以隆报飨等情。经前抚臣陈夔龙③以入祀名宦应于八月前汇奏一次,时已逾期,不及核办。在案。兹据该绅等以蒯德模曾经前抚臣吴元炳④会同前督臣沈葆桢⑤于光绪五年题请崇祀名宦,经礼部以身殁未满三十年议驳。现在年限已届,查案声复⑥,似不在新章八月前奏报之例,呈请专案具奏,并由该州县呈送《事实册》《结》前来。

臣查该故员蒯德模,戎幄运筹,花封小试。锄奸诘暴,循声久播于吴门;溥⑦惠宣猷,治谱⑧复隆乎娄水。民情爱戴,积久弗忘。兹据查明,该故员身殁已逾三十年,子孙并无现任九卿等官,洵与例章相符,合无⑨仰恳天恩俯

---

①陈启泰(1842—1909):字伯屏、宝孚,号瘫庵。湖南长沙人。同治七年(1868)进士。曾任署云南布政使、安徽按察使、江苏布政使兼署提学使、江苏巡抚。著有《瘫庵遗稿》。

②戢(jí):止息。

③陈夔龙(1857—1948):字筱石,号庸庵、庸叟。贵州贵阳人。光绪十二年(1886)进士。曾任河南巡抚、江苏巡抚、四川总督、直隶总督北洋大臣。张勋复辟时任弼德院顾问大臣。著有《梦蕉亭杂记》《庸庵尚书奏议》《花近楼诗存》等。

④吴元炳(1824—1886):字子健,号圣言。河南固始人。咸丰十年(1860)进士。曾任湖北、江苏巡抚,署两江总督,漕运总督,安徽巡抚。编有《三贤政书》。

⑤沈葆桢(1820—1879):字翰宇,又字幼丹,谥文肃。福建福州人。林则徐的外甥和女婿。中国近代造船、航运、海军建设的奠基人之一。道光二十七年(1847)进士,曾任江西巡抚、福建船政大臣、督办台湾事务钦差大臣、两江总督兼南洋通商大臣,卒赠太子太保。著有《居官圭臬》《沈文肃公政书》等。

⑥声复:申请重新审核。

⑦溥:通"普",普遍。

⑧治谱:出典见前《事略》"治县之谱"注。这里代指子范公治理地方的政绩。

⑨合无:何不。

准，将已故四川夔州府知府、前署太仓州知州、原任长洲县知县蒯德模入祀太仓、长洲二州县学名宦祠，以彰循吏而顺舆情。除将送到《事实册》《结》咨部查核外，理合会同两江总督臣端方①恭折具陈。伏乞皇太后、皇上圣鉴，敕部核复施行。谨奏。

光绪三十三年十二月十五日具奏。

十二月二十五日奉朱批："礼部议奏，钦此。"

礼部谨奏，为议复名宦事，内阁抄出江苏巡抚陈启泰奏已故四川夔州府、署江苏太仓州知州、长洲县知县蒯德模，宅心宽大，遗爱在民，请入祀名宦祠。奉朱批"礼部议奏"，钦此钦遵②。

到部，查定例：崇祀名宦由该督抚每年八月前具题，并将《事实册》《结》送部查核，于岁底汇题；又，崇祀名宦应确核事迹，倘名实不能相副，仅以人品学问空言誉美者，即行指驳；又，光绪五年奏准，各省名宦须俟其人身殁三十年后方准题请各等语。在案。今据该抚送到《事实册》《结》，内开已故四川夔州府、署江苏太仓州知州、长洲县知县蒯德模，安徽合肥县附贡生，除③夔州，政绩已由四川总督奏请入祀四川名宦祠外，兹在太仓州任内，除暴安良，平反讼狱，兴水利、筑城垣，兵燹后学宫内乡贤、名宦、忠义、孝弟祠及明伦堂等处尚在阙如，故员以典礼攸关，一律建复如制。任太仓州二年，去之日，沿途祖饯者数千人，并于南园台光阁曾、李两相国生祠中以故员长生位配之，其感民有如此。知长洲县时，审结大小案八百余件，无不平允，昭雪者亦多。同治四年，淮阳水师在江面巡哨，被盗拒伤副将一案，误拿张开大等五名，讯明开释。相验命案，差役川资捐廉核给，民间并不赔累。又恒存感

①端方(1861—1911)：托忒克氏，字午桥，号匋斋，谥忠敏。满洲正白旗人。光绪八年(1882)举人，曾任湖北巡抚署湖广总督，署两江总督，直隶总督，北洋大臣。后任川汉粤汉铁路督办大臣、署四川总督，为起义新军所杀。卒赠太子太保。擅金石之学，著有《匋斋吉金录》《端忠敏公奏稿》等。

②钦此钦遵：清代公文用语，为臣下在接奉、聆听皇帝谕旨、训诲之后，表示对皇帝这一旨意坚决遵照执行时的用词。钦，对皇帝所行之事的敬词。

③除：除授。

化之心，捐廉立化莠堂，凡初犯情轻者入之，令其习艺。莅任四年，民怀其惠，立蒯公亭勒碑颂德等语。臣等公同酌核，该抚奏请将蒯德模入祀名宦祠，均属名实相副，身殁年例亦符，拟请准其入祀名宦祠。所有臣等遵议缘由是否有当，伏乞皇上圣鉴。谨奏请旨。

光绪三十四年十二月十七日奏。

本日奉旨："依议。钦此。"

四川夔州府崇祀名宦始末

委署夔州府教授陈垓①、夔州府奉节县教谕赵一琴②，为备陈遗爱，请祀名宦事。光绪三十二年五月初二日。

案，据六郡绅耆潘树嘉③、李绪远④等，呈到前任夔州府知府蒯德模事实到学，理合造具清册，呈请鉴核。

须至册者，计开：

一、故府姓蒯氏，讳德模，字子范，晚号蔗园。安徽合肥县附贡生。同治元年，克服安徽定远，汇保训导，保升教谕加五品衔，保升知县留江苏补用并赏戴蓝翎。三年七月，署长洲县知县，保升直隶州，赏戴花翎。四年，赏加知府衔。五年，借补长洲县知县，保升知府。署江督李遵保循吏⑤，奉旨著存记。七年，保以道员用并开长洲县缺，赏加三品衔；奏署苏州府知府、太仓直隶州知州。九年，署镇江府知府，调署江宁府知府。十年，请咨引见⑥，简授夔州府知府，十一年六月履任。光绪三年九月病故夔州府署，时年六十有二。子四：光煦、光藻、光昭、光典。煦、昭故；光典壬午⑦科举人，癸未进士，翰林院检讨，现任江苏淮扬道。孙十二，先庚、寿枢、寿仁⑧、开先、耀先⑨、寿田、先辂、先构、孝先、受先、秀先、彦先俱存。寿田癸卯科举人，先辂山西候

①陈垓：其人未详。

②赵一琴：亦未详。

③潘树嘉：生卒年不详，字蔼初。重庆奉节人，光绪十一年(1885)举人。候选知县，曾任奉节少陵书院山长。著有《夔门送行诗》并主纂《奉节县志》。

④李绪远(1843—1924)：字少鸿。湖北利川人，世居奉节。举人，曾为官于湖北襄阳。

⑤“署江督”句：署江督李，即署两江总督的李文忠公。遵保，遵例保举。

⑥请咨引见：请礼部发来咨文，安排引见。咨文，同级官署之间的公文，清两江总督与礼部尚书为同品级。

⑦壬午：即光绪八年(1882)。

⑧寿仁：《家谱》失载，或不久即殇。

⑨耀先：《家谱》亦失载。

补盐巡检。

一、故府俭约淡泊。历任江苏、四川守令,凡饮食衣服悉屏奢华。莅夔州,先长篇累牍谆谆与合属官绅约,酬酢[1]往来之仪文靡然向风,咸归简朴。其清心寡欲、恪守官常如此。

一、故府宅心慎重,莅事精勤。随任亲串[2]皆谨饬之人,延请幕宾悉知名之士。莅夔见川省官吏积习肤浮,不足为治,即行文与官吏绅民,均以一诚感格,方能上下交孚[3]、政平讼理。清厘积牍,不间[4]昼夜,手自判决,不期年而邻于卧治[5]。其勤勚[6]吏治如此。

一、故府虽未登科,而于时文诗赋、经学性理致力深邃,著述甚多。莅夔见士习时尚,不求根柢,郡城向有莲峰书院,课时文试帖,故府刊自著《带耕堂时文》,古义磅礴,言归实济,家请一编,奉为程法。又因经古无课,捐廉五千余串,创造文峰书院,置买田业,作多士膏火,丰修[7]延高师主讲。至购《十三经注疏》《皇清经解》《廿二史》《佩文韵府》各书善本,庋藏院中,俾令披读,士习蒸蒸日上,科第因而益盛。其培植士林如此。

一、夔州为川东锁钥,郡城东西南三面濒江,年久失修。同治九年,冲塌半城,沙随城塌,修复维艰。故府莅任,亲视形势,创捐万金,购巨石埋保墈[8]六道,始克成城,崇垣巩固倍于昔时。其保障地方如此。

一、夔郡地方辽阔,词讼繁多,书役疲玩[9],株累无穷。故府禀定章程,提府研鞫,多所平反,片言折狱,无不悦服。遇各县有蠹役,必提案而痛惩之。

①酬酢:互相应酬。

②亲串:亲戚。

③交孚:志同道合,同心同德。

④不间:不断。

⑤卧治:比喻政事清简,无为而治。典出《史记·汲郑列传》:“(汲)黯学黄老之言,治官理民,好清静,择丞史而任之。其治,责大指而已,不苛小。黯多病,卧闺阁内不出。岁余,东海大治。”后来汉武帝任命他任淮阳太守,他数度因病推辞,武帝在召见他时说:“顾淮阳吏民不相得,吾徒得君之重,卧而治之。”

⑥勤勚(yì):辛勤劳苦。

⑦丰修:丰厚的老师酬金。修,通“脩”,咸干肉。古代学生初次拜见老师时要以一束咸干肉作为礼品。后世遂以“束脩”代指给予老师的酬金。

⑧保墈(kàn):保护城墙的堤。

⑨疲玩:懈怠其事,玩忽职守。

光绪二年,奉节县客民刘启超等在厘局滋事,罗织多人,民心惶怖。故府不动声色,公平定谳案情,创始屡受波折,终照原议成狱,无一人受枉者。其明刑果断如此。

一、夔郡地瘠人众,粮不敷食、财不敷用。故府既已教养士林,慨然曰:“小民衣食不顾,流而为匪矣!”因定章阖属劝办蚕桑,寓行于保甲中,利民卫邑,一举两得。又开奉节碛盐之禁,地方富庶,民情大安。其培养民生如此。

一、夔郡光绪元年夏间苦旱,故府虔诚祷雨,虽未成灾,民情已困。故府定章饬[①]地方有司,劝民间积谷为振[②]荒计,各县陆续遵办,有益地方,法美意良。其拯灾恤民如此。

一、夔属奉、巫、云、万四邑[③]均属沿江,江道滩多水急,危险异常。故府捐资,添设救生船四只,以补前之不足。通禀立案,以垂久远。

一、督宪丁[④]饬自夔门以下再添救生船,委员经理。故府详定章程,筹画经费数目,详请给发,督率拯救不遗余力,商贾保全甚多。其惠顾行旅如此。

一、故府饬县采访忠节、孝弟,详请旌表入昭忠、节孝祠者甚多。其阐幽彰善[⑤]如此。

一、故府目击夔郡穷民无告者,如孀妇孤贫辈,准其报名注册,按月捐廉发给口粮,每年核计共发钱五千串有奇,至今为例。其惠恤孤寒如此。

一、故府因小孩痘症关系性命,甚可怜悯。访延名医,捐给薪水,设局布种牛痘。将牛痘医书刷印数千部,分散团甲[⑥],俾众咸知,保全婴孩无算,至今为例。其存心保赤[⑦]如此。

一、故府因本郡听差委员[⑧]差少人多,贫乏屡空,捐廉帮给薪水,按月给

---

①饬:命令。

②振:同“赈”,救济。

③奉、巫、云、万四邑:指奉节、巫山、云阳、万县四县。

④督宪丁:指四川总督丁宝桢。丁宝桢(1820—1886),字稚璜,谥文诚。贵州织金人。晚清名臣,洋务运动重要人物。咸丰三年(1853)进士。曾任山东按察使、布政使、巡抚,四川总督等职,卒赠太子太保。著有《丁文诚公奏稿》。

⑤阐幽彰善:使幽深隐藏、不为人熟悉的人和事显露出来,表彰他们的善行美德。

⑥团甲:古代地方最基层组织名称,十户一甲,百户为团。

⑦赤:赤子,婴幼儿。

⑧听差委员:未任具体职务,听候差遣委派临时职事的官员。

发,以资日用,每年共发银一千余两,至今为例。其赡惠同僚如此。

一、夔郡向设夔关,郡守管理,渝关在重庆,亦归兼辖。故府照额征收,从未短解分厘。商船过关者,无不禁革浮费①以便行旅。近年洋商过境,亦能控驭得宜,华洋商民无不歌颂功德。其重课恤商如此。

一、夔郡与鄂、陕二省毗连,山深箐②密,易薮外奸③,往往剽掠肆横,最为闾阎④之害。故府督率各县严查保甲,苟有劫掠之案,无不购缉获犯惩治,奸宄⑤因而敛迹。其除莠安良如此。

一、夔郡民情多惰游嗜博,又惑异教,兼多溺女之风。故府出《示》,剀切⑥劝谕,有犯必惩。并饬地方官于城乡市集均宣讲《圣谕广训》⑦,潜移默化,数年间弊习尽革。其化民成俗如此。

一、故府在江苏省为守令十年,功德在民。其未经出任时在籍举办团练,力图报国,冲锋破敌,不畏艰险,保卫桑梓。在江苏亦为名宦,在合肥即系乡贤。所有江苏政绩闻已由江苏绅民据实呈恳学宪奏咨在案。惟治夔六年,婆心一片,不独循政多端,民情爱戴,而且文艺夙擅,多士兴观⑧。名臣纯儒,早已盖棺论定;輶轩访采⑨访采,伏冀⑩信史同书。绅耆等谨将在夔州府任事实合并声明。

夔州府属六县绅耆潘树嘉、李绪远等,今于与甘结,为备陈遗爱,入祀名宦事实,结得:前任夔州府知府蒯德模,在任惠政多端,舆情爱戴,已故三十

---

①浮费:不必要的费用。

②箐(qiàn):山间的大竹林。

③易薮外奸:薮,聚集。外奸,指由夔境之外进入的奸匪。

④闾阎:古代以二十五家为闾,阎指里巷的门。代指民间。

⑤奸宄(guǐ):违法作乱的人。

⑥剀(kǎi)切:切实,恳切。

⑦《圣谕广训》:一本由清朝官方颁布的对百姓进行宣讲教化的书籍。康熙九年曾颁布上谕,后从中摘录其文形成《圣谕十六条》。雍正即位次年逐条"寻绎其义,推衍其文",写成了十六篇短文及一篇序言,遂成《圣谕广训》一书并颁行。

⑧多士兴观:众多士子向其学习。兴观,原语出自《论语·阳货》:"子曰:'小子,何莫学夫《诗》?《诗》可以兴,可以观,可以群,可以怨。'"这里则仅是兴起而观之的意思。

⑨輶轩访采:请提学使进一步查访核实。輶轩,原指古代使臣乘坐的一种轻车,后亦作使臣的代称,这里指提学使。

⑩伏冀:古代公文、书信用语,意为恭敬的期盼。

年。另具事实清册，呈请入祀名宦。中间并无虚捏情弊，合具甘结是实。

光绪三十二年六月日，具甘结六县绅耆潘树嘉、李绪远等。

夔州府奉节县教谕赵一琴，今于与印结，为备陈遗爱，入祀名宦事。据府属六县绅耆潘树嘉、李绪远等结称“前任夔州府知府蒯德模，在任惠政多端，舆情爱戴，已故三十年。另具事实清册，呈请入祀名宦，中间并无虚捏情弊”等情到学，卑职复核无异，合加印结是实。

光绪三十二年月日，教谕赵一琴。

委署夔州府教授陈垓，今于与印结，为备陈遗爱，入祀名宦事。据府属六县绅耆潘树嘉、李绪远等结称“前任夔州府知府蒯德模，在任惠政多端，舆情爱戴，已故三十年。另具事实清册，呈请入祀名宦，中间并无虚捏情弊”等情到学，卑职复核无异，合加印结是实。

光绪三十二年六月日，教授陈垓。

夔州府奉节县今于与印结，为备陈遗爱，请祀名宦事。依据结得：府属六县绅耆潘树嘉、李绪远等结称，前任夔州府知府蒯德模，在任惠政多端，舆情爱戴，已故三十年，造具事实另册呈送，吁请入祀名宦。中间并无扶同捏饰①情弊，加具印结是实。

光绪三十二年月日，知县吴述曾②。

署四川夔州府今于与印结，为备陈遗爱，请祀名宦事。依据署奉节县知县吴述曾结称“结得府属六县绅耆潘树嘉、李绪远等结称，前任夔州府知府蒯德模，在任惠政多端，舆情爱戴，已故三十年，造具事实另册呈送，吁请入祀名宦。中间并无扶同捏饰情弊”等情到府，相应加具印结是实。

光绪三十二年月日，署知府高增爵③。

---

①扶同捏饰：合伙捏造美化。扶同，帮同，伙同。

②吴述曾：字闰之，湖北人，恩贡出身，曾任四川新宁知县、署奉节知县。

③高增爵（1863—1932）：字少农。陕西米脂人。光绪十八年（1892）进士。曾任四川眉州、资州知州，署夔州知府，成都知府，四川巡警道。民国初，署理陕西民政长（为一省最高行政长官）、参议院议员、大总统府顾问。著有《北山草堂诗稿》。

四川川东道今于与印结，为备陈遗爱，请祀名宦事。依据署夔州府知府高增爵结，据署奉节县知县吴述曾结称"结得府属六县绅耆潘树嘉、李绪远等结称，前任夔州府知府蒯德模，在任惠政多端，舆情爱戴，已故三十年。造具事实另册呈送，吁请入祀名宦，中间并无扶同捏饰情弊"等情，结由到道，相应加具印结是实。

光绪三十二年月日，川东道张铎①。

①张铎：生卒年不详，字振之。陕西蒲城人。同治十二年（1873）举人。历任四川安岳、简州、温汀、巴县知县，重庆知府，川东道台。

四川总督赵尔丰片[①]

再，前准礼部通行"入祀乡贤、名宦祠，向归年终汇题，应改为每年八月前汇奏一次，并将《事实册》《结》送部核定准驳，年终汇奏"等语，自应遵照办理。兹查有已故夔州府知府蒯德模，系安徽合肥县附贡生，洁己爱民，实心任事。宽猛相济，兼子产之所长；教养并施，拟文翁之再见。在昔循声聿[②]著，于今遗爱犹存；既年例之相符，洵馨香之宜报。据各绅士造具《事实册》《结》，呈由该地方官转赍[③]府、道加看申司[④]，经布政使许涵度[⑤]加看，请奏前来，合无仰恳天恩俯准，将已故四川夔州府知府蒯德模附祀名宦祠，以昭懋典而顺舆情。除将《册》《结》咨送礼部查核外，理合附片具陈，伏乞圣鉴训示。谨奏。

光绪三十二年九月初二奉朱批："礼部议奏。钦此。"

蒯公子范历任治所崇祀录终

门下晚学生程先甲编次
孙寿田、寿枢、孝先校刊

---

①赵尔丰片：赵尔丰（1845—1911），字季和。汉军正蓝旗人。曾任四川永宁道、建昌道，后任川滇边务大臣、驻藏大臣、四川总督。武昌起义后，大汉四川军政府成立，他因曾奉朝廷之命镇压保路运动而被杀。后人为其编有《赵尔丰川边奏牍》。片，奏折的附件。

②聿：语助词，无义。

③赍（jī）：送。

④司：指布政使司。

⑤许涵度（1853—1914）：字紫蕤。河北保定人。光绪二年（1876）进士。曾任忻州知州、署太原知府、潞安知府、冀宁道台、陕西按察使，四川、陕西布政使。